湖濱散記.

WALDEN;

OR,

LIFE IN THE WOODS.

BY HENRY D. THOREAU.

亨利·梭羅

林麗雪（抄襬）——譯

【導讀】梭羅的理想與實踐——讓宇宙觀成為清醒人生的指引

林麗雪（紗權）

《湖濱散記》從一八五四年首度出版，將近一百七十年來，一代又一代無數人讀著梭羅的文字，彷彿碰觸到他自由率真的靈魂，深受感動，也深受激勵。本書不但被評選為「十本形塑美國人性格的書」中的首選，也是美國人最喜愛的十九世紀非虛構文學作品。

本書主要記錄了梭羅自一八四五年七月到一八四七年九月（大約二十八歲到三十歲）之間，在瓦爾登湖畔小屋獨居二十六個月的觀察與省思。書寫內容廣泛，結合了個人體驗、象徵手法、歷史傳說等，一邊細膩描寫他造屋、捕魚、砍柴、耕作等自給自足的生活，以及大自然中千變萬化的湖光水色、冰雪風雲；性格生動趣味的松鼠、潛鳥、鱸魚、螞蟻等蟲魚鳥獸；姿態芳香各異其趣的松樹、漆樹、鳶尾花、羊毛草等花草樹木，一邊省思批判社會與文明的浮華虛假。

從梭羅的成長經驗與思想脈絡來看，或許可以說，長期的自然觀察加上向內探索的靜心沉思，讓梭羅領悟到了大自然與宇宙的運作法則，然後把這種宇宙觀當成他一生清醒活著的指引，從而形成他對人生、對社會、對政府與國家的獨特見解。他在寫書時的內文順序安排，也彷彿要向大自然的造物者致敬一樣，暫時化為那個他最崇敬的造物者，仿照大自然四季更迭的時序，將兩年兩個月的生活實驗簡化為一年。從生機初萌的春天、旺盛生長的夏天、成熟飽滿的秋天、萬籟俱寂的冬天，最後又回到萬物復甦的春天。就像他對讀者的提醒一樣，每一年、每一天都是一個新的開始，人也要像大自然一樣，不要自限於陳規窠臼，精神上要永保清新！

梭羅的文字充滿了一股向上提升的精神力量與智慧之光，他洞察到的真理，撼動了俄國的托爾斯泰、印度的甘地、美國的馬丁路德金恩與甘迺迪等政治領袖；而他抒發感性的優美文采，也深深吸引了普魯斯特、海明威、葉慈、蕭伯納、林語堂等文學名家。喜愛本書的世界各地讀者更是無法勝數，《湖濱散記》不只是梭羅留給美國人的傳世之寶，更是屬於全世界的寶貴精神遺產。

文武雙全的哲學家

有人說，沒有一本書像《湖濱散記》一樣，探討了那麼多的主題。略微了解梭羅的人生就可以知道，也沒有人像梭羅一樣，可以在短短的一生中成為那麼多專業領域的達人。

後人因為他的傳世著作，以詩人、作家、文學家來認識他，但他本人則自詡為哲學家。他認為「哲學家」是能自我節制，不隨波逐流，針對人生問題提出

由瑞士裔版畫大師菲利克斯・瓦洛頓（Félix Valloton, 1865-1925）繪製的梭羅肖像，繪於 1896 年。
©Wikimedia Commons

解答，並改革思想的人。梭羅自己確實做到了，他不只是簡單生活的理論建構者，還是實踐者。他認為，人生不是只有一種生活方式，人也不應該和自己的工作完全同化，而把自己變成某個社會中的「角色」——那就不是完整的人了。他主張簡單生活，追求真實，不被物欲綑綁，才有足夠的精神與時間，去盡情擁抱人生的一切體驗。

因此，梭羅沒有表面敷衍的工夫，他只用心鑽研他投入的事物。在短短還差兩個月才滿四十五歲的人生中，他是一個有天分的獵人、釣手、卓越的機器發明家、土地測量家、動植物生態學家、農藝專家，還是一個手藝精湛的木工，能修籬笆，也能造船、蓋房子。

一般人一生也許只能成就一兩個專業，梭羅完成了這麼多的達人成就，豈不是比別人多活了好幾個人生？物質簡單，反而活得深刻、活得豐富，這就是梭羅的人生給我們的最大啟發。

活出精髓的短暫人生

一八一七年七月十二日，梭羅出生於美國麻薩諸塞州當時僅兩千人口的康科德小鎮。父親開了家小雜貨店，但不善經商。母親開朗健談，經常帶全家人到野外遠足。梭羅的個性安靜害羞，因為母親的影響，從小就喜歡觀察自然界的神奇奧妙，並對動植物萌生出強烈熱愛。十歲時，他在交給學校的作業中寫了一篇〈四季〉，文中已顯露出他對自然萬物的千變萬化有著異於常人的細膩觀察。成年後，這份熱愛似乎讓各種小動物皆能安心與他親近互動，連鼓勵人們親近自然的愛默生目睹後都讚嘆不已。

十六歲到二十歲，在父親、姑母與兄姊的經濟資助下，梭羅就讀哈佛大學的前身劍橋大學，但短暫休學兩次，一次是為了打工賺錢，一次是因病休養。畢業時，他在班上將近五十人當中取得了第十九名的成績，並獲選為榮譽學生，還針對「商業精神」發表了一場語驚四座的言論。他主張一週七天的工作與休息日應該顛倒過來，只要星期日勞動一天就好，其他六天應該做為滋養靈性與感性的安息日。這個主張也大致成為他日後安排時間的準則。

哈佛畢業後，他曾到緬因州求取教職未果，於是回到康科德鎮上自己的中學母校擔任老師。但才不過兩週，由於在校方要求之下違心體罰六名學生，因此毅然離職。當時謀職不易，從此之後，梭羅的一生都沒有固定職業，開始了他最愛的「打零工」生涯，做的事情包括造船、種樹、採越橘、割乾草、演講，用今天的流行語來說，就是所謂的「斜槓人生」。

他曾經和哥哥一起辦學，拋棄當時主流的室內講授與體罰教育，採取戶外觀察的教學方式，並教授與現實生活息息相關的知識，頗受時人稱頌，但後來因為哥哥病倒，只得關閉學校。他同時也協助父親的鉛筆生意，還成功發明研粉機，大幅改進了石墨粉品質，並得到優級證書。梭羅本來可以藉此創造財富，但他不想終生以此為業。於是，他也有時間繼續觀察研究最喜愛的自然景觀、考察生態、採集標本，畢生共累積了數百種植物標本。此外，因為優秀的數學能力，他也被認為是康科德最優秀的土地測量專家。不過，在梭羅的人生中，對後人最重要的遺產自然是他的文字紀錄。梭羅一生總共寫下兩百多萬字的日記，也成為許多演講與著作的素材，包括《湖濱散記》。從日期來看，《湖濱散記》的取材範圍從一八三九年四月，到出版前的一八五四年四月為止，長達十五年，可以說，《湖濱散記》也是梭羅花去成年後的大半時間觀察與思考的結晶。

一八六〇年十二月，梭羅在雪地中研究樹木年輪而受寒，後來轉為嚴重的支氣管炎，病情一直不見好轉，並引發宿疾肺結核。一八六二年五月六日，在拒絕使用麻醉劑的狀況下安詳過世。在病中，有人問他，是否想像過另一個世界？他的回答是：「一個一個來。」臨終前，他的姑母曾經問他是否與上帝和好了？他說：「我不覺得我們吵過架啊。」他生前最後一句讓人聽得清楚的話是：「現在可以揚帆了。」然後是兩個謎一般的單字：「麋鹿」、「印第安人」。

生前孤寂，死後成名

梭羅受到世界各地讀者的喜愛與推崇，只不過是這數十年的事，他在世時其實受盡冷落與揶揄，這和梭羅既嚴謹又堅持原則的個性有關，因此也得罪過不少文評家。他經常被批評為人不夠幽默風趣，甚至有人覺得他太過嚴肅，難以相處，愛鬧彆扭，就像他的一個朋友說過：「我尊敬他，但無法喜歡他。」其實梭羅從小就很嚴謹，同學甚至給了他「法官」的外號。鎮上人因為他異於社會常規的主張與行徑，把他看成住在鄉野的一個怪人，只是個鄉巴佬。而同時代的知識圈子則只把梭羅視為思想家愛默生的門人與跟班，也不太重視他。

當時的人有多麼不在乎他，從一件事可以看出來。梭羅曾因抗稅被關進監牢，本來當晚就應該獲釋，卻被迫等到隔天才出獄。事後，獄卒接受採訪時說，他當天傍晚一回到家就接到通報，有個戴著面紗的女士幫梭羅繳了稅金，但他懶得再回去開牢門，因此隔天早上才去放人。至於這個代他繳稅的人，已經無可查考。有人推測，很可能是曾經資助他念書的姑母。

《湖濱散記》出版時，之前交惡的評論家措詞尖銳，批評梭羅「是個生性冷淡、自負而自私的人」，稱本書為「鄉村鬼話」。但此書在當時仍然創下銷售佳績，一部分還賣到英國。此書的成功為梭羅帶來了充裕的金錢與名氣，讓他不必再從事勞動工作，轉而以自然觀察、寫作、演講為主要活動。但是幾年下來，他的演講也不太受歡迎，一八五八年，他帶著不受理解的委屈與怨懟說：「聽眾是到演講廳來吃糖的。」

雖然本書出版時銷售不錯，但由於文評家給了惡評，因此在他死後還是沉寂了五十多年。直到二十世紀初，英國社會改革家索特（Henry Salt）為文大力推崇，才漸漸廣為世人所知。俄國大文豪托爾斯泰口袋裡也經常帶著這本書，由於托翁在歐洲享有崇高盛名，才大舉提升了本書在歐洲大陸的影響力；而印度國父甘地則是先後拜讀了本書與梭羅的另一本小書《公民不服從》。可以說，本書先在英國與歐洲發光發亮，之後才紅回美國，並且越來越有活力。直到今日，光是《湖濱散記》的英文版本就有兩百多種，一九九〇年代之後，由於中國的經濟開放政策，梭羅這本書在中國更像復活一樣，一版再版，目前兩岸的繁簡體中文版也超過了三十個版本之多。

梭羅與愛默生

梭羅生前受盡冷落，肯定與愛默生的鋒芒有關。兩人的緣分實有難解之處。

愛默生比梭羅大十三歲，當時已是美國文學界的領導人物，他提出超驗主義（transcendentalism）思想，強調透過人的直覺與聯想，可以超越自己或前人的經驗，直接和上帝溝通，這就是人性中的神性，並鼓勵人透過靜心找到真實的自我，成為自己命運的主人。面對當時的傳統與教條，這個觀點具有強烈的批判精神，也為熱情奔放、抒發自我的美國文化奠定了基礎。因此，歷史上也稱超驗主義運動為「美國文化復興運動」。

梭羅在大三那年讀到愛默生的知名著作《自然》，從小就熱愛大自然的梭羅深感共鳴，從此對愛默生印象深刻。後來，愛默生又應邀到哈佛發表畢業演講〈美國學人〉，主張人要「認識自我」、「研究自然」，以找到真正的自己。會後梭羅主動上前向愛默生自我介紹，愛默生也對梭羅充滿好感，他曾說：「我很喜歡這個年輕人，比起其他人，他更有一種自由堅毅的精神。」從此兩人結下亦師亦友的情誼。

愛默生知道梭羅家境不寬裕，曾經幫他申請獎學金。當梭羅結束和哥哥經營的學校，開始打零工時，愛默生也主動邀請梭羅到他家寄住兩年（梭羅當時二十四歲）。梭羅在愛默生家博覽藏書，也幫忙照顧花園，做些雜活，並因協助愛默生編輯超驗主義刊物《日晷》季刊，而結識了當時文壇的重要人物。另外，梭羅在瓦爾登湖畔蓋屋耕作的地方，也是愛默生的土地，提供他無償使用。

愛默生在一八四七到四八年前往英國訪問期間，第二次主動邀請梭羅到家裡住下，代他照顧家人。當時梭羅是三十歲。

愛默生一路幫助生性害羞的梭羅，鼓勵他用日記寫下自己的所思所想，並在《日晷》上發表詩文，然後又幫他連絡上英國的出版媒體。

由於這些事蹟，當時人們普遍把梭羅視為愛默生的門人，難聽一點的就說是愛默生的跟班與影子。但梭羅畢竟是梭羅，他有自己獨立的思想養成歷程，其思想上的共鳴或互相啟發，並沒有所謂的師徒關係，而且他和愛默生對於反抗不義的態度也截然不同。當梭羅為了抗稅而入獄時，愛默生前去探監，問他：「你為什麼會在這裡？」梭羅卻回答：「你為什麼不在這裡？」兩人的思想差異，彼此應該心知肚明，但外界卻老是以愛默生的影子來看待梭羅，這令他頗為心煩，後來便與愛默生漸漸疏遠。

外人只看到表象，沒有看到真相。但愛默生從頭到尾都看見了梭羅的不凡之處。堅持真實，堅持原則，容易得罪人，在別人因梭羅不好相處而對他沒有好評之際，愛默生看到了他驚人的自然生態與動植物知識、超凡的數學測量能力，以及快速看穿虛幻，直達真理的洞察力。在梭羅的葬禮上，愛默生不捨地說：「他的研究規模之大，需要很長的壽命才能完成，所以我們完全不知道他會忽然病逝。美國還不知道（或許知道一點點），她失去了一個多麼偉大的兒子。……他還沒有讓同輩人看到他是怎樣的一個人，就離開了人世，對於這樣高貴的靈魂……彷彿是一種侮辱。但至少他是滿足的。他的靈魂應該和最高貴的靈魂為伴，他在短短的一生中，已經將這個世界上的可能性活得淋漓盡致。無論在什麼地方，只要有學問，有美德，有美，他會找到一個家。」同時代人之中，能真正看出梭羅的優異出眾、無以倫比，也只有愛默生了。即便梭羅不認為自己和愛默生是師徒關係，但若說愛默生是梭羅的貴人與知己，他應該不至於反對。

在人群與森林之間

梭羅跑到湖邊獨自生活，很多人因此把他比為陶淵明，是個不過問俗事，只求與大自然為伴的隱居者。但是，梭羅和陶淵明有兩個明顯不同之處。第一，陶淵明是因為仕途不順，帶著消極心態走進南山。但梭羅是為了實驗一種簡樸的生活方式，以解放人被工作綁架的活力，他是帶著一股積極進取的精神，走進瓦爾登湖畔的森林。

第二，陶淵明入山後，只求澹泊明志，獨善其身，對外界不太聞問。但梭羅雖然獨居林間，其實經常和家人、朋友往來，且仍然關心時事，也很不怕「惹事」。住進森林的第二年，警方要求他支付積欠六年的人頭稅，一位與他認識多年的警員願意先行代付，但被梭羅拒絕，於是他在一八四六年七月下旬（二十九歲）被捕入獄。梭羅說，他不願意向一個對內允許奴隸制度、對外發動戰爭（墨西哥）的政府繳稅，這都是侵犯自由的不義之舉。他本想在法院審理時出庭，趁機宣揚理念，但當晚就有人代付稅金。隔日清晨，梭羅甚至拒絕出獄，但仍被強行趕出。

這次的入監經驗，讓他有機會徹底思考個人與政府的關係，而寫成了〈公民不服從〉一文，該文後來以小書發行，成為梭羅最重要的政治著作。此書被評選為希臘時代以來的「五十本政治經典」之一，直到現在，此書仍持續影響著全球的政治社會改革者。梭羅不只主動寫文章、發表演說，對美國政府的奴隸制度口誅筆伐，還在行動上與廢奴組織合作，私下幫助逃亡奴隸前往加拿大，他的湖邊小屋與後來的家，也是地下逃亡路線的一站。

離開森林的獨居生活實驗之後，梭羅認識了白人廢奴主義者布朗（John Brown），並對他深表敬佩，認為其人「在國家有錯誤時，有勇氣正面面對」。後來，梭羅總共為布朗發表了三篇演講稿，第一篇是在布朗率眾突襲聯邦政府軍火庫而遭判死刑時，為他辯護。梭羅認為布朗被判絞刑，猶如基督被釘在十字架上的犧牲。布朗受處決當天，梭羅親自到鎮上鳴鐘，召集大家參加追悼會，並在會中宣讀悼文，隨後，他也幫助布朗的手下逃往加拿大。在布朗隔年下葬當天，梭羅雖因病無法前往，但仍在刊物發表追思文。

梭羅對政治與社會的熱心參與，和歷史上的其他隱居者完全不同。梭羅深信，人心與行動的力量可以改變社會，甚至可以推翻政府。有一種比較中肯的說法是，梭羅讓自己住在村莊與森林之間，給自己足夠的獨處空間與時間，去思索人生的根本事物，並從和大自然的親密接觸中得到靈性、感性的啟發，找到人之為人的高貴價值。這種人性的價值，也包括對

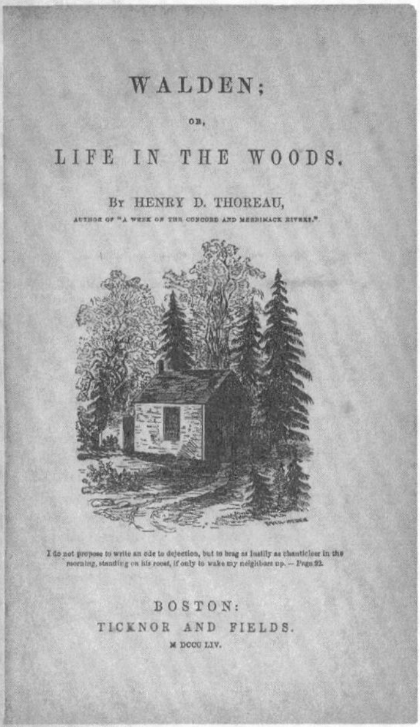

1854 年《湖濱散記》初版書封。封面上著名的小屋是由梭羅妹妹蘇菲亞所繪。
©Wikimedia Commons

當時一般人的苦悶處境以及奴隸的非人處境，充滿同情與同理，因此他勇於站出來，不怕對抗政府。

梭羅這種反抗不義的思想，在後來的社會主義者、烏托邦主義者、無政府主義者、非暴力抵抗主義者、民權主義者、反戰主義者、環保主義者中，獲得了許多忠實信徒的擁護，並在世界各國掀起風起雲湧的時代浪潮。

梭羅與印第安人

梭羅一生都對美國印第安文化有濃厚的興趣，看法也經歷過大幅度的轉變。

在康科德鎮上及附近，每當出現佩諾布斯科特族印第安人，他都會藉機去結識他們的菁英，或是在康科德鎮附近發現印第安人的工具與活動跡象時，也會引起他的特別關注。

一八四八年，他第一次前往佩諾布斯科特族的家鄉，參觀了印第安島上的社區，卻對眼前所見的一切異常失望。他的看法和當時人們一樣，認為印第安文化正在凋零與衰落，他說：「他們現在也很政治化了，我甚至覺得一排棚屋、在帕瓦聚會上跳舞，還有在火刑柱上綁著犯人，都比這一切更值得尊敬。」他認為，為了交換政治利益，佩諾布斯科特族已經失去了「高貴野蠻人」的形象。

梭羅多次去緬因州旅行，也是為了探訪印第安文化。第一次去緬因州卡登山時，他本來想雇請兩個印第安人當嚮導，但這兩人未能順利抵達指定地點，梭羅只能請非印第安人來帶路。第二次重遊時，梭羅和佩諾布斯科特族的阿特坦（Joseph Attean）才有比較深入的交談，也對他們有了更深的理解。最後一次旅行時，梭羅雇請印第安人波利斯（Joe Polis）當了幾週的嚮導。他越和印第安人接觸，就越看到真正的「人」，而不只是「印第安人」。

梭羅對印第安人的相關資訊同樣多方研讀，在寫出《公民不服從》之後，他開始閱讀美國印第安人的相關書籍，一八四八到一八六一年之間，總共記下了將近一千頁的筆記與語錄。梭羅對佩諾布斯科特族歷史最大的貢獻是，他記錄了該族各個區域的地名，這些名稱代表了他們的祖先對這些地景的看法。梭羅曾在日記中寫到：「印第安人的語言對我們展現了一種全新的生活觀。」他對印第安人的觀感也從一開始的天真想像、初次接觸時的失望，轉變為充滿尊重與敬意的理解。

他喜歡印第安人質樸簡單的相處方式，認為受過高等教育者的禮節與談吐妨礙了真誠的交流。他覺得自己身上也還流著原始的野性血液，還保有獵人的本能。他對印第安人的同情與同理，肯定是深刻而強烈的，在他病逝前，旁人能聽清楚的最後遺言就是「麋鹿」和「印第安人」。

自由、真實、完整的人生觀

《湖濱散記》是在工業革命、資本主義邁入成熟之際完成。梭羅看到了當時一般人耗盡了人生的黃金歲月，過著不得喘息的生活，就像在自掘墳墓。這讓梭羅思索著，所謂的科技文明到底是進步還是退步？人生的意義又是什麼？

對梭羅來說，保持個人的自由才是最寶貴的事，因此他看到了美國奴隸制度對個人自由的壓迫與侵犯，也看到了人為求物質欲望，犧牲了陶冶心靈的時間與自由。他認為，追求真實是待人處世最要緊的事，因此他看不慣繁文縟禮、講究排場、阿諛奉承的虛假。他提出的解方就是：簡單生活，把生活需求精簡到最基本的程度。這便是保障個人自由與獨立性的方法，可以讓人從工作中解放出來，於是才能成為一個完整的人，盡情擁抱生命中的所有可能性，而不至於成為一部機器，或社會中的一個角色或零件。因此他說，裁縫師、傳教士、商人與農民都只是九分之一個人，算不上完整的人：「可憐啊！人類現在已經變成自己工具的工具了。」原來工作只是為了謀生的一種工具，但人對自己的想像力卻被這個工具完全扼殺了。

一八四七年，梭羅在哈佛大學畢業十年的校友問卷寫到：「我是個校長、家庭教師、測量員、園丁、農夫、油漆工、木匠、苦力、鉛筆製造商、玻璃紙製造商、作家，有時還是個劣等詩人。」從梭羅的回應以及真實人生可以看出，他的一生就是在實現這個「完整的人」的理想，他不想把自己局限在一份工作、一種人生中，放棄體驗其他事物的機會。

因此，在離開森林的獨居生活時，他說：「我離開

創建於 1941 年的「梭羅協會」（Thoreau Society），會址便設立在梭羅的故鄉康科德。2012 年，協會為紀念梭羅逝世 150 週年，曾舉辦一場瓦爾登湖畔三天聚會。
©Wikimedia Commons

森林和我去森林，都有充分的理由。也許對我來說，我還有好幾種人生要過，所以無法再花更多時間在森林中生活。」但一般人往往是傳統與從眾的，因此落入了一種刻板的生活模式，甚至囚禁了自己而不自知，就像梭羅提到的，因為想要擁有和鄰居一樣的房子，而賣命工作一輩子的人。

看看如今的二十一世紀，科技雖然更進步了，但在梭羅的眼中，十九世紀的人生困境，毫無疑問仍是現代物質文明社會中的常態。物質消費需求不減反增，很多人依然買不起房子，也依然因為長時間的工作而失去自由，失去活出其他可能性、活出完整人生的機會。

萬物一體的宇宙觀

我們所生活的當代，與梭羅的時代相比，不只人的處境沒有改善，更糟糕的是，現在的自然環境更因為物質消費文明而受到嚴重的破壞。

在梭羅的時代，林地還在初期開發階段，大致上仍有豐富的自然景觀。康科德鎮連綿不斷的草原上，交織著山丘、河流、湖泊、沼澤，景觀豐富，生機盎然，讓梭羅流連其中。他深愛著家鄉，除了到紐約當過幾個月家教之外，一輩子從未長期離開過。但是這樣的環境如今已經有了劇烈變化，隨著國際貿易的成長，以及為了替人類永遠無法填滿的物質需求提供食物、衣服與能量，地球的自然生態已經急速惡化。

把大自然視為曾祖母，以動植物為友伴的梭羅，愛萬物就像愛人類一樣。如果梭羅知道地球現在的森林、濕地、土地、河川、海洋、空氣，不是消失就是受到汙染，而地球正在經歷最嚴重的物種大滅絕，有一百萬種動植物面臨著滅絕威脅，他不知道要有多痛苦、多傷心。

梭羅對大自然的每一件事都深感興趣。散步時，他的手臂總會夾著一本舊樂譜，用來採集植物標本；口袋帶著日記本與鉛筆，還有一只小望遠鏡、顯微鏡、一把大折刀與一團麻線；頭上戴著草帽，並穿著深灰色褲子與耐穿的鞋子，讓他隨時可以穿過矮樹叢，或爬到樹上找老鷹或松鼠的窩。他可以長時間在荒野中一動也不動，等到那些躲避他的蟲魚鳥獸都回巢，繼續做牠們平常的活動，有的甚至會好奇地前來打量他。

長期親近大自然，讓梭羅比一般人對它有更多的理解與感受。他認為，大自然是純潔而永恆的：「我實在無法用言語形容大自然的純潔與仁慈，那太陽、風和雨，那夏天與冬天，是如此健康、如此歡樂，這是它永遠供應不斷的！」即使雨水泡爛了他田裡的種子與馬鈴薯，他也說，雨水對草地有益，就是對他有益。他感受到萬物皆有情：「它們對我們人類是如此感同身受，如果有一個人因為某個正當的理由而悲傷，大自然的一切都要為之動容，太陽會減弱亮光，風會像人一樣嘆息，雲和雨會掉淚，森林的葉子也會飄零，並在仲夏時節一起哀悼。」他說，大自然會療癒人類的心靈，因為「即使是最憤世嫉俗、最抑鬱寡歡的人，也能在任何一個自然物中，找到最愉快而溫柔、最純潔而鼓舞人心的互動關係……絕對不會陷入無可自拔的黑暗憂鬱中（這正是今天醫學界提出綠色照護的內涵）。」大自然也能照顧人類的身體：「讓我們保持健康、平靜、滿足的藥物是什麼呢？不是我或你曾祖父的藥，而是我們大自然曾祖母萬能的植物藥材。」另外，他還從一片葉子看到了動物的器官，進而領悟到萬物同一根源的思想：「難道我自己的一部分不是由綠葉與植物所構成的嗎？」

梭羅喜歡從親近大自然中得到靈性與感性上的陶冶，並從與動植物的互動中得到心靈的滿足與喜悅。因此他不需要外在的名車豪宅華服，就能獲得解放、自由的人生。梭羅認為，生活中華而不實、虛偽短暫等讓人分心的事物太多，人很容易迷失自己，並產生錯誤的認知與恐懼，因此人需要永恆的法則來指引自己。在深刻的洞察下，他在蟲魚鳥獸、山川河流、花草樹木、冰雪風雲中，發現了整個自然界的運作法則，他認為這個運作法則就是宇宙的真理，能看懂宇宙真理的人，也會更貼近真實的自己。這種運行在萬事萬物上、永恆的自然宇宙法則，就是讓人清醒活著的重要指引。每一天醒來，都應該根據這個法則重新校準自己，讓自己每天都像大自然一樣永保清新。

在目前社會，對地球環境問題深表關切、崇尚回歸土地與靈性生活的生態永續社群、樸門社群、友善農法社群、身心靈社群，相信也會驚訝於梭羅在一百六十多年前的洞見，並對這位先知的宇宙觀深感共鳴。

清醒，才是活著

《湖濱散記》因為對自然生態的描述鮮活細膩，溫暖深情，意境高遠，普遍被歸類為自然文學，並被譽為最偉大的自然文學經典著作。但其實，梭羅的書寫動機並不是單純分享自己對大自然的觀察與喜愛，他更想針對的，是人該怎麼活？人可以怎麼活？該不該追求更高的原則？他提出自己的解答，並以自己的人生做了示範。

在梭羅眼中，大多數人的心靈都在沉睡狀態，只是基於傳統常規在生活，並沒有活出屬於人的高貴價值，也沒有活出自己的生活方式。他說：「清醒，才是活著。我從來沒有遇過一個非常清醒的人。」因此，本書第一章就寫到他的寫作動機：「我只想要和清晨站在雞棚裡高聲大叫的公雞一樣，努力喚醒我的鄰居。」

不管在什麼時代，每個人都有思想與行為的習慣模式，一不小心，我們就會落入前人、別人，或自己的窠臼，所思所想所見所聞都有一道僵固的邊界。我們也許是能滿足社會功能的角色（或工具），甚至是非常成功的專業人士，但我們仍是喪失完整知覺的人。因此，即使醒著，也是沉睡中的人。

讀著梭羅帶著同情，聽起來卻有點刺耳的文字，總是能讓我們猛然察覺這一點，甚至會冒出冷汗。但這個閱讀體驗絕對是值得的，如果有人因此像蛇一樣脫了舊皮，像鳥兒一樣換了新羽，我想，梭羅那嚴肅的臉龐應該會露出一抹淡淡的微笑吧。

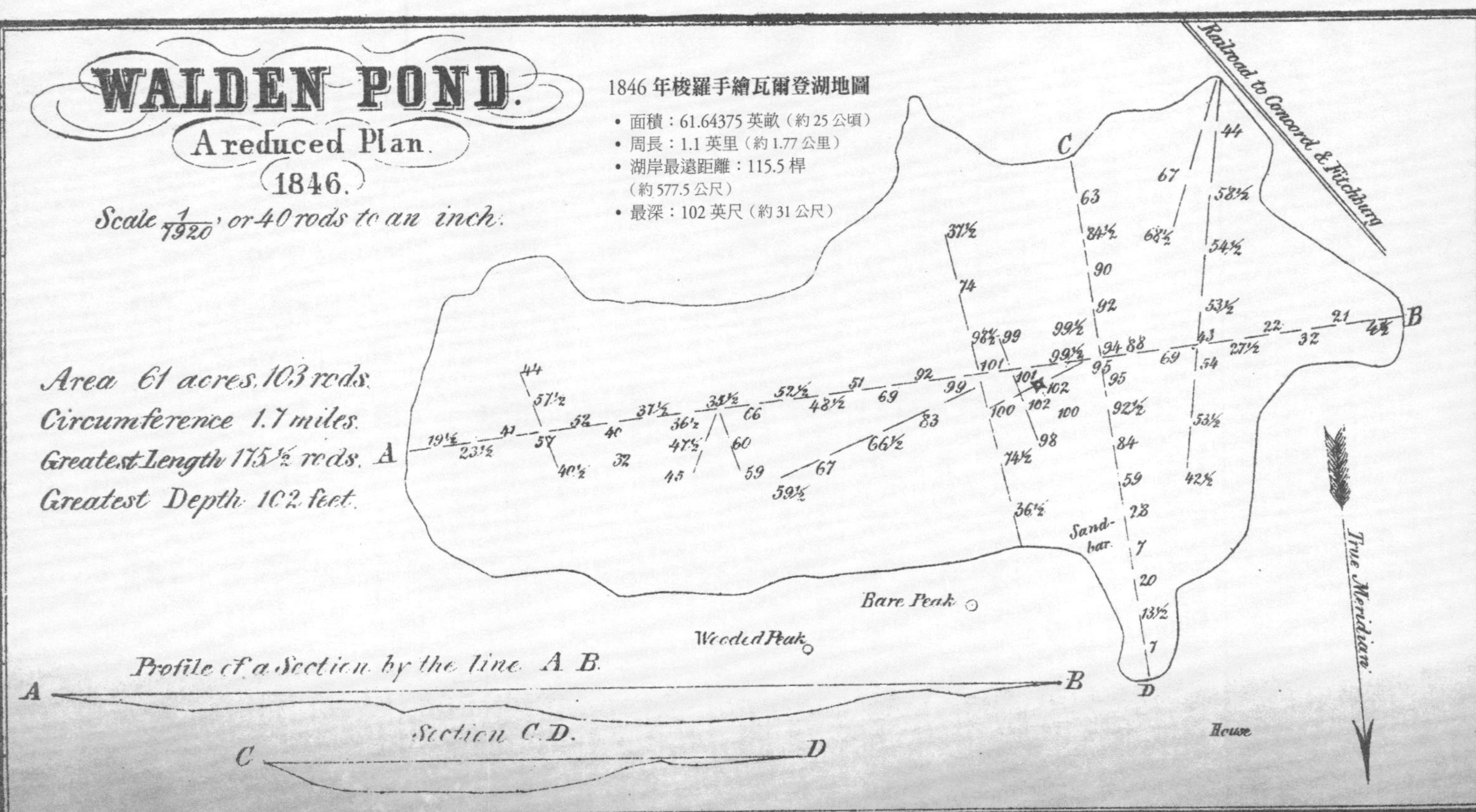
WALDEN POND.
A reduced Plan.
1846.
Scale $\frac{1}{1920}$, or 40 rods to an inch.
Area 61 acres, 103 rods.
Circumference 1.7 miles.
Greatest Length 175½ rods.
Greatest Depth 102 feet.
1846 年梭羅手繪瓦爾登湖地圖
• 面積：61.64375 英畝（約 25 公頃）
• 周長：1.1 英里（約 1.77 公里）
• 湖岸最遠距離：115.5 桿
（約 577.5 公尺）
• 最深：102 英尺（約 31 公尺）
Railroad to Concord & Fitchburg
True Meridian
Bare Peak
Wooded Peak
Sand-bar.
House
Profile of a Section by the line A B.
Section C.D.

目錄

I. 經濟

當我寫下這些文章，或者精確地說，寫下其中的大部分內容時，我是一個人獨自住在方圓一英里內都沒有人煙的樹林裡生活。當時我是住在麻薩諸塞州康科德鎮（Concord）瓦爾登湖（Walden Pond）湖畔、一間我自己親手蓋的小木屋裡，而且只靠著我自己的勞動餬口。我在那裡總共住了兩年又兩個月。現在我又再度成為文明生活裡的過客了。

如果不是因為鎮上鄉親關心我的生活方式而提出種種問題，我實在不應該拿這些個人點點滴滴的瑣事來占用讀者太多的注意力。有些人可能會說我的生活方式很不恰當，但對我來說，一點也沒有不恰當之處，而且考慮到當時的情況，反而是非常自然而恰當的生活方式。有人問我，我吃什麼？我不覺得寂寞嗎？我不害怕嗎？等等之類的問題。也有人好奇，我奉獻多少收入比例在慈善目的上；還有些子女眾多的家庭想知道，我扶養了多少可憐的孩子。因此，如果我在書中回答了其中的某些問題，還請對我個人沒有特殊興趣的讀者多多見諒。在大部分的書籍中，通常會省略掉**我**這個第一人稱代名詞，但在本書中，我會把它保留下來；就自我中心（egotism）方面，這是本書和其他書籍的主要差異。我們經常忘記，敘述的人一定是第一人稱。如果我能暢談某個熟識的人，也許就不應該如此大談特談我自己。但是很遺憾，由於我的經驗狹隘，也只能受限於這個主題。另外，站在我的立場，我要懇求每一個作者在寫作時，最重要的就是要簡單而真誠地說明自己的生活，而不是只寫一些從其他人那裡聽來的生活故事，要像他寫信給遠方親人會寫的內容一樣。我想，一個人如果可以活得真誠，那他一定是住在遙遠的地方。也許這本書特別適合給窮學生看，至於其他讀者，他們會領受各自適用的章節。我相信，沒有人會刻意把合身的外套撐開，因為對他來說，那件外套已經非常好用了。

我很樂意說一些和你們這些生活在新英格蘭地區[1]的讀者有關的事，而不是中國人與桑威奇島人[2]的事。有關你們的生活情況，特別是你們在這個世界、這個鎮上的外在情況或環境，是否有必要像現在一樣糟糕？是否完全無法改善呢？我到過康科德鎮上的很多地方，在我看來，不管是在商店、辦公室或農地上，每一個地方的居民似乎都以各種苦役在表達自己的懺悔，這真是令人震驚。我聽說婆羅門[3]的修行包括面對四道火焰坐著，並凝視太陽；或是在火焰上方倒懸身體，頭部朝下；或者轉頭望向天空，「直到身體無法恢復原來的自然姿勢，且因為脖子扭曲，除了體液，沒有其他東西可以流進胃部」；或者終生用一條鏈子，把自己綁在某棵樹的樹根上；或者像毛毛蟲一樣，以身體來丈量廣袤的帝國領土；或是用單腳站在柱子頂端。但就算是這些刻意的苦修行徑，也不如我日常目睹的景象更令人匪夷所思、更令人震驚。和我鄰居所從事的勞務相

1 New England，新英格蘭，美國東北角的六個州，包含緬因州、新罕布夏州、佛蒙特州、麻薩諸塞州、羅德島州、康乃狄克州。十七世紀，英國清教徒為了逃避歐洲的宗教迫害而來到此地，十八、十九世紀，成為美國獨立運動、廢奴運動的重鎮，也是美國文學與哲學的發源地。
2 Sandwich Islands，桑威奇島，夏威夷島舊稱。
3 Brahmin，婆羅門，印度種姓制度中最高等級的祭司貴族。

比，海格力斯[4]的十二道任務根本微不足道，因為他只有十二件差事，總是可以做完；可是我從沒看過我的鄰居殺死或捕獲任何怪物，也沒看過他們做完任何勞務。他們也沒有悠勞斯[5]這樣的朋友，會拿著火熱的烙鐵去燒那隻九頭怪獸——這隻怪獸只要一顆頭被擊碎，就會再彈出兩顆頭。

我看到，我們鎮上年輕人的一個最大不幸，就是繼承了農場、房子、穀倉、牲畜與農具，因為繼承這些東西容易，要擺脫就困難了。依我看，他們還不如出生在一座露天牧場上，讓狼來餵奶，這樣一來，他們就能用更清楚的眼光，看見他們自己是在什麼樣的環境中不停地辛苦操勞。是誰讓他們成為土地的奴隸？如果人被宣告難免要吃一抔土[6]，為什麼他們要吃到六十英畝的土地？他們為什麼才剛出生就要自掘墳墓？他們必須過著一個人的生活，不得不承擔著眼前的這一切，盡可能讓自己活得好。我看過不知道多少個可憐的永恆靈魂，在這樣的沉重負擔下幾乎被工作壓垮，無法好好呼吸。他們在生命的道路上勉強爬行，在他眼前的是七十五英尺長、四十英尺寬的穀倉，養著大批牲畜的奧金[7]馬廄也從來沒有時間打掃，一百英畝的土地上有做不完的耕作、割草活兒，還有照顧不完的牧場與林地！至於沒有繼承到這種非必要之麻煩負擔的人，光是為了應付與養活自己身上幾立方英尺的血肉之軀，也必須拚死拚活地不停勞動。

但是，人都是基於錯誤的理由而勞動的啊！屬於人更好的那一部分，往往很快就被犁進土裡充當堆肥了。他們就像一本古書[8]上說的，似乎步上了一種必然的命運，把一生用來積存財富，但是這些財富會被蠹蟲咬壞，也會生鏽敗壞，還有小偷會破門而入把它們全部偷走。這實在是一種愚蠢至極的生活方式，如果生前無法明白，臨終之時也會恍然大悟。據說丟卡利翁與皮拉[9]創造人類的方法，就是拿著石頭往背後丟，因此：

Inde genus durum sumus, experiensque laborum,
Et documenta damus qua simus origine nati.[10]

也就是雷利[11]曾用他鏗鏘有力的文字所表達的：

從此以後，人心堅硬，承受痛苦與煎熬，
以證明我們的身體本質就是岩石。

不過，把石頭往背後丟，也不看看它們落在哪裡，就只是盲從一個大錯特錯的神諭罷了。

---

4 Hercules，海格力斯，希臘神話中的宙斯之子，以力大知名，曾完成十二件不可能的難事。

5 Iolaus，悠勞斯，希臘神話中海格力斯之友。在海格力斯砍掉九頭蛇的頭時，悠勞斯幫忙用烙鐵燒成疤，以防怪物再長出頭來。

6 英文有一句老話「哪個人死前沒吃過一抔土」，引申意義為：人生在世時總會受點委屈。

7 Augean，奧金，希臘神話中的厄利斯國王。奧金養了千萬頭牲畜，但無力清掃，海格力斯的其中一件苦工就是在一天之內清掃乾淨。

8 指《聖經》。

9 丟卡利翁（Deucalion）與皮拉（Pyrrha）皆為希臘神話人物。宙斯降下大洪水懲罰人類時，只有普羅米修斯的兒子丟卡利翁和妻子皮拉幸運逃生，並成為後來人類的祖先。

10 原文為拉丁文，出自奧維德（Ovid）的《變形記》，全書有多處引用。

11 Walter Raleigh，沃爾特．雷利（一五五二左右—一六一八），英格蘭作家、冒險家。下段引文出自他的《世界史》。

即使是在這個相對自由的國家，大多數人也由於無知與錯誤的認知，而被自己想像出來的擔憂給占據了，因此從事著對生命而言既多餘又粗重的勞動。他們的手指因為過度勞動，已經變得太過笨拙，也顫抖得太厲害了，所以最後仍沒能採集到生命中更豐厚的果實。確實，從事勞動工作的人，沒有讓自己一天一天成為更完整的人的閒工夫，他也負擔不起與其他人維持最有人情味的關係，他的勞動力在市場上只會貶值。除了成為一部機器，他沒有時間成為其他的可能性。他太頻繁運用他的知識，又怎麼會知道自己的無知呢？但這是他成長所需的認知啊。但是在評斷他之前，我們應該偶爾免費提供他食物與衣服，並用我們的安慰劑讓他好好恢復元氣。我們天性中最美好的品格，就像果實上的粉霜，只能輕手輕腳才能保全。但是，我們並沒有這麼溫柔地對待自己，也沒有這樣對待別人。

我們都知道，你們之中有些人很窮困，日子很難熬，有時候幾乎喘不過氣來。我毫不懷疑，本書的某些讀者可能沒有錢付晚餐，或沒有錢付很快就磨損或已經磨損的外套與鞋子費用，在閱讀這一頁的時候，用的是一段借來或偷來的時間，是從債權人那裡搶來的一個小時。我的眼睛已經因為歷練而變得極為敏銳，可以清楚看到，很多人過的日子顯然是卑微又偷偷摸摸的生活；你們永遠處在捉襟見肘的狀態，想要做些生意，或想要擺脫債務。這是一種非常古老的泥沼，拉丁文稱之為 *aes alienum*，也就是「別人的黃銅」，因為古代有一些硬幣就是用黃銅製成。你們一輩子的生活、死亡，甚至埋葬，靠的都是別人的銅幣；你們永遠在承諾別人，明天會付、明天會付，結果卻在今天過世，根本沒有清償債務的能力。你們用各式各樣的方法討好別人，求人照顧你的生意，只要不是會被抓進監牢的事都可以做；你們撒謊、奉承、投票，或許委屈自己而縮進一個文明有禮的硬殼裡，或許又膨脹自己而帶來一種空洞浮誇的慷慨氣氛，於是可以說服你的鄰居，讓你為他們製作鞋子、帽子、外套或馬車，或是幫他進口生活用品；為了存點什麼以應付生病的日子，或可以藏在某個舊箱子裡、藏在灰泥牆後的襪子裡，或更安全一點，藏在磚塊裡，不管是多還是少，就是想放在一邊有備無患，結果這樣處心積慮忙碌下來，反而把自己先病倒了。

我有時候會想不透，我幾乎要這麼說，我們怎麼會糊塗到採用這套令人厭惡至極、彷彿國外所謂黑奴制度的奴役方式，而且還有那麼多熱衷此道的陰險奴隸主，奴役著北方與南方的勞動者。由南方人當工頭，會讓人度日如年；換成北方人當，下場只會更慘，但最最糟糕的，是你對自己的奴役。在這種情況下，還高談什麼人的神性！看看晝夜兼程趕著牲畜到市場的人，他的內心有何神性可言？他的最高職責就是給馬兒吃飼料與喝水！對他而言，和運輸利益相比，他的命運又算什麼？他不就是一個為了大地主趕牲畜的嗎？他到底有多神聖、多不朽可言呢？看看他是如此畏畏縮縮、偷偷摸摸，一整天都要瞻前顧後、提心吊膽，不但沒有不朽，也不神聖。他對自己的看法也不過就是奴隸與囚犯，這也是靠他的行為所博取的名聲。與我們私下的見解相比，公眾輿論只是一個軟弱的暴君。一個人怎麼看待自己，就決定了他的命運。即使是在充滿幻想與想像力的西印度地區，威爾伯福斯[12]能在那裡帶來什麼樣的自我解放呢？另外，也想想這塊土地上的女士們，到臨死之前的最後一天，都還在努力編織馬桶墊，一點也不關心她們的命運！

12 William Wilberforce，威廉．威爾伯福斯（一七五九－一八三三），英國政治家，主張廢除奴隸貿易以及英國海外屬地的奴隸制度。

好像消磨時間不會傷害永恆一樣。

大多數人在沉默的絕望中生活。所謂的聽天由命，就是一種慢性的絕望感。從絕望的城市走到絕望的鄉村，你的勇氣只有在和水貂與麝鼠[13]相比之下，才能得到安慰。即使在人類所謂的遊戲與娛樂中，也隱藏著一種典型而無意識的絕望感。這些遊戲一點都沒有玩樂的成分，因為工作之後才有玩樂可言。然而，不做絕望的事，才是智慧的特徵。

當我們用教義問答的方法來思考什麼是人的主要目的，什麼是生活真正的必需品與手段時，看起來好像是大家已經刻意選擇了這種共同的生活方式，因為他們似乎更偏好這種方式，而不是其他方式。而且，他們還老老實實地以為，他們別無選擇。但是，頭腦清醒而健全的人永遠記得，太陽一升起，就是新的一天。放棄過去的偏見，永遠不嫌晚。沒有證據的思維或做法，就不必相信，不管它有多麼古老。今天受到每一個人附和或默認的事，明天就可能變成無稽之談、過眼雲煙，但有些人還以為，這是可以在他們田裡降下甘霖的雲呢。老一輩的人告訴你做不到的事，你嘗試了，就會發現其實做得到。老一輩的人有老辦法，新一代的人有新作為。古人有一度並不知道，偶爾添加一點新柴就能維持火勢；現在新一代的人，只要在鍋爐下放點乾柴[14]，就能以飛鳥的速度，幾乎是以嚇死老人的速度繞著地球跑呢。年長未必更好，也未必比年輕人更有資格成為指導者，因為他們失去的比得到的更多。我們幾乎可以懷疑，最聰明的人真的已經在人生中學到任何有絕對價值的事了嗎？務實一點來說，老年人並沒有什麼特別重要的建言可以提供給年輕人，一來，他們自己的經驗本來就不算完整，二來，基於他們必須相信的個人理由，他們的人生有的就是這些悲慘的失敗經驗；另外，他們可能保有某些超越了他們經驗的信念，但可惜他們已經不再像往日一樣年輕了。我在地球上已經活三十多年了，還沒聽過我的長輩們提出任何一句有價值、甚至最誠懇的忠告。他們從未告訴過我任何事，也許，他們也無法告訴我任何有關人生意義的事。這就是人生，有很大的程度是我還沒嘗試的一場實驗；但是，他們已經嘗試過的事，對我並沒有好處。如果我擁有任何我認為有價值的經驗，我很確定我的孟托爾斯[15]都沒有提過這些事。

有一個農夫告訴我：「你不能只吃蔬菜過活，因為蔬菜不能提供骨骼需要的養分。」因此他每天都很認真地花一點時間，為他自己的身體系統提供骨頭的原料。他一邊說，一邊走在他的牛後面，而他的牛——可是只吃蔬菜也長了一身健壯骨骼的牛呢——則一路拉著他與他笨重的犁通過重重障礙。對某些人來說，例如最無助與生病的人，有些東西的確是生活必需品，但對有些人來說就只是奢侈品，至於其他人，則根本聽都沒聽過。

對有些人而言，人生的一切已經被前人經歷遍了，包括人生的高峰與低谷，所有的一切都已經被關照到了。伊夫林[16]說：「明智的所羅門[17]制定條例，規定樹木的種植距離；羅馬官員也曾做出判決，在鄰居的土地撿拾掉落地上的橡果，多少次以內不算非法入侵，以及有多少比例應歸

13 水貂與麝鼠都是膽小的動物。
14 指蒸汽機。
15 Mentors，孟托爾斯，荷馬史詩《奧德賽》中，奧德賽兒子的保護人與導師。梭羅以他代指所有聰慧的人生導師。
16 John Evelyn，約翰．伊夫林（一六二〇—一七〇六），英國農業作家。下句引文出自他的《森林志》。
17 Solomon，所羅門，推測指西元前十世紀的古以色列國王。

那個鄰居所有。」希波克拉底[18]曾經留下了剪指甲的指示：要和手指對齊，不要過長，也不要過短。毫無疑問，那種以為耗盡了人生的精采與樂趣之後所感到的沉悶與無聊，是從亞當的時代就存在的。但是人類的能耐從未被測量過，我們也不是根據一個人過去所做的事來判斷他的潛能，畢竟他嘗試過的事實在太少了。不管你至今已經遭遇過多少挫敗，「別苦惱，兒啊，誰能把你沒做過的事怪罪於你呢？」[19]

我們可以用一千種簡單的測驗來試驗我們的生活，舉例來說，讓我的豆子成熟的太陽，也同時照亮了如我們地球一樣的星球。我在鋤豆田時還沒有領會到這一點，如果我更早記住，就能避免某些錯誤了。而那些星星，是位在多麼美妙的三角形頂點啊！在宇宙各處角落中，不管距離多遠，彼此差異多大，所有的存有（being）都在同一時刻思考同一件事！大自然與人生就像我們的制度，各式各樣都有。誰能對另一個人的人生前景說三道四呢？還有什麼更大的奇蹟比得上我們在一瞬間透過彼此的眼睛觀看呢？我們應該在一小時內活出這個世界的所有年代，是的，還要活出這些年代的所有世界。歷史、詩歌、神話！——在閱讀別人的經驗時，我不知道還有什麼比這些更令人意想不到，更能增廣見聞了。

我的鄰居視為好的許多事情，我的靈魂卻認為是壞的，因此如果我要對什麼事懺悔的話，很可能就是我的循規蹈矩。是什麼樣的惡魔掌控了我，讓我的行為如此規矩？老先生啊，你已經活了七十載了，也算是某種光榮了，你可以盡量說出最有智慧的話，但我卻聽到一個無法抗拒的聲音，要我完全不要聽你的那一套。新一代的人應該像拋棄擱淺的船一樣，果斷放棄前一代的做事方式。

我認為，我們可以放心信任的事，比我們實際相信的更多。我們對自己少擔心一點，就能實實在在地對別人多關心一點。大自然可以適應我們的缺點，就像適應我們的優點一樣。有些人不停的焦慮與緊張，幾乎是一種無法治癒的疾病。我們天生就愛誇耀我們所做之事的重要性，但我們還沒做的事還多得很！或者，如果我們病倒了要怎麼辦？我們是多麼的提心吊膽啊！只要可以避免，我們就堅決不靠信念過活；於是一整天就這樣戰戰兢兢，到了晚上則不情不願地說著禱詞，然後把自己的一切交託給不確定性。我們是如此徹底而認真地被迫這樣過生活，崇拜我們的生活，因此否決了改變的可能性。我們說，這就是唯一的方式，但是從一個中心點可以向外畫出無數條的輻射線啊！一切的改變都是值得思考的奇蹟，而且時時刻刻都在發生奇蹟。孔子說：「知道的就說知道，不知道的就說不知道，這才是真正的智慧。」[20]當一個人把想像的事簡化為他理解的事，我就可以預見，所有人最後都會根據這個基礎建立自己的人生。

讓我們來思考一下，我之前提到的大部分煩惱與焦慮是什麼，以及我們所困擾，或者說，擔心的事，到底有多少必要性。如果只是要了解什麼是生活中的基本必需品，以及要採取什麼方法來取得這些東西，那麼，即使是在一個對外的文明裡面，過著一種原始而偏遠的生活，也會有一些優勢；或者甚至去看看店鋪裡老舊的日記帳本，看看一般人在這家店最常購買什麼、店家儲存

18 Hippocrates，希波克拉底，古希臘醫師，被喻為西方醫學之父。
19 出自印度古籍《毗濕奴往世書》，是某個王子受氣之後，母親安慰他的話。
20 出自《論語．為政篇》，原文「知之為知之，不知為不知，是知也。」

什麼，大致就可以知道最基本的生活用品是什麼東西。因為年代再怎麼進步，對於人類生存的基本法則，即便有所影響，影響也很少，就像我們的骨骼，可能和我們祖先的骨骼沒有太大的差別。

至於**生活必需品**，我指的是一個人透過自己努力所取得的所有東西，不管是從一開始就非常重要的，或是經過長期使用才變成人類生活中不可或缺的東西，那麼，不管是基於野蠻或貧困，或是哲學理由，幾乎不曾有人可以缺少這些東西而生存。對很多生物來說，具有這種意義的生活必需品只有一個，就是食物。對於草原上的野牛來說，是幾英寸[21]的可口草地，還有可以喝的水，除非牠還要找森林的庇護之所或山裡的蔽陰之處。除了食物與居所，這些野生動物不需要任何其他東西。在這裡的氣候下，人的生活必需品可以適當分為食物、居所、衣服與燃料；直到我們得到這些保障，我們才準備好面對人生真正的問題，例如自由與成功的前途等。人不只發明了房屋，還發明了衣服與熟食；也可能意外發現了火的溫暖，以及用火的效果，這在一開始還是一種奢侈品，但現在坐在火邊取暖也是一種必需品了。我們觀察到，貓與狗也漸漸習得了這種第二天性。有了適當的居所與衣服，我們就可以保持自己內在的熱度；但如果熱度過高，或燃料過多，也就是外在的熱度大於我們內在的熱度，那不就是在烹煮了嗎？自然主義者達爾文曾經提到火地島[22]居民的事。有一次在他的私人派對上，他穿著盛裝，而且就近坐在火堆旁，也不覺得太熱；但是這些距離火堆很遠的裸體野蠻人，「在這樣的烘烤下，竟然汗流浹背。」這讓他大感意外。我們也聽說過，新荷蘭人[23]裸身赤體跑來跑去都沒事，但歐洲人穿著衣服也打哆嗦。把野蠻人的強壯與文明人的睿智結合起來，是不可能的嗎？李比希[24]認為，人的身體是一個火爐，而食物是燃料，以保持肺部的內部燃燒。天冷的時候，我們吃得多；熱的時候，就吃得少。動物的體溫是緩慢燃燒的結果，如果燃燒過快，或缺少燃料，或氣流有某些缺陷而讓火熄滅，就會導致疾病與死亡。當然，生命體的熱不能與火混為一談，大致上的類比就講到這裡。因此，從以上的說法，**動物的生命**幾乎是**動物的體溫**的同義詞；而食物也許可以視為維持我們體內之火的燃料——燃料只是為了準備食物，或增加我們身體的溫暖，居所與衣服也只是為了要維持因此產生與吸收的熱量。

因此，對我們的身體來說，主要的必需品就是保暖，以維持我們體內的重要熱量。所以我們要承受隨之而來的辛苦，不只是食物、衣服、居所，還有我們的床。床是我們夜晚的衣服，我們從鳥兒的巢與胸羽上搶來材料，好讓我們在一個遮蔽處中再造一個遮蔽處，就像鼴鼠在牠挖的洞穴盡頭，也有一處由草與葉鋪成的床！窮人經常抱怨這是個冰冷的世界，我們很大一部分的苦惱也和冷直接相關，包括身體的冷，人情的冷。在某些氣候區，夏天就可以讓人過上一種伊黎仙[25]般天堂樂園的生活。除了烹煮食物之外，燃料不算是必需品，太陽就是火，很多果實都因為太陽的光線而成熟。一般來說，食物是多樣的，也比較容易取得；至於衣服與居所則是完全不需要的。或只是部分需要。今天，在這個國家，根據我自己的經驗，我發現一些工具、一把刀、一把斧頭、一個鏟子、一台手推車等等，如果是好學之士，再加上一盞燈、一些文具、幾本書，生

21 一英寸約等於二．五四公分。
22 Tierra del Fuego，火地島，位於南美洲的最南端。
23 New Holland，新荷蘭，十九世紀中期，歐洲對澳洲的稱呼。新荷蘭人指的是澳洲原住民。
24 Justus von Liebig，尤斯圖斯．馮．李比希（一八〇三－一八七三），德國化學家。
25 Elysian，伊黎仙，希臘神話中的天堂，死後會受到祝福的極樂世界。

活必需品就差不多備齊了，而且都是一點點錢就可以買到的東西。但是有些不聰明的人，卻跑到地球另一邊蠻荒又不健康的地帶，投入貿易十年、二十年，目的是為了追求他們可能的生活——也就是，保持溫暖，然後死在新英格蘭。奢華的有錢人不只追求維持舒適溫暖而已，還要異常地熱；就像我之前暗示的，他們在被烹煮著，當然還煮得很時髦（à la mode）呢！

但是大部分的奢侈品，以及所謂讓生活舒適的許多東西，不但並非不可或缺的必需品，而且還肯定對人性的提升有害。說到奢侈品與舒適品，其實最明智的人往往過著比窮人更簡單、更簡樸的生活。包括中國人、印度教徒、波斯人與希臘人，古代的哲學家全都是同一個類型的人，他們的外在極為窮困；但他們的內在卻極為豐盛。我們對他們的人生所知不多，但我們能對他們知道得這麼多，也是一件很了不起的事了。在他們之後，較現代的改革者與贊助人也是一樣。一個人只有堅持安貧樂道的立場，才能對人類的生活做出持平而有智慧的觀察。不管是在農業、商業、文學或藝術領域，在奢侈的生活中所結出來的果實就是奢侈的。在今天這個時代，我們只有所謂的哲學教授，卻沒有哲學家。但是，能夠去教授哲學，還是一件令人羨慕的事，因為這曾經是令人羨慕的生活方式。不過，要成為哲學家，不只要擁有敏銳的思想，不只要建立一個學派，還要熱愛智慧，並根據智慧的指示而活，去活出一種簡單、獨立、寬容與信任的人生。因為，他不只是在理論上，也能在實務上解決人生的問題。了不起的學者與思想家的成就，通常不是君王式或英雄式的大破大立，而是類似朝臣式的成就。他們只是變得循規蹈矩，實際上就像他們的父輩一樣，因此也培養不出什麼高尚的人類後代。但人類為什麼越來越沉淪？各家族為什麼越來越沒落？導致國力日漸衰弱與敗壞的奢侈，其本質是什麼？我們是否能夠確定，我們自己的生活中沒有絲毫的奢侈成分？即使論外在的生活方式，哲學家也是領先於他的時代，他的飲食、居住、穿著、保暖方式，都和同時代的人大不相同。如果他維持體溫的方法沒有比別人更好，怎麼能成為哲學家呢？

一個人如果已經以我前面提到的幾個方法保持溫暖了，他接下來會想要什麼呢？肯定不會是想要更多的溫暖，而是想要更豐盛的食物、更大更漂亮的房子、更多樣更精美的服飾、更多更熱且永不中斷的火，等等諸如此類的東西。如果他已經得到了這些生活的必需品，就不需要更多的東西，而是有別的選擇了，那就是，他從現在開始就可以在生活中冒險，不需要再委屈自己拚命地勞碌工作，要開始人生的假期了。土壤很適合種子的生長，因為種子的根深深往下扎實之後，它的芽就可以帶著無比的自信向上生長。但為什麼人類已經在地面打下堅實的根基，卻沒有以相同的比例向上成長、向上提升？畢竟，我們在評估更珍貴的植物時，根據的就是它們在空氣與陽光中最後結出來、遠離地面的果實。它們不像卑微的蔬菜植物，雖然蔬菜也可能是兩年生作物，但栽種的目的主要是讓它們長好根部，而且為了讓根部發育良好，通常會把頂端的枝葉修剪掉，所以到了開花時節，大部分的人也認不出它們。

我無意對性格堅強而勇敢的人制定規則，因為不管是在天堂還是在地獄，他們自然會照料自己的事，甚至比起最富有的人，他們的房子可能蓋得更宏偉、錢也花得更大方，也不會讓自己變窮、不知道如何生活——如果真的有這樣的生活方式，那就是人們一直夢寐以求的生活了；我也無意對那些能在現有條件下找到勇氣與靈感的人制定規則，他們懷著戀人心態，以喜愛與熱情珍惜著這些條件——在某個程度上，我認為我自己也是這一類的人。我的談話對象並非那些在任何環境下都能充分施展才能，而且也知道自己是否充分施展才能的人；我的談話對象，主要是對生活不滿的大眾，他們在生活還有改善可能的時候，卻把大部分的時間用在亂發牢騷、怨天尤人。有些人發起牢騷來怨氣沖天，沒完沒了，因為就像他們所說的，他們可是安安分分、盡心盡力了啊。我在心裡也想到還有一群人，表面上看起來很富裕，但其實是最貧窮的一群，他們累積了一堆有的沒的無用之物，卻不知道如何使用或如何擺脫，反而為自己鑄上了用金銀打造的腳鐐。

如果我把過去這幾年自己多麼渴望的生活說出來，對這段生活的實際過程略知一二的人，可能會感到有點意外；而那些一無所知的人，肯定會大吃一驚。所以我只略提幾件我很重視的事就好了。

不管天氣狀況如何，不管白天或夜晚，我每時每刻都巴不得充分善用時間，並在我的手杖刻下計時刻度；巴不得站在過去與未來這兩個永恆的交會之處，而那正是眼前的當下時刻；巴不得踮起腳尖，準備起跑。如果我說得有點含糊，還請多多見諒，因為我做的事比大部分的人更神祕一點。我不是故意暗藏玄機，而是因為和這件事的本質有關。我非常樂意說出我所知的一切，也永遠不會在我的門口掛上「不准入內」的標示。

我在很久以前丟了一條獵犬、一匹栗色馬，還有一隻斑鳩[26]，我到現在還在尋找。我告訴很多旅人牠們的事，還描述了牠們的行蹤，以及牠們會回應什麼樣的叫聲。有一、兩個人聽過獵犬的吠叫聲，馬的蹄聲，甚至看過斑鳩消失在雲層中的身影，他們似乎也急著想把牠們找回來，好像是自己丟掉的一樣。

如果可以，我們不只要預測日出與黎明[27]，還要預測大自然本身！不管是夏天或冬天，在多少個清晨中，在鄰居開始幹活之前，我早就在做我的事了！不要懷疑，很多鎮上的人都看到我辦完事回來了，還有在黎明中前往波士頓的農夫，以及要去林子幹活的伐木工人也看到了。確實，太陽升起，我實際沒幫上什麼忙，但最重要的是，在日出時，你人要在現場啊。

在秋天，唉，還有冬天的很多日子裡，我人待在城外，努力聆聽風中有什麼消息，一聽到就把它傳出去。我為此幾乎砸下了我所有的資本，還因為要迎著風跑，跑得上氣不接下氣。如果消息和兩個黨之一有關，相信我好了，一定會有最新的情報出現在公報上。在其他時間，我會守在某些懸崖或樹頂的眺望台上觀望，每當有新訪客就用電報通知；黃昏的時候，我會守在山頂等著夜幕降落，這樣就可能有機會看到一點什麼，只是我看過的不多，而這個像嗎納[28]的東西，也會再次消失在陽光下。

很長的一段時間裡，我在一家發行量不大的期刊[29]擔任記者。我寫了很多篇稿子，但是這本期刊的主編似乎找不到適合發表的文章，所以我和很多作者一樣，絞盡腦汁的勤奮筆耕只換來了一身的辛勞。但是，就我的情形來說，我的辛勞本身就是報酬。

---

26 《湖濱散記》的論者對這三個動物的見解不一，可能是象徵想達到但還沒達到的事情。
27 梭羅曾經做過氣象預測員。
28 Manna，嗎納，聖經故事中，摩西與其子民在沙漠中遷移時，神從天上賜下的食物，日出就會消失。
29 指新英格蘭地區發源的超驗主義刊物《日晷》。

多年以來，我自願擔任過暴風雪與暴風雨的視察員，並且忠實執行我的職責；我也自願擔任過檢查員，但不是檢查公路，而是森林小徑以及所有通行路線，以便讓這些路徑保持暢通，讓深谷在所有的季節中都有橋可通、有路可走。大眾來來去去的足跡，證明了這些路徑的用處。

我也照顧過這個小鎮上的野生動物，這些動物偶爾會跨過圍欄，對老實的牧民造成很大的困擾；我也會特別跑去關照農場中受人冷落的隱蔽角落，不過，我並不知道喬納斯或所羅門今天在哪一塊田裡工作，那就不關我的事了。我還會幫紅色的越橘、沙櫻、朴樹、赤松、黑梣木、白葡萄與黃色紫羅蘭澆水，否則這些植物在乾季時早就枯萎了。

總之，我不誇張地說，我這樣做了很長一段時間，而且盡忠職守，直到後來我越來越清楚，鎮上的民眾根本不願意把我納進公務員名單，也不想給我一筆適度津貼以保有這份差事。至於我的帳目，我敢發誓，我的帳簿記錄得清清楚楚，但從來沒有人審計過，更不要說有誰來核准、撥款或結清帳目了。不過，我的心思從來沒有放在這件事上。

不久以前，有一個到處做生意的印第安人，到我家附近一個名律師家裡兜售籃子。他問：「你要買籃子嗎？」律師回答：「不要，我們一個也不要。」這個印第安人走出大門時還一邊大聲嚷嚷：「什麼！你是要把我們餓死嗎？」原來這個印第安人看到他勤奮的白人鄰居過得這麼富裕，認為他只是編出一些論點，再應用一些邏輯，財富與地位就隨之而來，於是他告訴自己：我也要來做生意，我會編籃子，這是我可以做的事。他以為，只要他完成了編籃子的那一份工，這個白人就會買。他沒有發現，他需要讓這個籃子值得別人買，或至少讓別人認為值得買，或去製作任何值得別人去買的東西。我也曾經編過一種質地非常精緻的籃子，但我並沒有讓它值得任何人去買。但對我來說，這是值得我去編的籃子。所以我並不是研究要如何把它做得值得別人來買，我研究的是如何避免一定要去銷售這些籃子。人們讚美並認為成功的生活方式，只是一種生活方式而已。我們為什麼要犧牲其他種生活方式，只誇耀某一種呢？

當我發現，鎮上鄉親不太可能在法院或任何地方提供我一份職務時，我只好自己轉向，比以往更投入到森林裡，而那裡的一切，我也更熟悉。我決定馬上開始投入我的計畫，而且不像一般人通常會先等資金籌備到位，我只用手頭已有的少量資金就開始了。我去瓦爾登湖的目的，不是為了過節儉的生活，也不是要過昂貴的生活，而是要去障礙最少的地方，做一點個人想做的事。只因缺少一點常識，或缺少一點企業與生意才能，就不去做這件事，與其說是可悲，不如說是愚蠢。

我一直努力讓自己養成嚴謹的商業習慣，這對每一個人都是不可或缺的。如果你與中國通商，那麼在塞勒姆[30]的岸邊設置幾間小小的房子來計算貨物，也就滿夠用的了。你可以出口這個國家出產的貨物，有很多冰與松木，還有一點花崗岩，全都是本地的東西。這些都是很好的生意。你要親自監督所有細節，同時身兼舵手與船長、所有人與承銷人；你要買賣和記帳；閱讀每一封收到的來信，撰寫與閱讀每一封要寄出去的信；還要日夜監督商品的卸貨作業；你幾乎得同時在海岸的很多地點出現，通常，最多貨物會在澤西[31]的一處海岸卸貨；你還要為了某一件商品，自

30 Salem，塞勒姆，麻州海岸的一個重要港口小鎮。

31 Jersey，澤西，當時的紐澤西海岸時常發生船難。

己去發送電報，不厭其煩地把消息傳播出去，並連絡上所有沿著海岸線經過的船隻。你要穩定地調度商品，以供應遙遠且需求過度的市場；要讓自己了解市場狀況，了解各地戰爭與和平的前景，還要預測貿易與文明的趨勢；你要善用所有探索隊發現的結果，善用新的航道與所有的導航改良技術；要研究地圖，要確定珊瑚礁、新安裝的燈塔與浮標位置，還要不斷校正對數表，因為只要某些計算上的錯誤，就可能讓本應平安抵達碼頭的船隻撞上岩石而破裂——拉佩魯茲[32]的命運真是難以預料，是吧。你還要跟得上科學發現的腳步，研究從漢諾[33]、腓尼基人[34]到今天的所有偉大探險家、航海家、大冒險家與商人的人生。最後，三不五時就要考慮庫存問題，以便知道你的狀況如何。這是一件非常勞心勞力的工作，需要動用到一個人的所有能力，例如損益、利息、淨重計算法的問題，以及牽涉其中的各種測量方法，這需要非常廣泛的知識。

我認為瓦爾登湖是個做生意的好地方，不完全只是考慮到鐵路與冰的貿易，它還有某些優勢，但在這裡透露出來可能是不智之舉。總之，它是一個很好的港口，已有很好的基礎，只是你必須靠自己開發、建設各個地方。但不像俄國的涅瓦河（Neva）有沼澤地，得想辦法填實。據說，洪水氾濫時，如果還颳著西風，涅瓦河上流過來的冰足以把聖彼得堡（St. Petersburg）從地表上剷平。

由於我投入這項計畫時，手頭沒有一般所需的資本，大家也許不容易猜到，我要如何取得每個事業中都不可或缺的用品與工具。我們馬上就來探討這個問題的實際部分吧，說到衣服，我們在採買的時候，通常是因為喜歡新的款式，以及考慮到別人的意見，而不是因為衣服的真正效用。我們應該讓有工作的人回憶一下衣服的目的，第一，是要保持基本的體溫，第二，是在社會中不要裸體，因此他就可以判斷，如果不想在衣櫥中增加多餘的衣物，他應該要完成多少必要工作。

國王與皇后雖然有御用裁縫為他們專門製作衣服，但一套衣服只穿一次，而且他們並不知道穿著合身服裝的舒適感，所以他們其實不比吊掛乾淨衣物的木架好多少。然而，我們的衣服卻一天一天和我們越來越同化，充分顯示出穿衣者的性格與形象，因此我們不情願把衣服丟掉，即使要丟，也像丟棄我們的身體一樣，總是依依不捨，還可能需要一點醫療設備的協助那樣嚴肅。在我的眼裡，衣服有補丁的人並不會因此降低身分，但是我很肯定地說，一般人對穿衣服有很多擔憂，通常要穿著入時，或至少要乾淨，或沒有補丁，他們在這方面想的，比自己有沒有健全的良心想得更多。然而，衣服破了不補，暴露出來的最大缺點頂多就是不夠節省而已。有時候，我會試探性地問一些熟識的人：「誰會穿上在膝蓋處有個補丁，或多了兩條縫線的褲子？」大部分的人好像都認為，如果他們這樣做了，前途就會毀了一樣。他們寧可拐著一條斷腿，一跛一跛走到鎮上，也不願意穿著一條有破洞的褲子。一個紳士的腳如果因為意外受傷了，通常是可以治療並痊癒的；但如果他的褲管因為意外破了，那就無法補救了。因為他所顧慮的，並不是真正值得尊敬的東西，而是那些受人看重的東西。我們認識的人很少，卻熟知很多外套與短褲。幫稻草人穿上你最新的一件襯衫，然後你游手好閒地站在旁邊，誰不會很快就向稻草人致敬，對你卻看都不看一眼？我前幾天經過一塊玉米田，在一根穿衣又戴帽的木樁旁邊，我認出了那座農場的主人，他

32 comte de Lapérouse，拉佩魯茲伯爵（一七四一－一七八八），法國探險家，曾遠航到西伯利亞、澳大利亞，最後在南太平洋上失蹤。
33 Hanno，漢諾，西元前五世紀左右的迦太基探險者，曾在非洲西海岸探險與殖民。
34 Phoenicia，腓尼基，古地中海的一個地區，據說其人民精於航海與通商。

比我上次看到他時還多了一點風霜。我聽說有一隻狗，會對著走進主人家、穿著衣服的陌生人大聲吠叫，但面對光著身子的竊賊時，卻安安靜靜不吭一聲。如果大家都不穿衣服，要如何保持他們的相對位階呢？這真是一個耐人尋味的問題。在這種情況下，你能不能非常肯定地分辨，在任何一群文明人之中，哪些人屬於最受敬重的階級？普菲佛（Pfeiffer）女士從東向西展開環球冒險，到了俄羅斯的亞洲領土上，準備要去見當地官員時，她覺得有必要換下旅行時的穿著，因為「現在是在文明的國度了，在這裡……是靠衣著來判斷人的。」即使是在我們講求民主的新英格蘭地區城鎮，一個人有了意外得來的財富，只要在衣著與配件上展現出財力，就能贏得普遍的尊重。但是，產生這些尊重的人，人數雖然很多，卻都是異教徒，實在很需要派一名傳教士給他們。另外，有衣服就需要縫紉活兒，這是一種沒完沒了的差事，至少女人的衣服就永遠沒有完工的時候。

一個終於找到事情做的人，也不必穿上新的衣服才能工作，對他來說，不知道在閣樓擺了多久、滿是灰塵的舊衣服就很夠用了。對英雄來說，如果他有隨從，他穿舊鞋的時間也比他隨從穿舊鞋的時間更久，另外，赤腳的歷史比鞋子更久，所以英雄赤腳走路也不成問題。只有參加社交宴會與議會的人不時需要新的外套，這些外套一件換過一件，就像這些地方的人一批換過一批。但是，如果我的外套與褲子，還有我的帽子與鞋子，都適合穿去禮敬上帝，那這樣的衣服也就可以了，難道不是嗎？誰曾經看過自己的舊衣服呢？有哪一件舊外套是已經破爛到不行，穿到快分解成原來的材料了，就算轉送給窮孩子也算不上是一件善行的呢？然後，也許這個窮孩子還會轉送給更窮的人。或許我們應該說，能用更少東西過生活的人，才是更富有的人？我說啊，要提防所有要求人穿新衣，而不是新的穿衣人的企業。如果人沒有脫胎換骨、煥然一新，新衣服又怎麼會合身？如果你眼前有什麼事要做，儘管大膽穿著舊衣服去試試吧。所有人真正想要的，並不是想**用**某個東西，而是想**做**某件事，或想**成為**某個人。不管舊衣服多麼破爛、多麼骯髒，也許我們都不應該急著買新衣服，一直到我們的行動、我們的積極作為與自信的行走方式，讓我們覺得自己已是舊軀體中的新人了，再繼續穿舊衣服就會像舊瓶裝新酒一樣，那時候才是換新裝的時候。我們的換裝應該要像禽鳥換羽毛的季節一樣，一定要是人生中的重大轉變時機。在這種時候，潛鳥會退到安靜的池塘換羽毛。蛇蛻皮，毛毛蟲脫殼，也是一樣，這都是牠們內在素質壯大的結果。衣服只是我們最外層的表皮以及塵世間的一項煩擾而已，若沒有衣服，我們終將會被發現，我們只不過是在層層的偽裝下活動，最後一定會被自己唾棄，也會被世人唾棄。

我們穿上一件又一件的衣服，好像我們是靠著外在因素才能生長的植物一樣。我們穿在外面的通常是單薄時髦的衣服，那是我們的表皮或假皮，與我們的生命無關，也許這裡或那裡撕掉一塊也不會造成致命的傷害。平常穿的、較厚的衣服，是我們的細胞外皮或皮質層，而襯衣就是我們的韌皮或真皮，一旦剝掉一定會留下疤痕，也會對人造成傷害。我相信，世界各民族在某些季節會穿著相當於襯衣的東西。理想的狀況是，人可以穿得如此簡單，讓他即使在黑暗中也能活動自如，另外，他在生活的各方面也可以如此簡單，而且隨時做好準備，如果敵人攻占了城池，他可以像古代那位哲學家[35]一樣，心中毫無罣礙，雙手空空就走出城去。厚衣服用途多多，一件就可以抵上三件薄衣，而便宜的衣服也可以用適合的價錢買到。一件厚外套可以用五美元買到，而且可以穿上很多年；厚褲子要兩美元、一雙牛皮靴一．五美元、一頂夏天的帽子二十五美分、冬天的帽子六十二．五美分。或者，我們可以在家裡用非常少的錢做出一頂更好的帽子。一個人靠著**自己賺來的**錢，穿上一身這樣的行頭，哪裡還算窮，難道還找不到對他表達敬意的聰明人？

當我要求訂做一件特別款式的衣服時，女裁縫師用很鄭重的語氣告訴我：「他們現在不做這種款式了。」她完全沒有強調「他們」是誰，好像她引用的是命運之神一樣的非人權威，而且我發現，很難要求她做出我想要的樣子，因為她不相信我會那麼草率，以為我只是隨便說說。當我聽到這句神諭一般的句子時，我花了一點時間沉思，一個字一個字分別強調，心想我也許可以理解這句話的意思，然後我或許會發現，**他們**和**我**有什麼血緣關係，而他們又有什麼權威，可以決定對我影響如此密切的一件事。最後，我也用一樣神祕的話來答覆她，對「他們」同樣不特別強調：「的確，他們前一陣子都沒做，但現在做了。」如果她只量了我的肩膀寬度——好像我的肩膀只是掛外套的木樁——卻沒有量我的性格，這樣的量法有什麼用？我們崇拜的不是美惠三女神[36]，也不是命運三女神[37]，而是時尚之神。她帶著十足的權威，紡紗、編織、剪裁。在巴黎的猴王戴上了一頂旅行帽，美國的所有猴子就跟著有樣學樣了。在這個世界上，要透過別人的幫忙完成一件簡單又樸實的事，我是不抱希望的了。我們必須用一部強力壓榨機，先把舊觀念從大家的腦袋瓜裡擠掉，這樣一來，這些想法才不會一下子又死灰復燃。但接著，就會有一個腦袋長蛆的人出現，誰也不知道是什麼時候下卵的，但現在孵了出來，由於連火都消滅不了這些想法，所以你的一切努力也全部白費了。儘管如此，我們也不要忘記，有些埃及小麥是透過某個木乃伊傳下來給我們的。

總的來說，我並不認為，在這個國家或任何其他國家，服飾已經提升到藝術的地位。目前，大家還是有什麼就穿什麼。就像遇到海難的水手，在海灘上能找到什麼，就把什麼穿在身上，並在拉開一點距離後——無論是空間上或時間上的距離——就互相嘲笑對方的穿著。每一代都在取笑舊時尚，並虔誠地追求新時尚。我們看到亨利八世和伊莉莎白女王[38]的裝扮就覺得可笑，好像他們是食人島上的國王與王后。沒有了人，所有的服飾都是可憐又滑稽的。只有穿衣人莊重的眼神與真誠的生活，才不會引起別人的訕笑，並讓這個人的服飾顯得莊嚴起來。當小丑[39]忽然腸絞痛發作，他色彩斑斕的衣著也表現了那種痛苦的情緒；當士兵被砲彈擊中，他身上的破軍服也會因此像紫袍一樣高貴。

男男女女都在追求新款式，這種幼稚而野蠻的品味，讓很多人捧著萬花筒不斷搖晃、瞇眼檢視，希望藉此發現今天這一代所需要的特定圖案。製造商也很了解，時尚品味是荒誕可笑的。一個經常發生的例子就是，在兩個圖案中，只有幾條線不一樣，而且顏色非常相近，一種可能馬上

35 指希臘七賢之一，普里恩的比亞斯（Bias of Priene），他的名言是「人多反而壞事」。
36 The Graces，美惠三女神，希臘神話中，生命中美好事物的三位女神。
37 The Parcae，羅馬神話中的命運三女神。
38 亨利八世（Henry VIII）與伊莉莎白女王（Queen Elizabeth）皆是十六世紀的英格蘭君王。伊莉莎白女王是亨利八世之女。
39 Harlequin，小丑，義大利喜劇中的一個典型角色，傳統上穿著多種顏色的緊身衣褲。

賣到缺貨，另一種卻可能躺在貨架上無人問津，但在這一季結束後，原來賣不出去的卻變成最流行的款式。比較起來，刺青這種習俗反而不像人家說的那麼可怕。不能只因為它深及皮膚，而且不可去除，就認為它野蠻。

我無法相信，我們的工廠生產制度是大家取得衣服的最好方法。工人的工作條件一天比一天像英國工人的狀況，這也難怪，因為就我聽到或觀察到的來說，工廠的主要目標並不是為了讓人穿得好、穿得實在，而是——毫無疑問的——要讓公司賺大錢。長遠來看，人只會達成自己設定的目標。因此，即使短期內還達不到，但人最好要設定更高的目標。

至於住所，我不否認，房子現在已經是生活必需品了，雖然有很多例子可以說明，在比美國更寒冷的國家，也有人可以在很長一段時間不住在房子裡。塞繆爾．萊英[40]說：「拉普蘭人身上穿著皮衣，頭上與肩上罩著皮袋，就這樣在雪地中睡了一晚又一晚……這樣的低溫，足以讓任何穿著羊毛衣的人凍死。」他看過他們是這樣睡覺的，但是他也補充：「他們的體格並沒有比其他人種強壯。」狀況很可能是這樣子的，人類在地球上生活時，很快就發現了房子的便利之處，「家裡的種種舒適」一開始指的可能是對房子的滿足感，而不是家庭；但是這樣的說法非常片面，也只有偶爾才適用。一般來說，我們會把房子和冬天、雨季聯想在一起，但在某些氣候區——一年有三分之二時間只需要一把遮陽傘就足夠的地方——房子就不算是必需品了。在我們這裡的氣候環境下，以前的夏天晚上幾乎只需要有個遮蓋物就好。在印第安人的相關紀錄中，一頂帳篷就是一日行程的象徵，一棵樹的樹皮上若刻有或畫有一排帳篷，就表示他們已經紮營這麼多次了。人類生來並沒有強大的四肢、魁梧的身軀，因此必須設法把世界縮小，用牆圍出一個適合生活的空間。人類最初是以赤身裸體在野外生活，在平靜與溫暖的天氣下，白天是十分舒服愉快的時間；但是在雨季與冬季時——更不要說在熾熱的太陽下——如果不趕快用房子來遮蔽他自己，他的種族可能在萌芽時期就被扼殺了。根據寓言，亞當與夏娃在穿上衣服之前是以樹葉蔽體。人類想要一個家，一個溫暖或舒適的地方，首先是為了身體上的溫暖，然後才是情感上的溫暖。

我們可以想像，在人類發展初期，為了尋求遮蔽，一些積極進取的人爬進了岩洞。在某種程度上，每個小孩都會從頭體驗這樣的世界，即使是潮濕寒冷的天氣，他們也喜歡待在戶外。小孩好像出於某種本能，就是會玩起蓋房子和騎馬遊戲。有誰不記得自己小時候看著傾斜的岩石，或一條通往某個洞穴的路時，那種好奇興奮的感覺？這是我們最早的祖先身上的一種渴望，至今依然留存在於我們體內。從洞穴開始，我們的屋頂逐漸進步到用棕櫚葉、用樹皮與樹枝、用亞麻編織物、用草與稻草、用木板與木瓦，用石頭與磁磚等等。到最後，我們已經不知道露天生活是什麼滋味，而室內生活的意義也比我們想的更深刻了。從此以後，壁爐和田地的距離就遙遠了。如果我們沒有花那麼多時間在室內，導致我們與日月星辰之間有了隔閡；如果詩人不是在屋頂下長篇大論，如果聖人不是在屋子裡住那麼久，也許會更好。畢竟，鳥兒不是在洞穴內歌唱，鴿子也不是在鴿舍裡懷抱自己的純真。

然而，如果有人想要建造一間可以居住的房子，他應該要用上一點北方佬的精明，以免到最

40 Samuel Laing，塞繆爾·萊英（一七八〇—一八六八），英國遊記作家，寫過幾本關於北歐諸國的書。

後才發現自己住在工廠裡，或是沒有出路的迷宮、博物館、救濟院、監獄，或是豪華的陵墓。首先要好好思考，絕對必要的遮蔽處能有多小？我曾經在這個鎮上看過印第安佩諾布斯科特（Penobscot）族的人，就住在薄薄的棉布營帳中，周圍的積雪有一英尺深。我那時還在想，如果雪積得更深，就可以幫他們擋風，他們可能會很高興。以前，要如何實實在在地生活，還能保有一點追求其他興趣的自由，是讓我非常困擾的一個問題，現在我已經不那麼困擾了，因為，非常遺憾的，我已經變得有點麻木了。我曾經在鐵路旁看過一個大箱子，長六英尺，寬三英尺，這是工人放置工具的地方。這個箱子讓我想到，每個被生活壓迫的人只要花一美元就可以買到這種箱子，然後再鑽幾個孔讓空氣流通，這樣一來，在下雨和晚上的時候，他可以待在裡面，只要再把蓋子蓋上，他就可以不受干擾地做他喜愛的事，他的靈魂也因此得到自由了。這並不是最糟，也絕對不是令人厭惡的選擇。你想熬夜到多晚，隨你高興，任何時間起床出門，也不會遇到房東或二房東纏著你催討房租。很多人為了一個更大、更豪華的箱子，一輩子被折磨到死，但如果住在這種箱子裡，是不會凍死的。我絕對不是在開玩笑。你可以不太在乎經濟學，但不能完全置之不理。以前有一個粗壯、大部分時間住在戶外的民族，曾經利用了幾乎是大自然準備好的天然材料，在這裡建造過一間舒適的房子。負責管理麻薩諸塞州殖民地印第安人的古金（Gookin），在一六七四年寫道：「他們最好的房子都是用樹皮覆蓋，而且蓋得非常整齊、密實而溫暖。這些樹皮在汁液流乾的季節就會從樹上自然脫落下來，然後他們用很重的木材把仍是綠色的樹皮壓製成大片大片的樹皮薄片……比較簡陋的房子則是用某種蘆葦編的蓆子覆蓋，但一樣密實溫暖，只是沒有前一種好……我看過有些房子有六十或一百英尺長，三十英尺寬……我經常寄住在他們的棚屋裡，因此發現這些房子和英國最好的房子一樣溫暖。」他補充道，他們通常鋪有地毯，內襯著繡工精美的墊子，並配有各式各樣的家用器具。目前為止，印第安人已經進步到在屋頂上開一個洞，上面再掛一張蓆子，只需牽動一條繩子就可以調節風力。這樣的房子只要一天，最多兩天就可以建好，拆掉再重新搭起來也只要幾個小時。每戶人家都有一間這種房子或是裡面的一個房間。

在未開化時期，每個家庭都擁有一個遮風蔽雨的地方，就和前面所講的最好的房子一樣好，而且也能滿足所有基本的簡單需求。然而，雖然空中的鳥兒有巢，狐狸有狐狸洞，野蠻人有棚屋，但在現代的文明社會中，只有不到一半的家庭擁有自己的房子。在文明更發達的大城市，擁有自己房子的人占全部人口的比例更低。為了這個在夏天與冬天不可或缺的外衣，大部分的人每年都要繳一筆租金，這些錢本來足以買下一整個印第安棚屋村，現在卻讓他們貧困終生。我在這裡不是要堅持——和擁有房子相比——租房子的缺點，但顯而易見的是，野蠻人擁有自己的房子是因為房子的成本極為低廉，而文明人租房子通常是因為他買不起，而且長期來看，他也沒有比較負擔得起租房子。但是有人說，只要付了這筆錢，那個貧窮文明人的居住問題就有了保障，而且和野蠻人的房子相比，他住的地方簡直就像宮殿。一年的租金從二十五美元到一百美元（這是這個國家的費率），他就有權享用數百年來的進步成果，有寬敞的公寓、乾淨的油漆與壁紙、方便的無煙壁爐、灰泥牆面、百葉窗、銅製抽水機、彈簧鎖、寬大的地下室，以及其他的很多東西。但是，到底是怎麼回事，被認為享有這些東西的人，通常是貧窮的文明人，而沒有這些東西的野蠻人，卻活得像野蠻人一樣富足？如果說，文明是人類生活條件的一種真正進步——我認為的確是，雖然只有聰明的人改善了自己的優勢——它就必須展現出，不需要花更多成本就可以蓋出更好的房子。而一件東西的成本，不管是立刻或長期的交換，就是我所謂的一部分的**生命**。這個社區的一般房屋成本可能是八百美元，要存到這筆錢，即使一個沒有家累的勞工也要用掉他十到十五年的生命。這個估算是以一天一美元的金錢價值來算，當然有些人領多一點，其他人領少一點。他必須花掉半輩子以上的時間，才能賺到自己的棚屋。假設他只要付租金，這也只是一個可疑的邪惡選擇，好不到哪裡去。在這樣的條件下，野蠻人拿他的棚屋去交換一個宮殿，還算聰明嗎？

可能有人會猜到，我把保有多餘財產的全部好處，簡化為防患未來的準備金，就個人而言，主要就是支付喪葬費用。但是，人也許根本不需要安葬自己。這就指出了文明人與野蠻人的重要差異。毫無疑問的，有人為了我們的利益，而設計出一套文明人的生活**制度**，在這種制度下，為了維持人類的生活與更臻完善，個人的生活很大程度上就被犧牲掉了。但是我想指出，我們目前得到的好處，其實是多大的犧牲啊，而且我也想建議，我們也許可以不必忍受這些缺點，而活出所有的好處。你說常有窮人與你們同在[41]，或父親吃了酸葡萄，孩子的牙也酸壞了[42]，又是什麼意思呢？

主耶和華說，我指著我的永生起誓，你們在以色列中，必不再有用這俗語的因由。[43]

看哪！所有的靈魂都是屬我的：為父的靈魂怎樣屬我，為子的靈魂也照樣屬我。犯罪的靈魂，他必死亡。[44]

我的鄰居是至少和其他階級一樣富裕的康科德農民，我在思考他們的生活時發現，他們大部分的人已經辛勤操勞了二十、三十或四十年，他們可能會變成農場真正的主人，因為這些農場通常是帶有產權負擔[45]繼承下來的，或是借錢買下來的，所以我們不妨把他們的三分之一勞務當成是房子的代價，只是，他們通常都還沒有付清債務。真的，有時候產權負擔還超過農場價值，因此農場本身就是一個大累贅，但最後還是會有人繼承下來，畢竟他對這個農場太熟悉了。我在向稅務人員請教時意外發現，他們竟然沒有辦法立刻說出鎮上十個以上沒有債務的農場主人。如果你想知道這些住戶的歷史，你可以去詢問他們抵押的銀行。已經以勞力付清農場債務的人少之又少，他的鄰居都會知道。我懷疑康科德數不數得出三個付清債務的人。有人說，經商的人之中，一百個人有九十七個肯定會失敗，這個數字一樣適用於農民。不過，說到商人，有個商人說得很中肯，他們大部分的失敗，不是真的在金錢上虧損，而是因為種種不便而無法履行約定，換句話說，那是道德品行的敗壞。這讓事情顯得更難看，甚至意味著，另外三個人可能也無法拯救自己的靈魂，而且比起老老實實經商失敗的人，可能是一種意義上更糟糕的破產。破產和拒絕履約是文明的一個跳板，讓很多人可以鹹魚翻身、東山再起，但野蠻人如果遇到饑荒，可就沒有任何彈

41 出自《聖經．馬太福音》。
42 出自《以西結書》。
43 出自《以西結書》。
44 出自《以西結書》。
45 Encumbrances，產權負擔，指土地所有人之外的人對土地擁有權利或利益。

性了。然而，在這裡的米德薩克斯[46]家畜展覽會，每年還是辦得熱熱鬧鬧，好像所有的農業部門都運作良好的樣子。

農民一直在努力解決生計問題，但是使用的方法卻比問題本身更複雜。為了賺到一點小錢，他做起牲口的投機買賣；他憑著熟練的技巧，用細彈簧設置陷阱捕抓獵物，以為自己可以賺到舒適與獨立，但在轉身的時候，一條腿卻被陷阱卡住而動彈不得。這就是他貧窮的原因。而我們身邊雖然有各種奢侈品，但是從野蠻人上千種舒適過活的方式來看，我們所有人其實都很貧窮，也是基於類似的原因。正如查普曼[47]唱的：

虛妄的人類社會啊，
為了追求人間的宏偉，
一切天國的舒適都化作雲煙了。

當農民擁有了房子，不但沒有更富有，反而變得更窮，因此應該說，是房子擁有了他。就我的了解，莫穆斯反對米諾娃[48]建造的房子時，也主張了一個強而有力的反對意見，因為她「蓋的房子不能移動，就不能避開壞鄰居了」。這個理由到現在一樣適用，因為房子是種很笨重的財產，我們通常是被關在裡面，而不是住在裡面；而我們避之唯恐不及的壞鄰居，正是我們卑鄙的自我。我認識鎮上至少一、兩個家庭，幾乎花了一代的時間，一直希望把郊區的房子賣掉，然後搬到鄉村去，但始終未能如願。我看，要真正得到自由，得等到死了之後了。

就算大多數的人最後都能買到或租到改良過的現代住宅，而文明雖然一直在改良我們的房子，卻沒有同樣提升住在其中的人。現代文明建造了宮殿，但打造貴族與國王卻沒有那麼容易。因此，**如果文明人所追求的東西沒有比野蠻人追求的更有價值，反而把大部分的人生用來追求粗俗的必需品與舒適生活，那我們為什麼應該住得比野蠻人更好呢？**

那麼可憐的少數人的居住情況呢？或許我們可以發現，有一定比例的人在外在條件上比野蠻人好，其他人則比較差。一個階級的奢侈完全是靠另一個階級的貧苦來維持。一邊是宮殿，另一邊就是救濟院與「沉默的窮人」。建造法老王陵墓金字塔的無數工人，吃的是大蒜，死的時候可能連像樣的安葬都沒有；為宮殿建造上楣的工匠，晚上回家睡覺的地方可能還比不上棚屋。如果我們以為，一個處處都有文明跡象的國家，大多數人可能不會被貶低成野蠻人，那就錯了。我指的是被貶低的窮人，而不是被貶低的富人。要明白這一點也不必跑太遠，只要看看文明最新發展的成果——鐵路，就好了。在鐵路邊，到處都是簡陋的小屋，我每天走路時都會看到，這些人住在豬圈一樣的地方，為了讓光線照進來，整個冬天都要把門打開，屋子裡頭看不到任何取暖用的木頭堆，根本連想都不要想。不管是老人或年輕人，由於寒冷與疼痛，都養成長期蜷縮的習慣，

46 Middlesex，米德薩克斯，康科德鎮所在的郡。
47 George Chapman，喬治·查普曼（一五五九－一六三四），英國劇作家與詩人。
48 Momus，莫穆斯，希臘神話中的嘲弄、譴責之神。
Minerva，米諾娃，羅馬神話的智慧女神，即希臘神話的雅典娜（Athena）。

身體永遠是縮成一團的樣子，四肢與其功能的發展也因此受限了。我們當然應該看看這個階級的處境，因為這個時代所標榜的工程成就，靠的就是他們的勞力才得以完成。英國是世界上最大的勞動濟貧院，每一個行業的工人或多或少也是這種情形。或者，我也建議你去看看愛爾蘭，這個地方在地圖上被標示為白種人或已開化的地點。把愛爾蘭人的實際狀況，和北美印第安人或南海島民，或任何還沒有和文明人接觸而被貶低的野蠻人比一比吧。不過，我毫不懷疑的是，這些野蠻民族的統治者和文明社會的一般統治者一樣明智。他們的生活情況只是證明了，貧困可能與文明有關。我現在幾乎不必提到我們南方州的勞工，這些人為這個國家生產了主要的出口商品，而他們本身就是南方州的主要產物。但我不扯太遠，就局限在所謂**中等**生活環境的人吧。

大部分的人從來沒有思考過房子意味著什麼，但又以為必須擁有像鄰居一樣的房子，因此非常沒必要地過了窮苦的一生。這就好像一個人不管裁縫做什麼衣服給他，他就穿什麼；或者，他漸漸不再戴棕櫚葉帽或土撥鼠皮帽，卻因為買不起皇冠而抱怨日子很難過！要發明比我們現有的更舒適、更豪華的房子是可能的，不過大家也承認我們都買不起。難道我們要一直研究如何得到越來越多的東西，而不能偶爾也知足常樂一下嗎？備受敬重的公民應該透過身教言傳來教育年輕人，要他們在過世前提供一定數量的多餘鞋子與雨傘，還有空客房給平常沒來的客人嗎？為什麼我們的家具不能像阿拉伯人或印第安人一樣簡單就好？當我想到那些來自天堂，帶著送給人類的神聖禮物的使者，也就是人類的恩人時，我的腦海中並沒有看見他們的身邊有隨從跟著，也沒有看見滿車時髦的家具。或者，我可以接受：我們的家具可以比阿拉伯人更複雜，但是要以我們在道德與智慧上超越他們的程度為比例！可是這種說法不是很奇怪嗎？我們現在的房子堆滿了亂七八糟的東西，一個好的家庭主婦會把大部分的雜物掃進垃圾堆，而不是留著早上的工作沒做。早上的工作！在奧羅拉[49]的紅霞與門農[50]的音樂陪伴中，在這個世界上，什麼工作是人在早上應該做的呢？我的桌上本來有三塊石灰石，但我很驚訝地發現，在我心靈上的家具還沒打掃乾淨時，這些石灰石也需要我每天去清除灰塵，所以我在不耐煩中把它們扔到窗外了。那麼，我怎麼能有一個附家具的房子呢？我寧願坐在露天的戶外，因為除非人類施工破土，草地上根本不會積聚灰塵。

奢侈浮華而縱情享樂的人搞出了各種新潮流，然後就會有一群人一窩蜂地追隨。那些投宿在所謂最好旅舍的旅客很快就會發現這一點，因為老闆們把他當成薩達納帕拉斯[51]來款待，如果他臣服於他們的殷勤與盛情，很快就會完全失去啟程的動力了。我認為，我們在鐵路車廂上花了更多的錢不是為了安全，而是為了奢華，好像沒有這些配備就比不上摩登的客廳——長沙發、有軟墊的腳凳，還有遮陽篷——以及上百種我們帶回西方的東方物品，這些原本是中國為了後宮佳麗與弱不禁風的當地人而發明的東西，約拿單[52]如果知道這些東西的名稱也會感到難為情。我寧願獨自坐在南瓜上，也不願意和一群人擠在天鵝絨坐墊上；我寧願乘著牛車在地上走，一路呼吸著新鮮的空氣，也不要坐在遊覽火車的時髦車廂中飛上天堂，卻一路呼吸著汙濁的空氣。

49 Aurora，奧羅拉，羅馬神話中的晨曦女神。
50 Memnon，門農，尼羅河邊的一座古埃及雕像，據說在日出時會發出音樂。
51 Sardanapalus，薩達納帕拉斯，傳說中最後的亞述國王，以奢侈腐敗而聞名。
52 Jonathan，約拿單，《聖經》中的勇士，掃羅之子。

原始時代的人類，生活簡簡單單，也不必穿衣服，這至少意味著一個優點：他還是大自然的寄居者。當他吃飽睡飽，恢復精神之後，就可以考慮他的下一個旅程。在這個世界上，他住在帳篷裡；不是穿過山谷，就是越過平原，或爬上山巔。但是可憐啊！人類現在已經變成自己工具的工具了。以前肚子一餓就能自由採摘果實的人，現在變成了農夫；以前為了遮蔽而站在一棵樹下的人，現在變成了管家。我們現在晚上也不再紮營了，而是在土地上安居落戶，也忘了天空的模樣了。我們接受了基督教，但只是把它當成一種改良農業的方法。我們已經為此世建造了家庭住宅，並為來世建造了家族墓園。最好的藝術作品，是表達一個人從這些情況中努力掙脫，並讓自己自由，但我們的藝術成果只是讓這種沉淪的狀態變得舒服，並讓人忘記追求更高的境界。在這個村子裡，其實沒有一個容納藝術品的地方，如果有任何藝術品送到我們這裡來，我們的生活、我們的房子與街道，也沒有適當的擺放基座。我們沒有可以用來掛畫的釘子，也沒有可以擺放英雄或聖人半身像的架子。當我思考著我們的房子是如何建造、如何付款或沒付款、如何管理與維持內部的經濟時，我很驚訝，訪客在欣賞壁爐架上那些華而不實的裝飾品時，地板竟然沒有破洞塌陷，讓他直接落入地下室，掉到一個雖然是土質的，卻穩固扎實的地基。我不禁意識到，這種所謂富裕與精美的生活，是一種大家都想要一躍而入、欣然接受的生活，但是我無法欣賞那種裝飾生活的藝術品，我的注意力完全放在真正的跳躍上了；因為我記得，根據紀錄，只靠人類肌力創造的最佳跳高成績，是由一批流浪阿拉伯人所保持的，據說他們可以從平地往上跳到二十五英尺高。如果沒有人為支撐，超過那個距離，人一定會再掉回地上。對於蓋出這麼高的豪宅業主，我第一個想問的問題就是，你靠誰在支撐？你是那失敗的九十七人其中一個，還是那三個成功的一個？先回答我這兩個問題，那麼我也許會去看看你那些漂亮廉價的小擺飾，評估一下它們的裝飾效果。套在馬匹前面的車廂，既不美觀，也不實用。在牆上裝飾這些美麗的物品之前，必須先把牆面剝掉一層，我們的人生也必須剝掉一層，才能為美好的家務與美好生活打下基礎。但是，美的品味大部分是在戶外培養起來的，因為那裡沒有房子，也沒有管家。

老詹森[53]在《神奇的造化》（*Wonder-Working Providence*）一書中提到他和第一批來到這個鎮上的人，他告訴我們「他們來到此地的第一個遮蔽處，是在山坡下挖洞，然後把泥土灑在木材上，並在最高的一側對著泥土生火，還冒著濃煙呢」。他說，他們並沒有「馬上蓋房子，直到在上帝的賜福下，有足夠的麵包可以吃了才蓋」。由於第一年的收成非常少，他們「在漫長的一季中，不得不把麵包切得非常薄」。一六五〇年，為了提供資訊給想在那裡開發土地的人，新尼德蘭[54]的祕書長以荷蘭文更具體地寫道：「在新尼德蘭的人，特別是在新英格蘭的人，起初還沒有能力興建理想中的農舍，只好在地上挖出一個方坑，就像地窖的樣子，六、七英尺深，長與寬自己覺得適合就好，然後用木頭在地上圍著牆壁，木頭之間則以樹皮或其他東西襯裡，以防止土壤坍塌；這個地窖還做了木地板，也做了護牆板當天花板，還用圓柱高高架起屋頂，圓柱上也覆蓋著樹皮或綠色草皮，這樣一來，全家人就可以在這些房子裡過上二、三或四年乾燥而溫暖的日子了。根據了解，這些地窖也有隔間，隔多隔少，依家庭成員多少而定。在殖民初期，新英格蘭地區的富有與

53 Edward Johnson，愛德華・詹森，十七世紀美國殖民地開拓者之一。
54 New Netherland，新尼德蘭，十七世紀荷蘭人在北美洲東部的殖民地。

顯要人物用這種方式動手打造第一個住所，是基於兩個理由，第一，不要浪費時間蓋房子，反而導致下一季缺少食物；第二，不要讓他們從祖國帶來的貧窮勞工感到失望。大約三、四年的時間，當這個地方有了適應此地的**耕作**文化了，他們才會花幾千美元，為自己蓋上漂亮的房子。」

在我們祖先的辦事程序中，至少顯示出一種謹慎的態度，他們的原則似乎是優先滿足較緊急的需求。但是在今天，我們較緊急的需求被滿足了嗎？當我想到要為自己買一間我們這種豪華的房子時，我自己都嚇到了，因為，這麼說吧，這個國家還沒有適應此地的**人類**文化，所以我們仍然必須把我們的精神麵包，切得比祖先的麵包更小、更薄。這並不是說，我們要完全忽略所有的建築裝飾，即使是在最粗魯不文的時期，也有裝飾。但是，我們一開始應該先美化房子的內部，那些和我們生活息息相關的地方就好——就像貝類的內壁——而不是在外面美化。但是，唉！我已經看過一、兩棟這樣的房子，我知道內部是什麼樣子。

儘管我們並沒有那麼退化，儘管我們今天還是可以繼續住在洞穴或棚屋，繼續身穿獸皮，但我們最好還是接受人類的發明與工業產品所帶來的種種好處，雖然它們十分昂貴。在這樣的社區裡，木板與木瓦、石灰與磚頭，比找到合適的洞穴、完整的圓木、足量的樹皮，或甚至品質穩定的黏土或平整的石塊，要更便宜，也更容易取得。我對這個主題可以講得這麼清楚，是因為我在理論上與實務上都非常熟悉這些材料。只要我們再機靈一點，就可以運用相同的材料，變得比現今最有錢的人更富有，並使我們的文明成為一種祝福。文明人就是更有經驗、更聰明的野蠻人。但還是趕快來說說我自己的實驗吧。

一八四五年，接近三月底的時候，我借了一把斧頭走進瓦爾登湖旁的林子，就在最靠近我想蓋房子的地方，為了準備木材而開始砍下高大、筆直、樹齡不大的白松。剛開始時，不向別人借東西實在很難做事，但也許這是一種最慷慨的方式，讓你的同伴對你的事感興趣。這把斧頭的主人把它借給我時告訴我，這把斧頭是他的寶貝；但我歸還給他時，斧頭比我借來的時候更銳利了。我工作的地方是一片令人愉悅的山坡，到處都是松林，我可以透過松林看到瓦爾登湖，林中有一小塊開墾過的區域，也冒出了不少松木與山胡桃木。湖上的冰還沒溶解，雖然開了一些缺口，看上去一片黝黑，浸滿了水。在我工作的那幾天還飄了幾場雪，但我走出林子，經過鐵路的回家路上，大部分的黃沙地已經延伸開來，並在迷濛的氛圍中閃閃發光，鐵道也在春陽下閃亮，然後我聽到雲雀、小野雁和其他鳥類的聲音，彷彿和我們一起開始共度另一個年頭。那是一段令人愉快的春日時光，人們對冬天的不滿情緒正在解凍，土地也是一樣，遲鈍懶散的生活也準備伸展開來了。有一天，我的斧頭柄掉了，於是我砍了一棵綠色山胡桃木來做楔子，然後用石頭把它敲緊，並整個放到湖水裡浸泡，希望讓木頭膨脹。我看到一條有條紋的蛇爬進湖裡，在我待在那裡的期間——或超過十五分鐘左右——都潛伏在湖底，顯然沒有任何不便。也許是因為，牠還沒有真正從蟄伏狀態完全甦醒過來吧。在我看來，人類維持在目前低級而原始的情況，也是出於類似的原因；如果他們感受到春天讓萬物甦醒的力量，讓春天喚醒他們，他們必定會提升到一個更向上揚升、更優雅的生活。我曾經在某些霜降的早晨，在路上看見這些蛇，牠們身上有一部分還處在麻木不靈活的狀態，等著太陽來幫牠們解凍哩。四月一日下雨，冰終於融化了，那天早上，霧氣瀰漫，我聽見一隻遊盪的野雁，在湖面上摸索著前進，好像迷路，又好像是霧中精靈，咯咯咯地叫個不停。

我就這樣繼續去砍木頭、削木料好幾天，還做了一些立柱和椽子，全都是用我這把窄窄的斧頭，然後自個兒哼唱著沒什麼學問或需要溝通的內容：

人都說自己懂很多；
但是，瞧！他們已經飛上天了——
藝術與科學，
還有上千種家用設備；
但人的身體所能感受的
只有吹拂而過的風啊！

我把主要的木頭鑿出六英寸見方的大小，大部分的立柱只削兩面，椽子與地板木材只削一面，其餘的地方留下樹皮不去動它，這樣一來，它們就會和鋸出來的木料一樣直，而且更堅固。每一根木頭的根部，我都仔細地開了榫眼或做了榫頭，因為這時我又借到了其他的工具。我在林子裡的時間並不長，我通常會帶著麵包與奶油去當午餐，中午時，我坐在被我砍下來的綠色松樹堆中，閱讀著包裹用的報紙。因為我的手有一層厚厚的樹脂，我的麵包也因此染上了松樹的香味。雖然我砍下了一些松樹，但是在完工之前，我和松樹已經變成朋友而不是敵人了，因為我對它們更熟悉了。有時候，在林間漫步的人會被我的斧頭聲吸引過來，我們就隔著我削下來的碎木片愉快地閒扯瞎聊。

我沒有急著趕工，只是想盡力做好，到了四月中旬，我的房子骨架已經完成，準備好豎起來了。我買下了在費茲堡鐵路公司（Fitchburg Railroad）工作的愛爾蘭人詹姆斯．柯林斯的小木屋，主要是想利用他屋子的木板。柯林斯的小木屋狀況非常好，我去看房子時，他不在家。我在外面到處走動，裡面的人起初也沒看到我，因為窗戶太深、太高了。房子很小，有一個尖屋頂，其他就沒有什麼可以看了。房子周圍堆了五英尺高的汙泥，好像是堆肥堆。屋頂是最完好的部分，雖然有很大一區塊已經被太陽曬得扭曲、脆化了。房子沒有門檻，但是在門板底下有一條給母雞走的通道。柯林斯太太走到門口，請我進屋看看。由於我的到來，雞群全被趕到一旁。房子裡面很暗，大部分是潮濕、黏糊糊、令人打寒顫的泥地，只有東一塊、西一塊的零星木板，可能一搬動就會破掉。她點了一盞燈，讓我看看屋頂與牆壁，以及床底下延伸出來的木地板，她提醒我不要進到地窖——那不過是大約二英尺深的沙洞。照她的話說：「頭頂上、房子四周，都是很好的木板，還有一扇很好的窗戶。」原本有兩個完整的方型窗戶，但最近只有貓會在那兒進進出出了。房裡有一個爐子、一張床、一個坐的地方、一個在這裡出生的嬰兒、一把絲質的遮陽傘、一面鍍金的鏡子，還有一台釘在橡樹苗上挺新的咖啡豆研磨機，這就是全部了。因為柯林斯在這段時間回來了，我們的交易很快就談妥。我當晚得付四美元二十五美分，他明天早上五點得離開，而且不能再賣給別人，我六點會來接收。他說，早點到比較好，而且要有心理準備，可能會有人來收取說不清楚而且一點也不公平的地租與燃料費用。他向我保證，這是唯一的產權負擔了。六點鐘，我在路上和他家人擦身而過。一個大包裹裡裝著他們的所有家當，床、咖啡機、鏡子、雞群，就是少了貓；原來她跑進林子裡變成野貓了。後來我才知道，這隻貓被一個抓土撥鼠的陷阱逮住，最後變成死貓了。

我在當天早上就把這個房子拆了，也把釘子全拔出來，接著用小推車把東西搬到湖邊，把木板攤開放在草地上，讓它們在太陽下再度曬白與曬平。我沿著林地小徑推車時，一隻早起的畫眉還哼了一兩個音符給我聽。一個年輕的派屈克[55]幸災樂禍地告訴我，一個名叫西利的愛爾蘭人鄰居在我裝車上貨的空檔，把那些還可以用的、直的、可以釘的釘子、鐵板、大釘塞到口袋裡，等我回來的時候，還站在那邊一副神清氣爽、若無其事、輕輕鬆鬆的樣子看著那堆廢墟。正如他所說的，那裡沒什麼事可做了。他要在那裡充當觀眾，把這件看起來微不足道的小事，變成一件和撤離特洛伊眾神[56]有關的大事一樣。

我在面向南方的那一側山坡挖我的地窖，有一隻土撥鼠也在這裡挖過洞。我一直往下挖，挖過漆樹與黑莓的根以及最下面植物的殘留部位，大約挖到六英尺見方，七英尺深，一直到挖到一片細沙，在這裡種馬鈴薯，冬天也不會結凍。地窖的周圍就保留其逐漸傾斜的緩坡形狀，也不砌上石頭，但是太陽從來沒有照進來過，所以沙子也維持在原位，沒有流進來。這是一件只要花兩小時的工作，但我對破土這種事特別感興趣。幾乎在任何緯度，只要往地下挖，最後都可以挖到一個四季溫度平均的地方。在城市最華麗的房子下方，還是能找到地窖，那是他們存放根莖食物的地方，而且在上層建築消失很久以後，後人還是可以看到地面的凹陷遺跡。所謂的房子，不過是洞穴入口處的門廊罷了。

五月初，在一些熟人的幫助下，我終於把房子的骨架豎立起來了。與其說我需要他們的幫忙，倒不如說我是藉著這個場合和鄰居連絡一下感情。在提升別人的性格上，沒有人比我更有榮幸。

我相信，有一天他們都會幫著搭起更高的建築。七月四日，屋頂與牆壁木板才剛做好，我就搬進我的房子住了。這些木板的邊緣都仔細地削成薄邊，一片一片重疊在一起，雨水完全不會滲進來。在裝釘木板之前，我已經在房子的一邊砌好了一個煙囪的基礎。我帶來了兩車的石頭到山坡上，都是我從湖邊用手抱上車的。我在秋天鋤完地之後，趕在需要火的溫暖之前把煙囪蓋好。在這段期間，每天一大早，我就在戶外的地上煮東西。我仍然認為，從某些方面來看，這個方式比一般的做法更方便、更愜意。如果麵包還沒烤好就颳起風下起雨，我就在爐火上面固定幾塊木板，然後坐在下面看著我的麵包，這樣也能愉快地度過幾個小時。在這些日子裡，因為我手上的工作很多，所以讀的比較少，但是在地上、容器上或桌布上的一點點紙片都帶給我很多娛樂，事實上也達到了和閱讀〈伊利亞德〉[57]的相同目的。

蓋房子這件事，值得比我所做的更用心思，舉例來說，好好思考一扇門、一扇窗、一個地窖、一個閣樓，有什麼人性上的基礎；另外，除非找到比「暫時需要」更好的理由，否則絕對不要蓋任何上層建築。人蓋自己的房子和鳥築自己的巢，一樣合情合理。如果人用自己的雙手蓋出自己的房子，並以簡單誠實的方式提供自己與家人食物，誰知道人會不會普遍培養起作詩的才能，就

55 Patrick，派屈克，愛爾蘭人的通稱。
56 希臘神話中寫到，要攻占特洛伊城（Troy），必須先把眾神移開。
57 *Iliad*，伊利亞德，古希臘詩人荷馬的敘事詩，談到特洛伊城陷落、希臘人打敗特洛伊人的故事。

像鳥兒築巢時唱個不停一樣？但是，唉呀，我們卻像牛鸝和布穀鳥，把蛋下在別的鳥已經築好的巢裡，又用嘰嘰喳喳、沒有一點音樂性的調子，讓旅人聽了也高興不起來。難道我們永遠要把建造房子的樂趣讓給木匠師傅嗎？在一般人的經驗中，建築到底是什麼？不管走到哪裡，我從來沒有遇過一個人，願意投入像蓋自己房子這麼簡單而自然的事。我們全部都隸屬於社會了。不只裁縫師是九分之一個人[58]了，連傳教士、商人和農民，也是一樣。這樣的勞務分工，要到哪裡才結束？分工最後的目的又是什麼？別人當然**也可以**為我思考，但如果他這麼做的目的是不讓我為自己思考，就沒那麼值得嚮往了吧。

的確，這個國家有一群所謂的建築師，我也聽說至少有一個建築師抱持一種觀念，認為在建築裝飾中具有一種真實性的精髓、一種必要性，因此就是一種美，彷彿這是他得到的天啟。從他的這個觀點來看，一切似乎非常完善，但其實只比一般的淺薄見識略勝一籌而已。身為建築界一個多愁善感的改革者，他從上楣裝飾開始著手，而不是從地基著眼。他想的只是如何在各種裝飾中放進真實性的精髓，而不是如何讓住在裡面的人實實在在把裡裡外外建造起來，完全不去想裝飾的事。就像是讓每一顆糖果裡面都含有杏仁或茴香子，但是我認為，杏仁沒有糖才是最健康的。有哪一個理性的人會認為，裝飾這種僅止於房子外在的東西——就像烏龜的斑點龜殼、貝殼的珍珠色澤——需要像百老匯居民對三一教堂的修建一樣訂立合約？人與他的住家建築風格，和烏龜與牠的龜殼一樣，兩者關係不大：一個士兵不會無聊到在自己的軍旗上，畫出能顯示他優點的精確顏色。敵人會發現，他會面臨考驗，臉色發白。在我看來，這個建築師只是靠著上楣，怯生生地對著粗魯不文的屋主，悄悄說著他半真半假的論調，其實屋主懂的還比他多呢。現在我已經了解，我所看到的建築之美，是從內在慢慢發展而表現於外的，是由居住者的需要與性格表現出來的，他才是房子唯一的建築者。這種美可能來自於無意識的真實性與高貴性，絲毫不必考慮到外表，而且，不管注定會產生什麼樣附帶的美，在此之前一定有種無意識的生命之美。畫家都知道，在這個國家，最有意思的房子通常是窮人家最不修飾、最質樸的木屋和小屋；房子就是他們的殼，讓房子顯得古色古香、極具風味，並不是表面上有什麼特色，而是居住者的生活。郊區的小屋也一樣有意思，他們的生活就和想像中一樣簡單和諧，不會拚命去追求房子的風格。大部分的建築裝飾其實都是空心的，九月的一陣大風就會把它們颳得七零八落，但這就像借來的羽毛，並不會造成屋子實質的傷害。那些在地窖裡沒有保存橄欖與紅酒的人，不靠建築學問也活得很好。如果文學作品也追求這樣的修飾風格，如果《聖經》的建築師也像我們教堂的建築師，花很多時間在研究裝飾，又會如何呢？純文學[59]、布雜藝術[60]及其教授們就是這樣做作。說來真的很奇怪，人確實很關心，那幾根木頭究竟要斜放在他頭上，還是在他腳下，以及他的房子要塗上什麼顏色。認真來說，這就有點意味著，是他把它們放斜，然後塗上顏色的；但是，如果靈魂已經離開了這個人，那麼這就是在打造自己的棺材，這就是墳墓建築學，而木匠不過是「棺材匠」的另一個名稱罷了。有人說，對生活已經感到絕望或漠然時，就抓一把腳下的泥土，然後把那個顏

58 英文有一句俗諺：「九個裁縫才算得上是一個人。」
59 belles-lettres，純文學，又稱美文學，指詩、戲劇與小說。
60 beaux-arts，布雜藝術，一種學院派的新古典建築形式，流行於十九世紀末、二十世紀初，講究宏偉、對稱、秩序。

色塗在房子上吧。他是不是想到了他最後的窄房子[61]呢？拋一個銅板也是一樣[62]。他一定有很多閒工夫！你何必要抓一把泥土呢？最好是用你的膚色來為你的房子上色，讓房子為你變得蒼白或臉紅。這可是一個改善小屋建築風格的事業！當你準備好了我的裝飾小物，我會採用的。

冬季來臨之前，我就把煙囪造好了，並在已經不會滲水的房子周圍裝上木片。由於我用的是從木材砍下的第一層薄片，帶有汁液，也不完美，我不得不用工具把它的邊緣刨平。

我就這樣蓋了一間由木片緊密接合並抹上灰泥的房子，寬十英尺，長十五英尺，木柱高八英尺，裡頭有一個閣樓、一個盥洗間，兩側各有一扇大窗戶、兩個活動門板，房子的一邊有一扇門，對面則有一個磚頭砌成的壁爐。我的房子的實際費用，只算我所用材料的一般價格，但不算人工，因為全都是我自己一手包辦的，詳細列舉如下。我之所以提供這些詳細資料，是因為很少人知道他們房子的確實成本，知道不同材料的個別成本的人，就更少了：

木板……………………八．〇三五元（大部分是舊小屋的木板）
屋頂及牆板用的舊木片……四．〇〇〇元
板條……………………一．二五〇元
兩扇舊窗及玻璃…………二．四三〇元
一千塊舊磚………………四．〇〇〇元
兩桶石灰…………………二．四〇〇元（買貴了）
毛繩……………………〇．三一〇元（買多了）

壁爐用鐵條……………………………………○．一五○元
釘子………………………………………………三．九○○元
鉸鏈及螺絲釘…………………………………○．一四○元
門閂………………………………………………○．一○○元
粉筆………………………………………………○．○一○元
搬運費……………………………………………一．四○○元（大多自己背）
共計………………………………………………二八．一二五元

這些就是所有的材料了，除了木材、石頭和沙子以外——我認為這些是墾荒者的權利。我還有一間相連的木柴間，主要是用蓋房子剩下來的木料搭的。

只要可以讓我這麼開心，而且不會比我目前這間房子的花費更多，我也想幫自己蓋一間比康科德主要街道上的房子更氣派、更豪華的房子。

我因此發現，想要有地方住的學生，可以得到一間一輩子擁有的房子，而且費用不會比他現在每年付的房租更貴。如果我講得有點言過其實，我也是為了全人類，而不是為了我自己在吹噓；而我個人的缺點與矛盾之處，也不至於影響我這番話的真實性。儘管難免有不少空話與偽

61 指墳墓。
62 可能指希臘神話中的典故，要給引領屍身到死者之地的鬼魂一個銅錢。

善，就像很難從小麥中挑掉穀殼一樣，我對這一點和任何人一樣感到遺憾。但是，在這方面，我還是要盡情地暢所欲言，因為這對身心都是很大的解脫，而且我下定決心，絕對不要因為謙虛而成為魔鬼的代言人。我將盡力為真理說些好話。在劍橋學院[63]，只比我的房子大一點點的學生宿舍，光是租金一年就要三十二美元。雖然校方占盡優勢，在一個屋簷下蓋了三十二個房間，但住宿者卻必須忍受種種不便與許多吵鬧的鄰居，有人甚至還得住在四樓呢。我不由得想到，如果我們在這些方面有更多的真知灼見，我們不只所需的教育不僅會更少──因為我們自己已經學到很多了──而且教育費用也會大幅降低。學生在劍橋或其他學校所得到的種種便利，如果雙方妥善處理，花費的錢將會是他或幫他付錢的人付出生命代價的十分之一。最需要花錢去買的東西，絕對不是學生最需要的東西。就拿學費來說吧，這是帳單中的重要項目，但是對他來說，和同時代最有教養的人往來是更有價值的教育，但這是不收費的。一般來說，現在辦學院的做法是，先找到一群人來認捐一筆錢，然後就盲目按照分工原則執行到底，於是他們就找來一個把這件事變成投機事業的包商，但實際打地基的是他另外雇用的愛爾蘭人或其他技工，而未來要住進來的學生只有乖乖接受的份。其實這個分工原則應該謹慎應用，根本不必毫無保留地絕對遵循，因為這種失策，接下來世世代代的學生都跟著受累。我認為，對學生來說，或想從學校賺錢的人來說，自己打地基會**比這樣做**更好。學生因為制度的關係，推卸了人類所有的任何必要勞動，保障了他夢寐以求不事生產的閒暇時光，但這種閒暇既不榮譽，也沒有任何好處，自己也失去了唯一可以讓閒暇結出豐碩成果的那種體驗。有人說：「但是，你的意思不會是認為，學生應該用雙手而不是用腦袋去工作吧？」我真的不是那個意思，但他可能會以為我的意思差不多就是這樣。我的意思是，他們不應該只是來**玩玩**生活，或**研究**人生而已——同時還讓社會支持他們這個昂貴的遊戲——而是應該自始至終，認認真真地生活。還有什麼比生活的實驗，更能讓年輕人學到如何生活？我認為，這像數學一樣可以鍛鍊他們的心智。舉個例子，如果我希望一個男孩懂點藝術與科學，我不會採取一般人的做法，只是把他送去附近的教授那兒學習，因為這些地方每一件事都教了，每一件事都練習了，就是沒有教生活的藝術；他們透過望遠鏡或顯微鏡研究這個世界，卻從來不用自己的肉眼觀看這個世界；研究化學，卻不學麵包是怎麼做成的，或研究機械，卻不了解它是怎麼得來的；發現了海王星的新衛星，卻沒有發現自己眼中的梁木[64]，或自己是哪一個流浪漢的衛星。明明自己就要被身邊的一堆怪物給生吞活剝了，卻還在思考一滴醋裡有多少怪物。一個孩子從自己挖來與冶煉過的礦石中，一邊閱讀所有需要的資訊，然後做成一把自己的折刀；另一個孩子跑去教育學院中聽冶金課程，並從父親那裡得到一把羅傑斯牌（Rodgers）小刀，一個月之後，哪一個孩子會進步比較多？誰比較可能會割傷自己的手指？……離開大學的時候，我很吃驚的是，據說我已經學過航海學了！為什麼我會這麼吃驚，因為我只要去港口轉上一圈，我應該會知道更多有關航海的事。即使是貧窮的學生，在學校研讀與受教的也只是**政治**經濟學，但是做為哲學同義詞的生活經濟學，我們的大學卻沒有認真教過。結果就是，他在研讀亞當斯密、

63 Cambridge College，劍橋學院，指麻省劍橋的哈佛學院，梭羅的母校。

64 引用《路加福音》，原文：「為什麼看見你弟兄眼中有刺，卻不想自己眼中有梁木呢？」

李嘉圖與賽伊[65]著作的時候，父親卻因此背了一輩子還不清的債。

還有上百種「現代的改良」和大學一樣，大家都對它們抱持著一種幻想，其實這些進步不一定都是正面的。魔鬼對這些事早早就入股，後續還做了無數次的投資，以便從頭到尾不斷抽取複利。我們的發明往往是一些討人喜歡的玩意兒，因此分散了對嚴肅事物的注意力。它們只是針對一個未改良的目標，提出改良過的方法而已，但是那個目標——就像到波士頓或紐約的鐵道——早就已經是很容易達成的事了。我們急急忙忙地想從緬因州搭建一條電報線到德州，但也許緬因州和德州之間並沒有什麼重要的事需要溝通。這種窘境就像，一個男人急著想認識一位傑出的聾啞女士，但是當他受到引見，這位女士把一耳的助聽器放到他的手上時，他卻無話可說。好像，首要目標是快一點說到話，而不是說些有意義的話。我們渴望在太平洋底下開挖隧道，讓舊世界與新世界的溝通可以縮短幾個星期，但是也許第一批傳到美國人耳邊並造成轟動的新聞，卻是艾德萊德公主得了百日咳。畢竟，那個騎千里馬的人不一定有重要訊息傳送，他不是傳道者，也不是為了來吃蝗蟲與野生蜂蜜[66]。我懷疑飛徹斯特[67]是否曾經為磨坊送過一粒玉米。

有人對我說：「我不相信你不存錢，你喜歡旅行，可能你今天就會搭火車到費茲堡[68]去見識那裡的鄉村風光。」但是我有更聰明的做法。我學到了一件事：想去一個地方，最快的速度就是步行。我告訴我朋友，我們來試試，看誰先到那裡。距離是三十英里，車資是九十美分，幾乎是一天的工資。我記得，以前在這條路上修路的工人，一天的工資是六十美分。好啦，我現在開始走路，不到晚上就走到了——我其實以這個速度徒步旅行了整個星期；而在同一時間，你要先賺到你的車資，然後在明天的某個時間點抵達，或者，如果你夠幸運，及時找到一份工作，也許今晚就會抵達。在這一天的大部分時間中，你不是去費茲堡的路上，而是在這裡工作。因此，如果鐵路可以繞世界一圈，我想我還是會走在你前面。至於見見世面、增加閱歷，把你所有的知識加起來，恐怕都比不上我了。

沒有人可以想到比這個普遍法則更聰明的了。就鐵路來說，道理也是一樣。要建造一條全世界人都可以搭乘的鐵路，等於要把整個地球表面整平。人有一種模糊的想法，以為只要有錢的出錢買股票，有力的出力來蓋鐵路，蓋得夠久，最後所有人都可以很快、很便宜地到達任何地方。但是，儘管一群人趕到火車站，站務員也大喊「統統上車！」，在煙霧飄散、蒸氣凝結之後，大家才會看到，其實只有少數人能搭上車，其餘的人都被輾過去了。而這件事就會被稱為，也會成為「令人悲傷的事故」[69]。毫無疑問，那些賺到車資的人到最後都能上車，換句話說，就是那些還沒有累死、活得夠久的人，但是到了那個時候，他們可能已經失去了旅行的身體靈活度與熱情了。為了在遲暮之年享受不確定是否可以實現的自由，而把人生最精華的歲月用在努力賺錢上，這讓我想起那些為了回到英國過著詩意般的生活，而先去印度賺錢的英國人。他應該立刻搬到閣

---

65 Adam Smith，亞當斯密（一七二三—一七九〇），蘇格蘭經濟學家，著有《國富論》。
David Ricardo，大衛．李嘉圖（一七七二—一八二三），英格蘭經濟學家。
Jean-Baptiste Say，讓—巴蒂斯特．賽伊（一七六七—一八三二），法蘭西經濟學家。

66 指施洗者約翰。

67 Flying Childers，飛徹斯特，十八世紀英國的一匹知名賽馬。

68 Fitchburg，費茲堡，一八八四年完工，波士頓到費茲堡鐵路的終點。

69 梭羅時代的報紙常用標題。

樓上住的。「什麼！」上百萬名住在這塊土地上簡陋小屋裡的愛爾蘭人，可能要冒出頭來跺腳大叫，「你說我們蓋的鐵路不是好東西嗎？」我的回答是，好，但只是相對的好，因為也可能做得更糟；但是，因為你們都是我的兄弟，我希望你們的時間可以花在比挖土更好的事情上。

在我的房子蓋好之前，為了要填補這筆開銷，我想用誠實愉快的方式賺到十到十二美元，因此我在房子附近的沙地，耕種了二英畝半的土地，主要是種豆子，還有少量的馬鈴薯、玉米、豌豆與大頭菜。整塊土地有十一英畝，大部分長的是松樹與山核桃木，上一季賣了出去，每一英畝賣了八美元八美分[70]。有一個農夫說，這塊地「沒有什麼用，只能養一群吱吱叫的松鼠」。我不是地主，只是墾荒者，所以我沒有施肥，也不期望下次再種那麼多，也沒有一次就把地鋤好。犁地時，我挖掉了幾考得[71]的樹根，這些燃料可以讓我燒很久；挖出樹根的地方則留下一圈圈沒耕作過的肥沃土壤，夏天時，菜豆在那裡長得很茂盛，非常顯眼。我房子後面那些枯死、大部分沒有銷售價值的木頭，以及湖裡撈出來的浮木，供應了我其餘部分的燃料。為了耕地，我不得已還是雇用了一個人和兩匹馬，雖然我仍然自己掌犁。我的農田第一季的支出，包括工具、種子、人工等等，是十四．七二五美元。玉米種子是人家送我的，種子花不了多少錢，除非你想大量種植。我的豆子最後收成了十二蒲式耳[72]，馬鈴薯是十八蒲式耳，此外還有豌豆和甜玉米；黃玉米與大頭菜種得太晚，沒有收成。

我的農田全部收入是……………………二三．四四美元
扣除支出……………………十四．七二五美元
結餘……………………八．七一五美元

除了我已經用掉的和手邊保留的農產品——估計價值是四．五美元，這些錢用來買我自己沒種的植物還綽綽有餘。從各方面考慮起來，也就是說，考慮到一個人的靈魂與今日今時的重要性——由於我的實驗只用了很短的時間，甚至也正是因為這個實驗的時間短暫——我相信，我這一年的收成比康科德的任何農夫都要好。

我第二年做得更好了，因為我把我需要的地都鏟好了，大約三分之一英畝。我一點也沒有被那些農業知名著作嚇到，包括亞瑟．揚[73]的著作在內。我從這兩年的經驗學到，一個人只要生活簡單，只吃自己種的，也不要種超過他吃的食物量，而且不要拿去交換那些數量更少、更奢華、更昂貴的東西，他只需要幾桿[74]的土地就夠了。面對這麼小的土地，用鋤頭比用牛犁地便宜；不時選些新的地方種，也比在原地施肥更便宜，這樣他就可以用夏天的零星時間，輕輕鬆鬆做完所

70 在那幾年，愛默生陸續買了瓦爾登湖畔的森林地，梭羅也是向愛默生租地蓋屋。
71 Cord，考得，木材堆的體積單位，長寬高為八、四、四英尺，即一百二十八立方英尺，約等於三．六立方公尺。
72 Bushel，蒲式耳，英國與美國通用的農產品體積及重量單位，一蒲式耳約三十六．三七公升，因農產品不同換算的重量也不同。
73 Arthur Young，亞瑟．揚（一七四一－一八二〇），英國農業經濟學家。
74 Rod，桿，長度與面積單位，長度為五．五碼（約五公尺），面積為三十．二五平方碼。

有必要的農事。如此一來，他就不會像現在的人一樣，被一頭公牛、一匹馬、一頭母牛或一隻豬給綁住了。針對這一點，我很想持平地說，身為一個對目前經濟與社會制度的成敗不感興趣的人，我比康科德的任何農夫更獨立，因為我沒有把自己綁在一棟房子或一座農場上，我可以時時刻刻隨心所欲，而我的心是自由多變的。重點是，我現在已經過得比他們更好了，萬一我的房子被火燒了，或我的作物歉收了，我也差不多像以前一樣富有。

我常常在想，與其說人是牛羊的看守人，不如說，人是被牛羊綁住了，因為，牛羊比人更自由。人和牛交換工作，如果只計算必要的工作，牛群似乎有更大的優勢，因為牠們的農場大多了。人要割草、堆草六個星期，就是做了他交換工作的一部分，那可不是輕鬆的活兒。當然，一個在各方面都過著簡單生活的國家——也就是說，一個哲學家的國家——絕不會犯下運用動物勞動力這麼重大的錯誤。的確，過去和現在都不可能出現一個哲學家的國家，我也不確定，這種國家究竟好不好。不過，我應該永遠不會馴服一匹馬或牛，把牠套上農具，為我做任何工作，因為我擔心自己只能成為一名馬伕或放牧者。如果一個社會因為這樣做而得到好處，那我們是否能夠確定，一個人的收穫不是另一個人的損失？那個小馬伕和他的雇主一樣感到滿足？當然，有些公共工程沒有動物的幫助就蓋不起來，所以人把這種榮耀與牛和馬分享；但是，我們就能因此斷定人不能靠一己之力完成對自己更有價值的工作嗎？當有人因為牛馬的幫助，開始做些非必要的，或藝術性的工作，甚至是奢侈與懶惰的事時，一個不可避免的結果就是：有不少人就必須和牛馬交換工作，換句話說，就是成為最強勢者的奴隸。因此人類不只是為他內在的獸性工作，也為外在的動物工作。雖然我們有很多磚塊與石頭建造的堅固房子，但農民的事業興不興旺，仍然是以穀倉超過房子大小的程度來決定。這個鎮據說有著附近一帶最大的牛棚馬廄，它的公共建築也不落人後；但是在這個國家，提供自由禮拜與自由發表言論的大廳卻很少。國家不應該藉由宏偉的建築來宣揚自己，為什麼不憑藉抽象的思想力量呢？東方的所有廢墟比不上一本《薄伽梵歌》[75]令人讚嘆！高塔與寺廟都是王公貴族的奢侈品。一個單純且獨立的心靈，絕不受任何王公貴族的差使而勞碌不已。天才不是任何帝王的王位固定器，而它的材質——除了非常微不足道的程度——也不是金、銀或大理石。那麼請問，為什麼要鑿這麼多的石頭？我在阿卡迪亞[76]的時候，沒有看到任何人在敲打石頭。國家總有一種瘋狂的野心，想藉著留下來的石雕數量來紀念自己，讓人延長對它們的記憶。如果這些國家用相同的努力，去雕琢、修正自己的態度該有多好呢？比起像月亮一樣高的紀念碑，一件有意義的事會更令人難忘。我寧願看到石頭擺在自己原來的位置。底比斯城[77]的富麗堂皇，只是顯得庸俗而已。開了一百座城門的底比斯城，已經遠離了生活的真正目的，還不如圍著一個老實人的田地的一垛石牆有意義。野蠻人和異教徒的宗教與文明建造了宏偉的寺廟，但你們所稱的基督教並沒有這樣做。一個國家所敲打的石頭，大部分都到墳墓裡去了。它把自己活活埋葬了。說到金字塔，其實沒有什麼好驚嘆的地方，比較令人驚嘆的是，有那麼多人被貶低到要用一輩子的精力，來為一些充滿野心的糊塗蛋建造墳墓，這些糊塗蛋如果

75 *Bhagvat-Geeta*，薄伽梵歌，印度教的重要經典，梭羅非常喜歡其中的東方神祕思想，也經常引用。

76 Arcadia，阿卡迪亞，古希臘的田園區，比喻理想的田園樂土。

77 Thebes，底比斯，埃及古都，以建築宏偉知名。

更聰明、更像個男人一點，應該自己跳進尼羅河淹死，讓屍體拿去餵狗了事。我也許可以幫他們編些藉口，但我沒那個閒工夫。至於說到建造者的宗教與藝術之愛，不管是埃及神廟或美國銀行的建築，全世界都一樣，全都是費用高於實際價值。主要的問題根源是虛榮，再加上對大蒜、奶油麵包的喜愛。年輕有為的建築師巴爾康先生，用硬鉛筆與尺在他的維特魯威[78]著作背後畫出了設計圖，接著由杜布森（Dobson & Sons）採石公司承包後續的工作。當三十個世紀開始俯視它的時候[79]，人就開始仰望它。至於你們的高塔與紀念碑，這個鎮上曾經有一個瘋子，他突發奇想，想挖一條通到中國去的地道。挖夠了之後，據他說，他已經聽到中國人的鍋子與水壺在作響了，但我想我絕對不會跑去稱讚他挖的那個洞。很多人關心這些東方與西方的紀念碑，想知道背後的建造人。就我來說，我倒是很想知道，在這些時代中，哪些人沒有建造紀念碑，這些人真的是超越了這些瑣碎之事啊。但回到正題，我來繼續談點我的統計吧。

在這段時間，包括測量、木工與各種零工，我在村子裡做的交易和我的手指頭一樣多，總共賺到了十三·三四美元。雖然我在那裡前後住了二年多，但是從七月四日到三月一日，也就是這些數字的統計期間，不算我自己種的馬鈴薯、一點嫩玉米、一些豌豆，也不考慮我最後手上保留的食物價值的話，我估計這八個月的食物費用為：

米……………………………一·七三五元
糖漿…………………………一·七三元（最便宜的糖精）
黑麥飯………………………一·〇四七五元

玉米粉……………………○．九九七五元（比黑麥便宜）
豬肉……………………○．二二元
麵粉……………………○．八八元（比玉米粉貴，而且費工）
白糖……………………○．八○元
豬油……………………○．六五元
蘋果……………………○．二五元
蘋果乾…………………○．二二元
地瓜……………………○．一○元
南瓜一個………………○．○六元
西瓜一個………………○．○二元
鹽………………………○．○三元

都是實驗失敗的。

是的，我總共吃了八．七四美元，要不是我知道大部分讀者也和我一樣罪過——把他們的行為印出來也不會比我的好看——我是不會這樣不知丟臉地公開自己的罪過的。到了第二年，我有時候會撈一些魚當晚餐，有一次，部分是為了實驗，我甚至把一隻在我豆田上搞破壞的土撥鼠宰

78 Vitruvius，維特魯威，西元前一世紀左右的古羅馬知名建築師。

79 梭羅可能是要說「四十個世紀」。拿破崙曾在埃及對士兵演說時提到金字塔：「從這些紀念碑的頂上，四十個世紀在俯視你們。」

來吃了。就像韃靼人說的，這是在幫助牠的輪迴。雖然牠帶有一種麝香的味道，給了我一次短暫的享受。但長期這樣做，也不是一個好辦法，就算你讓村子裡的屠夫幫你料理土撥鼠也一樣。

同一段期間內，衣服與雜支這個項目雖然很少，但加起來也有：

……………………八．四〇七五元

油以及一些家用品……………二．〇〇元

因此，除了洗滌與修補是拿到外面做的事情，而且目前一直沒收到帳單之外，以下就是在這個地方所有的必要支出：

房子…………………………	二八．一二五元
農場的一年開支………………	一四．七二五元
八個月的食物………………	八．七四元
八個月的衣服等等…………	八．四〇七五元
八個月的油等等……………	二．〇〇元
總計…………………………	六一．九九七五元

現在，是對必須自己謀生的讀者說的。為了打平這筆開銷，我的收入是：

農產品銷售……………二三．四四元
打零工所得……………一三．三四元

總計……………………三六．七八元

開銷扣除所得之後，是二五．二一七五元。一方面，這很接近我一開始手頭上有的錢，也是我當時預估要花的費用；另一方面，我除了擁有閒暇、獨立與健康之外，還有一間舒適的房子，想住多久就住多久。

這些統計數字雖然很瑣碎，似乎沒什麼用處，但只要有一定的完整性，也就有了一定的參考價值。所有一切收支，我都記在帳上了。從以上的估算來看，光是食物，每週的花費大約是二十七美分。在這之後的將近兩年，我的食物大致上就是黑麥與沒有發酵的玉米粉、馬鈴薯、米、非常少量的醃肉、糖漿與鹽；而我的飲料，就是水。對我這個愛好印度哲學的人來說，以米為主食是很適合的。為了要滿足某些吹毛求疵的人，我也應該聲明一下，如果我偶爾外食，就像往常一樣，而且我相信以後還有機會外食，那通常會破壞我的家用財務安排。但是我已經說過，外食是一個固定的因素，所以並不影響這樣的比較性陳述。我從這兩年的生活經驗中了解到，即使是在我們居住的緯度，要取得一個人所必需的食物，簡直是不可思議的輕鬆。人可以像動物一樣吃得簡單，仍然可以維持健康與體力。我曾經在我的玉米田裡採了一盤馬齒莧（*Portulaca oleracea*），煮沸之後再撒點鹽，就當作一餐，在各方面都很令人滿意。我在這裡特別提供拉丁名，是為了說明這個名字普普通通的植物真的美味可口啊。而且，請說說看，在和平的日子裡，在尋常的中午時間，除了煮幾根夠吃的甜玉米，再灑點鹽，一個明智的人還會想要什麼更多的食物？即使我偶爾變變花樣，也是為了食欲，而不是健康的需求。但有人經常處於挨餓的狀況，原因竟然不是缺乏必需品，而是缺乏奢侈品！我認識一個善良的女人，她認為她的兒子會喪命，就是因為他只喝水。

讀者應該可以發現，我是用經濟學而非膳食觀點在談這個主題。因此除非他的儲藏櫃已經儲存了滿滿的食物，否則應該不會冒險嘗試我這種節制飲食的方式。

我一開始做的麵包是用純玉米粉與鹽做的，是道道地地的玉米餅。我在戶外的一片木瓦或蓋房子時鋸掉的木屑上，生起火來烤麵包，但常常被煙燻黑，帶著一股松樹味道。我也試過麵粉，但我最後發現，黑麥與玉米粉混合最方便，也最可口。在寒冷的天氣裡連續烘幾個小麵包，像埃及人孵小雞一樣小心觸摸、小心翻動，是一件滿有樂趣的事。這是我收成的真正穀物的果實，它們有一種高貴果實的香氣，我用布把它們包住，盡量讓香氣保存長久。我研究了古時必備的麵包製作技術，也請教了權威人士，遠古時期的最初發明就是未發酵的麵包，當時的人剛從以堅果與生肉為食的野蠻狀態，初次進展到這種溫暖而精緻的飲食方式。在我研讀的資料中看到，後來應該是麵團意外酸化，人類才學到發酵的程序，從此之後就有了各式各樣的發酵方法，直到我們現在做的「質好、味甜，有益健康的麵包」，並成為一種主食。有人認為酵母是麵包的靈魂，是麵包內部組織中無所不在的一種精神，所以要像聖火一樣虔誠地保存。我猜，第一批跟著五月花號來到美國的幾瓶酵母，為美國解決了這個問題，而它的影響力在這片洶湧著穀物食品浪潮的陸地上，仍然有增無減，持續增加、膨脹、蔓延中。我經常忠實地從村子裡買回這種酵母種，直到有一天，我一下忘了規則，用開水把我的酵母燙死了。因為這個意外，我發現連酵母也不是必要的東西。我是在分析的過程，而不是合成過程，才有了這個發現。從那之後，我也樂意完全省略酵母不用。雖然大部分的家庭主婦很熱心地向我保證，沒有酵母就沒有安全與健康的麵包，而老一輩的人則預言，吃沒發酵的東西會讓我的生命力迅速消退。但我發現酵母並不是必要的成分，因此我後來有一整年都沒有用，也還是活得好好的。我也很高興不必在口袋裡裝著一個瓶子了，因為有時候瓶蓋會彈開，東西也會灑出來，搞得非常狼狽。省略酵母不用，更簡單，也更可敬。人類比任何其他動物，更能適應所有的氣候與環境。我的麵包裡也沒添加任何蘇打，或其他酸性與鹼性成分。我的麵包做法似乎是根據比基督降生更早兩個世紀的老加圖[80]的食譜。「*Panem depsticium sic facito. Manus mortariumque bene lavato. Farinam in mortarium indito, aquae paulatim addito, subigitoque pulchre. Ubi bene subegeris, defingito, coquitoque sub testu.*」我認為這段文字的意思是，「揉麵團的方法如下。把手與容器徹底洗淨。把麵粉放進容器中，慢慢加水，然後徹底揉捏。當你完成揉捏，就可以塑形，接著蓋起來烤。」也就是說，放在烤鍋裡烤。裡面沒有一個字提到酵母。不

80 Marcus Porcius Cato，老加圖，西元前二世紀左右的古羅馬政治家、文學家，拉丁文學開創者，著有《農業論》流傳至今。

過，我自己不是一直都吃麵包，有一次，因為我荷包空虛，有一個多月都沒看到麵包。

在這片生長黑麥與玉米的土地上，每一個新英格蘭人很容易就可以種自己的麵包原料，而不需要依賴遙遠又波動的市場。但是，康科德的生活距離簡單獨立的標準太遠了，我們的店裡很少賣新鮮甜美的玉米粉，也很少人吃較粗糙的玉米片和玉米了。農夫把自己生產的大部分穀物都給牛和豬吃了，然後自己再去店裡用更高的成本買沒有更健康的麵粉。我知道我可以輕輕鬆鬆種我的黑麥與玉米，因為黑麥可以種在最貧瘠的土地上，玉米也不要求最好的土地，而且用手研磨就可以，這樣下來，我沒有米與豬肉也能過活。如果我必須有一些濃縮的甜味，我在實驗中發現，可以用南瓜或甜菜做出非常好的糖漿，而且我也知道，只要開始種幾棵楓樹，就更容易做出糖漿了。而且當這些植物還在生長時，我也可以用各種替代品。就像先輩們唱的那樣：

我們可以用南瓜、歐洲防風草和胡桃樹的葉片釀成酒，
就能讓我們的嘴唇變甜。

最後，談到鹽，這是最顯而易見的雜貨。要取得鹽巴，海邊是很適合的地方，或者乾脆完全不用鹽巴，我還可能因此少喝一點水。我從來沒聽說過，印第安人會為了找鹽巴而困擾。

這樣一來，就我的食物而言，我就不用再去購買或以物易物了，另外，我也已經有了一個棲身之處，剩下來的只需要衣服與燃料。我現在穿的褲子是一個農夫家裡做的。謝天謝地啊！人還有這麼多美德，因為我認為，從農夫淪為工人和從人淪為農夫，是一樣重大且值得紀念的事啊。

另外，在一個新的鄉村裡，燃料算是一種負擔。至於我的棲息之地，如果不能繼續免費占用下去，我可能會以我現在所耕作土地的相同售價——也就是八美元八美分——買一英畝的地。但我認為，因為我住在這裡，這塊土地的價值應該增值了。

一些不相信的人有時候會問我這樣的問題：我是否可以只靠蔬食維生？為了馬上談到這件事的本質——因為本質是信念問題——我通常會回答：我連吃木板上的釘子都可以過活。如果他們無法理解這一點，那麼我說再多，他們也無法理解。對我來說，我很高興聽到有人也做了一些嘗試。有一個年輕人嘗試了兩個星期，以自己的牙齒當研缽，只吃帶穗、堅硬的生玉米過活。松鼠一族也嘗試過相同的方式，而且成功了。人對這些實驗也有興趣，只是那些沒有能力這樣做的老婦人，或擁有亡夫研磨廠三分之一產權[81]的人，可能要嚇得花容失色了。

我的家具有一部分是我自己做的，其他的也沒花到錢，所以沒有記在帳上。我的家具包括一張床、一張大桌子、一張個人用書桌、三把椅子、一面直徑三英寸的鏡子、一套炭鉗和炭架、一個水壺、一個長柄煎鍋、一個平底鍋、一把杓子、一個洗盆、兩把刀子和叉子、三個盤子、一個杯子、一把湯匙、一個油罐、一個糖罐，還有一盞上過漆的桌燈。沒有人會窮到只能坐在南瓜上，那只是偷懶的辦法。村裡人家的閣樓上有很多這種我最喜歡的椅子，要拿幾把都可以。家具搞

81 在梭羅的時代，丈夫去世，妻子可得到三分之一的遺產。

定！感謝老天爺，我不必家具店的幫忙，照樣可以坐、可以站。看到自己的家具裝在車子裡，

在光天化日下暴露在眾人的眼光之中，只是幾個不值錢的空箱子，除了哲學家之外，哪一個人不會感到難為情呢？這些是農夫斯波丁的家具，我總是無法判斷這些家具是屬於所謂的有錢人還是窮人，它們的主人看起來總是很窘迫。真的，你擁有這樣的東西越多，你就越窮。每一車看起來都像裝了十二間小屋的家當，如果一間簡陋小屋算窮，那這就是十二倍的窮。請問，我們搬家，難道不是為了要丟掉這些家具、蛻掉我們的外皮，最後從這個世界去到另一個有新家具的地方，並讓這些都燒掉嗎？這就像一個人把這些圈套綁在自己的皮帶上，當他走過放置陷阱繩的鄉下，一定會牽動這些繩子，也就牽動他自己的圈套了。幸運的狐狸可以斷尾求生；為了重獲自由，麝鼠也會啃掉自己的第三條腿[82]。人的家當太多，難怪失去了靈活性。看看他多常走到絕境！「先生，恕我大膽請教，你說的絕境是什麼意思？」如果你是個有眼睛的人，每次你遇到一個人，就會看到他背後擁有的家當，以及他假裝不是自己的許許多多東西，其中甚至包括廚具，以及他保留下來、將來也不會燒掉、中看不中用的雜物。這樣的人看起來就像是被這些東西綁住，只是勉強往前走罷了。我認為，當一個人走過了通道門口，但他裝滿家具的雪橇卻無法跟著過去的時候，他就是走到絕境了。當我看到一個瀟灑、俐落的人，看起來似乎很自由，所有東西都帶在身上，準備好可以隨時啟程，卻開口說到他的「家具」安不安全時，我就忍不住心生憐憫。「我的家具該怎麼辦？」唉，這隻快樂的蝴蝶已經被蜘蛛網纏身了。對於那些看起來很長一段時間都沒有任何家當的人，你仔細問起來就會發現，他在某人的穀倉裡也保留了一些家當呢。我看今天的英國就像一個老紳士，帶著一大堆行李與華而不實的廢物在旅行，這是他長期自然累積下來的東西，

他也沒有勇氣燒掉，所以有大箱子、小箱子、手提箱，還有包裹。至少可以丟掉前三個吧。現在這個時代，要一個健康的人背著床走路，實在超出他的體力負荷了，所以我當然要建議生病的人，下床跑跑步吧。當我看到一個移民背著裝了他所有東西的大包袱，步履蹣跚地前進時，我就感到同情，不是因為那是他的全部，而是他要背著這些東西往前走——看起來就像是從他脖子上長出來的巨大粉瘤。不過，絕對不把爪子放進陷阱機關裡，可能是最聰明的做法。

如果我必須拖著我的圈套走，我會小心選一個最輕的，而且不會妨礙我活動重要部位。

順便一提，我也沒有花錢去買窗簾，因為除了太陽和月亮，我沒有其他窺探者的目光要擋，而且我也樂意讓太陽與月亮看進來。月亮不會讓我的牛奶變酸，也不會汙染我的肉；太陽也不會損害我的家具，或讓地毯褪色。如果有時變得太熱，我發現躲到大自然提供的簾子後面，也比增加一件要照顧的家用品更經濟划算。曾經有位女士要給我一張墊子，但我屋裡根本沒有空間可以鋪，也沒有時間在屋內或屋外為它除塵，所以就婉謝了，我寧願進門前就在草地上把汙泥擦掉。在邪惡開始蔓延之前就避免，才是最好的。

不久之前，我去了一場某教會執事的財產拍賣會，他的人生並非一無所有：

人做的惡，死後依然留存。[83]

82 第一次被夾，是咬掉第四條腿；第二次被夾，是咬掉第三條腿。

83 莎士比亞的劇作《凱薩大帝》中，安東尼在凱撒死後說的話。

和一般人的情況一樣，很大比例都是從他父親時代就累積下來的一堆華而不實的雜物，其中，還有一條乾掉的條蟲。現在，在他的閣樓或垃圾堆躺了半個世紀之後，這些東西並沒有被燒掉，非但沒有用火來燒掉，或說淨化它們造成的破壞，反而辦了一場拍賣會，繼續增加它們的破壞力。鄰居們三五成群急忙來看，還把它們全部買了下來，然後再小心翼翼地把東西搬到自己的閣樓與垃圾堆中，直到他們的家產必須清理時，這些東西又要再搬一次。人死的時候，就是會揚起一陣塵土啊！

效法某些野蠻國家的習俗，可能對我們很有益處，因為他們每年會舉辦一次象徵性的脫皮活動，他們真的有這樣的觀念，不管是否真的這樣做。如果我們也來辦「聖禮節」[84]或「新收節」的慶祝活動，就像巴川姆[85]說過的穆克拉希族印第安人（Mucclasse Indians）習俗，不是很好嗎？他說：「小鎮在慶祝聖禮節時，人們會預先準備好新衣、新鍋，以及其他家庭用品與家具，並在當天把所有破舊衣物、破爛東西收集起來，然後清理他們的房子、廣場以及整個鎮，連同所有剩餘壞掉的穀物全丟在一堆，然後一把火燒了。他們會使用藥物，禁食三天後，鎮上的火也熄滅了。在禁食期間，他們會放棄任何食欲與欲望。全面禁欲，並且頒布大赦，所有過去犯罪的人都可以重回自己的鎮上。」

「在第四天早上，大祭司摩擦乾燥的木頭，在廣場上生起新火，鎮上每一家人都可以從這個全新而純潔的火焰得到火苗。」

他們連著三天唱歌跳舞，吃新採收的玉米與水果，「接下來的四天，他們迎接來自鄰鎮的訪客，再度與朋友同歡作樂，而鄰鎮也是用類似的方式淨化自己。」

墨西哥人每五十二年也會舉行類似的淨化儀式，因為他們相信，世界每五十二年會結束一次，然後重新開始。

我幾乎沒有聽過比這更真誠的聖禮節了，就像字典的定義一樣：「外在與有形的一切，都是內在與精神恩典的象徵。」而且我毫不懷疑，他們最初一定是得到來自上天的直接啟發，只是他們沒有《聖經》來記錄這種啟示。

五年多來，我堅持只靠雙手來養活自己，結果我發現，一年只要工作六個星期左右就可以滿足所有的生活開銷了。整個冬天，還有大部分的夏天，我可以清閒、清醒地讀我的書。我曾徹底嘗試過經營學校的事，但是發現我的開銷和我的收入是成比例的，或更正確地說，是不成比例的增加，因為我被迫要注重穿著，要搭火車，更不要說必須做出相應的思考與信仰，所以這件事賠掉我不少時間。我不是為了同胞的利益而教書，只是為了生計，所以這算是失敗。我也試過做生意，但我發現要花上十年的工夫才能懂點門道，而且那時候我可能已經踏上成魔之路了。我其實也害怕，到那時候自己會正在從事所謂的好生意。我之前在想方設法找出謀生之道時，腦袋浮現了幾次為了符合朋友期望的悲慘經驗，這些經驗逼著我繼續想辦法，我經常認真想乾脆去採收越

84 Busk，聖禮節，指綠玉米節（The Green Corn Ceremony），是美國北部、東南部印第安部落慶祝玉米收成的節慶，他們會獻祭第一個成熟的玉米，以保佑其他作物順利收成。Busk 是白人貿易商給的名稱。

85 William Bartram，威廉．巴川姆（一七三九－一八二三），美國植物學家。

橘算了。這肯定是我能力所及的事，而且這份微薄小利也足夠我開銷了，畢竟，我這個人最大的長才就是需要的東西很少，而且這件事需要的資金也很少，也不太會影響我平常的情緒，我傻傻地這樣想著。當我認識的人毫不猶豫地開始做生意或就業時，我認為採越橘這份職業是最像他們的了。我整個夏天就在山坡撿拾路上的漿果，然後隨便處理一下，有如看守著阿德墨托斯[86]的羊群。我也夢想過，我可以用乾草車裝著採集來的野花野草或常綠植物，給喜歡森林氣息的村民送去，或甚至送到城市去賣。但我從那時候就知道，商業會詛咒它所牽涉到的一切，即使你經營的是天堂福音，依然擺脫不掉商業的詛咒。

由於我特別偏愛某些事物，又特別珍惜我的自由，而且我也可以努力工作，把事情做得很好，所以我並不想把時間花在賺取華麗的地毯、精美的家具、精巧的廚具、希臘風格或哥德風格的房子上。如果有人可以不太費事地取得這些東西，還知道如何善加使用，那麼我可以把追求這些事物的權利拱手讓給他們。有些人很「勤奮」，似乎喜歡為了勞動而勞動，或者勞動可以防止他們惹是生非，對於這些人，我目前還無話可說。對於不知道如何運用比目前更多的閒暇時間之人，我會建議他們，要更勤奮工作兩倍，工作、工作，直到他們為自己贖回自由的人生。就我自己來說，我覺得在所有職業當中，打零工是最獨立的工作，尤其是一年只需要工作三十或四十天，就足以維持一年的生活。工人的工作在太陽下山就結束了，其他時間就可以去做和工作無關、自己想做的事，但他的雇主月復一月都得盤算著投資與獲利的問題，一年到頭根本沒有喘息的機會。

總之，根據信念與經驗，我非常肯定，只要活得簡單又聰明，要在地球上維持自己的生存並不是一件難事，而是一種消遣；正如對於崇尚人造物質的國家來說，較為純樸的民族所做的工作只是一種娛樂而已。一個人要維持生計，沒有必要做得滿頭大汗，除非他比我更容易流汗。

我認識一個繼承了幾英畝土地的年輕人，他告訴我，**如果他有辦法的話**，應該過像我一樣的生活。無論如何，我並不想要任何人採用**我的**生活方式，因為在他徹底了解我的生活方式之前，我可能已經變了，又為自己找到另一種生活方式了，另外，我也希望這個世界盡量要有各式各樣的生活方式。我希望每一個人都很小心地找出，並勇於追求**自己的生活方式**，而不是過著他父親或母親或鄰居的方式。年輕人可以去建築、種植與航海，只要他真正想做的事不要受到阻礙就好了。我們之所以聰明，只不過是因為我們可以理解數學上的一個抽象的點；就像水手或逃亡的奴隸都知道，眼睛要注意北極星[87]的方向，光是這點，就可以做為我們人生的指引了。我們也許無法在預訂時間抵達目的地港口，但我們都能維持在正確的航道上。

毫無疑問，在這個情況下，對一個人而言正確的事，對一千個人來說就更正確。按比例算起來，一棟大房子不會比一間小房子更昂貴，因為在那個屋頂下、地窖中，還有那面牆，都可以隔成好幾間公寓。只是就我而言，我喜歡自己獨居。另外，自己從頭蓋房子，比起去說服別人共用牆壁有什麼好處，通常會更省事、更便宜；而且，如果你為了便宜而與人共用牆壁，那牆壁一定很薄，然後你可能會遇上不願意維護他那一邊的壞鄰居。唯一行得通的合作通常是片面的、表面上的合作，如果其中有一點點真心實意，也只是若有似無，因為那是一種聽不見的和諧。一個人

86 Admetus，阿德墨托斯，希臘神話中的色薩利（Thessaly）國王。阿波羅被宙斯放逐時，曾為阿德墨托斯看守羊群九年。

87 當時美國的黑奴多向北逃到加拿大。

如果有信念，他走到哪裡都可以與人合作；如果沒有信念，不管進入哪一個團體，都無法與人合作。合作的最高與最低意義都是指一**起共同生活**。我最近聽說，有兩個年輕人想要一起到世界各地旅行，但有一個人沒有錢，他必須在桅杆前或犁具後做著零工，努力賺錢，而另一個人則在口袋裡帶著匯票。顯而易見的是，他們絕對無法長期作伴或合作，因為其中有一個人根本不**做**。在旅行中發生第一個衝突危機時，他們可能就會分道揚鑣了。最重要的是，就像我之前已經提過，獨自旅行，今天就可以上路；結伴旅行，就得等另一個人準備好，說不定還要等很久才能啟程。

但是，這一切都是很自私的啊，我聽到有些鎮上的人這樣說我。我承認，目前為止我很少參與慈善事業。因為我已經為責任感犧牲了某些東西，也包括犧牲了做慈善的樂趣。有人想盡辦法說服我幫助鎮上的窮困家庭，如果我沒事做——魔鬼專找游手好閒的人——我可能會嘗試這樣的消遣活動。但是，當我想在這方面出點力，讓某些窮人在各方面維持和我一樣的舒適生活，並把幫助他們活得像天堂一樣當成是我的義務，甚至已經對他們提出這樣的提議，但他們所有人卻全部毫不猶豫地寧願維持貧窮生活。既然我們鎮上的男男女女已經致力於促進同胞的利益，我相信至少可以騰出一個人，讓他去做其他較沒那麼人道關懷的事。慈善事業和其他事業一樣需要天生的稟賦。至於「做好事」，這已經是一個人滿為患的行業了。再說，我已經好好試過了，雖然聽起來很奇怪，但這件事和我的天賦不搭，我對這一點也很自在。為了拯救宇宙免於毀滅，也許我不應該有意識地放棄社會要求我做的好事；但是我相信宇宙不會毀滅，因為在某個地方，有一個類似的，而且無限大的穩定力量正在支撐著它。儘管如此，我絕對不會攔阻別人去發揮他的天賦，而且，對於用他的心、靈魂與生命去做這件我不做的事的人，即使全世界都認為那件事做錯了——這是很可能的事——我都會說，堅持做下去吧。

我一點也不認為自己是個特例，很多讀者肯定也有類似的想法。做起事情來，雖然我不認為鄰居會說那是一件好事，但我可以毫不猶豫地說，我是一個絕佳的雇用人選；但我做得好不好，就留給我的雇主來發現吧。我做的**好事**，即一般意義上的好事，一定是和我的主要人生事業不同，而且大部分是無心插柳的意外結果。有人很務實地說，就從你現在的情況、從這樣的你開始做，不必等到自己更有能力或財力才做，你就帶著善意去做好事吧。如果我要這麼費事講道理的話，我寧願說，開始當個好人吧。這便好像太陽把它的火焰點燃至月亮或六等星的亮度之後，就應該馬上停工，然後彷彿愛惡作劇的小精靈好人羅賓[88]一樣，到每間小屋的窗戶偷窺，使人發瘋，讓肉腐爛，令黑暗可見；而不是漸漸增加自己溫煦的熱度與善行，直到光芒四射令人無法直視，並在同時，以及在將來，繼續在自己的軌道上繞著世界做好事，或者如更正確的哲學家發現的，是地球繞著太陽得到好處的啊。法厄同[89]為了藉善行來證明自己神聖的出身，偷偷駕著太陽戰車外出，才一天就不小心偏離了原來的軌道，結果燒毀了天堂下方的好幾排房子，還燒焦了地球表面，烤乾了每個泉源，形成撒哈拉大沙漠，直到朱庇特[90]用一道雷電把他劈死為止。太陽因他的死而

88 Robin Goodfellow，英國民間傳說中專門搗蛋的小精靈。
89 Phaeton，法厄同，希臘神話中，太陽神與森林女神的兒子。
90 Jupiter，朱庇特，羅馬神話中的主神，即希臘神話的宙斯（Zeus）。

悲慟，整整一年都黯然無光。

沒有比走味的善更難聞的氣味了。那是人的，也是神的一種腐臭味。如果我確定某個人抱著要對我做善事的意圖來我家，我一定會馬上逃命去了，就像逃離非洲沙漠中又乾又熱的薩姆風（simoom），因為這種風會填滿你的嘴巴、鼻子、耳朵與眼睛，讓你窒息而死。我怕自己應該接受他要對我做的好事，但那就表示，他的病毒要混進我的血液了。不，在這種情況下，我寧願承受別人自然地對我做不好的事。如果我應該挨餓，他卻餵我；我應該受凍，他卻幫我保暖；我應該跌進洞裡，他卻拉我出來，我不認為這樣的人是一個好**人**。我可以幫你找到一隻紐芬蘭犬，牠也做得到這些。從最廣泛的意義上來說，慈善事業並不是對同胞的愛。就霍華德[91]的做法來看，他無疑是非常仁慈、有貢獻的人，而且也善有善報了；但是相對來說，如果慈善行為不是在我們狀態最好、最值得的時候來幫忙，那麼即使有一百個霍華德，對**我們**又有什麼用？我從來沒聽過哪個慈善會議真心提議對我或像我這樣的人實行任何的好事。

印第安人被綁在木樁上燒，竟還回過頭來向施虐者建議新的折磨方式，這讓耶穌會教士百思不得其解。由於他們超越了身體上的痛苦，因此有時候也超越了傳教士所能提供的任何安慰；對他們而言，待人如己這個法則也比較沒有說服力，因為他們不在乎別人怎麼對待自己，他們是用另一種方式在愛他們的敵人，而且幾乎完全寬恕了他們的所作所為。

在幫助窮人時，要確定你給的是他們最需要的幫助，即使會留下讓他們遠遠不及的風範。如果你要給錢，你也要把自己投入，而不是把錢丟給他們就算了。我們有時候會犯很奇怪的錯誤。看起來衣服破爛、骯髒，披披掛掛穿得十分臃腫的窮人，通常並不是那麼寒冷與飢餓。其中有一部分是因為他的品味，不一定是他的不幸使然。如果你給他錢，他可能會去買更多的破爛衣服。我常常對在湖上鑿冰、行動笨拙的愛爾蘭工人感到同情，他們衣衫襤褸、破爛不堪，卻還要鑿冰，而我則在更整潔、時尚的衣服裡發著抖，直到有一天，天氣非常冷，一個掉進湖裡的人來我家取暖，我當場看到他脫下三件褲子、兩雙長襪，然後才終於看到他的皮膚。儘管這些衣物真的很髒很破，但他謝絕了我要給他的**額外的**衣服，因為他已經有很多**裡面的**衣服了。他唯一真正需要的就是舒舒服服地泡到熱水裡。這時候我反而開始同情自己，我了解到，比起給他整間店鋪的衣服，給我一件法蘭絨襯衫才是更大的善舉。砍斷邪惡枝條的人和砍樹根的人是一千比一，因此情況很可能是，那個帶來最多時間與金錢給需要之人的人，他的生活方式正是造成不幸的最大因素，所以他努力救濟這名不幸的人，也只是徒勞而已。就像偽善的奴隸主把賣掉第十個奴隸所賺得的利潤，拿去為其他人買一份星期日的自由。有些人雇用窮人在廚房做事，以顯示自己的善心。如果他們自己下廚，就比較不善良了嗎？你誇耀自己將收入的十分之一捐給慈善事業，或許你應該捐的是十分之九，才算做了善事。因為社會只不過回收了十分之一的財產而已。這到底是持有財產者的慷慨，還是主持正義的人怠忽職守呢？

慈善活動幾乎是唯一一項受人類充分讚賞的美德，不過，實在是過度高估了，而正是由於我們的自私才高估了它。有一個大晴天，就在康科德這裡，一名身材粗壯的窮人向我讚美一個鎮上

91 John Howard，約翰．霍華德（一七二六—一七九〇），英國慈善家、獄政改革者，在旅行調查監獄途中染疾而死。

的人，他說那個人對窮人很好——這個窮人指的就是他自己。從事慈善事業的叔叔與阿姨，比真正精神上的父母親更受到尊重。有次我聽一個牧師講到英國，他是個熱愛學習、充滿智慧的人。他列舉了英國的科學、文學與政治家，包括莎士比亞、培根、克倫威爾、密爾頓、牛頓與其他人，接著說到英國的基督教英雄們，好像他的職業要求他得這樣說似的，他把這些人的地位抬舉到比誰都高，像是偉人中的偉人。他們是潘恩、霍華德，與芙萊夫人[92]。任何人一定都會覺得他是在睜眼說瞎話。這三人並不是英國最好的人，也許只能說是最好的慈善家。

我並不想貶低大家對慈善行為的讚美，我只想要求大家，公平對待所有用自己的生活與工作造福人類的人。我並不認為，一個人的正直與仁慈是他的主要價值，那只是他的莖與葉而已。我們用枯黃的綠色莖葉製成湯藥給病人服用，但這只是植物最不起眼的用途，而且大部分是庸醫在做的事。我更重視的是一個人開出來的花與結出來的果，讓我能在與他的往來中，感受到他散發出來的芳香與成熟氣息。他的善行不會是局部或暫時的行為，而是一種源源不絕的富足滿溢，完全不花他半毛錢，他也完全無所察覺。慈善活動遮掩了很多的罪惡。慈善家太常把自己記得的悲傷氣氛籠罩在別人身上，然後將這稱為同情。我們應該帶給人的是勇氣，而不是絕望；應該要帶給人健康與安心，而不是疾病；並且要小心，不要因為接觸傳染而蔓延出去了。究竟從南方的哪些平原傳來了悲痛的哀號聲？住在什麼緯度的異教徒需要我們送光過去？誰是我們應該拯救的那名粗魯殘暴的人？一個人如果哪裡出了毛病，那個部位的機能就不能正常作用；如果一個人的腸子絞痛，他馬上就會想要改革這個世界了，因為這正是同情心的所在位置。在他自己的小宇宙中，他發現這個世界的人一直在吃不熟的青蘋果。這是一個正確的發現，而他正是發現這件事的人。在他眼中，整個星球本身就是一顆很大的青蘋果，一想到人類的子孫在蘋果成熟之前就吃掉了，他便覺得危險。於是在強烈的慈善心腸驅使下，他直接去找了愛斯基摩人與巴塔哥尼亞[93]人，還去了人口眾多的印度與中國村莊。幾年的慈善活動下來，當地的有力人士也利用他達成了自己的目的，他因此治好了自己的消化不良問題，地球的臉頰也有一邊或兩邊染上了紅暈，好像要開始成熟了一樣，於是生命不再生澀不熟，而是更甜美、更健康了。我從來不曾想過有比我犯下的罪過更大的。我也從來沒見過，也永遠不會見到，比我自己更罪大惡極的人了。

我認為，改革者會如此憂心傷神，不是因為他悲憫苦難中的同胞，而是個人的病痛，儘管他身為上帝最聖潔的兒子。只要他的病痛痊癒，只要春天再度來臨，曙光照上他的睡榻，他就會問心無愧地離開那些慷慨的同伴。我沒有指責抽菸的理由，是因為我自己從來沒抽過菸，而且戒菸的人也有自己要承擔的代價，宣傳戒菸就是他們該做的事。只是我也做過很多我可以反對的事情。如果你曾經被矇騙而做了這些慈善活動，千萬不要讓你的左手知道你右手所做的事，因為不值得知道。救起了溺水的人之後，就把鞋帶綁緊。花點時間，著手做一點自由的事吧。

我們的態度因為與聖人往來而敗壞了。我們的讚美詩篇也回響著詛咒上帝與忍受上帝的旋律。我們可以說，即使是先知與救世主也只能安慰恐懼的心靈，而不是確保人的希望。沒有一個

92 此三人皆為慈善家。William Penn，威廉．潘恩（一六四四－一七一八），英國人道主義者。Elizabeth Fry，伊莉莎白．芙萊（一七八〇－一八四五），英國獄政改革家。

93 Patagonia，巴塔哥尼亞，南美洲最南端的地區。

地方記錄著對生命這份禮物簡單又難以壓抑的滿足，也沒有一個地方記錄著對上帝令人難忘的讚美。所有的健康與成功，不管多麼遙不可及，多麼隱微難見，對我都是好事；所有的疾病與失敗，不管對我有多少同情，或讓我多麼傷懷，都會讓我傷心，對我都是壞事。那麼，如果我們要藉著真正印第安人的、植物的、催眠的或自然的方法，來恢復人類的元氣，首先就要像自然的我們一樣簡單、健康，驅散我們眼前的迷霧，並在我們的毛孔中注入些許生氣。不要待在那裡成為窮人的監護人，要努力成為世界上有價值的人。

我在夕拉茲[94]的謝克．薩迪[95]所寫的《花園》（*Flower Garden*）中讀到：「他們問了一位智者：至高無上的神創造了許多高聳茂密的知名大樹，但只有不結果的柏樹被稱為自由之樹，其中有什麼奧妙嗎？智者回答，每棵樹木都有一定的產出，也有它的季節性，在這段時間，它色彩鮮豔、開花結果，但時間一過就乾枯凋謝；只有柏樹終年翠綠，這就是本質上的自由，或宗教上的獨立性。不要把心專注在短暫的事物上，因為在哈里發[96]一個一個滅亡後，底格里斯河仍會繼續流經巴格達城。如果你手上資產豐厚，就像棗樹一樣，慷慨大布施吧；如果你兩手空空，就像檜木一樣，做個自由的人吧。」

補充詩篇

貧窮的藉口

你這可憐的窮鬼，真的妄想太多了，
竟想在天底下占一個位置！
你在簡陋的小屋，或不如說是你木桶樣的窩，
養成了懶惰迂腐的德性，
只會在廉價的陽光下或蔭涼的泉水邊，
吃吃草根、嚼嚼野菜；
在那裡，你的右手，
也把人類的熱情從心靈上拔除了，
但美德都是從熱情迸發出來的，
你貶低了天性，麻木了知覺，

94 Shiraz，夕拉茲，古波斯文明的大城市。
95 Sheik Sadi，謝克．薩迪，十二世紀的波斯詩人。
96 Caliph，哈里發，伊斯蘭的統治者稱呼。

像蛇髮女妖，把活生生的人變成了石頭。
我們不要這種沉悶的社會，
不要強迫的自我節制或違背人性的愚蠢，
讓人不知道何為歡樂，也不知道何為悲傷；
也不要你把不得已的被動堅毅，
誤認為比主動進取更重要。這種卑微的處境，
固著在平庸裡，也成為你心靈上的奴性；
但我們鼓勵恣意而為的美德，
勇敢和慷慨的行為，豪氣干雲的氣度，
洞察萬物的聰明，無邊無際的胸襟，
還有那種自古以來只有典範，
仍未有名稱的英勇美德，
就像海格力斯、阿基里斯、賽修斯。
滾回你令人噁心的窩吧：
等你看到了文明的新天地，
再來認識那些價值吧。

——卡魯[97]

瓦爾登湖梭羅小屋遺址，攝於 1895 至 1910 年間。

97 Thomas Carew，湯瑪斯·卡魯（一五九五－一六四〇），英國詩人。

論自由、獨立與個體性

盡可能活得自由，不要有任何執著。經營一座農場，或進入監獄，是沒有什麼區別的。

As long as possible live free and uncommitted. It makes but little difference whether you are committed to a farm or the county jail.

(p.105)

由於我特別偏愛某些事物，又特別珍惜我的自由，而且我也可以努力工作，把事情做得很好，所以我並不想把時間花在賺取華麗的地毯、精美的家具、精巧的廚具、希臘風格或哥德風格的房子上。

As I preferred some things to others, and especially valued my freedom, as I could fare hard and yet succeed well, I did not wish to spend my time in earning rich carpets or other fine furniture, or delicate cookery, or a house in the Grecian or the Gothic style just yet.

(p.88)

一個單純且獨立的心靈，絕不受任何王公貴族的差使而勞碌不已.

A simple and independent mind does not toil at the bidding of any prince.

(p.75)

讓每一個人管好自己的事，努力成為他自己就好了.

Let every one mind his own business, and endeavor to be what he was made.

(p.372)

如果我終生像蜘蛛一樣，被迫局限在閣樓的一角生活，只要我還擁有我的思想，世界對我來說就是一樣那麼大.

If I were confined to a corner of a garret all my days, like a spider, the world would be just as large to me while I had my thoughts about me.

(p.374)

II. 我生活的地方，我生活的目的

人生如果達到了某種境界，自然會認為無論什麼地方都可以安身。因此我把我住的方圓十二英里以內所有地方，徹底調查了一遍。因為所有的農場都是可以賣的，我也知道它們的價格，因此我在想像中陸續買下每一間農場。我走遍了每一個農夫的土地，品嚐了他土地上的野生蘋果，還和他一起討論種植的事，我讓他隨意開價，然後想像自己買下他的農場，再抵押給他，甚至是用更高的價格；我拿走了一切，就是沒有拿走土地的產權契約。因為我以他的話語當作契約，我很喜歡聊天，我相信，在某種程度上，聊聊耕種的事，也同時在陶冶他的心田，然後等我享受夠了聊天的樂趣時，我就會離開，讓他繼續耕作。因為這段時間的經驗，朋友戲稱我為土地經紀人。無論我坐在哪裡，都可以在那裡住下來，而風景就以我為中心，朝四面八方延伸。所謂的房子不就是一個落腳之處嗎？當然，最好是在鄉下的落腳之處。我發現很多可以蓋房子的地方，不太可能很快得到改善，有些人認為離村子太遠，但在我眼裡，其實是村子離它太遠。好吧，我說一下那個我可能會住，以及我確實住過的地方，我住了一個小時、一個夏天與一個冬天的地方，這個地方見證了我如何任歲月流逝，如何送走冬天，迎來春天。這個地區的未來居民，不管他們可能在哪裡安置房子，可以確定的是，以前都有人想過了。哪裡是果園、林地和草地，一個下午就可以把土地安排妥當，還可以決定要在門前留下哪些漂亮的橡樹或松樹，而枯萎的樹又要如何物盡其用。然後我就會讓這塊土地空在那裡，保持休耕狀態，因為一個人越富裕，他可以閒置不用的東西就越多。

我的想像力飛得好遠，我甚至幻想幾家農場給我優先購買權——這是我唯一需要的——但我從未真的擁有，以免蒙受損失。我最接近實際擁有的一次經驗是，我買下了一塊位於哈洛威（Hollowell）的土地，並開始挑選我想種的種子，還收集材料準備做一台手推車。但在主人給我農場契約之前，他的妻子——每個男人都有一個這樣的妻子——讓他改變心意，不想賣了，於是他給了我十美元解約。現在老實說，我當時的所有財產只有十美分，但要說清楚我究竟是那個只有十美分的人，還是擁有農場或十美元的人，或兩者兼而有之的人，已經超出我的算術能力了。但我還是讓他留著那十美元，還有那座農場，因為我已經把這座農場放在心裡夠久了，或者可以大方地說，我把這座農場以我買的價錢再賣給他了，因為他不是有錢人，我還給了他十美元做為禮金，因此我還保有我的十美分、種子，還有做手推車的材料。我因此發現，我是一個沒有損失一點財產的富人，但我保有了這塊土地的風景，而且從那之後，我不需要手推車就可以每年載走這片風景。關於風景，這樣說最貼切：

我像君王，考察一切，

我的權利，無庸置疑。[1]

我經常看到，詩人在享受了農場最珍貴的部分後便瀟灑離去，但那個脾氣暴躁的農夫卻以為，他只是吃了幾顆野生蘋果而已。農場主人很多年之後都還不知道，詩人早已把他的農場風光寫成了詩，他用最優美的無形籬笆圍起了這片農場，還擠了奶，脫了脂，詩人拿走了所有的奶油，只剩下脫脂牛奶給農夫了。

哈洛威農場真正吸引我的地方在於，它完全遠離塵囂，距離村莊大約兩英里，離最近的鄰居也有半英里，而且和公路之間有一片廣闊的原野隔開。它有一道邊界是河，農場主人說，春天的時候這條河可以保護農場不受霜害，雖然我並不在乎這件事。房子與穀倉那灰濛濛的色澤與殘破的狀態，加上坍壞了的籬笆，顯示上次有人住在這應該是很久以前的事了。蘋果樹受兔子啃咬，變得空心並覆滿地衣，可以看出我會有什麼樣的鄰居。但最重要的是，我還記得第一次航行在那條河上的回憶，房子藏在茂密的紅楓樹林後，經過時還聽見了看門狗吠叫。我急著想買下來，無法等到業主把石頭搬走、把空心蘋果樹砍下、把草地上冒出的小樺樹挖掉，總之，我根本等不及他整理好土地。為了享受這些好處，我樂於自己去收拾，就像把世界扛在肩上的阿特拉斯[2]，我從沒聽過祂因為這樣做而得到什麼補償。除了付錢買下，然後不受干擾地擁有它之外，我做這些事並沒有其他動機或藉口，因為我知道，只要我能讓它不受干擾，它就會產出一種我想要的、最豐富的作物。但是，就像我之前說的，這件事後來破局了。

那麼，有關大規模的種植，因為我一直只種一個小園子，所以我只能說，我已經把種子準備好了。很多人認為種子會隨著時間而改良。我從不懷疑，時間可以區分出優劣，因此等我最後有田可種的時候，失望的可能性會更低一點。但是我要告訴我的同胞，總歸一句話，只要可以，盡可能活得自由，不要有任何執著。經營一座農場，或進入監獄，是沒有什麼區別的。

老加圖寫的〈論農耕〉就是我的《耕作者》[3]，他在書中說——在這裡插個話，我看過的唯一譯本根本是亂譯一通——「當你想買一座農場時，務必再三考慮，不要貪；也不要怕麻煩，要多去看看，而且也不要以為看過一圈就夠了。如果是一座好農場，你越常去看，你就會越喜歡它。」我想我應該不會太貪著想買，而是會在我的有生之年，一遍又一遍地跑去看它，然後成為第一個安葬在那裡的人，這樣最後也會讓我更喜歡那裡。

目前這個地方是我這類實驗的第二次嘗試，我打算花長一點的篇幅來描述，為了方便起見，我把兩年的經驗濃縮整理成一年。就像我之前說過的，我不打算寫一首令人憂鬱的頌歌，我只想要和清晨站在雞棚裡高聲大叫的公雞一樣，努力喚醒我的鄰居。

我開始在樹林裡住下來的時候，也就是說，開始在那裡度過日日夜夜的時候，碰巧是獨立紀念日，也就是一八四五年的七月四日，當時我的房子還沒完工，只能防雨，還無法過冬，牆壁也

1 出自考伯（William Cowper）的詩作。
2 Atlas，阿特拉斯，希臘神話中，把世界扛在肩上的天神。
3 〈論農耕〉（*De Re Rusticâ*）是《農業論》中的第一章。《耕作者》（*Cultivator*）是梭羅時代的農業雜誌。

還沒抹灰，沒安裝煙囪，牆壁很粗糙，木板因風吹日曬而變色，還有很大的縫隙，所以屋子在晚上特別涼爽。直立的白色木柱與剛刨製好的門窗外框，讓房子看起來乾淨又通風，特別是在清晨，當這些木頭被露水浸透時，我總幻想著，到了中午，它們應該會飄散出楓香的味道。在我的想像中，這屋子一整天都會維持著這種黎明的個性，讓我想起一年前在某座山上造訪的一間房子。那是一間十分通風、無人居住的小屋，最適合招待旅行中的神明，說不定某個女神的裙襬還曾拖曳而過呢。從我的住處吹拂而過的風，掃過層層山脊，就像夾帶著斷斷續續的音樂，或者說，在人間響起了只得天上有的音樂。清晨的風永不停歇，詩歌的創作也未曾間斷，可惜，只有少數人聽得見。奧林匹克山[4]並不在地球之外，神的力量其實無所不在啊。

以前，除了一艘小船之外，我唯一擁有過的屋子，是我偶爾在夏天短期旅行時用的一頂帳篷，現在還捲起來放在我的閣樓上；但那艘小船一人傳過一人，現在已經淹沒在時間之流，不知去向了。有了目前這棟比較實在的房子，我在這個世界的安頓也有了一些進展。房子的結構沒有幾層，彷彿某種環繞著我的結晶體，也對建造者產生了影響。它有點像一幅只勾勒出輪廓的畫作。我不必到屋外呼吸新鮮空氣，因為屋裡的空氣絲毫不差，一樣新鮮。在大雨滂沱的天氣裡，與其說我坐在屋子裡，倒不如說坐在門後面。〈哈利梵薩〉[5]中寫著：「沒有鳥兒飛來的房子，就像沒有加上調味的肉。」這也不是我的住所，因為我發現自己正與鳥兒為鄰，而且，我的方法不是把鳥兒關起來，而是把自己關在靠近牠們的一個籠裡。我不只更靠近花園與果樹的常客，也更靠近那些很少或不曾為村民吟唱的更小、更令人興奮的森林歌唱家，包括林鶇、東部畫眉、紅色唐納雀、野麻雀、夜鷹，以及很多其他種的鳥。

我的屋子在康科德鎮南邊一英里半的一座小池塘邊上，地勢略高於康科德鎮，就在林肯鎮與康科德鎮之間廣闊的林地中，距離那一帶最知名的地方康科德戰場[6]大約有兩英里。但我在林地中的位置如此的低，所以我最遠的視野就是半英里外的對岸——和其他地方一樣，對岸有著樹林環繞。住在這裡的第一個星期，每當我看著池塘，總覺得它是一座山中小湖，高高地掛在山坡邊；湖底比其他湖面來得高，因此當太陽升起，我便看到它脫掉了夜間的薄霧衣衫，然後這裡一點、那裡一點地，露出了柔和的漣漪，或平滑如鏡的水面，而那鬼魅般的薄霧則不知不覺地從四面八方退回林中，就像某種夜間的祕密集會解散了一樣。就連枝頭上的霧水，在白天也比平常掛得更久，就像在山腰一樣。

當八月溫和的暴雨間歇時，這座小湖就是最有價值的鄰居，在這時候，空氣與水氣完全平靜下來，但天空仍然烏雲密布，下午三、四點鐘就有了傍晚的寧靜氣氛，林鶇四處鳴唱，從此岸傳到彼岸。像這樣的一座小湖，沒有比此時更平靜的了，湖面上的清澈空氣因雲層籠罩而陰暗下來，水面映滿了光與倒影，成了低層的天空，更形珍貴。在附近的山頂一處樹林剛被砍掉的地方，越過湖面往南望，是一片令人心曠神怡的景觀，層層山巒形成湖岸，群山之間還有一處寬大的缺口，那兒的兩側坡地向著彼此傾斜，讓人以為會有一條小溪從茂盛山谷緩緩流出，但那裡其實沒有小

4 Olympus，奧林匹克山，希臘神話中的諸神之家。
5 Harivansa，哈利梵薩，一首描述某印度神祇的詩。
6 美國獨立戰爭的一個戰場。

溪。我從附近青翠的山巒之間望過去，可以看到更遠更高的山，泛著一片藍。的確，踮起腳尖，還可以一瞥西北方的山峰，更藍更遠，就像天堂自行鑄印的正藍硬幣；也望得見一部分的村落。但是在其他方向，即使從我這個位置，除了包圍著我的樹林以外，也看不到更多景色了。住家附近有水，是很好的一件事，讓土地有恢復生氣的浮力。即使是最小的一口井也有價值，當你向下看時，你會理解到，我們腳下的這片土地並不是一整塊大陸，而是一個一個島嶼。這一點，和井水能使奶油保持清涼一樣重要。從這個高峰越過對面的池塘望向薩德伯里（Sudbury）的草地，水漲時節可以看見，草地似乎高了起來——大概是瀰漫水氣的山谷所造成的海市蜃樓吧——彷彿水盆裡的一枚硬幣；湖邊土地看似一層薄薄的地殼，被這小小的一片湖水隔離並浮了起來，然後我才想到，我住的地方不過只是一片**乾地**。

雖然從我的門口往外看，景觀更小了，但我至少沒有感到擁擠或受限。對我的想像力來說，這片草原已經夠我馳騁遨遊了。湖對岸的矮橡樹台地，向西延伸到大草原與韃靼[7]乾草原，為所有的流浪家庭提供了充分空間。「世界上沒有比自由享受著遼闊大地的生靈更快樂的了。」當達摩達拉[8]的牛羊需要更大的草原時，他這麼說。

彷彿地點與時間都改變了，我住在宇宙中最吸引我的地方附近，以及歷史中最吸引我的時代。我住的地方，就像天文學家在夜晚觀看某些地區一樣遙遠。我們喜歡想像某個偏遠、更像天國的角落，就在仙后座的後面，有個稀有而美妙的地方，遠離一切塵囂與干擾。我發現我的房子的確就位在宇宙中一個幽靜，卻永遠新鮮，不受汙染的所在。如果真的值得安頓在昴宿星團或畢宿星團、在畢宿大星或牛郎星附近，我已經在那兒了，或者說，已經和我拋在身後的生活一樣遙遠——向著我最近的鄰人閃爍著微弱光線，只在沒有月亮的晚上，才會被他看見。我居住的地方，創造出的世界就彷彿：

牧羊人住過那兒，
他的思想高如山，
就像他時時刻刻
放養羊群的山巔。[9]

如果羊群總是跑到比牧羊人的思想更高的草地上，我們又該如何看待他呢？

每一個清晨都是一次愉悅的邀請，邀我的生活如大自然本身一樣簡單，但我可能會說一樣純潔。我一直像希臘人似的崇拜著晨曦女神奧羅拉。我早早就起床，並在湖裡沐浴，這是一件宗教性的事，也是我所做的事情中最棒的一件事。據說，中國成湯王[10]在澡盆上刻著箴言：「每一天都要完全更新自己，一次又一次，永遠不要停。」[11]我完全理解其中的意義。早晨時光把英雄的

7 Tartary，韃靼，指西伯利亞中部、西部與俄羅斯南部的廣大區域。
8 Damodara，達摩達拉，即印度教主神奎師那（Krishna）。
9 此為英國的一首老民謠。
10 商湯，商朝的開國君王。
11 出自《大學》，原文為：「苟日新，日日新，又日新。」

時代帶回來了。黎明時分，我把門窗打開，靜靜坐著，蚊子在屋裡開展一段看不見也無法想像的旅行，牠的微弱嗡嗡聲帶給我的感動，彷彿小號演奏的名曲。牠是荷馬寫的安魂曲，有如《伊利亞德》與《奧德賽》，在空中唱著自己的憤怒與漂泊[12]。其中有種宇宙式的意義，宣揚著這世界歷久不衰的活力與富饒，直到被人打斷為止。清晨是甦醒的時刻，也是一天當中最令人難忘的時刻。我們在這段時間的睡意最少——至少有一個小時——我們身上的某個部分會從晝夜的沉睡狀態中清醒過來。如果我們不是被自己的內在天賦喚醒，而是被僕人制式地搖醒；如果我們不是被最近得到的力量與來自內在的渴望喚醒，不是在天上迴盪的樂音中，以及空氣裡瀰漫的香氣中醒來，而是在工廠的鈴聲中醒來，如果這樣的一天還可以算是一天的話，那麼這一天也沒什麼好期待的了。當我們甦醒時，就是進入了一個比睡眠時更高的生命層次，黑暗因此結出果實，並證明自己的好處一點也不輸給光明。不相信每一天都包含著比他已經糟蹋的日子更早、更神聖、更有曙光的一小時的人，是對生活感到絕望的人，而他所走的路也是一條越來越沉淪且黑暗的路。當一個人的感官休息一段時間之後，他的靈魂，或著說靈魂的功能，每一天都會再次煥發活力，而他的天賦也會再度試著實現它所能創造的高貴生活。我應該說，所有令人難忘的事，都發生在早晨與早晨的氣氛中。《吠陀經》說：「所有的智性都隨著早晨一起甦醒。」詩與藝術，以及人類最美好、最難忘的行動，也可以追溯到早晨的這一個小時。所有的詩人與英雄豪傑——例如門農——都是晨曦女神奧羅拉之子，並在日出之時發出自己的音樂。對一個思想充滿彈性與活力，而且與太陽同步的人來說，白天就是一個長長的早晨。時鐘怎麼走，人的態度如何，或做什麼工作，都無關緊要。早晨是我清醒過來的時候，黎明不在外面，而是在我的裡面。精神上的改革就是一種擺脫睡意的努力。如果人們不是一整天都昏昏欲睡，為什麼他們的白天如此乏善可陳？他們本不是這麼不善於計算的人。如果他們沒有被昏沉的睡意打敗，也可能做出一番成就。有數百萬人夠清醒到可以從事體力勞動，但一百萬人之中，只有一個人夠清醒到可以從事有效能的智力活動，然後一億人之中，只有一個人夠清醒到可以過一種詩意或神聖的生活。清醒，才是活著。我從來沒有遇過一個非常清醒的人，所以我怎麼能夠看著他的臉呢？

我們一定要學著讓自己重新甦醒，並保持清醒，不是靠機械的幫助，而是靠著對黎明的無限期望。這股期望從不會棄我們而去，即便是在我們最安穩的睡眠中。我所知的一件最激勵人心的事就是，人類毫無疑問有能力透過有意識的努力提升自己的生活。能畫出一幅特別的畫作，或雕刻一尊雕像，以及做出一些漂亮的東西，的確是一種成就；但是，如果能夠描繪或雕刻我們用來觀看世界的特有基調與媒介，才是更輝煌的成就，而這是我們在精神上可以做到的事。藝術的最高境界就是改變一天生活的質地。讓自己的生活，甚至生活的細節，禁得起自己最崇高、最關鍵時刻的審視觀照，是每一個人的責任。如果我們拒絕了，或者更精確地說，我們耗盡了所有微不足道的訊息，那麼，神諭就會清楚告訴我們要如何去做到這件事。

我到森林裡去，是因為我希望過著有意識的生活，只面對生活中的必要部分，看我是否能學會它要教給我的事，而不是在我臨死之時才發現自己並沒有真正活過！生命是如此珍貴，我不

12《伊利亞德》與《奧德賽》各自的主題就是憤怒與漂泊。

要過與生命無關的生活，而且除非必要，我也不想放棄任何事物。我想要活得深刻，汲取生活中的所有精華，我要活得像斯巴達人一樣堅毅，清除一切與生命無關的事，把生活逼到絕境，並簡化成最基本的形式，如果它被證明是卑微的，那麼我就去體驗它全部而真實的卑微，然後把它公諸於世；如果它是崇高的，我也要透過體驗去認識它，並在下一次短途旅行中真實地描述它。在我看來，大部分的人對生命有一種奇怪的不確定態度，不知道它是屬於魔鬼或是上帝所有，然後**有點倉促**地做出結論，認為人類的主要目的就是「榮耀上帝，並永遠接受神的賞賜」[13]。

雖然寓言故事告訴我們，我們很早以前就從螞蟻變成了人類[14]，但我們仍然像螞蟻一樣活得卑微，我們像小矮人一樣與白鶴作戰[15]，我們的生活真是錯上加錯，是補丁上的補丁，而我們最好的美德卻成為一種多餘、可以省掉的麻煩。我們的生命都浪費在瑣事上了。在計算時，一個踏實的人用十根手指頭就綽綽有餘了，或者在極端的情況下，再加上十根腳趾頭，也能把剩下的都算好了。簡單、簡單、簡單！我會說，把你要做的事保持在兩、三件就好，而不是一百或一千件，千萬不要以百萬計，半打計就差不多了，讓你的帳目可以記在你的大拇指指甲上。在文明生活的驚濤駭浪中，充滿著烏雲、暴風雨與流沙，還有一千零一種物品，一個人如果不想沉入海底，永遠到不了港口，就必須靠精確的計算才能活命，因此他必須是一個優秀的計算師，才能確實成功。簡化，再簡化。與其一天三餐，如果必要，就只吃一餐吧；與其有一百個鍋碗瓢盆，就只保有五個吧，按比例減少其他東西吧。我們的生活就像日耳曼聯邦，是由眾多小邦所組成，邊界永遠在變動，因此在任何一個時刻，即使是德國人也無法告訴你邊界在哪裡。這個國家雖然有所謂的內部改革——順道一提，這些都是外在、表面的改革——本身卻是一個笨拙且過度發展的建制，制度雜亂，常被自己的設計綁手綁腳，並因為奢侈而漫不經心的開銷，以及缺乏計算與有價值的目標，而面臨敗壞，就像這片土地的上百萬個家庭一樣。這個國家的唯一解方，也是這些人家的唯一解方，就是嚴格節約，過著嚴格、比斯巴達更簡樸的生活，並且提高生活的目標。這個國家把生活步調過得太快速了。人都以為，這個**國家**有商業、出口冰塊、透過電報交談、一個小時可以通行三十英里，不管**他們**是否這樣做，但毫無疑問，這些都是必要的；但我們應該活得像狒狒還是像人，卻有一點不確定。如果我們不鋪設枕木[16]、鍛造鐵軌，夜以繼日投入工作，而是去修補我們的**生活**，以改善**生活**，誰去建鐵路？如果鐵路沒有興建完成，我們又如何能及時到達天堂？但如果我們待在家裡，專心投入自己的事，誰還會想要鐵路？我們並不是在搭乘鐵路，而是鐵路搭乘著我們。你有沒有想過，鋪在鐵路下方的枕木是什麼？每一個枕木就是一個人啊，一個愛爾蘭人，或一個美國人。鐵軌鋪在他們身上，再用沙子覆蓋起來，然後火車就能在他們身上通行順暢。我可以保證，這些都是堅固的枕木[17]。而且每隔幾年，就會有一個新的地方鋪上枕木，然後被車輪輾過，因此如果有人有幸搭乘鐵路，就表示有一群人不幸被輾過。當他們輾過一個夢遊的人——也就是睡在錯誤位置的多餘枕木——而把他弄醒時，他們會忽然停下火車，大聲警告

13 十七世紀加爾文教派的課本《新英格蘭入門》中，〈短篇教理問答〉開宗明義的句子。
14 希臘神話中，宙斯之子艾可斯（Aeacus）的子民遭滅亡，於是懇求父親把螞蟻變成人，宙斯同意了他的請求。
15 《伊利亞德》第三章將特洛伊人比喻為白鶴，曾與侏儒作戰。
16 枕木英文為 sleeper，梭羅在此有雙關意涵，同時表示沉睡者。
17 指安穩的沉睡者。

他，好像這只是個例外情況。我很高興得知，每五英里就需要出動一票男人去維持枕木平躺在床上，因為這是他們會再次起床的跡象。

我們為什麼要過得如此匆匆忙忙，而浪費掉我們的生命呢？好像在感到飢餓之前，就怕會餓死一樣。人說及時縫上一針，可以省下九針；所以他們現在縫了一千針，就可以省下未來要縫的九千針。至於工作，我們沒有任何重要的工作。我們好像得了舞蹈症，無法讓頭腦保持清靜。我只要去教堂拉幾下鐘繩，發出火警信號，康科德郊區農場上的每一個男人，儘管早上曾多次找藉口推託有工作壓力，還有每一個男孩、每一個女人，我幾乎敢說，都會放下手上的工作，跟著這個聲音跑出來。他們主要的目的不是為了在大火中搶救財物，如果我們承認現實的話，狀況應該是，既然火是一定要燒起來了，而且大家也都知道，我並不是那個放火的人，所以這些人最主要為了看大火的燃燒，或是看大火被撲滅，然後——如果做起來不太費事——也會順手幫一下忙，是的，即使大火燒的是教堂，也是一樣。一個人晚飯後小睡片刻，醒來時，抬起頭來開口便問：「有什麼新鮮事嗎？」好像其他人都是他的哨兵。有些人會指示別人，每半個小時要叫醒他一次，也沒有其他目的。為了報答別人的幫忙，他們會告訴對方自己作了什麼夢。經過了一夜的睡眠，新聞就像早餐一樣不可或缺。「請告訴我這個世界上任何地方的隨便哪個人發生了什麼事吧！」一邊喝著咖啡，一邊吃著蛋捲，他看著報紙說，在瓦奇托河（Wachito River）上，今天早上有個男人的眼睛被挖出來了，而他作夢也沒有想到，他自己就住在這個世界深不可測的陰暗洞穴裡，眼睛早已退化。

就我而言，沒有郵局我也可以過得好好的。我認為，透過郵局所進行的重要溝通非常少。說得挑剔一點，我這輩子只收過一兩封值得郵資的信，我幾年前就寫過這句話。所謂的一便士郵政制（penny-post）是一種很普通的制度，透過這個制度，你認真地為了一個人的想法給他一便士，但他通常是在開玩笑的情況中給你意見的。另外，我很肯定，我從來沒有在報紙上讀過任何令人難忘的新聞。如果我們讀到有個人被搶了、被殺了，或發生意外事故身亡；或一棟房子失火了、一艘船沉了、一艘蒸汽船爆炸了；或有一頭母牛在西部鐵路被撞死了、一隻瘋狗被殺了，或有一大群蝗蟲在冬天出現……諸如此類的新聞，我們根本不必再多讀。一則就夠了。如果你熟悉這個原則，你還在乎什麼無數的例子或應用？對一個哲學家來說，所有的新聞都是閒扯，編輯與閱讀新聞的人都是一群喝茶沒事做的婆婆媽媽。但是對於這些閒扯，不少人卻讀得津津有味。我聽說，前幾天有一群人擠到報社，急著聽取最新的國外消息，結果擠碎了大樓的好幾片大玻璃。但我很認真地以為，一個腦筋夠機靈的人，早在十二個月或十二年之前，就可以把這些新聞正確無誤地寫出來了。舉例來說，有關西班牙的新聞，如果你知道如何三不五時以正確的比例安插一下唐·卡洛斯（Don Carlos）與英凡塔（Infanta）、唐·佩德羅（Don Pedro）、塞維利亞（Seville）、格拉納達（Granada）[18]這些名字——自從我不看報紙之後，名字可能有些變化——並在找不到其他的娛樂消息時，就補上一場鬥牛比賽，就差不多是一篇很正確的文章，可以讓我們了解西班牙的實際狀況或衰敗情形，就像報紙標題之下最簡潔清楚的報導一樣。至於英國的消息，從這個地區發

18 這些都是當時西班牙常見的人名。

出來的最新、最重大的新聞，幾乎就是一六四九年的革命了[19]。另外，如果你已經知道英國農作物每年平均產量的歷史，也不需要再去注意這件事了，除非你做的純粹是與金錢相關的投機事業。如果要一個很少看新聞的人來判斷，國外根本沒有發生過什麼新鮮事，就連法國大革命也不例外。

讀什麼新聞！更重要的是要了解永遠不會變成陳年舊事的事！衛國大夫蘧伯玉想打探孔子的消息，派遣使者去見他。孔子讓使者坐在身邊，問他：「你的主人現在在做什麼呢？」使者尊敬地回答：「我的主人希望減少他所犯的錯，但還沒能完全消除。」使者離開之後，這位哲人說：「好一個使者啊！好一個使者啊！」[20]在一週的工作之後，理當休息的星期日，牧師不應該冗長地說教，讓昏昏欲睡的農民再大傷腦筋，因為這一天是不如人意的一週適當的結束，而不是嶄新勇敢的新一週的開始，因此牧師應該用雷鳴般的音量喊叫：「停！停下來！為什麼你們看起來動作很快，實際上卻慢得要命？」

虛假與妄想被認為是最可靠的真相，真實反而被認為是虛構。如果人可以堅定地觀察真實，不讓自己受到迷惑，那麼生活和我們現在所知的這些事比較起來，就顯得像是神話故事與天方夜譚了。如果我們只重視必然存在的事物，以及有權利存在的事物，音樂與詩歌就會再度在街頭響起回聲。只要保持從容而明智，我們就會領悟到，只有偉大並有價值的東西，才會永恆、絕對地存在下去，而那些微不足道的恐懼與樂趣只是真實的影子。真理總是能令人感到興奮與崇高。人因為閉上眼睛沉睡，並同意被表象所欺騙，才處處建立起僵化的日常例行活動與習慣，但這仍是建立在純粹虛幻的基礎上。在遊戲中生活的孩子，比大人更能清楚分辨生活的真正法則與關係。

大人已經無法活出生命的價值，卻以為自己因人生經驗豐富而更聰明，但這些經驗不過都是一些失敗的經驗罷了。我在一本印度的書上讀到，「有一個國王的兒子，年幼時被逐出家鄉，並被一個住在森林裡的人撫養。因為住在一起，長大之後他以為自己也是蠻族。他父親的一位大臣發現了他，向他透露他的真實身分，他才消除了對自己角色的誤解，現在他知道自己是一個王子。」這位印度哲人繼續說：「靈魂也是一樣，靈魂會因為處境而誤解了自己的身分，直到聖師揭露真相，他才會知道自己是神聖的梵者。」我領悟到，我們新英格蘭地區的居民之所以過著現在這樣卑微的生活，是因為我們的眼光沒有看透事情的表象。我們認為**看起來是**的事，就**是**了。如果一個人走過這個小鎮，並且只看真實的一面，那麼你認為「磨坊水壩」[21]會在哪裡？如果他將自己所看見的真實狀況告訴我們，我們應該認不出他描述的地方是哪兒。看看一個聚會所、一棟政府大樓、一座監獄、一家商店或一間民宅，說出這些地方在你真正凝視下的真實情況，它們可能會在你的描述中一一崩解吧。人向來推崇遙遠的真理，例如在體制以外、在最遙遠的星星後面、在亞當以前、在人類滅絕之後的事物。在永恆之中，的確存在真實而崇高的事物。但所有這些時間、地點與場合，就在此時此刻。上帝自身在當下最為神聖華美，在過去存在的所有時間中，從不會

19 指克倫威爾處死英王查理一世，建立共和體制。

20 出自《論語．憲問篇》，原文：「蘧伯玉（衛國大夫）使人於孔子。孔子與之坐而問焉，曰：『夫子何為？』對曰：『夫子欲寡其過，而未能也。』使者出。子曰：『使乎！使乎！』」

21 康科德以前是磨坊鎮，供磨坊用的水壩是鎮民的聚集場所。

比現在更神聖。只有永遠沉浸在我們周圍的真實之中，我們才能領會什麼是崇高與尊貴。宇宙不斷順應我們的構思，不管我們的行動快或慢，道路已經為我們鋪好。讓我們把生命投入於構思吧。詩人與藝術家從來沒有完成過美好而高貴的設計，但至少他們的後人可以完成。

讓我們像大自然一樣，從容過好每一天，不要被落在軌道上的堅果殼與蚊子翅膀等雞毛蒜皮的事推離軌道。讓我們早起，禁食或吃點早餐，心平氣和，無憂無愁。人來就來，人去就去，任憑鐘聲響、孩童哭，都不會影響我們的心情，下定決心，就是要過好這一天。我們為什麼要屈服，要隨波逐流呢？那些被稱作餐會的應酬，就像位於子午線淺灘的可怕急流與漩渦，我們千萬不要被擾亂、淹沒。度過了這個危險關頭，你就安全了，因為接下來的路都是下坡。繃緊神經，帶著清晨的活力航行，像尤利西斯[22]一樣把自己綁在桅杆上，並朝別的方向看。如果引擎發出怪聲音，就讓它響吧，直到它嘶啞了為止。如果鈴聲響起，我們為什麼要跑？我們可以想想它是什麼音樂。讓我們安心地做事，雙腳向下扎根，穿過意見、偏見、傳統、妄想與表象的層層爛泥，這些都是覆蓋地球的沖積物，我們要穿越巴黎與倫敦，穿越紐約、波士頓與康科德，穿越教會與國家，穿越詩歌、哲學與宗教，直到碰觸到可以稱為**真實**的一片堅硬岩石底部，我們便可以說，就是這裡了，而且千真萬確。有了這個**基礎**，你就可以開始在山洪、霜凍與火焰的威脅之下，找到一個可以建造一道牆、一個國家，或安全架設一盞路燈的地方。或者，也許是建立一個衡量標準，不是水位測量表（Nilometer），而是真實測量表（Realometer）[23]，讓未來的世代不時可以知道，虛假與表象的山洪已經累積了有多深。如果你面對面站在一件事實面前，你會看到太陽在它的兩面都發出光芒，像一把彎刀，你可以感受到它迷人的刀鋒正在把你的心臟與骨髓劈開，然後你會開心地結束你的凡人生涯。不管是生是死，我們渴望的只有真實。如果我們真的快要死了，就讓我們聽見自己喉嚨裡的咯咯聲，並感覺四肢末端的冰冷；如果我們還活著，就讓我們去做我們的事吧。

時間只是讓我垂釣的河流。飲水時，我看到了河底的沙，才發現它有多淺。空洞、淺薄的水會流走，但永恆會留下來。我會啜飲地更深，我要到天空中釣魚。天空底部點綴著無數星星，我卻一個名字都念不出來，我連第一個字母也不認識。我一直很遺憾，我不如出生的那一天聰明。智慧是一把切肉刀，可以分辨並劈進事物的奧祕。除非必要，我不想讓自己的手更忙了。我的頭就是我的手和腳。我覺得我最好的能力都集中在頭部。我的直覺告訴我，我的頭是一種挖掘器官，就像有些動物會用鼻子與前爪挖掘，我會用我的頭在這些山丘中挖出我的路。我認為最豐富的礦脈[24]就在這裡的某個地方，靠著這根探礦杖，以及冉冉升起的薄霧，我就可以做判斷，而我將從這裡開始採礦。

22 Ulysses，尤利西斯，羅馬神話中的英雄，為了抵抗海妖歌聲的蠱惑，他用蠟把自己與水手的耳朵封起來，並把自己綁在桅杆上，以度過這段危險的海域。
23 Nilometer 是埃及人測量尼羅河水位的儀器，Realometer 是梭羅發明的字。Nil 是拉丁文的 nihil，即「虛無」之意，與 Real 的「真實」相對。
24 Vein，礦脈，也有特質、風格的意思。

論生活與工作

生命是如此珍貴，我不要過與生命無關的生活。

I did not wish to live what was not life, living is so dear.

(p.111)

我到森林裡去，是因為我希望過著有意識的生活，只面對生活中的必要部分，看我是否能學會它要教給我的事，而不是在我臨死之時才發現自己並沒有真正活過！

I went to the woods because I wished to live deliberately, to front only the essential facts of life, and see if I could not learn what it had to teach, and not, when I came to die, discover that I had not lived.

(p.111)

下定決心，就是要過好這一天。

Determined to make a day of it.

(p.118)

人們讚美並認為成功的生活方式，只是一種生活方式而已。我們為什麼要犧牲其他種生活方式，只誇耀某一種呢？

The life which men praise and regard as successful is but one kind. Why should we exaggerate any one kind at the expense of the others?

(p.39)

生活簡樸、粗茶淡飯，似乎更有美感。

It appeared more beautiful to live low and fare hard in many respects.

(p.252)

III. 閱讀

在選擇人生追求的事物時，只要再多一點點深思熟慮，每個人基本上都可能成為研究者與觀察者，因為每個人一定都對他的本質與命運深感興趣。我們在為自己或後代累積財產時、建立一個家庭或一個國家時，或努力留名青史時，是終將一死的凡人；但在追求真理時，我們就是不朽的，不需要擔心變故與意外。最古老的埃及與印度哲人已經把遮蓋神性雕像的面紗掀起了一角，那令人激動顫抖的袍子依然是掀起的，當我凝視著它，就和哲人以前看到的同樣清新耀眼，因為那是我在當時的他之中大膽凝視，而他也在現在的我之中回顧這一景象。長袍上一塵不染，自從神性被揭露以來，時間並沒有流逝。我們真正在善用的時間，或我們可以善用的時間，並沒有過去、現在，也沒有未來。

和大學相比，我住的地方不但更適合思考，也更適合認真閱讀。雖然我住在圖書館的範圍以外，卻比以往更受世界各地流傳的書籍所影響，這些書一開始是寫在樹皮上，現在才三不五時複製在亞麻紙上。詩人麥爾卡馬．烏丁馬斯特說：「坐在那兒，就可以遍遊精神世界的領域，這就是我在書中得到的好處。至於因一杯葡萄酒而陶醉的狂喜，在我飲用了深奧教義所釀的酒之後，也能體驗如此樂趣。」我把荷馬的《伊利亞德》放在桌上整個夏天，但偶爾才翻閱。起初是因為手上的活實在忙不完，在同一段時間，我要把房子完工，還要鋤地種豆，實在沒有更多時間閱讀。但是未來想必能讀的，我用這個念頭讓自己支撐下去。我在工作空檔讀了一兩本淺薄的旅遊書籍，直到這件事讓我為自己感到羞恥，我問自己，**我**這時候到底是住在哪裡啊？

有心閱讀的人，可以讀讀荷馬或艾斯基魯斯[2]的希臘文著作，不必擔心放蕩或奢侈的危險，因為這意味著，他在某種程度上仿效著書中的英雄，並把早晨時光獻給了關於英雄的書頁。在這墮落時代，這些英雄故事即使以我們的母語文字印出來，也一定是乏味至極的語言，所以我們必須花點心思，找出每一個字與每一行的意義，以我們的智慧、膽識與氣度，推想出比一般字義更廣泛的意義。現代低俗多產的出版社，以及所有的翻譯作品，並沒有讓我們更接近古代史詩作家的心靈。這些作家似乎和過去一樣孤獨，印刷他們作品的字母也一樣稀奇少見、難以理解。如果你投入了寶貴的青春歲月，結果只學到某種古代語言的幾個字，那也是值得的，因為它們從街談巷議的瑣碎事務中昇華，蘊含的忠告與啟發已具有永恆的價值。農夫一再把他曾聽過的幾個拉丁字拿來說，並不是毫無意義。有人說，經典最後都會被更現代、更實用的書籍取代，但是擁有好奇與探索心靈的研究者一定會研讀經典，不管是用什麼語言寫的，也不管有多古老。因為所謂的經典，如果不是人類最崇高思想的紀錄，又是什麼呢？經典是唯一不朽的神諭，能對大部分現

1　Mir Camar Uddîn Mast，麥爾卡馬・烏丁馬斯特，十八世紀波斯詩人。
2　Aeschylus，艾斯基魯斯，古希臘劇作家。

代人的提問給出連德爾菲與杜冬納[3]都未能宣示的解答。如果因古老就不必研讀，那麼我們也可以省略對大自然的研究了，因為她也很古老。好好閱讀，也就是以真誠的精神閱讀真誠的書，是一種高貴的訓練，這比目前推崇的任何訓練更能淬礪讀者。它需要的訓練就像運動員的訓練，幾乎要把一輩子的注意力都投注在目標上。讀書的時候，你必須像在寫那本書一樣，深思熟慮，慎重其事。即使會說那本書原來的語言也不夠，因為口說與書寫的語言——也就是聽到與讀到的語言——兩者之間有明顯的落差。口說的語言通常是短暫的，一個聲音、一個吐字，只是一種方言，幾乎是粗魯不文的，我們是在無意識中學到的，就像野蠻人從母親那裡學到的語言一樣；書寫的語言則是口說語言經歷了成熟過程與體驗的產物。如果口說語言是我們的母語，那麼書寫語言就是我們父親的語言，是一種謹慎與經過選擇的表達方式，因為含意太多，耳朵聽不出來。為了要說這種語言，我們必須重生一次。中世紀時期，那些只能說希臘文與拉丁文的一般大眾，並不是生來就有權閱讀天才作家以這些語言寫下的著作，因為這些書並不是以他們知道的希臘文或拉丁文寫下，而是用精選過的文學語言寫下。他們沒有學到希臘與羅馬那些更高貴的方言，所以真正用這些語言寫的書籍，在他們眼中只是一堆廢紙，他們更推崇的是當代的廉價文學。當歐洲幾個國家發展出自己獨特的書寫語言，雖然粗糙但也足以滿足自己的新興文學所需時，最初的學問就隨之復興了，學者開始能從那段遙遠時代中分辨出古代的瑰寶。羅馬與希臘大眾**聽**不到的，經過多年的歲月流逝之後，終於有幾個學者能**讀**了。然而現在，能讀的仍然只有少數學者。

不論我們多麼佩服演講者偶爾脫口而出的雄辯口才，最高貴的書寫語言與稍縱即逝的口語相比，就像星空與遮蔽它的雲層一樣——星空又高又遠，只是被雲層擋住了。**在那裡**，真的有星辰，能辨認的人就去辨認吧。天文學家永遠在評論、在觀察著它們。它們不像我們日常的談話與口氣，說過就算了。演講台上所謂的雄辯滔滔，在書房裡往往是精雕細琢的修辭。演講者在一個短暫的場合中得到靈感，對著眼前**聽得到**他的烏合之眾說話；然而，作家的生活較為平靜，刺激演說家的事件與場合反而會擾亂他的心思，他談話的對象是人類的智慧與心靈，是所有時代中能夠**理解**他的人。

難怪亞歷山大（Alexander）在遠征的時候，隨身用一個珍貴的盒子帶著他的《伊利亞德》。文字是最珍貴的文物。它與我們非常親密，同時又比任何其他藝術作品更具有普遍性。它是最接近生活本身的藝術作品。它可以被翻譯成每一種語言，而且不只被閱讀，更是實際上可以從所有人類的嘴巴中呼出來；它不只是被放在帆布或大理石上展示，更是從生活本身的氣息雕刻出來的作品。代表古人思想的象徵符號，成了現代人的說話內容。兩千個夏天為希臘文學紀念碑帶來的——就像為它的大理石雕帶來的一樣——只有更成熟的金黃秋天色調，因為它們把自己寧靜的天國氤氳帶到每一個地方，免於了時間的侵蝕。書籍是世界的珍貴財富，也是相稱於世世代代與各個國家的遺產。最古老、最好的書籍，自然適合放在每一間小屋的書架上。這些書籍不必為自己祈求地位，但是當它們啟發、支撐了讀者的心靈時，讀者的常識也不會拒絕它們。這些書籍的作者在每個社會中都是天生讓人無法抗拒的貴族，他們對人類的影響力超越了國王與皇帝。一名不

3 德爾菲（Delphi）與杜冬納（Dodona）皆為古希臘聖地，分別是宣示阿波羅神諭與宙斯神諭之處。

識字甚或粗鄙的生意人，因進取與勤奮賺到了令人羨慕的閒暇與獨立時，就有機會進入財富與時尚的圈子，但到最後，他必定會注意到一個更崇高、卻無法進入的智慧與天才的圈子，然後他才會明白，自己的教養與虛榮並不完美。他雖有財富仍有不足，於是用心良苦讓孩子得到他極度渴望的心智教育，如此一來，他就成了一個有教養家庭的開創者。

沒有學會以原文閱讀古代經典的人，對人類歷史必然沒有完全的理解。因為很明顯的，這些文本沒有一本被轉譯為現代的語言，除非我們的文明本身就被視為這種文本。荷馬的書從來沒有以英文印行，艾斯基魯斯也沒有，甚至維吉爾[4]也沒有。這些著作是那麼的精緻，那麼的扎實，幾乎像清晨一樣美麗。後代的作家，不管我們如何肯定他們的才華——如果有的話——也很少能達到相同程度的精美與成熟，更比不上古人畢生耕耘英雄文學的辛勞。從來不知道這些經典價值的人，只會說要把它們忘掉。不過，等我們有了足夠的學識與能力去閱讀與欣賞時，再來說忘記，也還不遲。有朝一日，當這些我們稱為經典的文書，以及一般人更不認識的各國古老文本，能夠進一步累積與收藏保存時；當梵蒂岡的藏書充滿了《吠陀經》、《阿維斯陀古經》（*Zendavestas*）與《聖經》，也充滿了荷馬、但丁與莎士比亞著作時；以及，未來的所有世紀也在世界講壇上陳列他們的成就時，那將是一個真正富有的年代。靠著這樣成堆的寶藏，我們最後也許終能到達天堂。

偉大詩人的作品從來沒有被一般人讀懂，因為只有同樣偉大的詩人才能了解。一般人讀它們就像在看星星，而且頂多是以占星術之類的方法看，不是用天文學的方式看。大部分的人學習閱讀是為了微不足道的便利考量，就像學習算術只是為了記帳，並且不要在交易中受騙。因此，對於閱讀這個高貴的心智活動，他們所知很少，甚至一無所知。但是，從更高層次的意義來說，這才是唯一的閱讀。閱讀不是充滿引誘、同時使我們高貴的才能沉睡的奢侈品，而是讓我們必須踮起腳尖，充滿殷切期待，並投入我們最敏銳、最清醒時間的心智活動。

我認為在學會識字之後，就應該閱讀最好的文學作品，而不是一輩子像四、五年級學生一樣，坐在最矮、最靠前面的位子上，不斷重複a、b、ab以及單音節的字。大部分的人都讀過或聽人讀過一本好書，也就是《聖經》，並對其中的智慧深信不疑，然後便心滿意足了，於是在他們的餘生中，就以所謂的輕鬆讀物來麻木與浪費他們的才能。我們的圖書館裡有一套名叫《小讀物》（*Little Reading*）的書，我還以為是指一個我沒去過的小鎮呢[5]。有些人就像鸕鶿與鴕鳥，即使吃了最豐盛、有肉有菜的晚餐之後，還是可以消化各式各樣的這類食物，因為他們不想浪費。若說別人是供應這種讀物的機器，他們就是這種讀物的閱讀機器。他們讀了九千個澤布侖與賽佛妮亞[6]的愛情故事，說他們是如何如何的相愛，從來沒有人像他們愛得一樣深，他們的真愛過程充滿波折，然後不管如何跌倒，他們都會再次站起來，為真愛繼續努力！還有，一個不幸的可憐蟲是如何如何爬上教堂尖頂，但他本來就不應該爬到鐘樓那麼高的尖頂上面才對。明明根本不必去到那裡，但發神經的小說家卻為全世界敲響了鐘聲，要大家一起來聽，唉！天啊！他現在要

4 Virgil，維吉爾，古羅馬詩人，著有《牧歌集》（Eclogues）。
5 康科德附近有一地名就叫「瑞丁」（Reading），另有一處叫「北瑞丁」（North Reading）。
6 澤布侖（Zebulon）與賽佛妮亞（Sophronia）皆為《聖經》人物。

怎麼下來呢？就我而言，我認為他們最好把這些尋常小說中啟發人心的英雄都變成人形風信雞好了——因為他們以前也把英雄放進星座——讓英雄在上頭不斷旋轉，直到生鏽以前最好都不要下來用他們的鬧劇去打擾老實人。下次小說家再敲起鐘，就算會議室失火了，我動都不想動一下。「《踮腳跳》（*The Skip of the Tip-Toe-Hop*）：中世紀浪漫故事；《小托爾坦》（*Tittle-Tol-Tan*）：名家著作，每月連載，預購從速，以免向隅。」每個人在讀這些東西時，眼睛都睜得像碟子一樣大，充滿強烈、原始的好奇心，帶著永不疲倦的胃口，連胃裡的皺褶也不需要鍛鍊，就像個四歲小孩坐在板凳上讀著二美分、封面燙金的《灰姑娘》一樣。而且，我也發現，他們的發音、重音、加強語氣，或任何提取、引用道德的技巧，一點都沒有長進。讀這些書的結果是目光呆滯、血液循環停滯，所有和智力相關的才能一一喪失，根本是變呆、變笨了。這類薑餅一樣的作品每天都在出爐，而且比純麥麵包、黑麥麵包或玉米餅更用心也更刻意，而且市場更可靠。

即使那些所謂的好讀者，也不讀最好的書。我們康科德的文化水準算什麼呢？在這個鎮上——除了極少數人例外——就算是英國文學中最好或非常好的書，每個人都讀得懂、寫得出其中的字，但大多數的人都沒有閱讀的胃口。不管是這裡，或其他任何地方，即使是大學培養出來，所謂受過開明教育的人，也對英國經典著作所知甚少，或根本不熟悉。至於人類用文字記錄下來的智慧、古老經典，與《聖經》，這些典籍都是所有人可以取用的，但不論在什麼地方，想要熟悉它們的努力也是微乎其微。我認識一個近中年的伐木工人，他隨身帶著一份法文報紙，但他說不是為了讀新聞，因為他並不在乎新聞，而是為了「讓自己持續使用法語」，因為他是在加拿大出生的。我問他，在這個世界上什麼是他認為所能做的最棒的事，他說，除了前述這件事，還要把自己的英文練好，跟上水準。這差不多就是學院教育出來的人們在做的事，或渴望做的事了，只不過他們拿的是英文報紙。一個剛讀完說不定是最好的英文書籍的人，找得到幾個人可以一起談論這本書？或者，他讀了一本最初是以希臘文或拉丁文書寫的經典著作——就連不識字的人也非常熟悉這些書受推崇的理由——但是他根本找不到一個人可以談這本書，所以只能保持沉默。的確，在我們的大學裡，很少有精通這些語言困難之處的教授能同樣精通某位希臘詩人的機智與詩意，而且還能具備那份同情心把內容傳授給有警覺心且有勇氣一讀的讀者。至於神聖的文本或人類的《聖經》，在這個小鎮上，還有誰能告訴我這些書的書名？大部分的人都不知道，不是只有希伯來人有經典。不管什麼人，只要是人，看到路邊的一枚銀幣，都會特意走過去撿起來；但是這些古代最聰明的人所說的金玉良言，經過世世代代的智者保證其價值的書籍，卻乏人問津。我們只學到了閱讀輕鬆讀物、初級課本的程度，離開學校之後，我們的讀物是寫給小男孩與初學者的《小讀本》與故事書，所以我們的閱讀、我們的談話與思考，全部都還在非常低的層次，那個高度只配得上侏儒與矮子。

我渴望認識比我們康科德土生土長居民更聰明的人，而他們的名字在這裡根本鮮為人知。難道我會聽過柏拉圖的名字，卻從來沒有讀過他的書？就像柏拉圖是我們的鎮民同鄉，我卻從沒見過他；是我的隔壁鄰居，卻從沒聽過他說話，或注意到他言語中的智慧。但到底是怎麼回事呢？蘊藏著他不朽智慧的《對話錄》（*Dialogues*）就躺在旁邊書架上，但我卻從來沒有讀過。我們都是一些教養不足、生活低等、目不識丁的人。在這方面，我要承認在我們鎮上，完全不識字的文盲，和已識字但只讀那些給兒童與弱智者看的書的文盲，我分不出有太大的差別。我們應該要配得上古代經典的價值，但這也得先知道它們究竟有多好。可是我們只是小人族，智力飛得再高，也只比日報的欄位高一點點。

不是所有的書都像它的讀者一樣沉悶。也許，有些書完全是針對我們的情況所寫的，如果我們真的能聽到與理解，它會比清晨與春天對我們的生命更有益處，也能讓我們對事情產生全新的看法。有多少人因為閱讀一本書而開啟他生命中的新時代！或許，有哪一本書正是為了我們而存在，它會為我們解釋有關我們的奇蹟，並揭露新的奇蹟。目前無法表達的事情，我們也許可以發現，在某本書上已經說得很清楚了。那些讓我們感到煩惱、為難、困惑的相同問題，也都曾經發生在所有智者身上，沒有一個人被遺漏掉，而且，每個人已經根據自己的能力，以他的話語和他的生命回答了這些問題。另外，有了智慧，我們就會有開明的心態。那個住在康科德郊區某個農場上的孤獨雇工，因為一個特殊的宗教體驗而覺得自己重生了，並因為信仰而認為自己進入了一種靜默且與世無爭的狀態，他可能會以為這樣的情況有點不真實。但是，數千年前的查拉圖斯特拉[7]已經走過相同的道路，有過相同的經驗。另外，身為一個有智慧的人，他知道這種體驗具有普遍性，所以也以這種方式對待他的鄰居，據說，他還在人間發明、建立了崇拜的儀式。那麼，就讓這名雇工謙遜地與查拉圖斯特拉談心，然後再經由所有傑出人物的開明影響，和耶穌基督本人談心，並拋棄「我們的教會」這種封閉心態吧。

我們誇耀自己屬於十九世紀，並在所有國家中，以最快的步伐邁向未來。但是，請考慮一下，這個鎮為它自己的文化做了什麼事？我不想奉承我們的市民，也不想接受他們對我的奉承，因為這對我們雙方都不會帶來任何進步。我們需要被刺激，好比牛被激怒一樣狂奔，我們就像牛。

我們有一個相對不錯的普通學校制度[8]，但這只是為了嬰兒而設的學校。除了在冬季舉辦、半死不活的公共講座，以及後來由州政府提議興建的圖書館，算得上是個微不足道的開始之外，我們就沒有其他的學習場所了。我們在關於身體的食物或疾病的任何一篇文章上所耗費的心力，比我們的精神食糧更多。是該有「不普通學校」的時候了，讓我們成為男人與女人時，還能繼續接受教育。是該讓村莊成為大學、讓年長居民成為大學生的時候了，如果他們真的過得富裕，在他們的餘生中就有閒暇追求自由的學習了。這個世界難道只能有一個巴黎或牛津嗎？難道學生不能在康科德的天空下入學，並接受自由開明的教育嗎？我們難道不能聘請一些像亞伯拉德[9]的人來為我們講課嗎？唉！一直飼養牲畜、照料店面的生意，讓我們和學校隔離太久了，因此我們的教育也被忽略了，真的令人傷心。在這個國家，村莊在某個方面應該取代歐洲貴族的地位，應該成為美術的贊助者。因為村莊現在已經夠富裕了，它所欠缺的只是心胸的寬大與審美的能力。它可以花大量金錢在農民與商人所重視的事情上，但是對於把錢花在更聰明的人認為更有價值的事情上，卻視為不切實際的烏托邦建議。出於財富或政治，這個鎮已經花了一萬七千美元在市鎮廳上，但它可能不會花同樣金額在生活的智慧上，但這可是一百年後仍會留在建築物空殼裡真正的肉啊。每年花一百二十五美元在冬季舉辦講座，比鎮上其他相同金額的項目更好。如果我們生活

7 Zarathustra，或稱瑣羅亞斯德（Zoroaster），伊斯蘭教出現之前，中東地區最大的宗教祆教創始人。
8 公立小學制度。
9 Peter Abelard，彼得．亞伯拉德（一〇七九—一一四二），法國神學家、哲學家。

在十九世紀，為什麼我們不享用十九世紀的優勢呢？為什麼我們的生活要在某個方面停留在落後的層次？如果我們要看報紙，為什麼不跳過《波士頓報》的八卦消息，只看世界上最好的報紙？不要再看「中立一家」[10]的娛樂報了，也不要在新英格蘭地區瀏覽《橄欖枝》[11]了。讓所有學術團體的報告都攤在我們的眼前，我們就會知道他們了解多少。我們為什麼要讓哈潑（Harper & Brothers）與雷丁（Redding & Co.）出版公司挑選我們要讀的東西？在貴族身邊，擺的都是培養他文化品味的東西，例如天才、學問、智慧、書籍、繪畫、雕像、音樂、哲學，諸如此類的東西，所以讓我們的村莊也這樣做吧，不要停留在有了一個教師、一個牧師、一個教會圖書館、三個市政廳行政管理員就滿足了的程度，因為我們的拓荒者祖先沒有什麼選擇，只能在光禿禿的岩石上度過嚴冬，根據當時的條件，就只能做到這些啊。集體行動符合我們制度的精神，而且我很有信心，因為我們的環境比當時更繁榮，我們的資源也比貴族更好。新英格蘭可以聘請世界上所有的智者來執教，並提供他們食宿，我們的文化水準就會不再狹隘。這就是我們想要的不普通學校。我們沒有貴族，但我們有貴人村。如果需要的話，少蓋一座過河的橋，只需在那兒繞點彎，如此至少能在我們周圍這片漆黑無知的海灣上，架起一道拱橋。

梭羅在瓦爾登湖畔小屋曾使用過的書桌椅。
©Halliday Historic Photograph Co.

10 Neutral family，指當時沒有任何政治立場，只提供娛樂資訊的報紙。

11 *Olive Branches*，衛理公會週刊刊名。

論生活與工作　之二

可憐啊！人類現在已經變成自己工具的工具了。

But lo! men have become the tools of their tools.

(p.56)

生活越簡單，宇宙法則就越不複雜，然後，獨處將不再是獨處，貧窮也不再是貧窮，軟弱也不再是軟弱了。

In proportion as he simplifies his life, the laws of the universe will appear less complex, and solitude will not be solitude, nor poverty poverty, nor weakness weakness.

(p.370)

不要把謀生當成你的職業，而是當成你的樂趣。

Let not to get a living by thy trade, but thy sport.

(p.243)

我們為什麼要過得如此匆匆忙忙，而浪費掉我們的生命呢？好像在感到飢餓之前，就怕會餓死一樣。

Why should we live with such hurry and waste of life? We are determined to be starved before we are hungry.

(p.114)

吹毛求疵的人，即使在天堂，也可以找到瑕疵。

The fault-finder will find faults even in paradise.

(p.374)

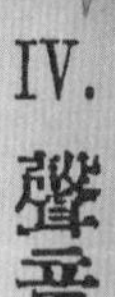

IV. 聲音

然而，當我們局限於閱讀書籍，即使是最精選、最經典，而且只讀特定語言書寫的書籍，都畢竟只是狹隘的方言，我們會遇到的危險就是，將會遺漏一種萬物都在訴說的、沒有隱喻的語言，這種語言本身就是豐富且標準的語言。它隨時可以聽聞，但很少被印刷記錄。從百葉窗流瀉而過的光線，在百葉窗移走之後，就沒有人會記得。任何方法或紀律都不能取代隨時保持覺察的必要性。不管我們如何慎選，一堂歷史、哲學，或詩的課程，或最好的社團、最令人推崇的生活常規，與長保紀律、總是檢視你的所見相比之下，又算得了什麼呢？你只想成為一個讀者、一個學者，還是想做一個先知？閱讀你的命運吧，看清你的眼前，然後走進未來。

第一年的夏天，我沒有讀很多書，我在鋤地種豆。不，我做的不只這些。有時候，我無法犧牲當下的時光去做任何事，不管是大腦或手上的事。我喜歡我的生活有大片留白。時不時，在夏天的清晨，我習慣洗完澡後待在充滿陽光的門口，從日出坐到中午，在松樹、山核桃與漆樹之間，在無人打擾的獨處與寧靜之中，全神貫注於我的空想之中。那時，鳥兒會在房子周圍啁啾鳴唱，或是無聲無息地掠過屋子，直到太陽在我西邊的窗戶落下，又或是遠方公路上傳來馬車噪音，這才提醒了我時光流逝。這些時光使我成長，就像玉米在夜間成長一樣，而這些時光也比我手上的任何工作都好。這些不是從我生命中減去的時間，而是比我平常受限的時間來得更多、更棒的享受時間。我終於明白，東方人所說的靜坐與無為的意思了。在大多數情況下，我並沒有注意到時間是怎麼過去的。時光往前行進，彷彿照亮了我的某些工作。這才清晨，然後哇，馬上又變成晚上了，也沒有完成什麼重要的事。我不像鳥兒一樣歌唱，我只是默默對著我這種持續不斷的好運微笑。就像我聽得到站在門前山胡桃樹上的麻雀發出的婉轉顫音，牠們也可以在我的小窩外頭聽到我的咯咯笑聲或壓低的鳴唱。我的每一天，不是一個星期中帶有哪個異教神祇印記的日子[1]，也不是被時鐘的滴答聲切成碎片的各個小時，因為我活得像布利印第安人[2]。據說「關於昨天、今天與明天，他們只用一個字來表示，但用不同手勢來表達不同的意思，向後指表示昨天，向前指表示明天，向頭上指表示正在過的這一天」。對我鎮上的鄉親來說，毫無疑問，他們只是懶散而已，但是如果鳥兒與花兒用它們的標準來測試我，應該不會發現我有什麼問題。的確，人必須找到屬於自己的時刻。自然的日子是非常平靜的，而且不會責備人的懶惰。

我的生活至少有一種好處，比起那些要到國外、社交場合，與劇院中找樂子的人，我的生活本身就充滿樂趣，而且永遠新奇。我的生活是一部有著很多場景的戲劇，而且不會結束。如果我們能確實根據所學到的最新、最好的生活方式來過我們的生活，來調節我們的生活，我們應該永遠不會覺得無聊。好好遵循你的內在天賦，它每一個小時都會對你展現一個新的景觀。家事是一

1 英文中的星期一到星期日，都是用基督教以外的神命名，例如星期一（Monday）是以日耳曼的月神瑪尼（Mani）為名。

2 Puri Indians，布利印第安人，巴西東部的原住民。

項愉快的消遣活動。當我的地板髒了，我就會起個大早，把所有家具搬到屋外的草地上，床板與床架堆在一起，接著我會在地板上潑水，灑上從湖裡撈來的白沙，用掃把將地板掃得乾淨又潔白。到了村民吃完早餐的時候，太陽已經很有效率地曬乾了我的屋子，讓我可以把家具都搬進屋裡，而我的沉思也幾乎沒有中斷過。看到我的全部家具都搬到草地上，彷彿吉普賽人的一小堆家當，我的那張三腳桌就站在松樹與山核桃樹中間，我的書和筆墨還在案上，實在讓人滿愉快的。它們看起來也很高興待在外面，好像不願意被搬進屋裡。我有時候會想在家當上面搭一個遮陽篷，就坐在那裡。看著陽光在上頭閃耀，聽著自由的風在空中吹拂，這值得花上一點時間。這些最熟悉的物品在室外比在屋裡看起來有意思多了，真的。一隻鳥兒就坐在隔壁的樹枝上，常綠植物在桌子下生長，黑莓藤蔓環繞著桌腳；散落各處的還有松果、栗子與草莓的葉子。這景象看起來，就彷彿這些物事正是這樣變成我們的家具，變成桌子、椅子與床架——因為這些家具就曾經這麼站在它們當中。

我的房子在山坡上，緊鄰著一塊比較大的林地邊緣，就在一片新生的松樹與山核桃樹林中間，距離湖邊有六桿遠，有一條狹窄的步道可以從山坡走到湖邊。我的前院長了草莓、黑莓與常綠植物、狗尾草、黃花紫菀、橡樹灌木叢與野櫻桃、藍莓與花生。靠近五月底時，野櫻桃（*Cerasus pumila*）短莖上以圓柱繖形花序排列的精緻花朵點綴在小路兩旁，到了秋天，最後會長出沉甸甸、又大又漂亮的櫻桃，花圈似的往四面八方垂墜。基於對大自然的讚嘆，我嚐了嚐它們的味道，卻一點也不可口。漆樹（*Rhus glabra*）在屋子周圍生長得十分茂盛，朝上穿過了我造的矮牆，第一季就長了五、六英尺高。它那寬闊的羽狀熱帶樹葉看起來雖然奇怪，卻令人打從心裡感到愉快。暮春時，在乍看好像死掉的乾樹枝上，會突然冒出碩大的芽，然後像被施了魔法一樣，長成優雅柔軟、直徑一英寸左右的綠色枝條。它們其實長得漫不經心，導致枝節負擔過大，有時候，當我坐在窗前，會聽到新生的嫩枝像扇子一樣忽然掉到地上——但當時並沒有風的擾動，純粹是它承受不了自己的重量。到了八月，之前吸引許多野蜂的小花長出大量的漿果，慢慢呈現出明亮天鵝絨般的深紅色，然後又因為本身的重量，再次壓斷了自己柔軟的枝條。

今夏的某個午後，我坐在窗前，老鷹在我開墾的土地上盤旋，野鴿三三兩兩快速飛過我的視野，或者高高站在屋後的白松樹枝上，不停躁動，還向著空中鳴叫了一聲；一隻魚鷹在如鏡的湖面激起一陣漣漪，並叼走了一條魚；一隻水貂無聲無息從我門前的沼澤現身，並在岸邊抓到了一隻青蛙；飛來飛去的蘆鵐壓彎了莎草；就在半小時前，我聽到火車車廂的嘎吱碰撞不斷重複，慢慢遠去，然後又嘎嘎響起——就像鷓鴣的節拍一樣——把旅客從波士頓送到鄉下。我不像那個男孩一樣活在世界之外，聽說他被送到鎮上東邊的某個農家，但沒多久就逃回家裡，衣衫襤褸的，真的很想家。他從沒見過這麼沉悶偏僻的地方，看不見一點人影，怎麼說呢，因為你根本連汽笛聲也聽不到！我很懷疑麻薩諸塞州現在還有沒有這樣的地方——

真的啊，我們的村莊已經成為一個靶子，
被一列疾馳而過的列車射中，

在我們寧靜的平原上響起的和諧之音就是——康科德。[3]

費茲堡鐵路可以抵達我的住所以南約一百桿的湖區。我經常沿著鐵路堤道走到村子去，好像藉由這種連結和社會產生關係。在貨運列車上工作的人走遍了整條鐵路，他們會對我點點頭，像個認識很久的熟人一樣，他們經常從我的身旁經過，顯然他們也把我認作員工。我當然也是。我也十分希望在地球軌道的某個地方成為一名軌道修理工。

從夏天到冬天，火車的汽笛聲穿透我的林子，聽起來像是飛翔在農夫院子上頭的老鷹叫聲，彷彿在告訴我，許多閒不下來的城市商人來到鎮上了，或者勇於冒險的鄉下貿易商從另一頭過來了。當他們進入某個範圍，就會大聲喊叫，警告對方離開軌道，有時甚至兩個鎮都聽得到。村莊啊，我們把你們的雜貨送來了！鄉親啊，我們把你們的糧食送來了啊！沒有一個人可以靠自己的農場過著完全獨立的生活，並對他們說不。這就是你要付出的代價！鄉下人的汽笛聲大聲嘶吼，木製車廂就像古人的攻城木樁，以每小時二十英里的速度衝向城牆，車廂中的座椅足夠坐滿那些疲憊且肩負重擔的城市人。鄉村以如此浩大笨拙的禮節，為城市送交了一把座椅。每一個長滿印第安越橘的山丘都被砍光，每一片生滿蔓越莓的草地也被拔光。棉花來了，編織好的布料就少了；絲綢來了，羊毛就少了；書來了，寫書的智慧卻少了。

當我看到火車頭拖著車廂，運行有如行星（或者更精確地說，像一顆彗星，因為觀看者不知道以它的速度和行駛方向而言，會不會重返這個星系，畢竟它的軌道看起來不像是能折返的曲線），蒸汽氤氳，形成了金色與銀色的圓圈，彷彿一面旗幟在後方飄揚，也彷彿我曾見過的一團團絨毛似的雲，高掛天際，接著擴散開來，陽光從中灑下——就像這名行進中的半神半人懂得控制雲朵，不久就會把夕陽紅的天空做成他的火車制服；當我聽見這隻鐵馬鼻息如雷，響徹山谷，土地也在它的腳步下撼動，並從鼻孔中吐出火與煙時（他們要在這個新神話中放進什麼飛馬或火龍，我就不知道了），我似乎覺得，地球現在終於得到了一種有資格住在其上的物種。如果一切都像表面看起來的那樣，而人也把所有自然元素都當作達成崇高目的的工具，那就好了！如果火車頭上的煙霧可以媲美英勇作為的汗水，或是有如漂浮於農民田地上的水氣一樣有益，那麼這些元素與大自然本身一定會樂意陪伴人們，並守護著他們完成任務。

我帶著看日出一樣的心情，看著清晨的列車通行而過，我發現列車比日出更準時。火車身後拉著一列長長的煙，越升越高，火車駛向波士頓時，煙霧飛上了天空，遮蔽了太陽一會兒，而我遠方的田地也因此籠罩在陰影之中。那輛擁抱著大地的車廂，和它上頭的天空列車相比之下，不過是長矛上的倒鉤而已。在冬天早晨，這匹鐵馬的廄夫早早就起床，藉著山間的星光餵食飼料、套上馬具。火同樣在這麼早的時候就被喚醒，鐵馬因此產生具有生命力的熱能，得以奔馳而去。這項差事是那麼的早，但若能一樣那麼純潔就好了！如果積雪太深，他們就會為它套上雪鞋，再用巨大的鏟雪機從山區到海邊鏟出一條車道，列車車廂就像尾隨在後的播種手推車，把所有躁動不安的人與流動的商品，像種子一樣灑在鄉下。這匹火馬一整天都在鄉間奔馳，只在主人需要

3 康科德（Concord）的原意是「和諧」，此為梭羅好友強尼（Ellery Channing）的詩作。

休息時才停下。午夜時分，我被它目中無人的噴氣聲與沉重腳步聲吵醒，因為它在林中某個偏遠的峽谷中遇到了冰雪紛飛的惡劣天氣，直到晨星顯露天際，它才會返抵馬廄，但是沒有休息也沒有睡眠，它將再次啟程。偶爾在晚上的時候，我聽見它在馬廄裡把當天剩下的多餘精力噴出，它也許可以因此讓神經平靜，讓肝與腦冷靜下來，獲得幾個小時的睡眠。這份進取心是那麼的持久與不屈不撓，但若能一樣那麼英勇與莊嚴就好了！

在城鎮之外人煙罕至的樹林裡，以前只有獵人會趁白天出沒，現在就連在最漆黑的夜晚，在當地居民的不知不覺中，都有這些燈火通明的會客廳室以極快速度呼嘯而過。這會兒還停在某個城鎮燈火輝煌、人群聚集的車站，下一刻就到了黑沼澤[4]，嚇得貓頭鷹與狐狸四處奔逃。火車的出發與抵達，如今成了村裡的日常大事。火車的來來去去是如此規律與準時，汽笛聲傳得如此遙遠，讓農夫可以校準自己的時間，於是，這個運作良好的制度讓整個村子都有了規律。自從發明了鐵路，人們不是改善了守時的習慣了嗎？他們在車站裡的談話與思考速度，不是比在驛站辦公室更快嗎？火車站就是有一種令人興奮的氣氛。我對火車帶來的奇蹟感到震驚。有些鄰居，我本來預言他們是永遠不會搭乘如此快速的交通工具到波士頓的人，現在每當火車出發的鈴聲響起，他們人早就來了。「用火車的方式」做事情，現在已是一句口頭禪。另外，每個單位都經常懇切提醒大家遠離鐵軌，這同樣值得聽從。如果發生暴亂，火車不會停下，也不會在暴民頭上鳴槍示警。我們已經創造了一個命運之神，阿特洛波斯[5]永遠向前行駛，不會轉彎（不如把這當作火車頭的名字吧）。人們被廣為告知，某時某分這些箭將射向某個方向的某個定點，但是它絕對不會干擾大家的工作，孩子上學走的也是不同的路。我們的生活因火車而變得更穩定。我們全部被教育成泰爾[6]之子，空氣中充滿了看不見的箭。除了你自己的路，每一條路都是命運已定的道路。因此，你就繼續走自己的路吧。

對我來說，商業的優點在於它的進取與勇氣。它不會雙手合十向朱庇特祈求。我看著這些人，每天帶著或多或少的勇氣與滿足，忙著做生意，做得比他們預料的還多，也可能比他們有意規劃的還好。在布艾納維斯塔[7]戰場前線支撐半小時的英雄行徑，比不上那些冬季時幾乎住在鏟雪機上、規律又愉快工作的人。他們不只擁有拿破崙所認為，極其稀有的「清晨三點的勇氣」，更甚者，這股勇氣也不會早早就下場歇息，他們只有在暴風雪停止或機器鐵馬遭凍結時，才會入睡。在大雪紛飛的這個早晨，或許風雪仍在肆虐之時、人的血液凍結之時，我從冰冷的霧氣中聽到了火車頭發出的低沉鈴聲，這是在宣布火車**即將到來**，儘管新英格蘭東北部的暴風雪已發起否決權，也沒有延誤多少時間。我看見全身布滿霜雪的鏟雪工，在他們的犁板上小心凝望，推平了地上所有雪塊，並避開雛菊與田鼠窩——這些雪塊彷彿內華達山脈的巨石，占據了整個宇宙的外部空間。

商業令人意外的充滿了自信、平和、機靈、冒險與不屈不撓。比起很多異想天開的事和感情

4 Dismal Swamp，黑沼澤，位於維吉尼亞州東南部與北卡羅來納州東北部的沼澤平原。
5 Atropos，阿特洛波斯，希臘神話的命運三女神之一，意指「不可避免」。
6 William Tell，威廉・泰爾，瑞士的傳奇神箭手，曾被迫向兒子頭上的蘋果射箭，最後成功。
7 Buena Vista，布艾納維斯塔，一八四七年墨西哥戰爭的戰場，美軍在此防守。梭羅反對墨西哥戰爭，他認為是意圖擴大奴隸範圍的戰爭。

用事的實驗，它的方法非常自然，因此也非常成功。當貨運列車從我身旁呼嘯而過，我的精神也隨之一陣清爽開闊。我聞到了商店的味道，從長碼頭[8]到尚普蘭湖[9]，一路散發香氣，讓我想起異國風情、珊瑚礁、印度洋、熱帶氣候，以及地球的遼闊。當我看見明年夏天就要戴在許多新英格蘭人亞麻色頭髮上的棕櫚葉，當我看見馬尼拉大麻與椰子殼、舊纜繩、粗麻袋、廢鐵與生鏽的釘子時，我覺得自己更像個世界公民了。比起精心印製的紙張與書本，整車的破帆布更清楚易讀，也更饒富趣味。誰能把它們經歷過的驚濤駭浪，如此生動地寫出來？它們是不需要修改的校樣。還有來自緬因州森林的木材，上次河水暴漲期間沒有運送出海，但因有的已經送出去或是劈成木板，所以現在每一千根漲了四塊錢，有松樹、雲杉、雪松——品質分為一、二、三、四級——不久之前，這些木頭都還是同一等級，在熊、麋鹿與馴鹿的頭上隨風擺動呢。下一批貨是湯瑪斯頓[10]產的石灰，第一流的貨色，必須走上很遠的山路才能取得。再來是一捆捆的破布，各種類別與等級都有，這些棉料與亞麻織品淪落至此，是它們最後的、最糟糕的下場，也是衣服的最終結局，除了密爾瓦基[11]，沒有人會要這些式樣了。這些豪華精美的紡織品，包括英國、法國、美國的印花布、方格花布、平紋細布等等都是從各地收集而來——有追求時尚的人家，也有窮人家——最後會製成一或數種色調的紙張，在這些紙上將會寫出真實人生的故事，上流與底層社會的都有，而且一定基於事實！這個封閉車廂有鹹魚的味道，是濃烈的新英格蘭與商業氣味，讓我想到大淺灘[12]與漁業。誰沒見過鹹魚呢？為了這個世界，它被醃製得十足徹底，沒有東西能讓它變質。在鹹魚面前，連堅忍不拔的聖人也會汗顏。你可以用鹹魚掃街、鋪路，或撥開柴火；貨車司機可以用它來擋風、擋雨、遮陽；而商人——就像有個康科德商人就是這樣做——做生意時，就把它掛在店門當招牌，到最後連他最老的主顧都無法確定那究竟是動物、植物或礦物時，它仍然像雪花一樣純淨；如果把它放到鍋裡煮一煮，就成了一道絕佳的煮魚，可以當作星期六的晚餐。接下來是西班牙的牛皮，尾巴還保持著牠們在西班牙大陸[13]大草原飛奔時的彎曲形狀與上揚角度——這是頑固的典型，證明了所有性格上的缺陷幾乎都是毫無希望的不治絕症。我要承認，說實在的，當我了解一個人的真正性格後，在這種存在狀態下要讓他的性格變得更好或更壞，我是不抱任何希望的。就像東方人所說的：「一條惡犬的尾巴，就算你燙過、壓過、用繩子綁緊，在上面花去十二年的工夫，它還是會維持它的自然形狀。」一面對這種狗尾巴般根深柢固的頑固本性，唯一有效的方法就是把它們做成膠，就會服服貼貼了，我認為這也是人們通常採用的方法。這裡是一大桶糖漿或白蘭地，是要送給佛蒙特州卡廷斯維爾（Cuttingsville）的約翰·史密斯，他是綠山地區（Green Mountains）的商人，專為附近的農夫進口貨物，現在可能就站在他的地窖門口，想著最近抵達海岸的貨物可能會對價格造成什麼影響，說不定正在告訴他的顧客——就像之前告訴過他們二十次的內容一樣——他預期下一班列車會送來那些優質商品。《卡廷斯維爾時報》上

8 Long Wharf，長碼頭，波士頓港的主要碼頭之一。
9 Lake Champlain，尚普蘭湖，位於紐約州中心地帶。
10 Thomaston，湯瑪斯頓，位於緬因州，當時美國主要的石灰產地。
11 Milwaukee，密爾瓦基，威斯康辛州東南部的一個小地方，梭羅寫書時，人口只有一萬二。
12 Grand Banks，大淺灘，北大西洋的主要漁場之一，位於加拿大紐芬蘭東南方。
13 The Spanish Main，西班牙大陸，南美洲北海岸地區，曾為西班牙殖民地。

的廣告就是這麼說的。

這批貨搬上來，那批貨搬下去。我聽到一陣嗖嗖聲，從書上抬起頭來，看到一些從遙遠北方山區砍下來的高大松樹，像長了翅膀一樣從綠山飛到康乃狄克州，飛箭似的十分鐘之內就穿越鎮上，想再看一眼都來不及。這些松樹都被拿去：

> 做成某艘大船艦的桅杆了。[14]

聽！運牲畜的列車來了。千山萬嶺的家畜、羊欄、馬廄、牛棚懸在空中，與手持棍子的趕牛人、伴隨牲畜的牧羊童一起——除了山上的牧場之外——全都來了，被九月的大風從山上吹下，團團旋轉，彷彿落葉一樣。空氣中充滿著小牛與綿羊的叫聲，公牛不停推來擠去，好像一座放牧的山谷就在你眼前經過。當那隻領頭的老羊晃著頭上的鈴鐺時，大山確實就像公羊一樣蹦跳，小山也像羔羊似的輕躍。當中，還有一整車趕著牲畜到市集的商人，他們現在就和他們的牲畜位於同一層級，原本的職業已經成為過去式，但仍執著於無用的棍子不放，畢竟那是他們的專業勳章。然而，他們的牧羊犬現在又在哪裡呢？對牠們來說，這有如一場大逃竄，牠們完全被拋棄，也失去了追蹤目標的氣味。我彷彿聽得到牠們就在彼得波勒山後方狂吠，或正在綠山西坡大口喘氣。那些牛羊被宰殺的時候，牠們不會在場，牠們的工作也成為過去式了，牠們的忠誠與精明再也派不上用場。牠們會垂頭喪氣地回到自己的狗窩，或者跑到荒野與野狼和狐狸結盟。你的田園生活也是一樣，從此一去不復返了。但是鈴聲響了，我必須離開鐵軌，讓列車開過——

鐵路對我有什麼意義？
它的終點在哪裡，
我從不曾看仔細。
它填了幾個洞，
幫燕子築堤，
它讓沙子飛揚，
助黑莓生長，

但我就像穿越林中車道一樣地走過它。我可不希望它的煙霧、蒸氣、嘶吼把我的眼睛弄瞎、耳朵變聾。

現在，列車揚長而去，也帶走了所有躁動不安的情緒。湖裡的魚不再感受到列車的隆隆震動，我也比任何時候更形單影隻了。這個長長下午的其他時間，我的沉思也許不會再被打斷，頂多就是一兩輛馬車行經遠方道路時發出的一點微弱碰撞聲。

14 引自米爾頓（John Milton）的《失樂園》。

有時候，在星期天我會聽見鐘聲，來自林肯鎮、艾克頓鎮、貝德福特鎮，或康科德鎮的鐘聲，在風的協助下，這種朦朧但令人舒心——就像它一直以來的樣子——的自然旋律，是很值得引進荒野的。這種嗡鳴帶著振動，林間特定範圍內的松針就像豎琴上的弦，一一受它撩撥。從遠方傳來的每一道聲音都能產生相同的效果，這是宇宙的里拉琴[15]在振動，就像遠處的大地景致受空中大氣暈染，化成一種淡淡的灰藍色澤，非常迷人。這時，向我傳來的旋律已經讓空氣調過音，也和林中每一片樹葉與針葉說過話，這聲音揉合調製了每一種元素，再把回聲從一片山谷傳到另一片。某種程度上，這個回聲是一種原創之聲，本身就充滿了驚奇與魅力。它不只是鐘聲的回聲，有一部分還加入了樹林間的低語聲，那可是森林女神日常的細語與吟唱的曲調呀。

傍晚時分，從林子之外的遠方傳來了一陣哞哞牛叫，悠揚而悅耳，一開始我還誤以為是那些偶爾會對著我唱小夜曲的吟遊詩人——他們可能正徘徊在山谷與山坡。但是當這聲音拉得長長，我因此認出是牛群簡便又自然的音樂時，雖然有點失望，但還不至於不開心。我確實覺得這些年輕人的音樂很像牛群的音樂，這並不是要挖苦，只是要表達我十分欣賞這些年輕人的歌聲，這兩種音樂終究是屬於大自然的天籟之音。

在夏天某個時期，七點半的晚班火車過了之後，夜鶯會坐在我家門邊的樹樁或屋梁上，吟唱半個小時的晚禱曲。每天傍晚，在日落前後差不多五分鐘以內，牠們幾乎就像時鐘一樣地準時開唱——正因這個難得的機會，我才得以熟悉牠們的習性。有時候，我可以聽到林子中不同地方有四、五隻夜鶯同時吟唱，此起彼落，正好慢了一小節。那聲音非常近，所以我不只能聽到每個音之後的咯咯聲，還經常聽得到像蒼蠅被蜘蛛網纏住的那種特殊嗡嗡聲，但是更大聲。有時，就在距離我幾步以外的林子裡，會有某隻夜鶯在我身邊不斷繞圈盤旋，好像綁了線一樣，可能是因為我非常靠近牠下蛋的地方吧。牠們整個晚上斷斷續續唱著，在黎明之前與破曉時分，吟唱會再次轉為優美悅耳的樂音。

當其他的鳥兒寂靜無聲時，長耳鴞會接下這個活兒，像守喪女子一樣發出古老的「嗚——嚕——嚕——」。那淒涼的嘶嚎聲表現出了貨真價實的班．瓊森[16]風格。午夜裡的聰明女巫啊！牠們唱的不是詩人直截了當的「都喂——都呼——」，而是一種完全不帶戲謔、最莊嚴的墓地哀歌，是一對殉情戀人在地獄的叢林回憶著聖潔之愛的痛苦與歡樂，進而互相撫慰的歌。但是我喜歡聽牠們的哀號、牠們彼此悲傷的應答、牠們沿著樹林邊緣迴盪的顫音，都讓我想起音樂與鳴禽，就像音樂當中陰鬱黑暗的一面，所唱的盡是悔恨與嘆息，足以令人潸然淚下。牠們是精靈，是消沉的精靈，是憂傷的先兆，是墮落的靈魂，曾以人的形象夜行在大地上，並做了見不得光的惡事，如今正在牠們犯下罪惡的場景中大聲嚎叫，努力唱著聖歌與哀歌以洗清自己的罪過。牠們讓我對這片共同居住的大自然多樣性與包容性，有了全新的認識。「**噢——喔——喔——喔——喔——但願我從未出生——生——生——生！**」湖邊的一隻長耳鴞發出這樣的嘆息，帶著絕望與不安盤旋空中，最後停落在灰色橡樹的新枝上。接著，在湖的另一頭，另一隻長耳鴞帶著真摯的顫音回應：「**但願我從未出生——生——生——生！**」然後在更遠的林肯鎮樹林中，也傳來了一陣微弱的「**出生——生——生——**

15 Lyre，里拉琴，古希臘的弦樂器，後演變成豎琴。

16 Ben Jonsonian，班．瓊森（一五七二—一六三七），英國詩人，主張文學應符合自然與生活，力求真實。

生！」

一隻貓頭鷹也對我唱起了小夜曲。近在咫尺，你可以將之想像成大自然中最憂鬱的聲音，好像牠有意藉著這樣的吟唱為人類的臨終呻吟定調，並在牠的合唱團中永遠傳頌。這呻吟是可憐又脆弱的死亡遺物，將希望都遺留在了身後，進入死亡幽谷時如動物嚎叫，卻帶著人類的啜泣聲——由於喉嚨的咕嚕聲，聽起來更顯可怕。我發現，當我想要模仿這個聲音時，就會發出「嗑」的聲音，這表達了一種心靈狀態，是健康與勇敢的思想已經壞死，並達到膠著發霉的狀態。這讓我想起餓鬼、白癡與瘋子的嚎叫。但現在，有隻貓頭鷹在遠方的林子裡回應，因距離遙遠，聲音反而變得悠揚悅耳。「呼—呼—呼—呼兒—呼—」在大多數情況下——不管是白天或夜晚、夏天或冬天——聽到這聲音時，確實只會令人產生愉快的聯想。

我很高興這裡還有貓頭鷹。讓牠們替人類發出那些白癡與瘋子似的嚎叫聲吧。這種聲音非常適合暗無天日的沼澤與幽暗森林，這意味著，還有一片廣袤、未開發的自然環境是人類所不知的。它們代表了所有人都具有的、顯然屬於社會邊緣與不滿的思想。太陽整日照在蠻荒地帶的沼澤上，一棵雲杉披著松蘿地衣矗立，小鷹在上方盤旋，山雀在長青樹間鳴唱，鷓鴣與野兔在下方躲藏；但現在開始的是一個更陰暗也更合宜的日子，為了表達大自然的意義，一種獨特的物種甦醒了。

夜間稍晚，我聽到遠方馬車過橋時發出的連續轆轆聲——夜晚時，這聲音幾乎比任何聲音傳得更遠——還有狗的咆哮聲，以及遠方穀倉偶爾傳來的牛群沮喪低鳴。就在這個時候，整片湖岸響起了牛蛙的奏鳴曲，就像古代的酒鬼與貪杯者那股死命拚酒買醉的習氣，仍舊冥頑不化，並在他們的冥河上奮力高歌著輪唱曲。但願瓦爾登湖原諒我如此比擬，畢竟這裡幾乎沒有雜草，卻有青蛙。牠們會十分樂意維持牠們古老節慶的狂歡規則，只是牠們的聲音已經嘶啞，顯得有點嚴肅沉重，像是在嘲笑著歡樂；美酒也失去了風味，成了只能讓牠們肚子鼓脹的液體，甜美的醉意再也淹沒不了過去的回憶，只能繼續滲透、充水、鼓脹。看似最有權力的那隻青蛙將下巴放在心形葉上——彷彿接著口水的餐巾——在北岸水面下痛快暢飲那片一度遭到嘲笑的湖水，一邊把杯子傳下去，一邊發出「楚——嗚——嗡可，楚——嗚——嗡可，楚——嗚——嗡可」的聲音。接著，相同的口令也立刻從遠方的水灣越過水面傳來，在那裡，資歷與腰圍第二大的青蛙也豪飲了牠的杯中物，直至刻紋[17]。當儀式繞著湖邊進行一圈之後，司儀也心滿意足地發出「楚——嗚——嗡可」。每隻輪到的青蛙都要重複一遍，直到肚子脹得最小、漏水最多、肚皮最鬆的那隻也完全沒有出錯。叫聲將會一遍又一遍地輪流，直到日光驅散了清晨的霧氣，只剩蛙族老大還在水面上，三不五時繼續虛榮地「楚——嗚——嗡可」大聲叫著，然後停下等待回應。

我不確定是否在我開墾的土地上聽過公雞的啼叫，因此我想，也許值得只為了聽牠的音樂來養一隻，就當成鳴禽來養。這種禽類原是印第安野雉，發出的聲音肯定是所有鳥類中最引人注目的，超越了野雁的嘎嘎聲與貓頭鷹的呼呼聲。如果牠們沒有被馴化，而是繼續在自然中生活，那聲音想必很快就會成為我們林子中最出名的吧。然後再想像一下母雞，在丈夫的號角聲歇息時，

17 在狂飲場合中，人們習慣用大酒杯巡迴傳遞，杯內刻有環紋，顯示每個人該喝的分量。

牠們的咯咯聲就填補了那個空檔，多麼溫馨啊！難怪人類把這種鳥類納入馴養的家禽，更不要說還有雞蛋與雞腿了。冬日清晨，我在林間散步，這是這些鳥兒的原生森林，我可以聽著野雞在樹上啼叫，牠們清澈高昂的聲音可以響遍數英里之遙，足以掩蓋其他鳥類虛弱的音調，想一想，這是一幅什麼樣的情景。這聲音足以讓全國的人保持清醒。誰還能不早早起床，並在有生之年一天比一天早起，直到他變得十足健康、富有，而且明智呢？每個國家的詩人都把這種異國禽鳥的聲音，拿來與他們本國的禽鳥相比。勇敢的公雞可以適應所有氣候，牠比本土的禽鳥更本土。牠總是健康，肺也十分健壯，而牠的精神永遠不會疲倦。牠的聲音甚至可以喚醒大西洋與太平洋上的水手，但是牠尖銳刺耳的聲音從來沒能把我從沉睡中驚醒。我並沒有養狗、貓、牛、豬，也沒有母雞，所以你可以說，我這裡缺少了家中馴養的動物之聲；我這裡也沒有攪拌器，沒有紡車，甚至沒有水壺的嘶嘶聲，沒有甕啊缸啊的碰撞聲，也沒有小孩的哭叫聲給人安慰。一個老派的人在這樣的環境下可能會失去理智，或無聊而死。我的牆裡甚至沒有老鼠，因為牠們要不是餓死，就是打從一開始就不曾被引誘而來。我只有一些松鼠在屋頂和地板下來來去去，梁上有隻夜鷹，窗下有隻大聲尖叫的冠藍鴉，房屋下有隻野兔還是土撥鼠，屋後有隻長角鴞或貓頭鷹，湖面上有一群野雁、一隻潛鳥，還有一隻狐狸會在晚上吠叫。在我開墾的土地上，甚至沒有一隻雲雀或黃鸝鳥這類溫和的園林鳥來訪，也沒有公雞或母雞來我的院子啼叫。我根本沒有院子啊！有的只是沒有圍籬的大自然，直接延伸到我的窗台。一片小森林在你窗台前的草地上冒出，野生的漆樹與黑莓藤蔓伸進了你的地窖。粗壯的油松由於缺乏生長空間，摩擦到了屋瓦而應聲折斷，它的根則蔓延到屋子下方。在這裡，我沒有大風會刮走天窗或百葉窗，倒是可以折斷松樹枝或挖出屋後的樹根當柴燒；也不會在大風雪中找不到前院大門的路，因為我根本沒有大門，也沒有前院，我沒有通往文明世界的路。

論生活與工作　之三

心靈平靜的人，住在哪裡，哪裡就像宮殿，一樣心滿意足，一樣充滿快樂．

I do not see but a quiet mind may live as contentedly there, and have as cheering thoughts, as in a palace.

(p.374)

與其說人是牛羊的看守人，不如說，人是被牛羊綁住了，因為，牛羊比人更自由．

Men are not so much the keepers of herds as herds are the keepers of men, the former are so much the freer.

(p.74)

我們的生命都浪費在瑣事上了．

Our life is frittered away by detail.

(p.112)

能夠分辨食物真正味道的人，
絕對不會成為好吃貪杯的人。

He who distinguished the true savor of his food can never be a glutton.

(p.256)

我想要活得深刻，汲取生活中的所有精華，我要活得像斯巴達人一樣堅毅，清除一切與生命無關的事，把生活逼到絕境，並簡化成最基本的形式。

I wanted to live deep and suck out all the marrow of life, to live so sturdily and Spartan-like as to put to rout all that was not life, to cut a broad swath and shave close, to drive life into a corner, and reduce it to its lowest terms.

(p.112)

V. 獨處

這是個恬靜宜人的黃昏，我的全身就是一個感覺器官，每個毛孔都吸入了歡愉的氣息。我在大自然中奇妙地自由來去，已經成為她的一部分。當我穿著襯衫，沿著布滿石頭的湖邊漫步時，雖然氣溫有點涼爽，多雲有風，也沒看見什麼特別吸引我的東西，但所有的自然元素對我卻有一種非常親切的感覺。牛蛙的叫聲喚來了夜晚，夜鷺的鳴唱隨著吹起漣漪的風從水面上傳了過來；赤楊與白楊樹的樹葉激動起舞，引我入神，讓我幾乎忘了呼吸，而我內心的寧靜的確起了一點漣漪——就像湖泊一樣——但並沒有心煩意亂。晚風吹拂之下的波光平靜如鏡，和暴風雨一點也扯不上邊。儘管現在一片漆黑，但風仍在林子咆哮，水波仍在湖面急奔，造物們哼著曲調哄彼此入睡。天地不曾平靜。野生動物是不休息的，牠們正要尋找獵物；狐狸、臭鼬和兔子正無所畏懼地在田野林間漫步。牠們是大自然的守望者，是連接了生氣盎然的日間生活的紐帶。

當我回到家，經常發現有訪客來過，並留下了他們的名片，也許是一束鮮花，或一個用常綠植物編的花環，或是用鉛筆寫在黃色核桃葉或木片上的名字。那些很少到森林裡的人，一路上會拿起林中的一些小東西把玩，離開時則會有意無意地留下來。有個人把一根柳樹枝剝了皮，編成一個戒指放在我的桌上。我總是可以經由被壓彎的樹枝或草地，或人們的腳印，判斷在我外出的時候是否有人來過。而且，憑藉一些小小的痕跡，我通常能判斷出他們的性別、年紀或性格，例如掉在地上的一朵花、一束被拔起後又丟掉的草──即使這可能是遠在半英里之外的鐵道上看到的線索──抑或是雪茄或菸斗殘留下來的味道。不僅如此，如果有人從六十桿外的公路經過，我也經常能從他的菸斗氣味察覺出來。

我們身邊通常有足夠的空間。我們的視野也從來不會只在我們跟前。我們的門口不會有濃密的森林，也不會有湖，我們周遭總是一些熟悉至極、被我們清理過後拿來使用的土地──我們從大自然手中占有了土地，用各種方法據為己有，並架設圍籬。人們為什麼會放棄這麼大的一片土地，讓我擁有數平方英里、人煙罕至的森林做為我的獨處之地？我最近的鄰居在一英里外，我在各處都看不到其他房子，除非跑到半英里外的山頂上。我視野所及的樹林，都是屬於我自己的天地；望向遠方，一邊是湖邊鐵路，另一邊則是圍繞著林地道路的圍籬。但其餘大部分地方，就像我獨自住在大草原一樣。我雖然人在新英格蘭，但說很像亞洲或非洲也不為過。一如既往，我有自己的太陽、月亮，與星星，還有一個完全屬於我的小小世界。夜晚時分，從來沒有人會經過我的房子，或敲我的門，彷彿我是這世界上第一個人，或最後一個。除非是在春天，偶爾會有些人從村裡來這兒釣鯰魚──不過他們比較像是在自己的本性中釣魚，而不是在瓦爾登湖釣魚，他們魚鉤上的誘餌是黑暗──但他們總是很快就帶上輕輕的籃子撤退了，然後把「這個世界留給黑暗與我」，因此我的人類鄰居從來沒有褻瀆過夜晚的黑暗之核。雖然女巫都被吊死了，我們也引進了基督教與蠟燭，但我相信，一般人還是有點害怕黑暗。

然而，我在大自然中體驗到，即使是最憤世嫉俗、抑鬱寡歡的人，也能在任何一種自然物當中找到最愉快溫柔、純潔而鼓舞人心的互動關係。對於一個生活在大自然當中、還保有自己感覺的人來說，絕對不會陷入無可自拔的黑暗憂鬱。不管什麼樣的暴風雨，在一個健康純潔的人耳中聽起來，都像是風神演奏的音樂。沒有任何一件事可以恰巧強迫一個單純勇敢的人，掉入庸俗的悲傷情緒。當我享受著四季的友情，我相信沒有任何事情會讓生活成為負擔。滋潤我的豆子並讓我留在家裡的那場溫和的雨，既不陰沉，也不憂鬱，對我也很有好處。雖然這場雨讓我無法到田裡鋤地，但它的作為比我的鋤地勞動更有價值。如果雨繼續下，下得太久，以至田裡的種子統統爛掉，還毀了種在低地的馬鈴薯，它對高地的草地仍有好處，既然對草有好處，就是對我有好處。有時候，我把自己和其他人做比較，我似乎比他們得到眾神更多的喜愛，而且超出我認為自己應得的份，好像他們手上拿著我的保證書與擔保單，我的同鄉們卻沒有，我因此得到了特別的指導與保護。我並沒有自命不凡，反倒是祂們抬舉了我（如果有這個可能）。我不曾感到寂寞，或因孤獨感而焦慮，但有那麼一次，就在我住進樹林之後幾個星期左右，大概有一個小時的時間我內心產生了懷疑：對寧靜健康的生活來說，與人住得近是否必要？畢竟，孤獨不是一件令人愉快的事。但是我同時也意識到，我的心智有一種輕微的瘋狂，但也似乎預見了其復甦。在一場溫和的雨中，這些想法占了上風，我忽然領悟到，如此愉悅仁慈的互動關係就在大自然中，就在雨滴的淅瀝聲中，就在我房子周圍每一個聲音與每一個景致中，一種無窮無盡且無法解釋的友善氛圍立刻像大氣一樣支撐著我，讓我想像得到的，擁有人類鄰居的好處變得微不足道。從那以後，我就不曾想過擁有鄰居的好處了。每一根小小的松針都變大了，而且對我充滿同情，把我當朋友一樣看待。我非常清楚地意識到，即使是在我們稱為荒蕪與沉悶的環境中，都存在一種對我來說像親人一樣的感情。我認為，和我有著最親近的血緣以及最有人性的，並不是一個人，也不是一個村子，於是，從此以後，再也不會有一個地方能讓我感到陌生了。

哀悼之情使悲傷的人早衰；
在人間土地上，時日無多，
托斯卡美麗的女兒啊！[1]

我最愉快的時光就在春天或秋天暴雨不停的時候，整個下午和上午我都受限在屋裡活動。雨下個不停，聲勢浩大，風雨的咆哮聲卻撫慰著我。當天色提早暗去，帶來漫漫長夜時，我的許多思緒就有了扎根與開展的時間。這些來自東北方的傾盆大雨也考驗著村裡的房屋，女傭們拿著拖把與水桶在門口站好，準備將雨水擋在門外；我坐在我的小屋門後——這是我唯一的入口——卻充分享受著它的保護。有一次在雷雨交加中，閃電擊中了湖對岸的一棵大松樹，從上到下劈出一道極為醒目且十分規律的螺旋槽，大約深一英寸或更深，寬約四、五英寸，就像手杖上的凹槽一樣。前幾天我又經過那棵樹，抬起頭看到那個標記時，心中充滿了敬畏之情，它現在變得更明顯了——那就是八年前從無害的天空中落下一道可怕、無法抵擋的閃電之處。人們經常對我說：

1 引自派翠克・麥格雷戈（Patrick Macgregor）的詩，此詩是為了安慰托斯卡的女兒，因為她的戀人死了。

「我覺得你在那裡應該會很寂寞，會想要更靠近人群一點，尤其是在下雨、下雪的白天或夜晚。」我很想這樣回答，我們居住的整個地球，不過是太空中的一個小點而已，你認為，在那邊的那顆星星——用我們的工具還測量不出它的圓盤寬度——住在上面的兩個最遠的居民，他們之間的距離有多遠呢？我為什麼應該覺得孤獨？我們的星球不是在銀河系嗎？你提出來的問題，對我來說並不是最重要的問題。什麼樣的空間會讓人與同伴分開，並讓人覺得孤單？我已經發現，無論兩條腿跑得多勤，也無法讓兩顆心靠得更近。我們希望住在最靠近什麼的地方呢？當然不是很多人的地方，也不是車站、郵局、酒吧、聚會所、學校、雜貨店、燈塔山，或五點[2]等最多人聚集的地方，而是可以長久供應活力之泉的地方。我們根據全體經驗得知那個地方，就像柳樹會靠近水邊生長，並把根伸向水中。這地方會隨著個人性格而有差異，但聰明人就會知道要在這裡挖地窖、蓋房子。有天晚上，我追上一個同樣住在鎮上的人，他已經累積了「一筆可觀的財產」，雖然我還沒有**真的**看過一眼。在瓦爾登路上，他正趕著兩頭牛到市場，他問我是如何讓自己決定放棄那麼多生活中的舒服享受。我回答，我當然喜歡生活過得舒舒服服，我不是在開玩笑。我回到家，倒頭就睡了，而他呢，卻在黑暗的泥濘中摸黑找著去布萊頓的路——或說光明之城[3]——或許在清晨某個時間，他就能抵達了。

不管處在什麼時間與地方，對死人來說，覺醒或復生都是無動於衷的。會令人覺醒、復生的地方，永遠是同一個地方，而且對我們的美一個感官而言，都具有無法形容的愉悅與滿足。在大多數情況下，我們讓外在的、短暫的環境為我們創造機會，但事實上，這正是造成我們分心的原因。和萬物最靠近的，是創造萬物存在的那股力量。**最靠近**我們的，是那個不斷被施展的最宏偉法則。**最靠近**我們的，不是我們雇用、並喜歡和他交談的工人，而是那個創造我們的工匠。

「天與地的微妙力量，其影響力是多麼巨大深遠啊！」

「我們試圖覺察，卻看不見；試圖聽聞，卻聽不到；因為它們與萬物的本質合一，無法分開。」

「它們讓天下所有人的心靈淨化與聖化，並穿上節慶盛裝，為祖先獻上祭品。那是一座充滿奧妙的智慧海洋，無所不在，在我們上面，也在我們的左邊和右邊；在我們周圍所有方向。」[4]

我們是某個實驗的對象，而我對這個實驗非常感興趣。在這情況下，我們不能有片刻時間稍微遠離這個愛說閒話的社會一下，讓我們自己的思想來振奮自己嗎？孔子說得非常正確：「有美德的人不會孤單，一定會有人來親近他。」[5]

經由思考，我們可以用理智的意識面對自己。藉由有意識的心智努力，我們可以對行為及其後果保持超然，因此所有的事情——不論善惡——都會像水流一樣從我們身邊流過。我們並不是完全融入大自然。我**可能**是溪流中的浮木，或是在天上俯瞰的因陀螺[6]。我**可能**會被一場戲劇感

2 Beacon Hill，燈塔山，波士頓鬧區。
Five Points，五點，紐約市一處高犯罪率的區域。
3 此為諧音玩笑，梭羅把 Brighton（布萊頓）拆為 Bright-town（光明之城）。
4 這三段引用自《中庸》第十六章，內文根據英文翻譯。原文：「鬼神之為德，其盛矣乎。視之而弗見；聽之而弗聞；體物而不可遺。使天下之人，齊明盛服，以承祭祀。洋洋乎，如在其上，如在其左右。」
5 引自《論語．里仁篇》，原文：「德不孤，必有鄰。」
6 Indra，因陀螺，印度教主神之一，掌控雷雨。

動，但另一方面，我**可能不會**被一件看似與我更相關的真實事件所影響。我只知道，我是一個人類實體（human entity），可說是一個思想與情感的舞台，能意識到一種雙重性，讓我可以站得離自己遠遠的，就像離別人遠遠的一樣。不論我的經驗多麼強烈，我都可以意識到某一部分的我的存在與批評；但這一部分並不是我的一部分，而是一個旁觀者，它並沒有共同經歷這些體驗，它只是注意著。說它是我，跟說它是你，並沒有兩樣。當這場或許是悲劇的人生戲劇結束了，這個旁觀者就走了。對他來說，這只是一部虛構、想像出來的作品。有時候，這種雙重性很容易讓我們成為不討人喜歡的鄰居與朋友。

我發現，在大部分時間中，讓自己和自己在一起對健康是有益的。與別人在一起時，即使是最好的同伴，也很快就會令人厭煩，變成虛度光陰。我喜歡獨處。我從來沒有找到比孤獨更適合的同伴了。絕大多數時候，外出並置身於人群當中會讓我們感覺比自己在房裡獨處更孤獨。一個思考中或工作中的人，不管在什麼地方，他一定是孤獨的。孤獨並不是用一個人與同伴之間的空間距離來衡量的。在劍橋學院的擁擠蜂窩裡，真正勤奮的學生就像沙漠裡的托缽僧一樣孤獨。農夫可以獨自一人在田地或林裡工作一整天，鋤地或砍柴，一點也不覺得寂寞，因為他有事可做；但是他晚上回到家後卻無法獨自坐在房裡任由思想馳騁，必須到「看得到人」的地方做點消遣，而他的想法就是，補償一下他一整天的孤獨。因此他也很納悶，為什麼學生可以一個人在房裡坐上一整夜以及整個大白天，都不會無聊和煩悶。但是他並不了解，學生雖然在房裡，但仍然在**他的**田裡幹活，在**他的**林裡砍樹，就像農夫一樣；最後，他也會像農夫一樣，想要尋求消遣與社交，只不過可能是比較濃縮的形式。

我們的社交活動通常太廉價低俗了。我們在短時間內頻繁見面，但根本沒有時間為彼此獲取任何新的價值。我們在一天的三餐碰面，互相讓對方重新品嚐我們這塊又舊又臭的乳酪。我們為了要忍受頻繁的會面，並不至於公開爆發衝突，不得不遵守某些框框架架，也就是那些被稱為禮節與禮貌的規則。我們在郵局碰面，在社交場合碰面，每晚又在爐邊見面，我們的生活互動太過密切，彼此互相妨礙、絆手絆腳，我認為，我們也因此失去了對彼此的尊重。所有重要、真誠的溝通，就算頻率少一點，也肯定是足夠的了。想想看工廠女工吧，她們從來沒有獨處過，甚至連在夢裡也沒有。如果每一平方英里內只有一個居民，就像我住的地方一樣，那就太好了。一個人的價值不在皮膚上，不是非要接觸才能知道。

我聽說有個人在樹林中迷路了，最後倒在樹下，因飢餓與疲憊而瀕臨死亡。由於身體虛弱，腦子產生了一些稀奇古怪的畫面，但也因此舒緩了他的孤寂感。他的周遭充滿著病態的想像畫面，他以為那是真的。同樣的，由於身體與心理上的健壯，我們可以不斷從更正常、更自然的陪伴中獲得類似的鼓舞，然後我們就會知道，我們從來都不孤單。

在我的屋子裡，我有很多伴，特別是在沒人造訪的清晨。讓我來做點比較，或許可以表達我對這種情況的看法。我並不比在湖裡大聲笑的潛鳥更寂寞，也不會比瓦爾登湖本身更寂寞。那座孤獨的湖有什麼伴嗎，我請問一下？而且在它湛藍色的湖水中，並沒有藍魔，只有藍天使。太陽是孤獨的，除非烏雲密布，那時候偶爾會有兩個太陽，但其中一個是幻日。上帝是孤獨的，但魔鬼總在拉幫結夥——他有一大群同伴，他是個軍團。我並不比牧場上的一朵毛蕊花或蒲公英，或一片豆葉、酢漿草、一隻馬蠅、大黃蜂更孤獨。我也不比米勒溪[7]或一個風標、北極星、南風，一場四月雨，或一月的溶雪，或新房子裡的第一隻蜘蛛更孤獨。

在冬天的漫漫長夜中，雪花紛飛，狂風在林間呼嘯，偶爾會有一個客人來訪，他是這個地方的老住戶與原本的業主，據說瓦爾登湖就是他挖地砌石，並用松樹林圍起來的。他告訴我很多舊時代與新時代的久遠故事，我們相處愉快，交換彼此對事物的有趣觀點，共度過非常開心的夜晚，沒有蘋果，也沒有蘋果酒。他是我最聰明、最幽默的朋友，我非常喜歡他，但他比戈菲與華雷[8]更懂得藏匿自己，因此有人認為他已經死了，儘管沒人知道他葬在何處。還有一位住在我屋子附近的老婦人，大多數人都見不到她的身影。我有時候喜歡到她充滿各種氣味的香草園散步，採集一點藥草，聽她說一點寓言故事。她有一種無人能及的奇思妙想的天分，她的記憶力也遠遠超過神話時代，可以告訴我每個寓言的由來，以及每個寓言所根據的事實，因為這都是在她年輕時發生的事。她是一位臉色紅潤、精力旺盛的老婦人，她喜歡所有的天氣與季節，而且很可能會活得比她的孩子更久。

我實在無法用言語形容大自然的純潔與仁慈，那太陽、風和雨，那夏天與冬天，是如此健康，如此歡樂，這是它永遠供應不斷的！他們對我們人類是如此的感同身受，如果有一個人因為某個正當理由而悲傷，大自然的一切都要為之動容，太陽會減弱亮光，風會像人一樣嘆息，雲和雨會掉淚，森林的葉子也會飄零，並在仲夏時節一起哀悼。難道我沒有大地這樣的智慧嗎？難道我自己的一部分不是由綠葉與植物構成的嗎？

讓我們保持健康、平靜、滿足的藥物是什麼？不是我或你的曾祖父的藥，而是我們大自然曾祖母萬能的植物藥材，她靠著這個永保青春，也活得比她同時代的許多個老帕爾[9]更久，她用他們腐爛的肥胖軀體滋養著土地的健康。至於我的靈丹妙藥，並不是庸醫從冥河[10]與死海舀出來混在瓶裡，用又長又淺、黑色帆船似的篷車載著到處兜售的東西，而是一桶未稀釋的清晨空氣！就是清晨的空氣啊！如果人沒有在一天的源頭飲上一口，那麼，我們也要用瓶子裝一些起來，並在店鋪販售，以造福這世上沒拿到清晨預訂票的人。但是要記住，即使是放在最涼爽的地窖中，它也無法保存到中午，在這之前它就會衝出瓶塞，隨著晨曦女神的腳步向西奔去了。我不是海吉亞[11]的崇拜者——她是老藥師亞希彼斯[12]的女兒，在紀念碑上的她，一手握著一條蛇，一手拿著這條蛇喝水的杯子；我崇拜的是希比[13]，她是朱庇特的持杯者，是朱諾[14]與野生萵苣的女兒，具有讓眾神與凡人回復青春的力量。她可能是地球上唯一從裡到外都完全健康、強壯的年輕女郎——凡她所到之處，就是春天。

7 Mill Brook，米勒溪，流經康科德的一條小溪。
8 戈菲（William Goffe）與華雷（Edward Whalley），英國大革命時期的兩位重要將領，刺殺查理一世之後逃到美國藏匿。
9 Old Tom Parr，老帕爾，英國人，據說生於一四八三年，死於一六三五年，活了一百五十二歲。
10 Acheron，希臘神話的冥河，據稱與陰間相連。
11 Hygeia，海吉亞，希臘神話的健康女神。
12 Aesculapius，亞希彼斯，希臘神話的醫藥之神。
13 Hebe，希比，希臘神話的青春女神。
14 Juno，朱諾，羅馬神話的天后，朱庇特之妻，即希臘神話的赫拉（Hera）。

論貧窮與富有

多餘的財富只能買到多餘的東西。靈魂需要的東西，不必用錢買。

Superfluous wealth can buy superfluities only. Money is not required to buy one necessary of the soul.

(p.375)

中國人、印度教徒、波斯人與希臘人，古代的哲學家全都是同一個類型的人，他們的外在極為窮困；但他們的內在卻極為豐盛。

The ancient philosophers, Chinese, Hindoo, Persian, and Greek, were a class than which none has been poorer in outward riches, none so rich in inward.

(p.34)

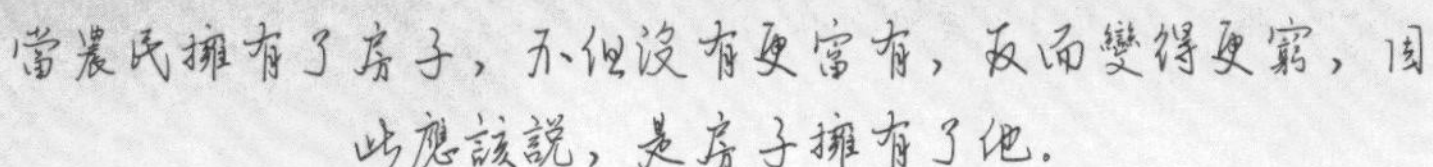

當農民擁有了房子，不但沒有更富有，反而變得更窮，因此應該說，是房子擁有了他。

When the farmer has got his house, he may not be the richer but the poorer for it, and it be the house that has got him.

(p.52)

如果每個人都和我一樣生活簡樸，就不會有偷竊與搶劫了。在一個社會裡，有些人得到太多，其他人得到太少，才會發生這些事。

If all men were to live as simply as I then did, thieving and robbery would be unknown. These take place only in communities where some have got more than is sufficient while others have not enough.

(p.204)

VI. 訪客

我覺得，我和大多數的人一樣熱愛與人往來，而且總是做好了充分準備，就像吸血水蛭一樣，面對任何我碰上的血液充足的人，都會緊緊纏住。我的本性並不是隱士，如果有事要我到酒吧一趟，我可能會比那些待最久的常客坐得更久。

我屋裡有三把椅子，獨處時只會用到一把，朋友找我談心時會用到兩把，更多人的社交活動時就會用到三把。當訪客人數更多，超乎預期時，他們全部也只能用那第三把椅子，不過大家通常為了節省空間而站著聊天。這麼小的房子可以容納那麼多的男男女女，真的讓我頗感意外。曾經有二十五或三十個靈魂以及他們的身體，一起待在我的屋子裡。我們在告別時都沒有意識到，我們曾經和彼此那麼地靠近。我們許許多多的房子——不論公共場合或私人住宅——通常有很多房間、很寬敞的大廳，還有儲存葡萄酒與日常用品的地窖，對住的人來說似乎是過於龐大了。房子是如此的宏偉、豪華，使得人看起來就像是會汙染房子的害蟲。當接待人員在特里蒙特（Tremont）旅館、亞斯特（Astor）旅館，或米德薩克斯旅館大聲通報來客時，我很驚訝地看見一隻滑稽的老鼠悄悄爬過走廊，又迅速滑進人行道上的老鼠洞。

在這麼小的屋子裡，我體驗到的一個不便之處就是，當我和客人開始用艱澀的字眼表達宏大的思想時，我和客人之間很難保有充分的距離。你會希望自己的思想有足夠的空間航行、準備，至少走過一、兩個航道，最後才抵達港口。你的思想子彈也必須先克服偏射與彈射，並進入最後的穩定彈道，才到達聽者的耳朵，否則它可能又會從對方的耳邊鑽出去。同樣的，我們的句子需要空間，需要間隔，才能開展與排列組合。個人就像國家，必須有適當的、寬廣而自然的邊界，兩者之間甚至要有一個夠大的中立地帶。我發現，和湖對岸的同伴說話是一件特別奢侈的事。但在我的屋子裡，我們的距離實在太近了，以至我們無法好好聆聽——我們無法用最剛好的輕聲細語讓對方聽到，就像朝平靜的水面丟出兩顆石子，若距離太近就會擾亂彼此的波動。如果我們只是喋喋不休地大聲談話，就可以站得很近，臉頰貼著下巴，還能感受對方的氣息；但如果我們的談話內容是含蓄而深思熟慮的，那我們就需要遠一點的距離，讓所有動物性的熱氣與濕氣有機會蒸發。如果我們想要和每個人內在那個不曾有人與之交談過（或超越交談）的東西進行最親密的交流，那我們不僅必須保持沉默，身體也要離得夠遠，好讓我們在任何狀況下聽不見對方的聲音。按照這個標準來說，演講通常是為了講給聽力不好的人聽的。許多美好的事情，如果必須用喊的，就無法說出口了。當對話進入更崇高、更宏大的內容，我們會慢慢把椅子推得更遠，直到碰到相對的牆角，沒有足夠的空間再退為止。

然而，我「最好」的房間，我的私密空間，那裡的地毯很少被日光照到，而且永遠都準備好迎接客人，那就是我屋子後方的松樹林。夏季時節，每當有貴客來訪，我就會帶他們到那裡去。在那裡我有一個無法用金錢衡量的女僕，她已經掃好了地板，清除了家具的灰塵，隨時都把一切打點得妥妥當當。

如果來的是一名客人，有時候他會和我一起共食我簡單的食物，我一邊忙著攪拌麥片粥，或一邊看著麵包在灰燼中膨脹，我們的談話也不會被打斷。但如果來的是二十個人，坐在我的屋子裡聊天，雖然我有兩人份的麵包，也不會有人提到晚餐，好像吃東西是一種被遺忘的習慣，我們自然而然就選擇了禁食，從來沒有人覺得我這樣有違待客之道，反而認為這是一種最恰當體貼之舉。物質生活的浪費與腐敗經常需要修正，但在這樣的情況下，似乎奇蹟似地減緩了浪費，而大家看起來反而更活力十足、精力充沛。因此，我可以用這種方式招待一千人，就像招待二十人。如果有人發現我在家，卻帶著失望與空腹離開我家時，他絕對可以相信，我至少是同情他的。雖然很多管家會質疑我的做法，但其實建立更新、更好的慣例來取代舊慣例是很簡單的。你不必靠請客吃飯來建立自己的名譽。就我來說，不論派出什麼樣的地獄三頭犬，都無法嚇阻我去拜訪某人的家，除非對方把晚餐弄得有如閱兵典禮，一道一道送上來——我會把這看作一種非常禮貌且拐彎抹角的暗示，要我以後不要再去登門打擾。我想我也不會再去這樣的場合。有一位訪客在黃色核桃葉上刻了幾行史賓塞[1]的句子，當作留給我的卡片。把它當成我的小屋陋室銘，也滿令人驕傲的：

到了那裡，他們擠滿了小屋，
他們要的不是款待應酬，因為那裡也沒有；
休息就是他們的盛宴，於是一切順心如意；
最高貴的心靈，也最容易滿足。

溫斯洛[2]在當上普利茅茲殖民總督之前，帶了一群人徒步走過樹林去禮貌性拜訪馬塞索特[3]。抵達他的小屋時，一行人又餓又累，酋長雖然盛情接待，但當天完全沒有任何吃的。到了晚上，用他們自己的話說：「他讓我們與他和妻子一起躺在床上，他們睡在一頭，我們睡在另一頭。床鋪只是離地上一英尺高的幾塊木板，上面也只有一片薄薄的墊子。另外還有他的兩名頭目，由於缺乏空間，也緊緊挨著、壓著我們。結果，晚上的留宿比我們白天的跋涉更加讓人疲憊不堪。」隔天下午一點鐘，馬塞索特「帶來了兩條他射到的魚」，大約是鯛魚的三倍大。「烹煮的時候，至少有四十個人期待分到一份，大部分的人也都吃到了。這是我們兩夜一天以來唯一的一餐，要不是我們其中有個人買了一隻鷓鴣，我們就要空腹回家了」。由於「『野人』粗野的歌聲（他們唱歌來讓自己入眠）」，他們擔心會缺乏食物與睡眠，因此趁著還有力氣走路時，他們出發了。關於住宿，他們得到的接待確實很差，但他們自己也理解，這無疑是印第安人為了向他們表達尊敬才造成這些不便；至於吃的，我也看不出來印第安人還有什麼更好的款待了。印第安人自己也沒有東西吃，所以他們也夠聰明，不會以為對客人道歉就可以取代食物，因此他們自己勒緊腰帶，對食物也隻字不提。溫斯洛另一次拜訪時是食物豐收季節，就沒有什麼欠缺了。

1 Edmund Spenser，愛德蒙・史賓塞（一五五二－一五九九），英國詩人。
2 Edward Winslow，愛德華・溫斯洛（一五九五－一六五五），英國清教徒領袖、殖民者之一。
3 Massasoit，馬塞索特（一五八一－一六六一），北美原住民酋長，當時對殖民者頗為友善。

至於人，不論在哪裡，都會有人來找你的。住在林子裡的這段時期，我的訪客比我人生其他的任何時間更多；我的意思是，我是有一些訪客。我在這個比其他任何地方都要優美宜人的環境和人會面。但很少人是為了瑣碎的事找我。這方面純粹是因為我住得離鎮上太遠，來看我的人也因此過濾了一遍。我遠遠地隱退到孤獨的汪洋大海，各種社交圈的河流也流向這裡，就我的需要而言，在我周圍沉澱下來的大致就是最美好的沉積物。另外，在大洋另一邊，未開發與未開墾的大地跡象也向我漂來。

今天早上，誰會到我的住處呢？是一個真正的荷馬式或帕夫拉哥尼亞[4]人。他的名字是如此貼切與富有詩意，但不能印在這裡，讓我有點遺憾。他是一個加拿大人，是個伐木工人、柱子工人，他一天可以架設五十根柱子，他的上一頓晚餐是他的狗抓來的土撥鼠。他也聽過荷馬，而且他說，「如果沒有書」，就會「不知道下雨天要做什麼」，雖然也許幾個雨季過後他還沒讀完一本書。在他遙遠的家鄉教區中，有一個會讀希臘文的牧師教過他讀《聖約》的經文。但是他現在拿著書，我卻必須對他解釋有關阿基里斯責備帕特羅克洛斯[5]悲戚神色的一段：「帕特羅克洛斯，你為什麼像個年輕女孩一樣流著淚？」——

「或者你是否從普西亞聽到什麼消息？他們說，艾克特之子墨諾提俄斯還活在人間，而且艾克斯之子珀琉斯也還活著，就住在邁密登的人群中。他們兩人如果有人離開人世，我們才應該悲痛啊！」[6]

「寫得真好！」他說，胳膊下夾著一大束要給病人的白色橡樹皮，是這個星期天上午採來的。他說：「今天早上我去找這個東西，應該沒有關係吧！」對他來說，荷馬是一個偉大的作家，儘管他並不知道他究竟在寫什麼。很難找到一個比他更單純樸實的人了。惡行與疾病為整個世界罩上了一層灰暗的道德色彩，在他身上卻似乎完全看不見。他二十八歲左右，十二年前離開加拿大父親的房子，來到美國工作賺錢，最後也許是在他的家鄉買了一座農場。他彷彿是從最粗糙的模具鑄造出來的，身體強健笨重，但動作優雅，脖子粗壯而且曬得黑黑的，有一頭濃密的深色頭髮，還有一對沉悶無神、偶爾會因為表情而發亮的藍眼睛。他頭戴一頂灰色平頂布帽，身穿一件羊毛色的髒大衣，腳穿一雙牛皮靴。他很能吃肉，通常會帶著一個裝著晚餐的錫罐到工作地（他整個夏天都在伐木），距離我的屋子幾英里。他的冷肉，通常是冷的土撥鼠肉。另外，他的腰帶還垂著一條繩子，綁著一個裝了咖啡的石罐子，有時候還會請我喝一點。他很早就會過來，經過我的豆田，不過他不像北方佬那樣急著上工。他不會讓自己忙到傷了身體，也不在乎只能賺到食宿而已。如果他的狗在路上抓到一隻土撥鼠，他通常會把晚餐留在樹叢，然後走一英里半的路回去，把土撥鼠處理好並存放在住屋的地窖裡。不過在這之前，他會先花半小時謹慎思考自己能不能在夜色降臨前把土撥鼠完好地浸在湖水裡。他喜歡花很多時間思考這些事情。他早上路過我的屋子時，

4 Paphlagonia，帕夫拉哥尼亞，黑海邊的一個古老國家。
5 荷馬史詩《伊利亞德》中，阿基里斯是希臘第一戰士，帕特羅克洛斯（Patroclus）是他的摯友。
6 出自荷馬《伊利亞德》。

會說：「好多鴿子啊！如果我不必每天工作，我可以靠打獵弄到所有我想要的肉，鴿子、土撥鼠、兔子、鷓鴣，真的！我一天就可以準備好一個星期的量。」

他是個熟練的伐木工，而且滿陶醉於自己精巧與美化的手上功夫。他能把樹樁砍得非常貼近地面，讓之後長出來的新芽更為茁壯，雪橇也可以從殘餘的樹樁上直接滑過。他不是留下一整棵樹來撐著細好的木頭，而是把樹削成細細的木棍或尖尖的木條，讓人用手就可以扳開。

我覺得他是個很有意思的人，因為他是這麼的安靜、孤獨，卻又這麼的快樂，在他的眼神中洋溢著藏不住的笑意與滿足。他的歡喜不含任何雜質。有時候我看到他在林中工作砍樹，他會用一種無法形容的滿足笑聲迎接我，然後用他的加拿大腔法語和我寒暄，雖然他也會說英語。當我走近他時，他會暫停手上的工作，帶著半收斂的歡喜之情躺在他剛剛砍的松樹幹上，接著剝起一層樹皮，捲成一顆球，在談笑之間咀嚼。他是如此充滿生氣，任何時候只要讓他想起什麼事，或讓他覺得開心的事，就會笑得倒地或在地上打滾。看著周遭的樹林，他會驚呼：「說真的，在這裡砍樹實在讓我太開心了，沒有比這更好的消遣了。」有時候，如果得空，他會帶著一把手槍在樹林裡待上一整天，每走一段路就鳴槍一次向自己致敬，很能自得其樂。冬天時，他會生起一堆火，在中午用水壺溫他的咖啡。他坐在木頭上吃晚餐時，偶爾會有山雀在他身邊飛舞，然後落在他的手臂上，啄食手上的馬鈴薯。他說他「喜歡這些小傢伙在身邊廝混。」

在他身上，發育完成的是人的動物層面。在身體的耐力與滿足感方面，他算得上是松樹與岩石的表親。有一次我問他，經過一整天的勞動之後，晚上會不會覺得累？他以真誠而嚴肅的表情回答我：「老天在上，我這輩子從來沒有覺得累過。」但是，人的智性——或所謂的精神層面

——還像嬰兒一樣在他的體內沉睡。他只學過天主教神父教給原住民的方法，既幼稚又沒有效果，學生用這種方法永遠學不到運用意識的層次，孩子不會因此變成人，仍會是孩子。大自然滋養著他，給了他一副強壯的身體，以及對自己的所有一切感到滿足的心，並在各方面以尊重與信賴的方式支持著他，讓他可以活到七十歲時還像個孩子。他是如此的真誠、簡單，根本不必介紹太多，就像你不必向鄰居介紹土撥鼠一樣。他必須去認識自己，像你一樣。他從來不玩任何把戲。人們付他工資，讓他吃穿不成問題，但是他從來沒有和他們交流過意見。他是如此的單純，如此自然的謙卑——如果不曾追求過什麼的人可以稱為謙卑的話——因此謙卑在他身上也不算是顯著特質，連他都不自覺。對他來說，聰明的人就是半神了。如果你告訴他，有個聰明的人要來了，他的反應彷彿在說，這麼盛大的事一定與他無關，事情自會搞定，讓他靜靜地被眾人遺忘就好。他從來沒有聽過別人對他的讚美。他特別尊敬作家與傳教士，認為他們做的事就像奇蹟。當我告訴他，我寫過很多東西時，他有很長一段時間以為我指的只是寫字，因為他自己也能寫一手漂亮的好字。有時候，我在公路旁的雪地看到他家鄉教區的名字，字跡帥氣，還標上正確的法語重音，我就知道他曾經路過這裡。我問過他是否想寫下他的想法。他說他曾經為不識字的人讀過信、寫過信，但是從沒想過要寫下自己的想法——不行，他沒辦法，他不知道要先寫什麼，這件事會要了他的命，更何況還要同時注意每一個字的正確拼法！

我聽說有一個非常聰明的改革者曾經問他，想不想要這個世界改變。他並不知道這個問題在過去已經有人問過了，他帶著驚訝的笑聲，用他的加拿大腔回答：「不，我已經夠喜歡這個世界了。」對哲學家來說，和他往來會得到很多啟發。對陌生人來說，他看起來對一切一無所知。但是，我有時候會在他身上看到一個我從未見過的人，因此我不知道他究竟是像莎士比亞一樣聰明，還是像孩子一樣無知；究竟他有著詩人的心思，或只是愚蠢。有一個鎮上的人告訴我，他看到他戴著小帽在村子晃，一邊逍遙自在地吹著口哨的樣子，讓他聯想到微服出巡的王子。

他僅有的書是一本年曆與一本算術書，他對算術相當在行，年曆對他就像某種百科全書，他認為書中包含了所有人類知識的摘要，事實上——在相當程度上——也的確如此。我喜歡拿當時各種所謂的進步改革去試探他的看法，每一次都得到最簡單務實的回應。他之前從來沒有聽過這些事情。我問他，可以沒有工廠嗎？他說他以前穿的是家裡做的衣服，那就很好了。那他可以不要茶與咖啡嗎？這個鄉村負擔得起水以外的飲料嗎？他曾經把鐵杉葉泡水喝，而且覺得在大熱天的時候比水好喝。我問他是否可以不要使用貨幣，他說明貨幣便利之處的方式，竟然完全符合這種制度起源的哲學性說明，也符合「貨幣」[7]這個字的真正字源。如果他的財產是一頭牛，當他想到店裡買點針線，他認為每次都要用這頭牛的一部分來抵押那一點點錢，很快就會覺得不方便，也不可行。比起任何一位哲學家，他可以為諸多制度提出更好的辯護，因為在描述這些制度與他的關係時，他給出了這些制度盛行的真正原因，而不會用空想的方式提出其他理由。有一次，他聽到柏拉圖對人類的定義是「沒有羽毛的雙足動物」，又聽到有人展示了一隻拔了毛的公雞，並把牠稱為柏拉圖定義下的人，他認為兩者有很大的差異，因為膝蓋彎曲的方式不一樣。有時候他會大聲說：「我好愛聊天啊！天啊，我可以聊上一整天！」又有一次，在好幾個月沒見到他之後，我問他這個夏天有沒有什麼新的想法。他說：「老天，像我這樣必須工作的人，如果沒有忘記腦袋裡的想法就好了。和你一起鋤草的人也許喜歡和你較勁，那麼，老天啊，你的心思一定要放在那裡啊，你只能想著雜草。」在這種情況下，有時候他會先問我有沒有任何進步。有一年冬天，我問他是否一直都對自己的一切感到心滿意足，我想藉此暗示他以內在的信念替代外在的牧師，並以更崇高的動機替代生活。「滿足啊！」他說，「有些人對這個感到滿足，有些人對那個感到滿足。如果有個人的東西已經夠了，他背對著爐火，肚子對著桌子，這樣坐上一整天無所事事也會很滿足的，老天！」可是，不管我如何旁敲側擊，都無法讓他說出一些精神式的觀點，他所能想到的最高層次似乎就是單純的權宜之計，就像你預期動物能理解的事一樣。事實上，大部分的人都是這樣的。如果我建議他在生活方式上做出任何改善，他只會回答，現在已經太晚了，卻不會表現出任何遺憾。但是他完全相信誠實之類的美德。

無論有多麼微不足道，還是可以在他身上察覺某種原創性，因此當我偶爾注意到他正在為自己思考，並表達自己的意見時，無論何時我都願意走上十英里路去看他，因為這是一件極為罕見的事，而且等於是在觀察諸多社會制度的重新創始。雖然他吞吞吐吐，無法把意思表達清楚，但是他的言語背後總是有一種非常中聽的想法。只不過，他的思考是如此原始，並完全沉浸在他動物本能式的生活中，因此雖然他的想法比一個只是受過教育的人更有指望，但也很少成熟到可以拿出來講的程度。他讓人想到，在生活的最底層中也有一些天才，儘管這些人長期處於卑微、目不識丁的狀態，他們也總是有自己的看法，而且不會假裝自己什麼都懂——他們就像人們所認為

7 拉丁文的貨幣為 pecunia，字源 pecus 是「牛」的意思。

的瓦爾登湖一樣不見底，雖然看起來陰暗又泥濘。

很多旅人會繞道來看我和我的房子，並用討杯水喝當藉口。我會告訴他們，我喝的是湖水，然後把湖的位置指給他們看，還借他們一把勺子。雖然我住得很遠，仍免不了一年一度的串門子活動，我想這發生在四月一日左右。在那天，每個人都靜極思動，想要出門串門子。雖然我的訪客中有些奇人，但總的來說，我也分享到了一點樂趣。從救濟院與別的地方來的蠢人也會跑來看我，我想方設法讓他們施展他們所有的智力，讓他們對我坦白自己的事。在這種情況下，智力就是我們談話的主題，所以我也得到了補償。事實上，我發現他們當中有些人比所謂的教會濟貧監理員與鎮上選出來的行政人員更聰明，而且他們認為現在該是扭轉局面的時候了。關於智力，我發現，擁有一半智力和全部智力，兩者之間沒有太大的不同。特別是有一天，一個不惹人厭、頭腦簡單的窮光蛋跑來看我。我經常看到他和幾個人被當成籬笆，負責站在或坐在田裡的作物上，以防牛隻和他自己走失。他說，希望像我一樣生活。他用最簡單與最真實的話，完全超越了——或應該說，還**談不上**——所謂的謙卑，告訴我：他「智能不足」。這是他自己說的話。這是主把他造成的樣子，但是他認為，主對他的照顧和別人一樣多。他說：「從小以來，我一直就是這樣的，我沒有什麼腦子，和其他小孩不一樣，我的腦袋不管用，我想，這是上帝的旨意。」而他就在那裡證明他話語的真實性。對我來說，他是一個形而上的謎。我很少遇到一個人有這麼好的基礎——所有他說的話，都是那麼單純、誠懇而且真實。而且真的，他認為自己有多不起眼，就有多崇高。我一開始並不知道，但這是一個聰明策略的結果。狀況看起來是這樣的，由於這個貧窮、弱智的窮光蛋建立了一種真實而坦率的基礎，我們的交談可能會比聖人之間的交談獲得更好的成果。

我還有幾個訪客，通常不被認為是鎮上的窮人，但我覺得應該要把他們計算在內才對。無論如何，他們都算是這個世界的窮人。這些人要的不是你的招待，而是你的**救濟**；這些人急著得到幫助，在求助之前就告知你，他們已經下定決心，無論如何絕對不幫助自己。我要求我的訪客，千萬不要真的餓著肚子來我的住處，不管他是不是有這世界上最大的胃口，也不管他為什麼會有這麼大的胃口。找我救濟的人，就不算客人。遇到這種人，即使我已經開始做我的事，越離越遠地回答他們的問題，但這些人就是不知道他們的拜訪時間已經結束了。在人們大批外出的季節，來看我的人幾乎各種智能程度都有。有些人的智力多到自己不知道如何運用；有些逃跑的奴隸還保有在種植園的習慣，他們就像寓言中的狐狸，不時停下來聽聽外面的動靜，彷彿他們聽到獵犬循著足跡追過來了。然後他們會帶著懇求的神情看向我，好像在說：

基督徒啊，你會把我送回去嗎？

有一個真正在逃亡的奴隸，我幫他朝北極星的方向逃[8]，跟幫其他人一樣。那些只有一個念頭的人，就像帶著一隻小雞、過分焦慮的母雞；腦袋有一千個念頭的人，亂糟糟的，就像帶了一

8 梭羅的小屋是祕密組織「地下鐵路」的其中一站，協助逃亡奴隸前往加拿大。

百隻小雞，全部在追一隻蟲子，結果每天早晨都弄丟二十隻，羽毛又捲又髒。只有想法而沒有腿的人，就好像某種智慧蜈蚣，只會到處亂爬。有人建議我準備一個本子，讓訪客寫下自己的名字，就像懷特山[9]的做法。可惜！我的記憶力太好了，還用不著這樣的本子。

我很自然會注意到訪客的某些特點。一般來說，女孩、男孩和年輕婦女似乎很高興待在林子裡。他們會看看湖水，看看花兒，好好善用他們的時間。生意人、甚至農夫只會想到我的孤獨與職業，以及我住的地方和其他地方的距離有多遠，儘管他們口頭上說偶爾也喜歡在林間漫步，但很顯然並非如此。肩負職責、忙個不停的人把全部時間花在謀生和維持生計上；開口閉口上帝的牧師好像自認有權主掌談話，耳朵聽不進各種意見；醫師、律師，以及趁我不在時窺探我家櫥櫃與床鋪的雞婆管家——不然為什麼某某太太知道我的床單沒有她的乾淨？——還有認定跟著專業人士走就是最安全的路、不再年輕的年輕人，所有這些人都說，我住的地方沒有多大的優點。唉！這就是癥結所在。年老、體弱與膽怯的人，不管什麼年齡或性別，大部分想的都是疾病、忽然發生的意外和死亡。對他們來說，生活似乎充滿了危險——但如果你都不去想，又會有什麼危險呢？他們認為，謹慎的人會細心選擇最安全的地方，讓醫生可以馬上趕來救命。對他們來說，村莊確實就是一個**社區**，一個共同防守的聯盟。因此，你也猜想得到，他們不會沒帶著藥箱就去採藍莓。我提這件事的重點是，只要一個人還活著，總是有死掉的危險，但是我們必須理解，這種**危險**，比起一開始就死氣沉沉的，要小得多了。一個人坐著和跑步，風險其實不相上下。最後，還有那些自以為是改革者的人，是所有人當中最令人厭煩的，他們以為我一直在唱：

這是我蓋的房子，[10]
這是住在我蓋的房子裡的人；

但他們不知道接下來的歌詞是：

就是這些人煩死了住在我蓋的房子裡的人。

我不怕抓小雞的老鷹，因為我不養小雞，但是我怕抓人的人。

我有比後者更令人愉快的訪客。孩子們會跑來採漿果，鐵路工人會在星期天早上穿著乾淨襯衫來散步，漁夫和獵人、詩人和哲學家；簡而言之，這些人都是老老實實的朝聖者，他們是為了自由而來到林子裡，而且真的把村子拋到了腦後，我早就準備好迎接他們：「歡迎，英國人！歡迎，英國人！」[11]因為我和那個民族已經打過交道。

9 White Mountains，懷特山，當時的避暑勝地。
10 當時哄小孩的童謠，歌詞是「這是傑克蓋的房子……」
11 引自歷史名言，是印第安酋長薩莫塞特（Samoset）對英國清教徒說的話。

論貧窮與富有　之二

一個人最富有的時候，也是活得最貧窮的時候。

No man loses ever on a lower level by magnanimity on a higher.

(p.374)

如果人沒有脫胎換骨、煥然一新，新衣服又怎麼會合身？
如果你眼前有什麼事要做，儘管大膽穿著舊衣服去
試試吧。

If there is not a new man, how can the new clothes be made to fit? If you have any enterprise before you, try it in your old cloths.

(p.43)

一個階級的奢侈完全是靠另一個階級的貧苦來維持。

The luxury of one class is counterbalanced by the indigence of another.

(p.53)

一個人越富裕，他可以閒置不用的東西就越多。

For a man is rich in proportion to the number of things which he can afford to let alone.

(p.103)

越刻骨銘心的生活，越有滋味。

It is life near the bone where it is sweetest.

(p.375)

VII. 豆田

在這段期間，我種下的一排一排豆子，長度加總起來有七英里長。最早種的豆子在最晚種的還沒落地之前，就已經長得非常茂盛，像是等不及讓人收割一樣。想要它們長慢一點真是不容易。這麼堅定、自重的生長，這麼耗費體力的勞動意義何在，我不知道。但我愛上了這一排一排的豆田，愛上了我的豆子，雖然比我想要的分量多出很多。他們讓我和土地有了情感上的連結，讓我像安提阿斯[1]一樣從土地得到力量。但是為什麼我要種豆呢？只有老天知道。這是我整個夏天的奇特勞動——讓這塊原先只生產洋莓、黑莓、狗尾草之類香甜野花野果的土地，變成只生產豆子。我和豆子可以互相學到什麼？我愛護它們，把它們鋤起來，早晚關照，這就是我一天的工作。豆子有十分寬大的葉子可以觀賞。我的助手是露水及雨水，它們負責幫我滋潤這片乾土；土壤本身的肥沃也是我的助力，雖然大部分土地已經耗盡地力，非常貧瘠。我的敵人是昆蟲與寒冷的氣溫，還有最難纏的土撥鼠，牠們已經把我四分之一英畝的豆田啃得乾乾淨淨。但我又有什麼權利把狗尾草與其他植物趕出去，破壞它們自古以來的香草園呢？不過很快的，剩下的豆子也會讓土撥鼠難以應付，全新的敵人會等著。

我記得很清楚，四歲的時候家人把我從波士頓帶回這個我出生的鎮上，就經過了這片林地與這片田野，來到湖邊。這是印在我記憶中最久遠的景象。而在今晚，我的笛聲也在同一座湖上響起回聲。年紀比我大的松樹依然矗立在這；有些已經倒下的，我曾用它們的殘根來煮晚餐。周圍長出了一片新的松樹，準備讓新生兒的雙眼看見另一個景象。在這片草地上，幾乎一模一樣的狗尾草從一模一樣的多年生老根上冒出，甚至也能為我童年時夢想的美景添上新衣。我的出現與影響所帶來的成果，就體現在這些豆葉、玉米葉與馬鈴薯藤上。

我在高地上種了兩英畝半的田地。這塊地是十五年前才開墾的，我自己也挖出了兩、三綑樹頭。我沒有下任何肥料，但是今年夏天我在鋤地翻土時發現了一些箭頭，這表示在白人開墾這片土地之前，就有一個已經滅絕的民族曾經住在這裡種植玉米與豆子，因此某種程度上，這塊土地已經為了農作而耗盡地力了。

在土撥鼠與松鼠還沒跑出來之前，在太陽還沒爬到橡樹叢上方之前，在每一滴晨露都還飽滿的時候，我已經在我的豆田裡整平那些高傲的雜草，並在它們頭上灑土了。雖然農夫警告我不要這樣做，但我建議你，盡量在晨露還在之時就開始所有工作。大清早，我就像造型藝術家一樣，赤腳踩在還有露水的碎沙地上勞動，盡情讓水濕潤我的雙腳，因為晚一點的時候，太陽就會讓我的雙腳起水泡。在日光的照耀下——太陽正在那片黃色礫石高地上漫步呢——我在長達十五桿、一排排的綠色豆田之間鋤著豆。豆田一邊的盡頭是橡樹叢，我可以在那裡的陰涼處休息；另一邊

1 Antaeus，安提阿斯，希臘神話中的巨人，接觸土地就能重獲力量。

是黑莓田，我每鋤好一排豆，那裡的綠色漿果的色澤就加深了一些。我除去雜草，往豆莖堆上新土，以幫助我剛種下的小草生長，讓這片黃土用豆葉與豆花來表現它的夏日思緒，而不是用苦艾、胡椒與小米草；讓這塊土地長出的是豆子，而不是草——這就是我每天的工作。由於我沒有馬或牛，也沒有雇人、雇孩子，或精良的工具來幫忙，我做得比別人慢很多，但我和豆子的關係也比一般人更親近。用手勞動，即使單調沉悶，也比不上遊手好閒那麼糟糕。它有一種永恆不變的精神，因此對學者來說具有一種典型的成果。對行經林肯鎮與魏蘭鎮、不知道要去哪裡的西行旅人來說，我是「辛勤的農夫」（*agricola laboriosus*）。他們輕鬆坐著雙輪馬車，手肘放在膝上，韁繩像垂花一樣地鬆散懸著；而我是個待在家裡、在土地上勞動的本地人。但很快的，我的家就會在他們的視線與思緒中消失了。在一段很長的距離當中，我的地方是路旁唯一開放的開墾地，所以也享有他們的最大關切。有時候，旅人的閒話與評語會傳到我這個田裡人的耳裡，當然那並不是說給我聽的：「菜豆也種太晚了吧！豌豆也那麼晚！」——當其他人已經在鋤豆收成，我還在繼續種，連農業監察員也大感意外：「這是種來做飼料的，孩子，這是飼料玉米。」一穿灰外套、戴黑蘇格蘭帽的問：「他**住**在那裡嗎？」一臉凶相的農夫拉住他溫馴的馱馬，只因沒在田畦上看到肥料，劈頭就問：沒有下肥，你到底在做什麼？又建議我施一點牛乾糞或什麼廢料，灰燼或石灰都可以。但是，我有兩英畝半的田地，只有一把鋤頭，與一台只能用雙手拉的推車，而且我討厭大車與馬，牛糞也很遠。這些旅人駕著車，咯噔咯噔經過時，會大聲比較他們沿途路過的田地，我也因此得知了我在農業世界裡的地位。原來我的田並不在監察員柯爾曼先生的報告中。但是順道一提，那些還沒有被人類改良、更為荒涼的土地，又有誰去評估大自然所生產的穀物價值呢？

英國的乾草作物會小心秤重、計算水分、矽酸鹽與碳酸鉀；但是在林間、草地與沼澤的所有洞穴與池塘洞中，也長了一些豐富多樣的雜糧，只不過沒人去收成而已。我的田連結了荒野與耕地，就像有些國家是開化的，有些國家是半開化的，再來就是野蠻的荒蕪之地。我的田也是如此——並沒有負面意涵——是個半開墾的田。我種的菜豆，開開心心地回到它們野生、原始的狀態，而我的鋤頭正為它們演奏著瑞士人呼喚牛群的牧牛歌呢。

在不遠的一棵樺樹頂端，小樹枝頭上有一隻褐嘲鶇，有些人喜歡稱牠為紅色畫眉。牠唱了一整個早上，似乎很高興有你為伴，但如果你不在這裡，牠也會去另一個農夫的田。當你在播種時，牠唱著：「丟下去、丟下去；埋起來、埋起來；拔起來、拔起來、拔起來。」幸好我種的不是玉米，面對著牠這樣的天敵還算是安全的。你可能會很納悶，牠這種一或二十根弦的業餘帕格尼尼[2]式演唱，和你的種植有什麼關係？但是你對牠的喜歡卻超過了灰燼與石灰肥。我有十足的信心認為，牠的歌聲是更划算的土壤肥料。

我用鋤頭在一排排的豆畦周圍翻出新土時，也挖出了一些年代不明的民族骨灰。在遠古年代，他們就生活在同一片天空下，他們用來打仗與打獵的小工具也在現代重見天日。這些物件和天然石塊混在一起，有些帶著被印第安人燒過的痕跡，有些受過日曬，另外還有一些陶器與玻璃碎片，則是比較近期的耕種者帶來的東西。當我的鋤頭匡啷一聲碰到石頭，這道樂音也隨之迴盪

2 Niccolò Paganini，尼科羅．帕格尼尼（一七八二—一八四〇），義大利小提琴家、作曲家。

於林間與天際，像是在為我的勞動伴奏，當場提供了我無價的收穫。我所鋤的不再是豆田，那個鋤豆田的人也不再是我。我心生同情與驕傲，想到了——如果我還記得的話——幾個跑去城裡聽清唱劇的熟人。有時候我工作一整天，夜鶯會在陽光普照的午後來到，盤旋在我的頭上，彷彿我眼中的一粒微塵，或是天空眼中的一粒微塵。牠三不五時地急速俯衝，好像就要劃破天幕，最後化成無數碎片一樣——但幸好，它還是一片無縫的天空。各種小鳥在空中自在飛翔，在沒什麼人能發現的裸露沙地上或山頂岩石上下蛋；牠們優美纖細，就像湖裡撈出來的漣漪，也像隨風飄到空中的樹葉，大自然中就是有這種親緣哪。老鷹在浪濤上翺翔俯瞰，牠是浪濤在天上的兄弟，那對充滿著大氣的羽翼，正在回應著海洋的初生翅膀呢。有時候，我看著一對鷂鷹在高空盤旋，一會兒飆升，一會兒下降；一下子飛向彼此，一下子又分開，彷彿是我的思想的具體展現。我也曾被一群從這片林子飛到另一片的野鴿吸引，牠們帶著輕微顫動的振翼之聲，像信鴿一樣疾行而去。還有一次，我的鋤頭從一塊腐爛的樹樁下翻出了一隻動作遲鈍、又醜又怪的帶斑蠑螈，牠是可以追溯到埃及與尼羅河的生物，卻又和我們處在同一個時代。每當我靠在鋤頭上休息，都可以在田畦各處聽見各種聲音、看見各種景象，這就是鄉村生活提供的娛樂，取之不盡，用之不竭。

碰上節日的時候，鎮上會鳴放大砲，在樹林裡引發空氣槍似的回聲，有時也會從遠方飄來幾聲軍樂。我的豆田在鎮的另一邊，對我來說，大砲聲聽起來就像氣球爆裂的聲音。如果碰到了什麼我不清楚的軍事集會，有時一整天都會有種朦朧之感，好像這個地區滋生了某種搔癢症與疾病，馬上就要爆發一樣——也許是猩紅熱，也許是潰瘍性的皮疹——直到最後一陣順風吹過田野、吹到了魏蘭鎮的路，為我捎來消息，原來是民兵訓練。那遠處的嗡嗡聲，聽起來就好像誰的蜜蜂飛出了蜂巢。鄰人根據維吉爾的建議，拿了個小小的鈴錘往家裡最響的器具上敲，努力想召回蜂群。當響聲消失、嗡嗡聲停下，最討人喜歡的微風也沒有故事可說時，我就知道他們已經把最後一隻蜜蜂安全引進米德薩克斯的蜂窩了。現在，他們的心思都已在蜂窩上滿滿的蜂蜜了。

得知麻薩諸塞州與我們祖國的自由受到妥善保護，我感到非常驕傲，因此，當我又回頭鋤地，內心已充滿了無法用言語形容的自信。我愉快地專注於我的勞動，並對未來抱持一股平靜的信心。

幾個軍樂隊一起演奏時，整個村子聽起來就像一個大風箱，喧鬧聲中每一棟建築物都在鼓脹、收縮。但有時候，傳到樹林來的是真正高貴、令人振奮的聲音，號角吹奏著榮譽，我覺得好像可以去抓個墨西哥人來炙烤，好好享受一番[3]。我們為什麼總要忍受這些瑣事呢？於是我轉而四處尋找土撥鼠或臭鼬，藉此施展一下我的騎士精神。這些軍樂就和巴勒斯坦一樣遙遠，讓我想起了天邊的十字軍東征，連懸在村子上的榆樹梢也跟著起了一陣騷動。這是一個偉大的日子，但是，從我開墾的土地來看，天空仍帶著它每天相同、永恆的偉大神采，我看不出有何不同。

種植、鋤地、收成、打豆、挑選，以及銷售——銷售是其中最難的事——然後我應該再加上吃，畢竟我真的品嚐了它們，總之，長時間和豆子打交道所累積下來的心得，對我來說是一種特殊的經驗。我是下了決心要好好認識豆子的[4]。當它們在生長期時，我經常從清晨五點翻土翻到

3 此句為諷刺。梭羅獨居瓦爾登湖期間爆發美墨戰爭，他極力反對這場戰爭，並拒絕繳稅。

4 新英格蘭地區有一句俗話「他不認識豆子」，指此人無知。

中午，當天其他時間就去做點別的事。想一想，人對各式各樣雜草的那種親密又奇特的認識——這件事值得一再重複提起，因為勞動就是要做很多重複動作——先是粗暴地擾亂雜草之間精巧的組織排列，又用鋤頭製造令人反感的劃分：一方面完全剷平一個品種，又刻意栽下另一個品種。這是羅馬艾草——那是莧草——那是酢漿草——那是胡椒——拔起來、砍掉、把根放在太陽下曝曬，不要讓一根纖維留在陰涼處（如果你這樣做了，它就會自己翻身，然後沒兩天就長得像韭菜一樣綠）。這是一場長期抗戰，不是和鶴作戰，而是和雜草作戰，和那些有陽光、雨水與露水助陣的特洛伊人作戰。豆子每天看我拿著鋤頭來解救它們，削弱它們的敵人陣容，田溝上則塞滿了戰死的雜草。許多身體強壯、頭戴羽飾的赫克托[5]雖然比成群的同伴高出一英尺，也只能在我的武器之前倒下，在塵土中翻滾。

在那些夏季日子，和我同時代的一些人投入波士頓或羅馬的美術活動，有些人在印度沉思，其他人在倫敦或紐約做生意，而我，則和其他新英格蘭農夫投入於農務。可是我種豆子不是種來吃的，因為我天生就是畢達哥拉斯的信徒[6]。就豆子而言，可以當粥吃，也可以當成選票計算，而我是用它來換米。或許，必須有人在田裡種豆的理由只是為了理念與表達，讓寓言者有一天可以派上用場。總的來說，種豆是一件難得的娛樂，但持續過久可能會變成精神上的耗損。雖然我沒有施肥，也沒有同時鋤盡雜草，但對我來說，已經做得非常好了，而且我最後也得到了報償，就像伊夫林所說：「沒有任何堆肥或藥劑比得上用鏟子持續翻土。」他在其他地方也補充道：「土，特別是新土，含有某種磁性，可以吸引賦予土壤生命的鹽分、力量或美德（兩種說法都行），這就是我們要持續翻土以維持我們生活的原因。所有的糞肥與其他骯髒混料，無非就是改良的替代品罷了。」另外，也許就像狄格比爵士[7]認為的，這片土地是「耗盡地力、遭到棄置的土地，正在享受它的安息日」，因此從空氣中吸收了「生命的靈氣」。總之，我最後收成了十二蒲式耳的豆子。

但我還是在這裡說明一下，因為有人抱怨柯爾曼先生的報告都是有錢鄉紳的大手筆實驗。我的支出如下：

鋤頭一把……………………………………〇．五四美元
犁地、耙地、挖溝…………………………一．五〇美元（太多了）
菜豆種子……………………………………三．一二五美元
馬鈴薯種子…………………………………一．三三美元
豌豆種子……………………………………〇．四〇美元
蘿蔔種子……………………………………〇．〇六美元
籬笆的白線…………………………………〇．〇二美元
馬拉耕田機與男孩三小時…………………一．〇〇美元

5 Hector，赫克托，特洛伊城的勇士。
6 畢達哥拉斯（Pythagoras）是希臘哲學家、數學家。他追求純淨的生活，要求門徒不吃豆類，因為豆類不夠純淨。
7 Sir Kenelm Digby，狄格比爵士（一六〇三—一六六五），英國哲學家與神祕主義者。

馬車運費……………………………………〇．七五美元

合計……………………………………………十四．七二五美元

我的銷售收入如下（拉丁文有句話說「持家的人應善於銷售，不是進貨」）：

九蒲式耳又十二夸脫[8]豆子 ……………………十六．九四美元

五蒲式耳的大馬鈴薯…………………………二．五〇美元

九蒲式耳的小馬鈴薯…………………………二．二五美元

草……………………………………………一．〇〇美元

草莖…………………………………………〇．七五美元

合計…………………………………………二三．四四美元

正如我在其他地方所說的，尚有盈餘……八．七一五美元

以下是我的種豆經驗。六月一日左右，種下常見的小小白色矮菜豆，每一排大約三英尺長、十八英寸寬，而且小心挑選了新鮮、圓潤、沒有混種的種子。首先要注意的是蟲害，並且要在沒有出苗的地方補種。接下來要提防土撥鼠，如果暴露在外沒有防護，牠們就會啃食剛生出來的嫩葉，幾乎一掃而空；當嫩嫩的卷鬚一長出來，也會引起牠們的注意，牠們會像松鼠一樣坐得直直

的，把豆芽與剛長出來的豆莢啃個精光。最後，最重要的是要盡早收成，才能避開霜害，並留下賣相不錯的作物。照著這些做法，你可以省下很多損失。

我也得到了進一步的經驗：我告訴過自己，下一個夏天不會再花這麼多勞力去種豆子和玉米了，而是要種下真誠、真理、簡單、信仰、純真等等之類的種子——如果這些種子沒有遺失的話——並看看它們能否在這片土地上生長，即使是用更少的勞力與肥料，也要維持我的生活，因為地力肯定還沒有被這些作物耗盡。唉！我是對自己這樣說過，但是另一個夏天過去了，接著另一個又另一個夏天也過去了，現在我不得不對你說，我的讀者啊，我種下的種子——如果它們真的是這些美德的種子——都被蟲吃光了，或者失去了它們的活力，全都沒有發芽。人通常會像他們的父親一樣勇敢或膽怯。這一代人每一年都會確實種下玉米和豆子，就像印第安人做了幾個世紀，並教導第一批移民所做的一樣，彷彿就是命該如此。我前幾天看見一個老人用他的鋤頭在挖洞，還不是為了自己而挖，我至少看他挖七十次了！真是讓我驚訝。新英格蘭人為什麼不試試新的事業，不要把他的穀物、馬鈴薯、作物還有他的果園看得那麼重要，然後種點別的作物呢？為什麼這麼關心豆子的種子，卻一點也不關心新一代的成長呢？如果我們看到一個人，而且很確定在他身上可以看到我之前提過的人格特質已經生根、茁壯——那些比起其他產品更讓我們寶貴的、但大部分只是在空中傳播與飄散的特質——我們實在應該感到滿足與振奮才對。假設現

8 Quart，夸脫，英制容量單位，一蒲式耳為三十二夸脫。

在，沿著這條公路的途中，發現了一種微妙而難以言喻的特質，例如真理或正義，哪怕數量極少或是變了種，也應該指示我們的大使把這種子送回國內，並且要國會幫忙把它們分配到全國各地。我們永遠不應該讓真誠受到禮節拘束。如果已經展現了價值與友善的核心，我們就不應該惡意地互相欺騙、互相侮辱、互相排擠。我們不應該在匆匆忙忙中見面。大多數的人我根本都沒見過，因為他們似乎都沒有時間，總是在忙著他們的豆子。我們不想和這麼沉悶的人打交道，他們在工作空檔時只會靠在鋤頭或鐵撬上，把它當成手杖杵著，而不是當成蘑菇；我們想往來的人是，有一部分的精神或身體挺立在地上，而不只是站直，就像燕子飛落，在地上行走一樣——

他說話時，翅膀不時張開，
好像要飛，卻又闔了起來。[9]

我們還會因此以為是在和天使交談呢！麵包不一定總是能滋養我們，但它總是好的，當我們不知為何而感到不舒服時，它甚至可以放鬆我們緊繃的關節，使我們柔軟、愉快，使我們意識到人或大自然的慷慨，並享受純粹而強烈的喜悅。

古老的詩歌與神話至少都暗示了，農業曾是一項神聖的技藝。但是，我們現在卻以漫不經心、匆匆忙忙的態度經營農事，眼前目標只有大型農場與大量農產品。我們沒有節慶，沒有遊行，沒有儀式，連我們的牲畜展覽會與所謂的感恩節也不例外。本來，藉由這些活動，農民表達了他內在召喚的神聖性，或憶起農業的神聖起源；但是，現在誘惑他的是獎金與盛宴。他獻祭的不是希瑞斯與朱夫[10]，而是壞到極點的財神普魯特斯（Plutus）。由於我們每個人都逃不了貪婪與自私心態，以及卑躬屈膝的習慣，土地現在被視為私有財產，抑或是取得財產的主要手段。於是，自然景觀被破壞了，農業也跟著我們一起沉淪，而農夫則過著最卑微的生活——他現在是以強盜的眼光來認識大自然。加圖說過，農業的利益特別虔誠或公正（*maximeque pius quaestus*）；而根據瓦羅[11]的說法，古羅馬人「同時把土地稱為母親與希瑞斯，並認為耕種的人過著一種虔誠、有用的生活，只有他們是薩特恩王[12]的後裔。」

我們經常忘記，太陽看顧著我們的耕地，也看顧著大草原與森林，一視同仁，毫無差別。地球上的一切同時反射與吸收著太陽的光線，在太陽每天的行程中，耕地只不過是所有璀璨畫面的一小部分。在太陽眼中，地球就像一座花園，每個地方都得到相同的照料。因此，我們應該以相同的信任與氣度來接受它的光與熱。我如此重視這些菜豆種子，並在今年的秋天收成，那又怎麼樣呢？我已經看了這麼久的這片寬闊田地，並沒有把我視為它的主要耕作者，而是去為它找水、讓它保有綠意的那股更友善的力量。這些豆子的成果，也不是我收穫的才算。它們的成長有一部分不也是為了土撥鼠嗎？麥穗（拉丁文為*spica*，由現在已經不用的*speca*演變而來，該字字源是*spe*，希望的

9 出自英國詩人侉爾斯（Francis Quarles）的詩作。
10 希瑞斯（Ceres）是羅馬神話的穀物女神。朱夫（Jove）是羅馬神話主神朱庇特的別名。
11 Varro，瓦羅，古羅馬作家。
12 King Saturn，薩特恩王，羅馬神話的農業之神。

意思）不該是農夫的唯一希望；它的果仁或穀粒（拉丁文為*granum*，字源是*gerendo*，生產的意思）也不是它所生產的全部。因此，我們怎麼可能會歉收呢？難道我不應該因為雜草生長旺盛、雜草種子成為鳥兒的穀倉而高興嗎？相對來說，這些田地的生產是否填滿農夫的穀倉，就沒有那麼重要了。真正的農夫不會焦慮，因為松鼠並不擔心樹林今年會不會生產足夠的栗子，牠只是完成每天的勞動，對田地的生產沒有任何要求，在牠的心裡，牠獻上的不只是牠找來的第一顆果實，也獻上了牠的最後一顆果實。

瓦爾登湖小灣一隅，攝於 1860 至 1920 年間。

論真實、真理與智慧

說你必須說的話，而不是你應該說的話。任何真相都比假裝好。

Say what you have to say, not what you ought. Any truth is better than make-believe.

(p.374)

人因為閉上眼睛沉睡，並同意被表象所欺騙，才處處建立起僵化的日常例行活動與習慣，但這仍是建立在純粹虛幻的基礎上。

By closing the eyes and slumbering, and consenting to be deceived by shows, men establish and confirm their daily life of routine and habit everywhere, which still is built on purely illusory foundations.

(p.116)

我們的眼光沒有看透事情的表象，我們認為看起來是的事，就是了。

Our vision does not penetrate the surface of things. We think that that is which appears to be.

(p.117)

無論我們如何修飾事物的表面，都不如真實對我們有利。只有真實禁得起時間的考驗。

No face which we can give to a matter will stead us so well at last as the truth. This alone wears well.

(p.373)

在今天這個時代，我們只有所謂的哲學教授，卻沒有哲學家。

There are nowadays professors of philosophy, but not philosophers.

(p.34)

VIII. 村子

早上鋤完地後，或許也讀了點、寫了點東西後，我通常會到湖中沐浴，並固定游過其中一個小灣，藉此洗去勞動後留在身上的灰塵，或者撫平因閱讀而留下的新皺紋。然後，下午就完全自由了。每一、兩天，我會到村子裡晃晃，聽聽那裡沒完沒了的閒話八卦。這些到處流傳的閒話，有些是靠口耳相傳，有些是靠報紙轉載，如果只是以順勢療法的劑量服用——就像樹葉的沙沙作響與青蛙的嘓嘓偷窺——還滿有提神的效果。我漫步林間為的是觀賞鳥兒與松鼠，而我信步村裡為的是看人與男孩，只不過聽到的不是松樹間的風聲，而是推車的嘎嘎聲。從我房子的一個方向看去，河邊草地上有一群麝鼠的落腳處；望向另一邊，在榆樹與梧桐樹叢下則是一群忙碌人的村子。令我好奇不解的是，他們就像草原犬鼠一樣，每個人都坐在自己的洞口，或是跑到鄰居家閒聊八卦。我經常到那裡觀察他們的習慣。在我看來，這個村子是一間大型的新聞編輯室，為了維持運作，他們在村子的一頭賣堅果與葡萄乾，或鹽巴與玉米粉等食品雜貨，就像在州政府街上的雷丁公司一樣。有些人對這種商品——也就是新聞——有很大的胃口，也有很強的消化器官，因此可以在公共場合動都不動地一直坐下去。新聞就像季風掠過，只有慢慢醞釀的低語聲；或是像吸入乙醚一樣，對痛苦完全麻木無感，絲毫不影響他們的意識狀態，否則的話，他們就會經常因為新聞而感到痛苦了。每當我漫步經過村子，幾乎每次都會看到一排這樣的仁人君子，不是坐在梯上曬太陽，身體前傾，眼睛不時沿著這排人龍看這看那，一副滿足愉快的神情；就是雙手插在口袋，靠在穀倉，好像支撐著穀倉的女像雕飾柱一樣。他們通常待在戶外，聽得到所有風吹草動。這些是最粗糙的磨坊，所有八卦消息先在這裡粗魯地消化粉碎，再倒進室內更細密精緻的漏斗。根據我的觀察，村子裡最重要的地方是雜貨店、酒吧、郵局與銀行；另外，就像這種機器都具備的一個必要部分，他們在方便的地方放了一口大鐘、一尊大砲與一輛消防車，而房子位置的安排就像要好好善用人類一樣，成排的房子彼此相對，如此一來每個過路人都必須接受夾道的鞭打，每個男人、女人與小孩都可以抽上一頓。當然，在這排人當中，最接近前面的人看得最多，也被看得最多。他可以對旅人揮出第一鞭，因此也為自己的位置付上最多的錢；然後，少數落在後面、位在村子外圍的村民，和街道之間隔著很長一段距離——過路人可以從這裡翻牆或改走牛道逃之夭夭——他們付的地價稅與窗戶稅就少很多。四面八方都有商店招牌在引誘著他，有些想挑起他的食欲，例如小酒館與食品窖，有些從他的喜好下手，例如乾貨店與珠寶店，有些則在頭髮、雙腳或裙子上做花樣，例如理髮店、鞋店與裁縫店。另外，還有一件更糟糕的事，這裡的每一間房子都想邀請你進去，期望你去和他們做伴、聊天。在大多數情況下，我可以巧妙躲過這些危險，也許是大膽而毫不猶豫地快速跑向目的地，人們就是這麼建議旅人度過夾道攻擊的；或是把心思放在崇高事物上，像奧菲斯[1]一樣「以里拉琴伴奏，大聲唱著諸神的讚美歌，以掩蓋海妖的聲音而避開危險」。有時候我會忽然拔腿狂奔，我不太在乎自己是否優雅，遇到籬笆的空隙時也毫不猶豫，能鑽就鑽，所以沒有人知道我的去向。我甚至習以為常地闖進某幾間房子，並得到了很好的款待。在得知新聞重點與最新消息之後，例如什麼事情已經平息了、戰爭與和平的展望、這個世界是否可以維持更久等等，我就從後門溜走，再度逃回我的森林裡去了。

當我在鎮上待得很晚，要摸黑回家時，其實都非常愉快，特別是在一片漆黑、風雨大作的時候。我從明亮的村民客廳或演講廳啟航，背上扛著一袋黑麥或玉米粉，走回我在林中的舒適港口。我把外在的一切都綁緊了，讓所有愉快思緒退到艙口之下，只留我外在的人形掌舵，如果一帆風順，我甚至也會把舵綁牢，讓它自行順流航行。「航行」的時候，無論天氣如何，我在船艙的爐邊都會生出很多愉快的想法，即使遇過幾次劇烈的暴風雨，也從來沒有發生意外或心煩意亂過。即使是尋常天氣的晚上，樹林也比大多數人以為的更黑更暗，為了找路，我必須不時抬頭看看小徑上方的樹木缺口，以及，在沒有車道的地方，我必須用腳去感受我踩出來的隱約小路，或用手摸出特定樹木的相對位置。例如在最漆黑的夜裡，我一定會從樹林中兩棵距離不到十八英寸的松樹中間通過。有時候，在又黑又悶的夜晚，我的雙腳感覺得到雙眼所看不到的路，回家一路上都像在作夢，心不在焉的，直到伸手撥起門栓時才忽然回神自己到家了，但我卻回想不起來自己是怎麼一步一步走回來的。因此我在想，如果我的身體被它的主人拋棄，說不定也能自己找到回家的路，就像手不需要協助也能找到嘴巴一樣。有好幾次，剛好來客待到晚上，又是漆黑的夜晚，我不得不帶他到屋後的車道，把方向指給他看。走這條路，要靠的是雙腳而不是雙眼。某一個伸手不見五指的晚上，我也是這樣為兩名在湖裡釣魚的年輕人指路。他們住在樹林外大約一英里的地方，非常熟悉這條路。一兩天後，其中一個人告訴我，他們整個晚上的大部分時間都在自己住處附近摸索，直到清晨才回到家，由於那幾天下了幾場大雨，林中的樹葉淋得溼答答，他們兩人也成了落湯雞。我聽說，很多人即使走在村子的街上也會迷路，畢竟夜是如此的黑，就像有句俗話說，黑到你可以用一把刀切開。有些住在郊區的人，坐著篷車到鎮上採買東西，晚上也不得不留在鎮上過夜；紳士與淑女們出門時，也常偏離大道半英里，因為他們只能用腳感受路徑，卻不知道何時要轉彎。不管什麼時候，在樹林中迷路都是一件令人驚喜、難以忘懷，而且非常寶貴的經驗。在暴風雪中，即使是白天，一個人走在一條非常熟悉的路，也會走一走就發現根本無法分辨哪一條才是往村子的路。雖然他知道這條路已經走過上千次，仍無法認出這條路的任何特徵，這條路忽然變得像西伯利亞的路一樣陌生。當然，到了晚上，困惑就更加無限擴大了。在我們最微不足道的散步中，我們就像飛行員一樣，不知不覺就藉著某些熟悉的燈塔與海角來辨識方向，如果偏離了平常路線，心裡也還是記得附近的岬角。直到我們完全迷失方向，或轉了個彎——一個人在這世界上，只要閉上眼睛轉一次彎，就會迷失掉自己——我們才會理解大自然的浩瀚與奇異。每個人每一次醒來，無論是從睡眠中或心不在焉中甦醒，都必須再次學習辨識羅盤方位。直到我們迷失，換句話說，直到我們失去了世界，我們才開始找到自己，看清我們的位置，以及我

1 Orpheus，奧菲斯，希臘神話中可以感動萬物的歌者。

們與世界無窮無盡的關係。

有一天下午，在第一年夏天快結束的時候，我到村子裡找鞋匠拿回送修的一隻鞋時，被人抓走並送進了監獄。我在別的地方說過[2]，我並沒有繳稅給這個政府，或承認這個政府的權威，因為就在這個政府的參議院門口，男人、女人與小孩被當成牲畜一樣買賣。我是為了其他目的而住到樹林裡。但是，不管你去到哪裡，他們都會利用骯髒的制度追捕你，然後，如果他們可以的話，就會把你限制在他們險惡的祕密共濟會[3]中。的確，我可能強力抵抗過社會，也或多或少有些效果，我可能對社會「胡搞」過；但是我寧願說，其實是社會對我「胡搞」，因為社會才是險惡的一方。不過，我在隔天就被釋放，並拿回我送修的鞋子，然後我就回到了我的林子裡，這個季節剛好還可以在費爾港山（Fair Haven Hill）找些越橘當晚餐。除了政府以外的人，我從來沒有被誰騷擾過。除了存放我文稿的書桌之外，我的家沒有鎖也沒有螺栓，甚至我的拴鎖與窗戶上連一根釘子都沒有。不管晚上或白天，雖然有時候我會好幾天不在家，甚至第二年秋天我還在緬因州的森林待了兩個星期，但我從來不會把門關得緊緊的。然而，比起讓一排士兵嚴密看守，我的房子得到了更多尊重。走累的人可以在我的爐火邊休息取暖，文學愛好者可以用我桌上的幾本書自娛，或者好奇心強的人會打開我的櫥櫃，看看我的午餐剩下什麼，或我打算吃什麼當晚餐。雖然各個階層的人都走這條路去湖邊，他們並沒有讓我覺得有什麼不便，而且我也從來沒有丟過任何東西，除了荷馬的一本小書，我想也許是燙金燙得太過分了，但是我也相信，我們陣營的某個士兵如今已經找到了這本書。我深信，如果每個人都和我一樣生活簡樸，就不會有偷竊與搶劫了。在一個社會裡，有些人得到太多，其他人得到太少，才會發生這些事。波普[4]所譯的荷馬這句話，應該很快就會擴散出去。

Nec bella fuerunt,
Faginus astabat dum scyphus ante dapes.
如果人需要的只是木碗，
人間就不會有戰亂了。

「你們這些管理公共事務的人啊，何必用懲罰呢？你喜愛美德，人民自然就會有美德。上位者的美德就像風，普通人的美德就像草，當風吹過，草就會彎腰低頭。」[5]

2 指梭羅的《公民不服從》一書。

3 odd-fellow society，祕密共濟會，十八世紀的英國祕密結社。

4 Alexander Pope，亞歷山大·波普（一六八八－一七四四），英國詩人。

5 引用《論語·顏淵篇》，原文為：「子為政，焉用殺？子欲善，而民善矣！君子之德，風；小人之德，草；草上之風，必偃。」

論真實、真理與智慧　之二

與其給我愛，給我金錢，給我名聲，不如給我真理。

Rather than love, than money, than fame, give me truth.

(p.376)

藉由有意識的心智努力，我們可以對行為及其後果保持超然，因此所有的事情，不論善惡，都會像水流一樣從我們身邊流過。

By a conscious effort of the mind we can stand aloof from actions and their consequences; and all things, good and bad, go by us like a torrent.

(p.161)

智慧與純潔來自努力；無知與縱欲來自懶惰。

From exertion come wisdom and purity; from sloth ignorance and sensuality.

(p.258)

虛假與妄想被認為是最可靠的真相，
真實反而被認為是虛構。

Shams and delusions are esteemed for soundest truths, while reality is fabulous.

(p.116)

在永恆之中，的確存在真實而崇高的事物。但所有這些時間、地點與場合，就在此時此刻。

In eternity there is indeed something true and sublime. But all these times and places and occasions are now and here.

(p.117)

IX. 湖

有時候，我對人類社會與閒聊八卦感到厭煩，並把所有村裡的朋友搞得筋疲力竭後，就會散步到比平時活動地方的西邊更遠處，進入鎮上更無人煙的地方，「到新的樹林與新的草地」[1]。或者，在太陽下山時，到費爾港山採越橘和藍莓當作晚餐，並順便儲備幾天的分量。水果不會把真正的味道獻給買下它的人，或是為市場栽種它的人。要嚐到它的真正味道只有一個方法，但很少人這樣做。如果你想知道越橘的味道，要去問牧童或鷓鴣。如果你以為，從沒採過它們的人能品嚐到真正的味道，可就大錯特錯了。越橘從來沒有到過波士頓，從它們在那三座山丘生長以來，波士頓的人根本不知道越橘是什麼。這種果實特別芳香與精髓的部位，會隨著它們在市集貨車上受到蹂躪而消失，變成了單純只是糧食。只要「永恆的正義」仍主宰著大自然，純正的越橘就不會從鄉下山丘運送出去。

偶爾，我完成當天的鋤地工作之後，會加入一早就來湖邊釣魚的沒耐心同伴，他就像鴨子或

1 引用米爾頓的詩作。

漂浮的葉子，安安靜靜，動也不動。他會嘗試各式各樣的哲思，往往在我到之前已經達成結論：他屬於修道院修士[2]的古老教派。有個年紀比較大的人，他是個釣魚好手，還擅長各種木工，他很樂於把我的房子當成一棟為了讓釣客方便而蓋的建築物，而我也同樣樂於讓他坐在我的門口整理魚線。三不五時，我們會一起坐上小舟，他坐在一頭，我坐在另一頭。我們之間很少交談，因為他到晚年時已經耳聾了，但他偶爾會哼出一首讚美詩，和我的哲學非常協調。因此，我們的交談有一種連綿不斷的和諧感，現在回想起來，比只用語言交談更愉快。當我沒有可以交談的對象時——這是很稀鬆平常的狀況——我習慣用槳敲打船舷製造回聲，讓聲音在周遭樹林環繞、放大。我刺激著森林，就像動物園管理員刺激著野獸一樣，直到每一處山谷與山坡的茂盛樹林都發出咆哮為止。

在溫暖的黃昏時刻，我經常坐在船上吹著長笛，看著好像被我吸引而來的鱸魚在身邊徘徊；月亮在有著羅紋的湖面上緩移，湖底則充滿了森林的斷幹殘枝。以前，在夏天的漆黑夜晚，我三不五時會和一個同伴來這個湖探險，我們在水邊生了一堆火，認為這樣可以吸引到魚。我們在釣魚線上綁了一排蚯蚓，並抓到了幾條鱈魚，等到深夜我們抓完了魚，就把還在燃燒的火把像煙火一樣高高丟上天空。接著火把掉入水中，發出很大的嘶嘶聲後就熄了，我們忽然間必須在黑暗中摸索，就一邊吹著口哨，一邊找到有人群的地方。不過現在，我已經在湖邊蓋了自己的屋子，住下來了。

有時，我在村中某個人家的客廳裡待到全家人都休息了，我便會回到樹林裡，我會在午夜花上幾個小時——一部分是考慮到隔天的午餐——在月光照耀下，到船上釣魚。貓頭鷹與狐狸會對著我唱小夜曲，不時還能聽到附近不知名的鳥兒吱吱作響。對我來說，這些經驗非常難忘，也非常寶貴。我定錨在四十英尺深之處，距離岸邊二、三十桿，有時，會有數千條小鱸魚與銀色小魚在我周遭游著，魚尾在月光下的水面點出一個個酒窩，而我則用一條長長的亞麻線，和住在四十英尺下的神祕夜間魚類溝通。或者有時，我會在輕柔的晚風中拖著六十英尺的線，四處漂盪於湖上，不時感覺釣魚線傳來的輕微振動，這表示某些水中生物正在魚線末端來回潛行，笨笨地不確定該怎麼辦。最後，你慢慢提起釣線，一手又一手地拉，把一條不斷左右扭動、長著鬚的鯰魚拉到空中。這事非常奇妙，特別是在漆黑的夜裡，當你的思緒已經飄到其他星球中浩瀚的宇宙主題時，你手上忽然感覺到這種輕微的抖動，當場打斷了你的夢，重新把你與大自然連結起來。彷彿，接下來我就要把魚線向上拋到天空，正如向下拋到未必比天空稠密的水裡一樣。我可以用一根釣竿釣到兩條魚。

瓦爾登湖的景觀是內斂的，雖然極為美麗，但還稱不上壯麗。對不常來訪或不住湖邊的人來說，也不會太關心。但是這座湖的深邃與清澈是如此的非比尋常，因此值得特別描述一下。它是一口清澈、帶深綠色的井，長半英里，周長一．七五英里，面積約六十一英畝半；它是松樹與橡樹林中一處長年源源不斷的湧泉，除了雲雨與蒸發，沒有任何可見的進水與出水。周圍的山丘自

2 此為雙關語玩笑，修道士（Coenobites）的發音和「看，沒釣到」（See, no bites）近似。

水面拔地而起，四十到八十英尺高，不過在東南邊與東邊，距離湖邊四分之一到三分之一英里的山丘則有一百到一百五十英尺高。這些山全都是林地。我們康科德鎮所有的湖水至少有兩種顏色，一種要從遠處看，另一種則適合在近處看。第一種顏色受光線影響較大，會隨天空顏色變化。在晴朗的夏天，隔著一點距離，湖水看起來是藍色的，尤其是水波盪漾的時候；如果在更遠的地方，全都會變成同樣的顏色。暴風雨時，有時候會呈現暗淡的藍灰色。不過，據說大海在沒什麼明顯天氣變化時，可以一天是藍色，另一天卻是綠色。當大地被白雪覆蓋，我曾經看過我們河流中的水與冰幾乎像草一樣綠。有人認為，藍色「是純水的顏色，不管液體或固體」。但是，在船上直接朝下看我們的湖水，似乎會有極為不同的顏色。瓦爾登湖有時藍，有時綠，即使從同一個角度看也是如此。也許是因為它橫躺在天地之間，分到了這兩種顏色吧。從山頂俯瞰，它會反映天空的顏色；但是靠近一點，在岸邊看得見沙子的地方，它卻呈淡黃色，然後是淺綠，再慢慢加深，直到湖的本體時就變成了均勻的深綠色。甚至，從山頂上看，在某些光線下，岸邊會呈現出一種鮮綠色。有些人認為這是綠色植物的反射，但就算是在鐵路旁的沙地看，也一樣是綠色的。春季時，在新葉冒出之前，湖水是大片的藍與沙地黃混合出來的色澤。這也是當地鳶尾花的顏色。那顏色的比例就如同春陽的熱自湖底反射，也自泥土傳來，冰凍的湖心從周圍開始融化，形成一條狹窄的水道。就像我們的其他水域一樣，每當天氣晴朗、波光粼粼時，波浪表面可能會在正確角度反映出天空的顏色，或是當更多光線混入湖面時，在一點點距離之外，湖水看起來會是比天空再深一點的藍色。在這種時候，我會泛舟湖上，用各種角度觀賞湖面倒影，便能看到一種無與倫比、難以形容的淺藍色，彷彿是沾了水或多變的絲綢與刀刃色澤，比天空本身更加蔚藍，並和原來的深綠在波濤的另一邊交互閃現，對比之下，後者顯得更混濁一點。那是一種像玻璃似的、藍中帶綠的顏色，就我記憶所及，好像冬天日落之前從雲朵縫隙看見的一小片天空。然而，把一杯水拿到明亮處看時，卻和空氣一樣，是沒有顏色的。大家都知道，一大塊玻璃會帶著一種綠色，根據製造者的說法，那是玻璃的「體積」使然，若是一小片玻璃就不會有顏色。但我從來沒有確認過，究竟需要多少的瓦爾登湖水才能反映出一抹綠色。直接往下看著我們的湖水時，它是黑色的，或說一種非常深的咖啡色。而且，就像大多數的池塘一樣，在其中游泳的人，身體也會染上一種淡黃色調。可是瓦爾登的湖水是如此晶瑩剔透，游泳的人染上的竟是一種雪花石膏般的白色，更不自然的是，由於人體四肢會被放大與扭曲，因此產生一種怪異至極的效果，十分適合米開朗基羅好好研究。

湖水是如此清澈，不管是二十五英尺還是三十英尺深，湖底都看得清清楚楚。在湖上划槳而過，你可以看到水面下幾英尺處有鱸魚群和銀色小魚群，鱸魚也許只有一英寸長，但很容易從牠們身上的橫紋辨認。你會認為這些魚一定是在修行，才會跑到這樣的地方生活。很多年前的一個冬天，有次我在冰上鑿洞，想要抓小梭魚，我上岸時把斧頭往後丟到冰上，但彷彿有什麼邪惡精靈在指揮著，它滑了四、五桿的距離，直接掉進了我在冰上挖的洞裡，那裡的水深達二十五英尺。出於好奇，我趴在冰上朝洞口看進去，在離洞口偏一點點的湖底看到了這把斧頭，頭朝下、柄朝上地直立著，並隨著湖水擺盪輕輕搖晃。如果我不干擾，它可能就會一直豎立在那兒不停搖晃，直到時間讓斧柄腐爛為止。我用冰鑿直接在斧頭上方的冰層開了另一個洞，再用刀子砍下一根附近找到的長長樺樹條，我在頂端用釣魚線做了一個活結，小心放進水裡，讓結穿過斧柄把手的凸起部位，再用樺樹條上的線拉住，終於把斧頭拖了上來。

湖岸鋪了一條帶狀的光滑白卵石，人行道石頭似的，只有一兩處短短的沙灘，岸邊非常陡峭，很多地方只要往下一跳，就可以把你帶到深及沒頂的水中。要不是因為清澈得異乎尋常，你是看不到湖底的，必須一直游到對岸，直到底部再次升起才看得到。有人認為，瓦爾登湖底深不可測。它一點也不泥濘混濁，漫不經心的觀察者可能會說水裡根本沒有水草，至於顯而易見的植物——除了正確來說並不屬於湖區、最近被淹沒的一小片草地之外——仔細看也看不見一根菖蒲或蘆葦，甚至沒有黃色或白色百合，只有幾株小小的心形葉植物與眼子菜，以及一兩株鴨舌草。但是，這些植物乾淨透亮，就像它們生長的這片水域一樣，在水中游泳的人不一定會察覺到。岸邊的石頭伸向水中一至二桿，再過去，湖底就是一片純淨的沙，只在最深處會有一些沉積物——也許是連續幾個秋天隨風飄來的腐爛葉子。另外，拉起錨時也會順帶拉上來一種亮綠色的水草，即使在隆冬也有。

我們還有一個像這樣的湖，從這裡往西大約兩英里半，九畝角（Nine Acre Corner）的白湖。雖然我對方圓十二英里內大部分的湖泊、池塘都很熟悉，但是我還沒看到第三個這樣純淨、有如井水的湖。也許很多民族都相繼啜飲過、讚美過、測量過它。人們或許會消逝無蹤，但它依然碧綠如昔。它是一口從不間斷的泉水啊！也許，在亞當與夏娃被逐出伊甸園的那個春日清晨，瓦爾登湖就已經存在了，就在一場伴隨著薄霧與南風的溫和春雨中，湖面碎成片片，無數野鴨、野雁浮游其上，牠們對如此純淨的湖水感到心滿意足，從未聽過亞當與夏娃的墮落。甚至在那時候，它就開始潮起潮落，淨化了它的水質，染上了現在的色調，並取得了天堂的特許，成為這世界上獨一無二的瓦爾登湖，成為天上露珠的蒸餾之處。誰知道有多少篇遭人遺忘的民族文學曾把這座湖視為靈感的泉源？或者，在黃金時代[3]，有多少位女神掌理過這裡？它是康科德鎮頭冠上的第一等寶石。

然而，最初到這口井取水的人也許留下了足跡。我曾經意外發現，在湖周圍的陡峭山坡上——這裡的濃密林地才剛被砍下——有一條像架子一樣的狹窄小徑，它不斷上下起伏，一會兒靠近水邊，一會兒遠離。這條小徑也許和這裡有過的人種一樣古老，是被當地的原住民獵人雙腳踩出來的，如今仍不時被這片土地的占有者不知不覺踩過。冬天時，站在結冰的湖心會看得特別清楚，下過一場溫和的雪之後，那條小徑看起來就像一條上下起伏的白線，沒有被雜草樹枝擋住，在四分之一英里遠的許多地方都可以看得很清楚；但是夏天的時候，即使近在眼前也很難看到。雪把這條小徑打印了出來，像白色浮雕一樣。將來有一天，也許人們會在這裡蓋起別墅，但願到時候裝飾地皮時還能保留這條小徑的某些遺跡。

湖水起起伏伏，漲退是否規律，沒有人知道。但是，如往常一樣，總是有很多人假裝知道。冬天的水位通常較高，夏天較低，但並不隨著一般的潮濕與乾燥而起伏。我還記得和我住在湖邊的時候相比，水面什麼時候低了一兩英尺，什麼時候又高了至少五英尺。湖中有一片狹窄、深入的沙洲，一邊是非常深的水域，我曾經在那片沙洲上煮過一鍋大雜燴，那裡距離主岸有六桿之遠。

3 在希臘神話中，宇宙是從無形無狀的混沌中產生，創世之後就是純潔、和平與幸福的黃金時代。

那是一八二四年左右，在接下來這二十五年就不可能這樣做了。另外，我的朋友總是一副不可置信地聽我說著，在那幾年後，我習慣在林中一處僻靜的小灣泛舟垂釣，但那個地方很早以前就變成一片草地了，距離他們現今所知的唯一一處岸邊有十五桿遠。這兩年來，水位一直在穩定上升，現在，就在一八五二年的夏天，剛好比我住在那裡的時候高了五英尺，或者說，和三十年前一樣高，所以又可以在那片草地上釣魚了。這導致外頭的水位相差了六、七英尺，但是，從周圍山丘流下的水量根本微不足道，因此湖水的溢流應該與影響這座深泉的原因有關。也是今年夏天，湖水又開始下降了。不管是否定期，值得注意的是，這種漲落看起來需要很多年。我曾經觀察過水位上漲一次和下降兩次，因此我預期十二或十五年後，水位會再次低到我所知的水平。此地向東一英里處的弗林特池——姑且不計它偶爾的進水與出水量——還有中間較小的池塘，都和瓦爾登湖一樣，最近也同時達到了最高水位。就我的觀察，白湖也有一樣的現象。

瓦爾登湖這種久久一次水位升降的現象，至少有一個用處。維持在高水位一年或更長的時間，雖然讓人難以在湖邊步行，還會淹死自上次高水位以來在湖邊如雨後春筍般冒出的灌木叢與樹木——包括油松、樺樹、赤楊、白楊與其他——但是只要水位再次下降，湖岸就能一路暢通了；它和每日漲退的池塘、水域不一樣，它的湖岸在水位最低時是最乾淨的。在我房子旁的那一處岸邊，有一排十五英尺高的油松就被淹死了，好像被一根棍棒削平了似的，這樣就可以阻止它們進一步侵占。因此，樹木的大小也可以顯示，從上一次水位到達這個高度以來，已經過了多少年。藉由這樣的水位起伏，這座湖維護了岸的權利。湖岸被修剪得整整齊齊，樹木也不具有所有權。岸是湖的唇，上面不長鬍子。它不時就會舔淨自己的臉頰。當水面處於高水位時，赤楊、柳樹與楓樹泡在水中的樹幹就會向四面八方長出大量的紅色根鬚，長達數英尺，高達三、四英尺，它們是在力圖維生呀。另外，就我所知，岸邊周遭長得高高的藍莓叢通常是不結果的，但在這種情況下卻結實纍纍。

有些人一直十分困惑，為什麼湖岸可以砌得如此均勻。我們鎮上的人都聽過一個傳說，最老的村民告訴我，他們在年輕時就聽過這個傳說。在古老年代，印第安人在這裡一座山上舉行帕瓦祭[4]，當時的山，高度就像這座湖的深度一樣不可測量，印第安人做了很多褻瀆之舉——故事雖然這樣說，但印第安人並沒有犯過這些罪行——結果觸怒了那座山，於是山忽然劇烈搖晃，便下沉了，只有一個名叫瓦爾登的老婦人逃了出來，這座湖就是用她的名字命名的。根據推測，當山劇烈搖晃時，這些石頭就從一旁滾下，形成了目前的湖岸。無論如何，可以肯定的是，以前這裡沒有湖，但現在有了。而且，這個印第安人傳說，和我之前提到的那位老住戶的描述，在任何方面都沒有牴觸。他記得很清楚，當他帶著探水杖初次抵達這裡時，看到草地升起了一縷薄薄的蒸氣，他的榛木杖也穩穩指向下方[5]，因此決定在這裡挖一口井。至於石頭，很多人仍然認為難以用山的震動來說明；但我觀察到，周圍的山丘顯然也布滿同樣的石頭，所以他們不得不在最靠近湖邊的鐵路兩側把石頭堆成護牆。另外，在最陡峭的岸邊，石頭也最多。因此，很可惜，這對我來說已經不再是神祕難解的事了。我已經查出了誰是鋪設石頭的人。如果湖的名字不是來自英國

4 pow-wow，帕瓦祭，美洲原住民族議事、祈神或慶祝的祭典。

5 這種探水杖由榛木枝杈做成，據說使用正確的話，如果地下有水，就會向下指。

某個地區的名字，例如薩夫隆瓦爾登（Saffron Walden），那我們也許可以假設，它原來的名字叫作「圍牆池」（Walled-in Pond）[6]。

這座湖是為我準備好的水井。一年當中，它的水隨時都是純淨的，而其中四個月還非常的沁涼。我認為，就算它不是鎮上最好的水，也絕對不比其他的水遜色。到了冬天，所有暴露在空氣中的水都比受到保護的泉水與井水更冰冷。我把湖水放在室內，從下午五點坐到隔天中午，也就是一八四六年的三月六日，當時室內的水溫已經上升到華氏六十五度（攝氏十八度），有時候還會到七十度（攝氏二十一度），部分原因是屋頂日曬，而湖水的溫度則是華氏四十二度（攝氏五．六度），比村裡最冰的井中取出來的水還要低一度。沸泉[7]同一天的水溫是四十五度（攝氏七．二度），是我試過的水溫中最暖的——但在夏天，沸泉還沒有和表層與停滯的地表水混合之前，它是我知道最冷的水。再來是夏天時，由於水深緣故，瓦爾登湖從來沒有像大多數暴露在陽光下的水域一樣溫暖。在天氣最炎熱時，我通常會在地窖放一桶水，放到晚上水會變涼，到了白天也能保持同樣溫度；不過我也會取用附近的一處泉水。瓦爾登湖的水就算放了一個星期，還是像剛汲起來的時候一樣好，而且沒有泵浦的異味。任何人在夏天到湖邊露營一個星期，只要在陰涼處幾英尺深的地方埋一桶水，就用不到冰塊那種奢侈品了。

有人曾在瓦爾登湖捕獲一條七磅重的小梭魚，另外還有一隻魚奮力拉走了一個捲線器，那名釣魚客沒有看到但保守估計有八磅重。鱸魚與鯰魚——每一隻都超過兩磅——小銀魚、黑斑鬚雅羅魚或小眼鬚雅羅魚（*Leuciscus pulchellus*）、幾條鯛魚、一對鰻魚——一隻四磅重。我會說得這麼具體，是因為魚的重量通常就是牠的唯一頭銜，而這是我在這裡所聽過，僅有的鰻魚——另外，我也隱約記得一種大約五英寸長的小魚，兩側是銀色的，背部是綠色的，特徵有點像鯉魚。我會在這裡提出來，主要是為了把我發現的事實和寓言結合起來。儘管如此，這座湖的魚產並不算豐饒。它的小梭魚雖然不是很多，卻是唯一可以自豪的魚種。有一次我躺在冰上，看到了至少三種不同的小梭魚：一種是長而淺的、呈鐵灰色，大致就像河裡抓到的；一種是亮金色，帶有綠色的反光，在非常深的地方，是這裡最常見的一種；最後一種是金黃色的，形狀和上一種相同，但是兩側有小小的深褐色或黑色斑點，夾雜一點淡淡的血紅色斑點，非常像鱒魚。這個品種的專有名稱「網狀」（*reticulatus*）並不適用，「點狀」（*guttatus*）比較適合。這些都是非常結實的魚，重量也比體型看起來的更重。小銀魚、鯰魚和鱸魚也是，所有棲息在這座湖裡的魚，比起河裡和大多數其他池裡的魚，都更乾淨、更漂亮，肉質也更堅實，因為這裡的水質更純淨。因此，很容易把這裡的魚和其他地方的魚做出區別。也許，魚類學家可以從牠們當中培育一些新的品種。另外，還有一種乾淨的青蛙與烏龜品種，以及一些貝類；麝鼠和水貂也會在周圍留下牠們的足跡，偶爾也有一隻泥龜來訪。有時候，我在清晨把船推開時，會驚動一隻晚上偷偷躲在船下的大泥龜。鴨子與野雁經常在春秋兩季出沒，白腹燕子（*Hirundo bicolor*）掠過水面，而斑鷸（*Totanus macularius*）整個夏天都在布滿石子的岸邊閒晃。偶爾，我會驚擾到一隻棲息在湖上白松樹的魚鷹；但我不確定海鷗的翅膀是否曾經飛到此地過，像費爾港一樣。最後，它每年最多容許一隻潛鳥來到。這些就是經常

6 發音和瓦爾登相似。

7 Boiling Spring，沸泉，瓦爾登湖西邊一處會冒泡的泉水。

在此地出沒、有點分量的所有動物簡介了。

風平浪靜時，你可以在船上看到，近東邊水深八到十英尺深的沙岸那裡，以及湖中某些地方，有著一堆一堆的圓形石堆，直徑六英尺，高一英尺，周圍全是細沙，而每顆石子比雞蛋還小。一開始你可能會猜想，是不是印第安人為了某種目的而把它們堆在冰上，當冰融化之後就會沉到水底，但是這些石堆實在太有規律了，有些石子也顯然太新了。它們和河裡發現的石堆很像，但是這裡並沒有吸口魚，也沒有七鰓鰻，我真不知是什麼魚造了這些石堆。也許是雅羅魚的巢穴。總之，這為湖底帶來了一抹有趣的神祕色彩。

湖岸是不規則的，因此一點也不會令人覺得單調。在我的腦海裡，可以看到西岸是有著很多鋸齒的深水灣，北岸較陡峭，南岸則是呈美麗的扇形，岬角一個接一個互相重疊，讓人忍不住聯想，在那之間可能還有沒人探索過的小灣。群山在湖水邊緣聳立，從群山之間的小湖湖心看過去，是欣賞森林最好的位置，景致分外美麗。湖中倒影不只成為了最適合森林的前景，也因為湖岸蜿蜒，給了森林一個最自然、也最令人愉快的邊界。在湖的邊際，沒有開墾土地的斧痕，也沒有緊鄰的耕地，因此不帶有一絲不成熟或不完美的感覺。樹木有足夠空間在水邊生長，讓每一棵樹都朝外伸出最有活力的枝幹。自然之母在這裡編織了一條自然的鑲邊，你的眼睛只要慢慢依序往上看，就可以從湖邊的低矮灌木叢，一路看到高大的喬木。這裡幾乎看不到人工痕跡。湖水也依然像一千年前一樣輕拍著湖岸。

湖是最美麗、最有表情的風景。它是大地的眼睛。看進湖中，觀者可以衡量自己本性的深度。在岸邊生長的樹木是眼睛上細長的睫毛，周圍樹林茂密的群山與懸崖，則是它懸垂的眉毛。

在一個平靜的九月天下午，我站在湖東的平坦沙灘上，一陣薄霧襲來，讓對岸景色模糊起來，我終於看到了「湖面如鏡」這種說法的由來。當你把頭顛倒著看，湖面就像一條穿過山谷、細如游絲的線，在遠處松林的襯托下閃閃發光，並把大氣分為了兩層。你會以為，從湖面步行到對面山丘也不會把腳打溼，而那些掠過湖面的燕子也可以這麼棲息在上。的確，燕子偶爾也會看錯，而潛進了這條線之下。當你在湖上往西邊看去，必須用雙手保護你的眼睛，因為湖上的反光與真正的太陽一樣明亮。在這兩類光線之間，如果你非常小心地查看湖面，會發現的確像玻璃一樣光滑，只不過多了些分散在整個湖面上的水蜘蛛而已，牠們在陽光下的動作，會產生一種你能想像到的最精緻的閃光；或者，會看到一隻鴨子在湖上理毛，又或者像我說的，一隻燕子低低飛過，好像要碰到湖水似的。你也會看到，遠處有一隻魚在三、四英尺的空中畫出一條弧線——每當有魚出現，就會有一道明亮閃光，當牠拍擊水面，又會有另一道，有時甚至能看到完整的銀色弧線；或者，也許是在這裡或那裡，薊花種子的冠毛漂浮於水面，吸引魚群奔至，於是在湖面泛起了陣陣漣漪。這座湖就像融化的玻璃，已經冷卻，但還未凝固，其中的幾顆微粒就像玻璃中的瑕疵，純潔而美麗。你也可以經常看到一層更平順、顏色更深的湖水，像被一張看不見的蜘蛛網將水體分了開，這是水之女神的帆桁，她正在水面上休息呢！從山頂的任何地方看，你可以看到飛躍而起的魚。只要有一隻梭魚或小銀魚從如此平滑的水面衝出捕食一隻蟲，便會大大擾亂整個湖面的平靜。想來真是奇妙，魚類的謀殺這件簡單的事竟可以展現的這麼精巧。從我遠方的棲息處就可以清楚看到那一圈圈的波紋，直徑有六桿長。你甚至可以看到，一隻水生蝽象（*Gyrinus*）在光滑的水面上不停前行，直達四分之一英里遠。牠們在水中犁出輕輕的水痕，成為一道可見的漣漪，並以兩條交叉的直線為邊界；然而，水蜘蛛在水上滑行時就不會造成這種明顯的漣漪。當水面劇烈波動之日，就看不見水蜘蛛和水生蝽象，但在平靜的日子裡，牠們就會離開自己的隱蔽處，冒險從岸邊滑出來，一次一次地短暫快衝，直到完全覆蓋水面。在秋天那些風和日麗的日子裡，坐在一根高高的樹樁上充分享受太陽的溫暖時，你可以俯瞰湖面，欣賞著一圈圈的漣漪不斷在天空與樹林的倒影中顯現。要不是有這些漣漪，你是看不見湖面的，這真是件滿撫慰人心的事。在這麼遼闊的水面上，任何一個干擾就像一瓶水受到振動，很快就會平息下來，那一圈圈顫抖的漣漪會盪向岸邊，然後一切又重歸平靜。每一條魚躍出水面，每一隻蟲落在水上，都會被一圈圈漣漪的美麗線條所報出，就像從噴泉不斷湧現的泉水、生命的溫柔脈動、胸膛的呼吸起伏。喜悅的顫抖與痛苦的顫抖，已經無法分別了。湖的表情是多麼安詳！人的工作又像在春天一樣閃亮了。是啊！在現在這個午後時光，每一片葉子、每一根樹枝、每一顆石頭與每一張蜘蛛網，都像在春天清晨被露水沾濕了一樣閃閃發光。一根船槳或一隻昆蟲的任何動作都閃爍著光亮，當船槳拍擊水面，那回音又是多麼悅耳啊！

在九月或十月的這種日子，瓦爾登湖像是森林中一面完美的鏡子，四周用石頭鑲上邊，在我眼中，它就像人間極為罕見的珠寶。在地表上，也許沒有一座湖可以那麼美好，那麼純淨，同時又那麼遼闊。水天一色。不需要圍欄。各民族來來去去，也不減風華。它是一面石頭敲不碎的鏡子，它的水銀永遠不會磨損，大自然會不斷修復它的鍍邊。沒有暴風雨、塵埃可以模糊它永遠如新的表面。這樣一面鏡子，連落下的雜質都會沉澱，日光的曖昧毛刷為它掃過，光線的除塵布為它清掉塵埃。這樣一面鏡子，對著它呼氣也不會留下痕跡，氣息反而會化為雲霧，高高送到水面上方，然後又倒映在它的懷中。

一片水域可以洩漏天空的靈。它不斷接收著來自天上的新生命與新動作。它在本質上就是大地與天空的中介。地上只有草與樹在晃動，但水本身卻能隨風盪起漣漪。藉著光的波紋與碎花，我看到了風吹過的地方。我們得以俯瞰湖面，這太令人震撼了。也許我們最後也可以這樣俯瞰空氣表面，並察覺那更精微的精靈自上頭掠過。

十月下旬嚴霜來臨，水蜘蛛與水生蝽象最後都消聲匿跡了。到了十一月，通常是在平靜的日子，已完全沒有任何東西可以在湖面泛起漣漪。十一月某個下午，幾天的暴雨終於平靜之時，天空仍然烏雲籠罩，空氣也是一片霧氣茫茫，我注意到湖水非常平順，幾乎看不到水面，它的倒影已不再是十月的明亮色彩，而是十一月群山的陰沉色調。雖然我盡可能地輕輕滑過，小船所產生的細微波動仍不斷延伸到我目光所及之處，為倒影留下了一道道羅紋。但是當我望向湖面，看到遠處這裡與那裡泛出微光，好像是某些躲過霜凍的水蜘蛛又在聚集，或者，說不定是由於水面如此平靜，因而看得見那兒的泉水正從底部湧出。我把船划到其中一處，驚訝地發現自己被無數小鱸魚包圍著，牠們大約五英寸長，魚身在綠色湖水中帶著濃濃的青銅色。牠們在那裡遊戲著，不斷浮向水面，激起一圈一圈的水紋，也留下一些氣泡。在這樣透明、看似無底、反映著雲彩的湖水中，我彷彿坐在氣球裡飄浮空中，而鱸魚的泳姿看似在翱翔，牠們以鰭為帆，像一群密密麻麻的鳥，就在我下方來回飛翔。湖中有很多這樣一群一群的魚，顯然是想趁牠們遼闊的天窗被冬季的冰製百葉窗關上之前，好好享受這段短暫的時光。因為有牠們，湖面看似有微風吹過，或是有幾滴雨飄落。當我不經意地接近，牠們便受到驚嚇，忽然翻身，尾巴一掃，激起了陣陣漣漪，就像有人拿著刷子般的樹枝拍擊水面，立刻躲去深處了。最後，起風了，霧也濃了，波浪輪番上陣，鱸魚們也跳得比之前更高，一半魚身露出水面，三英寸長的上百個黑點同時跳躍。有一年，已經到了十二月五日，我看到水面起了一些漣漪，因為空氣中充滿水氣，我以為馬上就要下起大雨，趕緊划槳回家。雖然我的臉頰沒有任何感覺，但雨點似乎增加得很快，我預期可能會淋個溼透。但是忽然之間，這些漣漪都不見了，原來是鱸魚的傑作，而我的划槳聲早已把牠們嚇得逃回深處，所以只看得到牠們成群消失在朦朧深水；就這樣，我最後度過了一個無雨的下午。

將近六十年前，湖岸四周森林蓊鬱，這座湖也因此顯得陰暗，有個老人當時就經常來這一帶活動。他告訴我，有時候他會看到好多鴨子與其他水禽，周圍還有許多老鷹盤旋空中。他來這裡釣魚，用的是在岸邊發現的一艘老原木獨木舟。這艘獨木舟是挖空兩根白松木後釘在一起的，兩頭削成了方形。小舟很簡陋，但還是用了很多年，直到最後嚴重漏水，可能已經沉到水底了。他不知道船是誰的，所以是屬於湖的。他把山核桃樹皮綁在一起做成錨索。有一個在獨立戰爭之前就住在湖邊的老陶匠告訴他，湖底有一個鐵箱，他親眼見過。有時候箱子會浮上來，漂到岸邊，但是當你走近，又會沉入深處，消失不見。我很高興聽到這艘古老原木獨木舟的故事，它比一艘用相同材質造得更優雅的印第安獨木舟更有意思。它一開始也許是岸邊的一棵樹，倒入水中，漂浮了二、三十年，它是最適合這座湖的船隻。我記得我第一次注意觀望深水處的時候，看到很多大樹幹隱隱約約地躺在水底，不是被風吹倒，就是上次被砍下後，因木頭價格便宜而遺留在冰上。但現在，這些樹幹大都不見了。

我第一次在瓦爾登湖上泛舟時，湖岸四周全是濃密高大的松樹與橡樹，在某幾處小灣裡，葡葡藤攀上了水邊樹木，形成一個個遮蔭處，船隻可以從下方通過。湖岸的山丘非常陡峭，丘上的樹木又非常高大，因此若你從西端往下看，這座湖就會像一個由森林組成的圓形劇場。我年輕一點時曾經花上好幾小時，在湖上隨著和風的意志四處漂浮。在夏天上午左右，我划到湖心，就這麼躺在椅子上做我的白日夢，直到船隻碰上沙岸才把我喚醒，接著我才起來看看命運把我推到了哪個岸邊。那是無所事事，卻又最吸引人、最有創造力的日子了。我偷了好多個上午時光，寧願把一天最寶貴的時間這樣用掉，我因此很富有，雖然不是在金錢方面。我有很多個夏日時光可以這樣奢侈揮霍，而且我一點也不後悔，我沒有浪費更多時間在工廠或老師的課桌上。但是自從我離開後，伐木工人進一步糟蹋了湖岸，直到現在已經很多年了，再也沒有可以漫步的林間小徑了，所以也沒有可以透過小徑偶爾遠望的湖景了。如果我的繆斯女神從此沉默不語，也是可以原諒的。若棲息的樹林被砍下，又如何期待鳥兒歌唱呢？

現在，湖底的樹幹、古老的原木獨木舟，還有環繞湖岸周圍的蒼鬱樹林，都不見了。幾乎不知道湖在什麼位置的村民們，不想到湖裡沐浴飲水，而是只想著用一條管子把這片至少和恆河一樣神聖的湖水引到村裡，好讓他們洗盤子！他們想的竟然是只要轉一下水龍頭，或拔一下塞子，就可以取得瓦爾登湖的水！那惡魔般的鐵馬發出的刺耳嘶啞聲，整個城鎮都聽得到，它的鐵蹄已經把沸泉踩得混濁不堪，也正是它把瓦爾登湖岸的所有樹林吃得精光，就像唯利是圖的希臘人引來的肚子暗藏一千個人的特洛伊木馬！然而，這個國家的戰士、那個住在摩爾山的摩爾[8]，又在哪裡呢？他還得在深切口[9]逮住那匹鐵馬，在它得意忘形的臃腫肋骨之間插入一把復仇的長矛啊。

儘管如此，在我所知的所有特質中，也許瓦爾登湖是最禁得起考驗，也最能保持其純淨本質的了。很多人曾被比喻為具有瓦爾登湖的特質，但很少人配得上這榮耀。雖然伐木工人先把這裡那裡的湖岸樹木砍光了，愛爾蘭人挨著它蓋了自己的工作場所，鐵路也侵犯了它的邊界，賣冰塊的人也曾在湖面上刮鑿過一層冰，但是它本身並沒有絲毫改變，湖水還是我年輕時的雙眼所凝望的水；所有的改變反倒都顯現在我自己身上。經歷了那麼多漣漪，它沒有留下一條永久的皺紋。它還是青春如昔，而我也可以站在那兒，看著燕子俯衝而下，捕食湖面上的蟲子，就如以前一樣。今晚，它再次深深打動了我，彷彿二十多年來我不是幾乎天天來看它。啊！這就是瓦爾登湖，就是我多年以前發現的林中之湖。在這裡，一片森林在去年冬天被砍倒，另一片就會在岸邊茂盛地長出來，像什麼都沒發生似的。同樣的念頭浮上了湖面，就像往昔一樣；對它本身與它的造物者而言，它一樣洋溢著喜悅與快樂，對我來說，也是如此。它一定是勇者的傑作，他的心中沒有一絲狡詐！他用雙手把這片湖水圍成圓，讓它在他的思想中變得深邃清澈，並在遺囑中把它贈給康科德鎮。在它的水面上，我看到了相同的倒影前來探訪；我幾乎要脫口而出：瓦爾登，那是你嗎？

我不曾夢想過，

要為它裝飾任何一條線；
住在瓦爾登湖畔，
讓我更接近上帝與天堂。
我就是它的石岸，
是在它上面吹拂的微風；
在我的掌心中，
是它的水，它的沙，
在我的心上，
它是我最深的去處。

火車從不曾停下來看它一眼；但我想像，火車司機、司爐和司閘，還有買了季票經常看到它的乘客，更懂得好好欣賞。司機在晚上不會忘記，或者說他的天性不會忘記，他在白天時至少了看到這幅寧靜純潔的景象。雖然只看了一次，也有助於洗掉州政府街與引擎的煤灰。有人[10]建議，應該把它稱為「上帝的水珠」。

8 Moore，摩爾，民謠人物，曾赤手空拳擊敗惡龍。
9 Deep Cut，深切口，指瓦爾登湖與康科德鎮之間的一座山坡，是為了修建鐵路而挖出來的缺口。
10 指愛默生。

我已經說過，瓦爾登湖沒有顯而易見的進水口與出水口，但是從一方面來說，它與遠方地勢較高的弗林特池（Flint's Pond），是透過一連串來自那個地區的小池塘而間接相連；另一方面，它也透過類似的一連串池塘，直接明確與地勢較低的康科德河相連。在某些地質時代，也許水就是這樣流過來的，因此只要稍微挖掘，也可能再度流到那裡。但千萬不要這樣。如果瓦爾登湖像個林中隱士，長期活得這麼含蓄簡樸才造就了如此令人驚嘆的純粹之美，那麼若混入弗林特池相對不純淨的水，或是讓它芳香的湖水浪費到大海的浪濤當中，誰不會感到遺憾呢？

弗林特池，又稱沙池，位於林肯鎮，是我們最大的湖泊與內海，位於瓦爾登湖以東大約一英里。它比瓦爾登湖大得多，據說占地一百九十七英畝，魚產也更豐富，但是相對較淺，也不是特別純淨。我以前經常從樹林散步到那裡，當作消遣。就算是為了感受微風自由吹拂著你的臉頰，看著池水盪漾，想像水手的生活，也是滿值得的。秋天我會去那裡撿栗子，起大風的日子，栗子掉到水上，吹到了我的腳邊；有一天，我在它沙草茂密的岸邊爬行，清新的水花噴了我滿臉，我看到一艘船的殘骸，兩側船舷已經不見，除了躺在燈心草中的扁平船底，其他幾乎沒什麼印象了，但船的模樣大致還在，看起來像是一塊腐爛的大墊子，不過紋路仍然可見。就像海邊想像得到的破船殘骸一樣令人印象深刻，也頗有道德寓意。直到現在，它的池岸只剩一片腐質土壤，因為燈心草與菖蒲叢生，已經難以辨識水岸何在。我以前很喜歡這個池塘北岸底部沙上的波痕，由於水壓，涉水而過時，踩起來是堅硬牢靠的感覺；還有呈縱隊生長的燈心草，波浪似的搖曳，一排接一排，與浪彼此呼應，好像是浪把它們種在這裡似的。我還在那裡發現數量很多的奇特圓球，明顯是由細草或細根形成，也可能是穀精草，直徑從半英寸到四英寸都有，是完美的球形。這些圓球在沙質池底的淺水處來回漂動，有時候會被沖到岸邊。它們有些是堅實的草，有些中間有沙。一開始你可能會猜想它們是被波浪拍擊而形成的，就像鵝卵石；但是，最小的球直徑半英寸，也是由同樣粗糙的材料做成，而且只在一年中的一個季節出現。況且，我認為，對於已經成形的東西，波浪的作用是造成磨損，而不是構成。另外，這些球曬乾之後，還能保持形狀一段時間。

弗林特池！我們的命名方式是多麼糟糕啊。那個腦袋不清又愚蠢的農夫，只因為他的田地靠近這片水域，還無情地把岸邊樹木砍得光禿禿，究竟有什麼**權利**，以他的名字為這一方水域命名呢？有些一毛不拔的鐵公雞[11]，更喜歡亮晶晶的硬幣，因為他可以在上面看到自己厚顏無恥的臉；他甚至把定居這裡的野鴨視為入侵者。他的手指由於像鳥身女妖一樣長期抓扒獵物，已經變成又硬又彎的利爪，所以，我不承認那個名字。我去那裡完全不是為了看他或聽他說話，他也從沒好好看過湖一眼，從沒在水中沐浴，從沒愛過它，從沒保護過它，更從沒對它說過一句好話，或是感謝過創造它的上帝。我寧可以在這裡游泳的魚兒、經常在此地出沒的野禽或四足動物、在岸邊生長的野花，或某個和這裡交織著深遠故事的野人或野孩子的名字，來為它命名，而不是一個除了和他臭味相投的鄰居或立法機關給他的一紙權狀之外，就沒有任何權利的人——這人一心想的只是它的金錢價值，他的出現就是為每一片水岸帶來詛咒。他消耗了周圍的土地，也樂於吸

11 弗林特（Flint）是姓氏名，也有吝嗇之意。

光池中全部的水，他只恨這裡不是長滿英國乾草或蔓越莓的草地。在他的眼裡，這池真的是一無是處，為了要賣水底的爛泥，他會很樂於把水排乾。池水沒有幫他轉動磨粉機，欣賞湖光景致也不是他的唯一特權。我一點也不尊敬他的工作、他的農田，在那裡，每個東西都有標價，如果可以撈到一點什麼，他甚至會把這個景觀與他的上帝帶到市場出售。事實上，他去市場就是**為了**他的上帝。在他的農場，沒有一樣東西能自由自在生長，他的田地沒有穀物，他的草地沒有鮮花，他的果樹沒有果實，只有錢幣；他愛的不是果實的美，若果實不能幫他賺到錢，那就不算成熟。給我一個享有真正財富的貧窮生活吧。讓我尊重、讓我感興趣的農夫，和他們的貧窮有關，貧窮的農夫才有模範農場！他們的房子就像立在渣土堆上的蘑菇。人住的、馬住的、牛住的和豬住的房子，打掃過的與沒打掃的，全部都在附近！人畜共居！像是一個大型油脂場，散發出濃濃的肥料與酪奶味！這是耕作與養殖的至高狀態，因為施下的肥料是人類的心靈與大腦！彷彿在墓地種植馬鈴薯一樣！這就是模範農場。

不行，不行！如果最美的景觀要以人的名字來命名，也只能是最高貴、最值得尊重的人名。讓我們的湖名至少要像伊卡洛斯海[12]那樣真實，在那裡，「海岸依然迴盪著一次勇敢嘗試的餘音」。

雁池的面積較小，位於我去弗林特池的路上；費爾港，是康科德河的延伸，據說占地七十英畝，位於西南方一英里處；還有白湖，大約四十英畝，位於費爾港外一英里半的地方。這就是我的湖鄉。所有這些，再加上康科德河，供我享受了水的特別待遇，夜以繼日，年復一年，它們把我帶去的穀物研磨成粉。

自從伐木工人、鐵路，還有我自己褻瀆了瓦爾登湖之後，在我們所有的湖當中，就算不是最美麗，也稱得上是最吸引人的一座，就是白湖了，它彷彿森林中的一顆寶石。這個名字的由來，無論是因為池水特別清澈，或是它的沙子顏色，就是個普通得有點糟糕的名字。不過，就這兩個特色以及其他方面而言，它可以算是瓦爾登湖的雙胞胎，只是略遜一籌。它們兩個非常相像，你可能會說，它們在地底下一定有互相連通。它一樣有著布滿石子的水岸，湖水也是同樣色調。和瓦爾登湖一樣，在悶熱又無所事事的日子裡，在某幾個不太深的水灣，透過樹林往下看，由於水底倒影的色調，湖面會呈現朦朧的藍綠色或灰綠色。很多年前，我曾經為了做砂紙，去白湖採集一車一車的沙子，從那之後，我就經常去那裡。有一個經常去的人建議把它取名翠湖。根據以下要說明的情況，或許也可以叫黃松湖。大約十五年前，你可以看到一棵油松的樹頂從湖水深處伸出水面，與岸邊相距好幾桿。這附近的人稱這棵油松為黃松，但是它並不屬於某個特定品種。有些人甚至認為，這塊土地下沉之後形成了這座池塘，而這棵樹就是以前生長在這裡的原始林木。我發現，早在一七九二年麻薩諸塞州歷史學會叢書中，就有一個本地居民寫了《康科德鎮地形誌》（*Topographical Description of the Town of Concord*），作者在提到瓦爾登湖與白湖之後又寫道：「在水位非常低的時候，可以看到一棵樹會在白湖的中心露出水面，好像它就生長在那裡，雖然根部位於水下

12 Icarian Sea，伊卡洛斯海。希臘神話中，伊卡洛斯用蠟在背部黏上翅膀，並飛離克里特島，後因太陽把蠟融化，墜入愛琴海而亡。

五十英尺；這個樹的頂部已經斷了，在斷裂處測量的直徑是十四英寸。」一八四九年的春天，我和一個住在薩德伯里最靠近白湖的人聊天，他告訴我，十或十五年前，把這棵樹弄出來的人就是他。就他記憶所及，這棵樹距離岸邊有十二到十五桿遠，水深有三、四十英尺。那時是冬天，他在上午把冰鑿開了，於是決定在當天下午要找鄰居幫忙把那棵老黃松拔出來。他在冰上朝著岸邊鋸出一條通道，然後打算用幾頭牛沿著通道把它拖到岸上，但是，工作還沒做多少，他就很驚訝地發現，這棵樹的樹身是上下顛倒的，殘枝全部朝下，樹木尾端的細枝牢牢固定在沙質的水底。粗的一端直徑有一英尺，他本以為可以得到一根優質的鋸材原木，但是它已經腐朽不堪，只能當柴燒了。和我談話的時候，他棚子裡還有這棵樹的一些木頭。木頭尾端仍殘有斧頭砍過與啄木鳥啄過的痕跡。他認為，那棵樹可能是岸邊的一棵枯樹，最後被風吹到池子裡，之後頂部被水浸濕變重，而尾部依然乾燥相對變輕，因此漂著漂著後就上下顛倒，沉下去了。他的父親已經八十歲了，在他的記憶中，那棵樹一直在那裡。湖底還可以看到幾棵非常大的木頭，由於水面起伏，看起來就像巨大的水蛇在扭動著身軀。

很少有船隻會闖進這座池，因為池中幾乎沒有什麼可以引誘漁民的東西。這裡沒有白色百合，因為它需要汙泥才能生長，也沒有常見的菖蒲，只有變色鳶尾花（*Iris versicolo*）稀稀疏疏地長在潔淨的池水中，從池岸周圍布滿石頭的水底冒出來。這裡的湖岸也是蜂鳥在六月會造訪的地方。鳶尾花的葉子與花朵帶著一抹藍藍的色調，特別是它們的倒影，和灰綠色的湖水特別協調。

白湖與瓦爾登湖是地表上的兩顆大水晶，是光之湖。如果它們可以永久凝固，而且小到可以用手握住，可能就會被奴隸帶走，像寶石一樣被鑲在帝王的皇冠上；但正因為它們是液體，面積又如此遼闊，反而可以為我們的子子孫孫保留下來，然而我們也因此忽視它們的珍貴，而去追逐科伊諾爾之鑽[13]了。它們太純粹了，所以沒有市場價值，它們完完全全不含任何骯髒的東西。它們比我們的人生不知道美麗多少，也比我們的性格不知道敞開多少，它們就是這樣！在它們身上，我們永遠不會學到卑劣與粗鄙。它們比農家門前挖來讓鴨畜游泳的池子，不知道美妙多少！因為去那裡游水的都是乾淨的野鴨。人類棲息其中，卻不懂得欣賞、理解大自然。鳥兒的羽毛，與歌聲和花朵是如此諧和，但是，年輕男女又如何與大自然的粗獷而豐富之美，互相融為一體、相輔相成呢？大自然只能獨自欣欣向榮，遠離他們所居住的城鎮。你們汙染了大地，還高談什麼天堂！

13 Kohinoor，科伊諾爾之鑽，產於印度，是世界最大的鑽石之一，一八四九年鑲在英王王冠上。

論命運、夢想與勇氣

一個人怎麼看待自己，就決定了他的命運。

What a man thinks of himself, that it is which determines, or rather indicates, his fate.

(p.27)

除了你自己的路，每一條路都是命運已定的道路。因此，你就繼續走自己的路吧。

Every path but your own is the path of fate. Keep on your own track, then.

(p.143)

一個人坐著和跑步，風險其實不相上下。

A man sits as many risks as he runs.

(p.180)

如果你已經在空中建造城堡，你的工作一定不會白費，因為那就是空中城堡應該在的地方。現在只要在城堡下面打地基就好了。

If you have built castles in the air, your work need not be lost; that is where they should be. Now put the foundations under them.

(p.370)

我們應該帶給人的是勇氣，而不是絕望。

We should impart our courage, and not our despair.

(p.94)

X. 貝克農莊

有時候，我會散步到松樹林，它們就像一座座巍然矗立的廟宇，又像裝備齊全的海上艦隊，枝葉擺動宛如揚起陣陣松濤，從枝葉透下的光線則宛如漣漪，如此輕柔，如此翠綠，又如此陰涼，我覺得德魯依[1]可以拋棄他們的橡樹，轉而敬拜松樹。或者，我有時候也會走到弗林特池再過去的雪松林，那裡的樹木枝頭上覆蓋著古老的藍色漿果，一棵比一棵長得還高，十分適合佇立在英靈殿前；而地面上匍匐生長的杜松，則長有一圈一圈的結實美果。偶爾，我也會去沼澤，那裡的松蘿地衣像花彩一樣從白雲杉垂下；傘菌像沼澤眾神之間的圓桌，布滿地面；比蝴蝶、貝殼、植物的皺摺更美麗的真菌，則細心裝飾著樹樁。這裡也是沼澤石竹與山茱萸生長的地方，赤楊木的果實有著小惡魔般的紅色眼睛；白英緊抱著最堅硬的木頭，壓出了溝痕，甚或壓碎了它們；野冬青的美麗果實讓人流連忘返，還有其他令人目眩神迷的野生禁果，充滿誘惑，它們實在太美好，不是凡人可以品嚐的。我不會去拜訪學者，但經常會去探訪某些特殊的樹木，它們可能是這一帶很少見的品種，就遠遠地站在幾片草地當中，或是在森林深處、沼澤深處、山頂之上。例如黑樺木，我們就有一些挺拔的實例，直徑足足兩英尺；再來是它的表親黃樺木，身穿寬鬆的金色背心，散發出類似黑樺木的香氣；再來是山毛櫸，它的樹幹是如此乾淨，地衣在它身上作出漂亮的畫，所有細節都臻至完美，除了幾株散落的樣本之外，我知道鎮上只剩下一小叢，但還算大棵的了，有些人認為它們是鴿子種下的，因為以前有人在附近用山毛櫸的堅果當誘餌來捕鴿子[2]。當你劈開這種樹，它的銀色紋理會閃閃發亮，值得一看。另外還有椴木、角樹，與美國朴樹（*Celtis occidentalis*），或稱假榆樹，但只有一棵長得完好。還有一些像桅杆一樣筆直的高大松樹、一棵頂果木，以及比一般同類長得更完美、寶塔似的矗立林中的鐵杉，我還可以再提許多樹木。不論夏天冬天，這些就是我會去拜訪的聖地。

有一次，我正巧站在彩虹的基座上，虹光充滿了下層空氣，把周圍的草地與樹葉輕輕染上了色彩，光鮮奪目，彷彿透過彩色水晶在觀看一樣。這是一座彩虹光之湖，有那麼一會兒，我就像生活其中的一隻海豚。如果彩虹再持續久一點，它也可能把我的工作與生活染上那片色彩。當我走在鐵路堤道上，經常覺得腳下影子的光暈十分奇妙，忍不住陶醉地想像自己是上帝的選民。有一個來看我的人宣稱，有些走在他前面的愛爾蘭人影子沒有光暈，因為只有當地人才具有這道明顯的光暈。切利尼[3]在他的回憶錄中告訴我們，他被監禁在聖天使城堡期間，曾經歷過一次可怕的惡夢或幻覺，從那之後，每當清晨或黃昏，他頭部的影子外圍就會出現一圈燦爛的光芒——無論他在義大利或法國——尤其是當草地受露水濕潤之時，這現象又特別明顯。這也許跟我提到的

1 Druid，德魯依，西元前五到一世紀，散居高盧、不列顛，與歐洲等地森林中的凱爾特部落神職人員，奉橡樹為聖木。
2 以前旅鴿很多，但在梭羅的時代已經接近絕跡了。
3 Benvenuto Cellini，本韋努托．切利尼（一五〇〇－一五七一），義大利文藝復興時期雕刻家。

現象相同，早上看得特別清楚，不過在其他時間，甚至在月光下也看得到。雖然這現象經常發生，但通常沒有人注意到。而且，像切利尼那樣，在過度激動的想像下，就足以讓人認為這只是一種迷信。此外，他還告訴我們，他只對極少數人展示過這道光。然而，只要意識到自己受上天重視，不就能算是真正的不凡人物了嗎？

有一天下午，我穿過樹林到費爾港釣魚，因為蔬食快沒了。路上經過貝克農莊的「歡樂草坪」，有個詩人曾經為這塊僻靜之地歌唱，開頭是——

你進入了一塊歡樂的領域，
長滿苔蘚的果樹給一條發紅的小溪讓路，
滑行的麝鼠，
靈活的鱒魚，
在這裡游來游去。

我去瓦爾登湖畔居住之前，曾經想住在這裡。我在這裡「釣」過蘋果，跳過小溪，也嚇跑過麝鼠和鱒魚。在那樣的下午，時間似乎無限長，好像可以發生很多事——這是我們自然生活中的一大部分——雖然我開始的時候，時間早已過了大半。途中忽然來了一陣雨，逼得我在松樹下站了半小時，我在頭上搭起幾根樹枝，再鋪上手帕擋雨，最後，我終於在梭魚草上拋出釣線，人站在水深及腰的地方準備釣魚時，忽然間烏雲罩頂，雷聲隆隆大作，我什麼都不能做，只能乖乖站著聆聽。我想，眾神用分叉的閃電把一個手無寸鐵的可憐釣手嚇得落荒而逃，一定是洋洋得意的。所以我趕緊跑到最近的小屋避難，那裡離每一條路都有半英里遠，但離池塘較近，而且長期以來都沒有人住——

這是一個詩人所造，
在他功成名就之年。
如今看這平凡小屋，
已經步向毀滅之路。4

繆斯女神就是這樣說的。但是我發現，那裡現在住著愛爾蘭人約翰．費爾德和他的妻子，以及幾個孩子。一個已經可以幫父親做事的寬臉男孩、一個剛剛從沼澤跑回來在他身旁避雨的男孩，還有一個皮膚皺皺、像女巫一樣頭形尖尖的嬰兒，坐在父親的膝蓋彷彿坐在貴族的宮殿上，在潮濕與飢餓中好奇地看著我這個陌生人，這是嬰兒的特權，它什麼都不知道，它是貴族的最後一個血脈，是這個世界的希望與引人注目的中心，而不是費爾德家餓著肚子的可憐小傢伙。就這

4 這兩段詩歌皆引自梭羅友人強尼（William Ellery Channing）的詩作《貝克農莊》。

樣，屋外雷雨交加，我們一起坐在漏得最少的屋頂下躲雨。在把這家人載到美國的船隻還沒造好的許多年前，我就在那裡坐過很多次了。費爾德顯然是一個誠實、工作勤奮，但想不出謀生辦法的人，而他的妻子也很勇敢地在那個高高的爐子上煮著一頓又一頓的晚餐。她的圓臉油膩，胸部坦露，仍想像著有一天要改善生活；她的抹布不離手，但沒有一個地方是乾淨的。雞也跑到這裡避雨，像這個家的成員一樣在屋裡走來走去，我覺得牠們的樣子太像人了，不能好好烤來吃。牠們站在那裡看著我的眼睛，還故意來啄我的鞋子。這時，主人開始告訴我他的故事，說他是多麼辛苦地為隔壁一個農夫「挖泥沼」[5]，他用鐵鍬或鋤頭在一片草地上翻土，一英畝才賺十美元，但可以使用這塊地與肥料一年。雖然他那位個頭小小的寬臉兒子在身邊快快樂樂地幫忙，卻不知道他父親的交易有多差。我試著以我的經驗幫助他，我告訴他，他是我最近的鄰居之一，我這個來釣魚的人看起來雖然游手好閒，但我和他一樣要靠自己謀生。我住在一間牢固、光線充足又乾淨的房子，那個房子花不到他租這間破爛房子一年的錢，如果他願意的話，也可以在一兩個月內就自己蓋一間這樣的房子。然後我也告訴他，我不喝茶、不喝咖啡、不吃奶油、不喝牛奶，也不吃鮮肉，因此不必為了這些東西工作；而且，因為我不必拚命工作，也就不必拚命吃，所以我的食物開銷非常少。如果他開始喝茶、喝咖啡、喝牛奶，吃奶油與牛肉，就必須為了這些東西努力工作，然後當他努力工作之後，就必須更努力吃，才能修復身體的消耗——結果就是收支相抵，甚至支出要多一點，因為他不滿意自己的生活，而且把自己的生命浪費在這件交易上。不過，他卻認為，這件事正是來到美國的收穫，因為在這裡你可以每天吃到茶、咖啡和鮮肉。但我認為，唯一真正的美國應該是這樣的國家：你有追求擺脫這種生活方式的自由，而且政府不會想方設法強迫你支持奴隸制度與戰爭，以及支付和這些事情直接或間接相關的多餘費用。我故意把他當成哲學家，或有意成為哲學家的人來交談。如果人類開始贖回自己的自由，而讓地球上所有草地都回復到荒野狀態，我應該會非常欣慰。一個人不必去研讀歷史，就能知道什麼對自己的生活最好。但是可惜啊！愛爾蘭人的生活方式就是一種用精神泥鎬打拚出來的事業。我告訴他，因為他要這麼努力工作，就需要厚靴子與耐穿的衣服，而且很快就會弄髒、磨損，而我穿的是輕便的鞋子與輕薄的衣服，花費不到他的一半，儘管他可能認為我穿得跟紳士一樣（但情況並非如此）。如果我願意，根本不必太辛苦，只是當作消遣，在一兩個小時以內捕到的魚就夠吃上兩天，或賺到足夠我過一個星期的錢。如果他和家人生活簡單，一家人在今年夏天就可以去採越橘，開開心心地玩樂一下。約翰嘆了一口氣，而他的妻子瞪著眼睛，兩手插腰，兩個人看起來是在想，他們有沒有足夠的資金開始這樣做，或有沒有足夠的算術頭腦落實這種生活。對他們來說，這就像是靠航位推算法在大海航行，他們無法清楚看到如何讓船入港。因此我猜想，他們還是會根據他們的方式勇敢面對生活，咬緊牙關，努力拚搏，他們沒有能力以任何精巧的楔子劈開生活中的大柱，遑論仔細雕琢，他們只想粗糙地應付生活，日子能過就好，就像處理薊草一樣。但是他們卻在一種巨大的劣勢中掙扎，而且是生活中的每一天啊！唉，約翰．費爾德啊！不懂這樣的算術，也只能輸掉生活了。

5 Bogging，此處也是陷入泥沼、動彈不得的雙關語。

「你釣過魚嗎？」我問。「喔，釣過啊！我沒事的時候偶爾會去抓好多魚，可以抓到不錯的鱸魚。」「你用什麼餌？」「我用蚯蚓抓到小銀魚，然後用小銀魚當餌抓到鱸魚。」「約翰，你最好現在去。」他的妻子說，臉上泛著希望之光。但約翰猶豫不決。

現在，陣雨結束了，在東邊的樹林上出現一道彩虹，這表示會有一個晴朗的黃昏，所以我準備啟程離開。走到門外時，我向他們討一杯水喝，希望能看一下他們的井底，以完成我對這間屋子的調查。但是，我的媽呀，井裡很淺，還都是流沙，繩索斷了，桶子也破爛到無法修復。這時，他們總算選了一個完好的廚具，水似乎也蒸餾過了，商量一陣又延遲許久之後，終於遞給了這個口渴的人——但還沒來得及冷卻，沙子也還沒完全沉澱。我心裡想著，在這裡也只能用這像粥一樣的水來維持生活了，於是我閉上眼睛，有技巧地用嘴巴擋住水中的微粒，因為他們真誠的款待，我盡可能把水爽快喝下肚。在這情況下，為了表達我的禮貌，就不挑剔了。

我在雨後離開這個愛爾蘭人的屋簷，再次拐彎到白湖去，急著想抓梭魚。走過幽靜無人的草地、泥沼、泥坑，還有荒涼與野蠻之處，對在中學與大學念過書的我來說，看起來根本是一件沒有價值的事，但是當我從山丘跑下來，朝著天色漸紅的西方前進，我的肩上掛著彩虹，然後不知在什麼地方響起一陣微弱的叮噹聲，透過洗淨的空氣傳進我的耳朵，彷彿是我的守護神在告訴我：天天去釣魚打獵吧！距離跑遠一點，範圍跑大一點！再遠一點，再大一點！很多溪邊與爐邊都可以休息，一點也不必擔心。記住你年輕時代的造物主。黎明前就起身，不必擔憂，儘管出去探險。到了中午，你就找到了其他的湖；到了晚上，你待在哪裡，哪裡就像家。沒有比這更遼闊的地方了，也沒有比這裡能玩的遊戲更有價值的了。根據你的天性，無拘無束地生長吧，就像莎草與蕨類永遠不會變成英國乾草。讓雷聲隆隆去響吧，如果它對農民的作物造成破壞，又有什麼關係呢？那不是它要給你的使命。當別人跑進車裡與棚裡，你就以雲為遮棚吧。不要把謀生當成你的職業，而是當成你的樂趣。盡情享受大地，但不要擁有它。由於缺乏進取心與信念，人才變成了現在的樣子，只會買進賣出，把人生過得像奴隸一樣。

噢，貝克農莊！

風景中最精采的元素，
就是一點天真無邪的陽光……

在你那片圍起來的草地
沒有人跑去狂歡……

你從來不和人辯論，
那些你從來沒有困惑過的問題。
你穿著平淡的赤褐色寬鬆衣服，
和初見你時一樣的溫馴……

來吧，愛這裡的人，

討厭這裡的人，
聖歌的孩子們，
還有國家的蓋伊・福克斯[6]，
讓這裡堅硬的樹枝吊死一個一個陰謀！[7]

一到晚上，人們頂多從隔壁不遠的田地或街道——那裡連家裡的回聲都聽得見——沒有骨氣地回到家。由於一再呼吸著自己的氣息，他們的生命日漸枯萎憔悴，不論晨昏，他們影子到達的地方比他們每天的足跡踏得更遠。我們應該每天都從遠方，從各種探險、冒險與發現中，帶著新的體驗與性格回到家裡。

在我抵達池塘之前，某種新鮮的衝動讓約翰・費爾德改變心意，他跑了出來，決定日落前不去「挖泥沼」了。但是這個可憐的人啊，我已經抓到一大串，他只抓到兩隻魚，他說他運氣不好，我們在船上互換位置時，運氣也互換了。可憐的約翰・費爾德！——我希望他不會讀到這一段，除非他能受到這一段啟發而改善他的生活——他想在這個原始的新國家，用古老國家來的模式生活，也就是用小銀魚抓鱸魚。我承認，有時候那是很好的釣餌。雖然在他的視野以內都是他的，但他是一個生來就窮的可憐人，繼承了愛爾蘭人的貧窮命，繼承了他亞當的祖母與窩在泥沼討生活的方式，他和他的後代注定在這個世界站不起來了，除非他們踩在泥塘上長了蹼的雙腳，能在足跟上長出**腳翼**。

6 Guy Faux，蓋伊．福克斯（一五七〇—一六〇六），英國天主教徒，因密謀殺害英王而被處死。

7 同樣出自強尼的《貝克農莊》。

梭羅在康科德鎮的故居，攝於1860至1920年間。

論善與惡

我們整個人生都與道德密切相關.
善惡之間永遠沒有休戰期.

Our whole life is startlingly moral. There is never an instant's truce between virtue and vice.

(p.256)

善是唯一永遠不會虧本的投資.

Goodness is the only investment that never fails.

(p.256)

沒有比走味的善更難聞的氣味了.

There is no odor so bad as that which arises from goodness tainted.

(p.92)

慈善家太常把自己記得的悲傷氣氛籠罩在別人身上，然後將這稱為同情.

The philanthropist too often surrounds mankind with the remembrance of his own castoff griefs as an atmosphere, and calls it sympathy.

(p.94)

讓自己的生活，甚至生活的細節，禁得起自己最崇高、最關鍵時刻的審視觀照，是每一個人的責任.

Every man is tasked to make his life, even in its details, worthy of the contemplation of his most elevated and critical hour.

(p.111)

XI. 更高的法則

當我拖著釣竿，拿著我的一串魚，穿過樹林回家時，天色已經相當黑了，我瞥見一隻土撥鼠悄悄溜過我的小徑，一股奇怪的野蠻快感在心中浮現，我強烈地想要抓住牠，生吞活剝吃下肚，並不是因為肚子餓，而是對牠所代表的野性感到渴望。住在湖畔期間，曾經有那麼一兩次，我在樹林中來回搜索，像一條飢餓的獵犬，帶著奇怪的放棄心態尋找某種讓我可以生吞的野味，因此對我來說，現在已經沒有什麼食物算得上太野蠻。最具野性的景象帶給我的那份熟悉感，已經難以用言語形容。我以前就發現——現在也仍在發現——我的內心有種本能，想追求一個更高境界的生活，或一般人所說的精神生活，就像大多數人一樣；但同時還有另一種追求原始與野蠻生活的本能，我對兩種同等重視。我對野性的喜愛，不亞於我對善良的喜愛。在釣魚中體會到的野性與冒險讓我樂此不疲。有時候，我喜歡用很粗獷的方式過生活，像動物一樣度過我的一天。也許，正因為我自小就有這種釣魚打獵的嗜好，才能和大自然建立最密切的情誼。這些活動很早就讓我們接觸到自然景觀，並讓我們流連其中，否則，在那樣的年紀應該是不太認識自然風光的。漁夫、獵人、伐木工與其他人，他們把大部分的人生花在田野與樹林裡面，在某種特殊意義上，他們本身也是大自然的一部分。他們在工作空檔時觀察大自然的態度，可能比哲學家甚至詩人更好，因為這些人總是帶著自己的期望來接近大自然。大自然並不害怕對他們展現自己。旅人到了大草原，自然就會變成獵人；到了密蘇里河與哥倫比亞河的源頭，自然就會變成捕獸人；在聖瑪麗瀑布就變成捕魚人。但只顧旅行的人，學到的永遠是不完全的二手資訊，所以沒有任何權威可言。我們最感興趣的是，科學何時會報導這些人實際上或本能上已經知道的事，因為只有這才是真實的**人性**，或說人類經驗的紀錄。

有些人認為，美國人沒有那麼多的公定假日，男人與男孩也不像英國人玩那麼多的遊戲，因此斷言美國人沒有什麼娛樂。但他們錯了，因為在這裡，打獵、釣魚等之類更原始、更適合獨自進行的娛樂還沒有被那些遊戲取代呢。與我同輩的人裡頭，新英格蘭地區的男孩在十到十四歲之間，幾乎每個人的肩上都扛著一把獵槍；而且，不像英國貴族只能在保留區內活動，他們打獵與釣魚的範圍是沒有任何限制的，甚至比野蠻人的獵場與漁場更無邊無際。也就難怪他們不會經常到公共場所玩遊戲了。但是，現在情況已經改變，原因不是人越來越多，而是獵物越來越少。獵物最好的朋友，說不定就是獵人了，連動物保護協會也不例外。

另外，我住在湖邊那段日子裡，有時候也想用魚肉豐富一下菜色。我真的是出於和首批捕魚人一樣的理由，是因為需要而去釣魚。我所編出來反對釣魚的任何人道理由，都是造作的，是和我的哲學思想比較相關，而不是我的感覺。而且，我現在只談釣魚了，因為我很久以前就對獵鳥有了不同感受，因此在住進林子之前就把獵槍賣了。我不覺得魚和蟲餌可憐。倒不是我比別人不仁慈，而是我不覺得有特別難過的感受。這只是習慣。至於獵鳥，在我還扛著槍的最後那幾年，我用的藉口是我在研究鳥類，而且只找新種或罕見的鳥。但我承認，我現在傾向認為研究鳥類有比這更好的方法。那需要更密切注意鳥類的習慣，光是為了這個理由，我就願意把獵槍丟在一邊了。儘管有人出於人道理由而反對打獵，但我忍不住要想，還有什麼具備相等價值的運動可以取代打獵呢？因此，每當有朋友很焦慮地問我，是否要讓他們的兒子打獵，我都回答：要！因為我記得這是我受過的教育中最好的一部分啊。要培養他們成為獵人，雖然一開始可能只是體能不錯的運動員，但如果有機會，最後就會變成能力強大的獵人，然後在這片荒野，或任何長滿植物的荒野中，可能再也找不到夠大的獵物來施展身手，因為他們已經蛻變為獵人的獵手與捕人的漁夫了。我和喬叟[1]筆下的修女有一樣的看法，她——

> 不在乎被抓的母雞說
> 獵人並非聖人。

在整個人類的歷史中有一個時期，就像阿爾岡昆人[2]所說，獵人是「最好的人」。我們忍不住要同情從來沒有開過槍的男孩，因為他並不會因此更有人道精神，而且很可惜的是，他的教育被忽略了。這就是我對想打獵的年輕人的回答，而且我相信，他們很快就會度過這段成長期。在度過行事輕率的童年之後，沒有一個人還會任意殺害任何有權和他一樣活命的生物。野兔在無路可逃的極端情況下，也會像孩子一樣哭叫。我告訴你們，為人母親的人啊，我的慈悲絕不只是對人的愛（*phil-anthropic*）[3]，我對人與動物沒有區別。

當年輕人進入森林，並意識到自己的原始本性那一部分時，最常見的情形就是這樣：一開始，他是個獵人與捕魚人，到最後，如果他的內在產生了美好生活的種子，他就會認清自己的正確目標，也許是成為一個詩人，或是博物學家，那時候他就會把獵槍與釣竿丟到一邊了。在這方面，很多男人目前仍然是，也一直是還沒長大的孩子。在一些國家，會打獵的牧師[4]並不少見。這樣的人也許可以成為一頭好的牧羊犬，但是距離好的牧者還很遙遠。我一直很驚訝的是，就我所知，不管是父親或兒子，能讓我的同鎮居民一個人在瓦爾登湖逗留整整半天的事，除了伐木、鑿冰這類活兒，顯然只有釣魚了。雖然他們一直有機會欣賞這片湖光山色，但是除非釣到了一長串的魚，否則他們通常不覺得自己很幸運，或花費的時間很值得。他們可能要去上一千次，釣魚的念頭渣滓才會沉到湖底，最後留下純粹的目的。但是毫無疑問，這樣的淨化過程會一直持續下去。州長與州議員們依稀還記得這座湖，因為他們小時候也來釣過魚，只是現在他們年紀太大，也太尊貴了，已經不適合釣魚，所以也不再熟悉這座湖了。然而，即使是他們，也期望自己最後能上天堂。如果立法機關曾經考慮到這座湖，主因也是想規範這裡的魚鉤用量，但他們對於把立法機關綁在釣竿上當成誘餌，以釣起這座湖水本身風光的鉤中之鉤，卻一無所知。因此，即使是在文明社會中，人的胚胎發育也需要經歷一段獵人時期。

1 Geoffrey Chaucer，傑弗里·喬叟（一三四三—一四〇〇），英國中世紀最傑出的詩人、作家。
2 Algonquin，阿爾岡昆，北美洲東北部的一支印第安部族。
3 Phil-anthropic 是希臘文，慈善、博愛之意。字源 philos 是「愛」，anthropos 是「人」，兩字組合即為對人的愛。
4 牧師的拉丁字源為 Pastor，即牧羊人之意。

最近幾年來，我一再發現，我每釣一次魚，對自己的尊重就減少了一點點。我試了一次又一次，都是這種感覺。我有釣魚的技術，而且，我和很多同伴一樣也有一定的本能。我三不五時就會想去釣魚，但每次釣完都會覺得如果沒去更好。我認為我的內在感受沒有錯，這是一個微弱的暗示，就像清晨的第一道曙光。毫無疑問，我的內在有著這種屬於低階造物的本能；雖然我一年一年下來，已經越來越少釣魚，但我並沒有變得更人道，或更有智慧。如今我已經完全不釣魚了。但是我知道，如果要我住在荒野，應該會禁不起誘惑，再次認真地成為捕魚人與獵人。此外，這種食物以及所有的肉類，在本質上都是不潔的。於是，我也開始看到了家務是哪裡來的，例如每天的外表要盡力整潔得體，還要維持屋子的舒適，力求沒有不好聞的味道與不好看的地方，而這樣的維護成本又有多高。針對這一點，由於我擔任自己的屠夫、僕人與廚子，同時也是有餐飯伺候的紳士，因此可以根據異常完整的經驗來發表意見。就我個人來說，我對肉食的實際反對意見在於它們屬於不潔的食物，而且，每當我捕撈、清洗、烹煮，再吃掉魚之後，魚肉基本上並沒有餵飽我。所以，魚肉既不重要，也沒有必要，為了吃魚，我的付出多過所得。一小塊麵包或幾顆馬鈴薯我就可以吃飽了，還省下不少麻煩，也不會髒。和很多同時代的人一樣，多年來我已經很少吃肉食，或喝茶與咖啡等食品了，不是因為我發現它們有什麼不好的後果，而是因為它們和我的想像不符。我對肉食的反感不是來自經驗的影響，而是一種本能。從諸多方面來看，生活簡樸、粗茶淡飯，似乎更有美感。雖然我從沒達到這樣的境界，但我已經盡可能做到想像中的程度。我相信，任何認真想把自己更好的或理想的才能保持在最佳狀態的人，一定會特別避免肉食，或避免多吃任何食物。我從昆蟲學家柯爾比（Kirby）與斯潘思（Spence）的著作中發現一件有著特殊意義的事實：「有些昆蟲在成蟲狀態雖然還配備著飲食器官，卻不使用。」而且他們明確主張，這是「一個普遍規則，幾乎所有在這個狀態的昆蟲，都比幼蟲時期吃得更少，而且少很多。例如貪吃的毛毛蟲變成蝴蝶之後……，還有嘴饞的蛆變成蒼蠅之後」，只要一兩滴蜜或其他甜甜的汁液，就心滿意足了。蝴蝶翅膀下方的腹部仍代表著幼蟲身體，就是這樣受美味小吃的誘惑，害牠步上了被食蟲動物吞食的宿命。大吃大喝的人就是幼蟲狀態的人，有些國家的全體國民都處在這樣的狀態，他們都是沒有幻想或想像力的人，身上的大肚子洩漏了他們的真面目。

要提供並烹煮一頓簡單、乾淨，而且不觸犯想像力的飲食，是一件不容易的事，但是我認為，當我們在餵養身體的時候，也應該餵養我們的想像力，身體與想像力應該坐在同一個餐桌。也許這是做得到的。適度食用蔬果，讓我們不必為自己的食欲感到羞恥，也不會干擾到我們最有價值的事業。另外，在飲食中放入多餘的調味品是會毒害你的。靠著口味豐富多變的烹調來過日子是不值得的。如果被人發現自己正在親手準備這樣豐盛的一餐，不管是葷食或素食，就像別人每天為他準備的那樣，大多數的人都會覺得慚愧。除非這個情況有所改變，否則我們就不是文明人，而有教養的紳士與淑女也不是真正的男人與女人。會這麼說，當然是已經暗示了我們該做出什麼樣的改變。再追根究柢逼問著為什麼肉品與脂肪會阻礙想像力的發揮，是沒有用的。我知道它們不相容，這就夠了。說人是一種肉食動物，難道不是一種譴責嗎？沒錯，在很大的程度上，他能夠，也確實以獵捕其他動物維生，但是，任何一個誘捕兔子、宰殺羔羊的人都會知道，這其實是一種很悲慘的維生方式。如果有個人去教導別人只吃更純潔、更健康的飲食，他將會被視為該族的恩人。不管我自己的做法如何，我毫不懷疑這是人類這種物種的命運之一部分，人類將在進展過程中逐漸放棄肉食，就像野蠻部族在接觸了更文明的社會時會放棄吃人一樣。

人只要靜心聆聽，就會發現他的內在天賦給了他一種非常微弱、但永遠不會中斷的建議，那確實是真的。他可能看不到那些建議將會引他到多麼極端或甚至瘋狂的狀態，但是，當他變得更果決、更有信心時，就會發現那條路正是他要走的路。對於全人類所抱持的論點與積習，一個健康的人內心深處覺知到的反對意見，只要是正確的，哪怕是最微弱的，最後也能扭轉局勢。追隨內在天賦的指引，沒有人會走錯路。雖然素食的結果可能是身體上的虛弱，但沒有一個人會對這項後果感到後悔，因為這就是符合更高原則的生活。如果你帶著喜悅的心情，高高興興地迎接白天與黑夜，讓生活散發出花朵與香草的芬芳，並且更有彈性、更燦爛、更不朽，那你就成功了。整個大自然都會為你祝賀，而且你每時每刻都有理由祝福你自己。最大的利益與價值通常最不容易被理解。我們很容易懷疑它們是否真的存在，然後很快就忘記它們。但它們是最高層次的實相。也許最令人讚嘆的，與最真實的事實，從來不是透過人與人的溝通而來。我在日常生活中的真正收穫，就像清晨或黃昏的色調，無形無狀，而且無法形容。那是我抓住的一顆小小的星塵，一小片的彩虹。

然而，就我個人而言，我從來不會太過拘謹。如果有必要，我可以津津有味地吃下一隻烤老鼠。我很高興長期以來都只喝水，理由和我寧願享受自自然然的天空，而不是鴉片煙癮者享受的天堂一樣。我喜歡讓自己永遠保持清醒的狀態，但我知道，世人所沉迷的東西與沉迷的程度是無窮無盡的。我相信，水是智者唯一的飲料，我一點也不認為葡萄酒有什麼高貴可言。再想想看，清晨的一杯熱咖啡，或晚上的一碟茶，是如何讓清晨與夜晚的希望在瞬間落空啊！當我受到了它們的誘惑，究竟是沉淪到了多麼低下的狀態啊！就算是音樂也可以讓人沉醉其中，渾然忘我。但正是這些看似微不足道的原因，在過去摧毀了希臘與羅馬，而且將來也會摧毀英國與美國。在所有令人沉醉的癮頭中，誰不想寧可陶醉在他呼吸的空氣中呢？我發現，我反對長時間做粗重工作的最重要理由，就是粗活會逼得我不得不大吃大喝。但是坦白說，我現在在這些方面也沒有特別講究了。我已經很少把宗教帶到餐桌上，也不求祝福了，不是因為我比以前有智慧，而是因為我不得不承認——無論有多麼遺憾——這些年來我已經變得越來越遲鈍，也越來越冷漠了。也許，只有在年輕時才會對這些問題感興趣，就像大多數人對詩的態度一樣。已經「沒有地方」看得到我的做法了，但我的意見就寫在這裡。然而，我一點也沒有把自己看成《吠陀經》所指的那些特權人士。經文上說：「對無所不在、至高無上的存在有著真正信心的人，可以吃下所有存在的一切。」也就是說，他不必去問吃的是什麼，或是由誰準備的；但正如一個印度評論者曾經指出，根據觀察，即使是這些人，《吠檀多》[5]也提出了限制，只有在「艱難的時刻」才能使用這種特權。

誰不曾體驗過，有時候我們可以從食物得到一種無法表達的滿足感，但這種滿足感又和口腹之欲無關？一般人認為粗俗的味覺，其實帶給我一種心理上的感知能力，例如我可以透過這種味覺得到靈感。所以我在山坡上吃了某些漿果，同時也滋養了我的天賦——每當我一想到這些

5 Vedant，《吠檀多》，印度古代經典。

事，就覺得欣喜萬分。曾子說：「一個人的心思如果不夠專注，看了也像沒看，聽了也像沒聽，就算把食物吃進肚，也嚐不出味道。」[6]能夠分辨食物真正味道的人，絕對不會成為好吃貪杯的人；相反的，吃不出食物真正味道的人，不貪吃也難。清教徒去吃他的黑麵包皮和市議員去喝他的鱉湯，可能是帶著同一種粗俗的口腹之欲。不是吃進嘴裡的食物汙染了一個人，而是吃東西的那種口腹之欲讓人墮落。問題不在質，也不在量，而是對感官味道的過分熱愛，所以吃進肚裡的東西不是為了維持身體的需要，或啟發我們的精神生活，而是提供食物給占有我們的蟲子。如果獵人喜歡吃泥龜、麝鼠，以及其他野味，而優雅的淑女沉迷於小牛蹄作成的肉凍，或來自海上的沙丁魚，那他們其實是一樣的人。為了滿足這個口腹之欲，獵人會去池塘找，淑女會去翻她的鍋子。我驚訝的是，他們怎麼能夠，你我怎麼能夠，過著這樣黏膩膩、野獸般的生活，這樣吃，這樣喝。

我們整個人生都與道德密切相關。善惡之間永遠沒有休戰期。善是唯一永遠不會虧本的投資。能將樂音傳遍世界的豎琴，就是因為堅持著這一點才讓我們動容。豎琴是宇宙保險公司的業務員，它到處遊走，向我們推薦它的法則，而小小的善行就是我們要付的所有費用。年輕人到最後都會變得冷漠，但宇宙法則永遠不會，它永遠會與最善解人意的人站在同一邊。聽聽每一陣微風中的責備之聲吧，它一定在那裡，聽不到的人是可悲的。只要撥動一根琴弦或移動一個音栓，那美妙的教訓就會讓我們大受震懾，因而驚醒。許多令人討厭的噪音傳到遠方，聽起來卻像音樂，這對於我們粗俗的生活，真是一種高傲而甜美的諷刺啊！

我們都可以意識到，自己的內在有一種獸性，當我們更高階的自性一昏睡，它就會清醒。它是一種有如爬蟲類的、享受感官欲望的本能，而且也許無法剷除殆盡；它就像某些蟲類，在我們還活著或身體還很健康的時候，一直占據著我們的身體。我們也許可以避開它，但永遠無法改變它的本性。我擔心的是，它本身十分強健，所以儘管我們可以很健康，卻無法保持純潔。有一天我撿到一副豬下顎，牙齒與長牙潔白又堅固，顯示了動物性的健康與活力，與精神性的健康與活力截然不同。這種生物是透過節制與純潔之外的方法來求生存的。孟子說：「人和禽獸的差異很小，普通人很快就沒有差異了，有道德的人則會小心保留這種差異。」[7] 如果我們達到了純潔的境界，誰知道會有什麼樣的生活呢？如果我知道有一個人是如此有智慧，可以教我過純淨的生活，我會立刻去找他。「《吠陀經》指出，想在心靈上接近上帝，就一定要節制我們的激情，控制身體的外在感官，以及實踐善良的行為。」但是，精神可以滲透與控制身體的每個部分與功能，並把最粗俗的感官欲望轉化為純潔與虔敬的感覺。生殖的能量在放縱時就會耗散，而且會使我們不潔；如果節制，就會讓我們活力充沛並得到鼓舞。貞潔是屬於人的花朵，所謂的天才、英雄、神聖等等，不過是透過貞潔而結下的各種果實罷了。當純潔的通道一打開，人的意識就會立刻與上帝接通。純潔讓我們向上提升，不潔使我們向下沉淪，隨時交相輪替。讓自己的內在獸性一日一日消失，內在神性一日一日培養起來的人，是有福之人。沒有人必須為了低劣而野蠻的本性感到羞恥，除非他選擇與之結盟。我擔心的是，我們只是像農牧之神與森林之神這樣的神或半神，

6 出自《大學》，原文為「心不在焉，視而不見，聽而不聞，食而不知其味。」

7 出自《孟子》，原文為：「人之所以異於禽獸者，幾希，庶民去之，君子存之。」

他們的神性與獸性結了盟，是一種貪圖口腹之欲的生物，因此在某種程度上，我們的生命本身正是對我們的羞辱。

能把內在野獸安置妥當，
又把心中雜林除盡的人是多麼歡暢！
他能善用他的馬、羊、狼與各種牲畜，
而不成為這些動物的驢！
否則人不只是一群豬，
還是一幫惡魔，
輕率衝動，越來越壞。[8]

所有感官欲望都是同一種欲望，雖然它有各式各樣的展現形式；而所有的純潔也都是同一種。不論是縱情於吃、喝、同居或睡覺，全都一樣。它們都屬於同一種欲望，只要看一個人做其中任何一件事，我們就可以知道他是多麼貪圖感官享受的縱欲之人。不潔與純潔既無法同行，也無法同坐。爬蟲類在洞穴口遭到攻擊時，就會從另一個洞口跑出來。如果你要貞潔，就一定要節制。什麼是貞潔？一個人怎麼知道自己是否貞潔？他不會知道的。我們都聽過這種美德，但是我們不知道它是什麼。我們只是道聽塗說，人云亦云。智慧與純潔來自努力；無知與縱欲來自懶惰。以學生來說，貪圖感官欲望是一種心理上的散漫習慣。不潔的人通常是懶惰的人，包括只會閒坐在爐邊的人、讓太陽曬屁股的人、還沒累就要休息的人。如果你要避免不潔，以及所有的罪愆，那就認真工作吧，即使只是打掃一間馬廄，也要認真以對，絕不馬虎敷衍。天性很難克服，但是你必須克服。如果你沒有比異教徒更純潔，如果你沒有更克制自己的欲望，如果你沒有更虔誠，那你身為基督徒又有什麼用呢？我知道有很多被認為是異教的制度，其戒律讓信徒深感羞恥，但他也因此受到激勵而願意再次努力，哪怕只是參加一些儀式。

我談這些事的時候是很猶豫的，倒不是因為這個主題的關係，我並不在乎我的**遣詞用字**多麼猥褻，而是因為我一講到這個主題就會暴露自己的不潔。因為，我們竟然可以自由暢談某種形式的感官欲望而不覺得羞恥，但對另一種形式的感官欲望卻絕口不提。我們是如此的沉淪，竟無法單刀直入地談論人性的種種必要機能。在較古老的年代，某些國家的文化中，人會恭恭敬敬地談論人體的每一種機能，並用法律做出規範。對印度的立法者來說，沒有一件事是微不足道的，不管多麼違反現代人的品味。他教導大家如何吃、喝、同居、如廁，諸如此類的事，他提升了這些粗俗不堪之事的重要性，而不是道貌岸然地說，這些都是可以不必理會的瑣碎之事。

每個人都是一座聖殿的建造者，這個聖殿就是他自己的身體，用來獻給他崇敬的上帝。聖殿的建造完全是他自己的風格，即使是用大理石打造，仍然屬於他的風格。我們都是雕刻師與畫家，

8 出自英國詩人多恩（John Donne）的詩作。

所用的材料就是我們的血肉與骨骼。任何高貴的動機，都會立刻改善一個人的容貌；任何的粗俗或感官欲望，就會讓他墮為禽獸。

九月的一個黃昏，農夫約翰[9]結束了一天的辛勤工作，坐在家門，心思多多少少還在想著他的工作。沐浴後，他坐下來恢復一下精神。那是一個相當涼爽的黃昏，有些鄰居認為當晚應該會結霜。他陷入遐想不久，就聽到有人在吹笛子，那笛聲和他的心境非常協調。他還在想著自己的工作，他的麻煩在於，雖然這些想法不斷在腦袋裡轉啊轉，不得不規劃，但他卻不太關心這件事。這不過是他皮膚上的皮屑，總是不斷在脫落。但是，笛聲的音符卻從他工作以外的地方直接傳進他的耳朵，並建議他要為身上某些沉睡的機能採取行動。笛聲輕輕從他居住的州、村莊、街道遠揚而去。一個聲音對他說：如果你能成為一個光榮的存在，為什麼要待在這裡，過這種做粗工的生活呢？相同星辰在別處田地閃爍，而不是在這裡。但是要如何擺脫這種情況，並真的搬到那裡呢？他所能想到的就是，實踐某種新的簡樸生活，讓他的心思回歸身體，以恢復身體的純潔，這樣他就能越來越尊重自己。

9 John Farmer，農夫約翰，並非指某個人，而是泛指一般人。

梭羅之墓。

論探索自我與未知

我們應該每天都從遠方，從各種探險、冒險與發現中，帶著新的體驗與性格回到家裡.

We should come home from far, from adventures, and perils, and discoveries every day, with new experience and character.

(p.244)

失去了世界，我們才開始找到自己.

Not till we have lost the world, do we begin to find ourselves.

(p.203)

萬事萬物沒有改變，而是我們的想法變了.

Things do not change; we change.

(p.374)

一場溫柔的雨，就能讓草地更加青翠．同樣的道理，只要注入更好的思想，就能讓我們的前景更加明亮．

A single gentle rain makes the grass many shades greener. So our prospects brighten on the influx of better thoughts.

(p.358)

我們天生就愛誇耀我們所做之事的重要性，但我們還沒做的事還多得很！

We are made to exaggerate the importance of what work we do; and yet how much is not done by us!

(p.31)

XII. 鳥獸鄰居

有時候，我在釣魚時，身邊會有一個伴[1]，他會從鎮上的另一邊穿過村莊來到我家。抓魚跟吃魚都是我們的社交活動。

隱士。我很想知道，這個世界現在正在做什麼。這三個小時以來，我連甜蕨上的蝗蟲聲都沒有聽到。鴿子都回到窩裡睡覺了，所以也沒有聽到牠們振翅的聲音。剛剛從樹林另一邊傳來的號角，是某個農夫的中午號角聲嗎？他就要回家吃煮熟的鹹牛肉、蘋果酒和玉米麵包了。人為什麼要這樣給自己找麻煩？不吃的人，就不必工作了。我很想知道，他們到底有什麼收穫。誰想住在那裡啊？狗吵得你根本無法思考。對了，還有家事要忙！要把那個鬼門把擦得晶亮，還要在好天氣刷洗澡盆！不要有房子最好。比如說，可以住在空心的樹裡，這樣一來，你還有晨間訪客與晚餐派對呢！只有一隻啄木鳥的敲擊聲。喔，不對，牠們會成群而來，那裡的太陽太熱了。在我看來，他們都太入世了。我有來自湧泉的水，架上還有一條黑麵包。聽！我聽到葉子沙沙作響。是不是村裡那隻營養不良的獵犬順著本能在追捕獵物了？還是那隻不見了的豬？據說就在這林子裡，我在雨後還看過牠的足跡。腳步聲向我快步走來，我的漆樹與多花薔薇顫抖著。

——呃，詩人先生，是你嗎？你覺得今天這個世界如何啊？

詩人。看看那些雲彩，它們是怎麼掛在天上的！這是我今天看到最了不起的景象了。古老的畫作中沒有這樣的雲，外國也沒有這樣的雲，除了西班牙的海岸。那是真正的地中海藍天。我想我也得謀生，而且今天還沒吃，所以我可能會去釣魚。這是詩人真正的事業，也是我學到的唯一行業。來吧，我們一起去釣魚。

隱士。我無法拒絕你的提議，因為我的黑麵包也快吃完了。但我正在進行嚴肅的沉思，我想也快結束了，很快就可以高興地和你一起去。所以，現在先別理我，讓我獨自安靜一會兒。但在這期間，你可以先去挖些釣餌，這樣就不會耽誤我們的事。這一帶很少看到蚯蚓，因為土地從沒施過肥，蚯蚓應該快絕跡了。當一個人的胃還不是太餓時，挖釣餌的樂趣幾乎相當於抓到魚的樂趣，今天就讓你一個人獨享這個樂趣了。我建議你，拿著鏟子到遠一點的落花生田去，在那裡可以看到金絲桃草迎風搖曳。我想，如果你仔細看看這些植物的根部，就像在除草一樣，我可以保證，每挖出三塊草皮就可以抓到一隻蚯蚓。或者，如果你想走遠一點，也是不錯的點子，因為我已經發現，釣餌數量的增加幾乎和距離的平方成正比。

隱士獨白。讓我看看，我想到哪裡了？我想我大概是接近這樣的心理狀態，世界大概是這樣的角度。我要去天堂還是去釣魚？如果我匆匆結束這次沉思，還會遇到另一次這麼愉快的機會嗎？我已經像往常一樣，幾乎要進入事物的本質了。我擔心我的思緒不會再回來。如果有用，

1 指梭羅的一位詩人朋友，隱士是指梭羅自己，這些對話有一部分可能是虛構的。

我真想吹口哨，把它們召喚回來。當它們向我們發出邀請時，我們卻說會再想想，這是聰明的做法嗎？但我的思緒沒有留下任何蹤跡，已經消失得無影無蹤，所以再也無法找回那條思路了。我剛才到底在想什麼？真是迷迷濛濛的一天。我就試試孔子的三句話，也許可以讓我回到原本的狀態。但我不知道這到底是一堆垃圾，還是剛萌芽的狂喜。記住，機會只有一次啊。

詩人。現在怎麼樣啦，隱士，我太快了嗎？我已經抓到十三條完整的，還有幾隻不完整或太小的，但是牠們用來釣小一點的魚苗還是可以的；牠們還包不住鉤子。村裡的蚯蚓就太大條了，小銀魚可能飽餐了一頓還碰不到鉤子呢。

隱士。那好吧，我們走吧。我們要去康科德河嗎？如果那裡的水不會太高，就很好玩了。

為什麼這個世界正好就是由我們所見的這些東西構成的呢？

為什麼人類就是有這些物種來當鄰居，好像除了老鼠就沒有其他東西可以填補這個裂縫了呢？我猜皮爾佩公司[2]已完全善用了動物，因為從某個意義上來說，牠們都是負重的獸，承載了我們的一部分思想。

在我家出沒的老鼠並不是普通的老鼠，據說，普通老鼠是被引進這個國家的，但我家的老鼠是一種村裡沒發現過的本地野生品種。我送了一隻給一個很傑出的博物學家，他非常感興趣。我還在蓋房子的時候，有隻老鼠就在這房子下面做窩，在我鋪上第二層地板並掃掉木屑之前，每到午餐時間牠都會定時跑出來，撿我腳邊的麵包屑去吃。牠以前可能從來沒有見過人類，後來變得對我非常熟悉，會從我的鞋子跑過去，也會爬到我的衣服上來。只消幾次短短的衝刺，牠就可以輕鬆爬上屋子兩邊的牆壁，動作很像松鼠。有一天，我的手肘靠在長凳上，牠就跑上我的衣服，然後沿著袖子跑上來，對著那張放著我的晚餐的紙不斷轉圈子，我把那張紙拉近，躲開牠，然後和牠玩捉迷藏，最後我在拇指與食指之間留了一塊起司，牠跑了過來，就坐在我的手上輕輕地吃著。吃完後，就像蒼蠅一樣，牠清了清臉與爪子就走了。

還有一隻燕雀，很快就在我的棚子裡築巢，還有一隻知更鳥為了尋求保護，也窩在房子旁的一棵松樹上。六月，極度害羞的鷓鴣（*Tetrao umbellus*）領著一窩雛鳥走過我的窗前，從後方樹林來到我的屋前，像母雞一樣咯咯地叫喚雛鳥，從各方面行為來看，牠算得上是樹林裡的母雞。當你一走近，在母親的信號下，雛鳥便忽然一哄而散，像是一陣旋風把牠們捲走似的。因為牠們的顏色太像乾葉與枯枝，很多旅人一腳踩進一窩雛鳥，只聽到老鳥呼的一聲起飛，焦急地呼叫，或是揮動翅膀吸引旅人注意，讓他別發現身邊的雛鳥。有時親鳥會在你面前連翻帶滾，把羽毛弄得凌亂不堪，讓你好一段時間弄不清楚牠到底是什麼生物。雛鳥則蹲得低低的，把頭藏在樹葉下，只注意母鳥從遠方給的指示。如果你走近，牠們就不會飛起來，以免暴露位置。甚至你可能踩到了牠們，或視線在牠們身上停留了一會兒，卻都沒有發現牠們。有一次，我把牠們放在我張開的手掌上，牠們仍然只關心、只遵從母鳥與本能的指示，只是蹲在我手上，既不害怕也沒發抖。這種本能是如此完備，有一次我把牠們再放回樹葉上，其中一隻不小心倒在一邊，十分鐘後，牠竟能

2 Pilpay & Co.，皮爾佩公司。皮爾佩是古印度作家，蒐集了許多動物寓言。

以完全相同的姿勢和其他雛鳥窩在一起。小鷓鴣不像大部分的鳥類雛鳥那樣不長羽毛，牠們甚至比雞發育得更完全、更早熟。在牠們坦誠、平靜的眼睛中，卻流露出極為成熟又無邪的神情，實在令人難忘。所有的智慧似乎都反映在這些眼神中了。牠們不只展現出嬰兒的純潔，還有經過歷練後提煉出的智慧。這樣的眼睛並不是和鳥一起出生的，而是和它所反映的天空同時出生的。樹林裡並沒有生產出另一種像這樣的寶石。旅人通常也不會看進這樣清澈的井。無知魯莽的獵人往往在這時候射殺親鳥，留下無辜的雛鳥成為某些動物或鳥類的獵物，或者慢慢與和牠們如此相似的落葉一起腐爛。據說，母雞孵出來的雛鳥一旦受到驚嚇，就會四散而去，如果聽不到母鳥呼喚牠們再次聚集，就會因此走失，不知道回來。這就是我的母雞與小雞。

令人吃驚的是，很多動物在森林中過著隱密、自由的野生生活，而且牠們在城鎮附近仍然可以維持生存，只有獵人有能力推測牠們的行蹤。水獺在這裡過著多麼隱蔽的生活啊！牠長到四英尺長，像小男孩一樣大，也許沒有任何人類看過牠一眼。我以前曾在屋後的樹林裡看過浣熊，晚上可能也聽過牠們興奮的叫聲。耕種之後，我通常會在中午找個樹蔭休息一兩個小時，順便吃我的午餐，然後在泉水旁讀一點書。這條泉水是從距離我的田地半英里外的布里斯特山（Brister's Hill）滲出的，也是一個沼澤與一條小溪的源頭。要到達這個地方，得經過一連串緩緩而下、長著新生油松與野草的窪地，最後來到沼澤周圍的一大片樹林。那裡是非常幽靜與陰涼的地方，在枝葉外展的白松下還有一塊乾淨濃密的草地可以坐。我挖了那條泉水，做了一口水質乾淨、色澤帶灰的井，我可以在這裡取一桶滿滿的水，也不會渾濁。在仲夏時節，瓦爾登湖最熱的時候，我每天都會到這裡取水。在那裡，山鷸也領著牠的一窩雛鳥在泥漿中找尋蚯蚓，牠沿著泥沼邊，在雛鳥上方一英尺高的空中飛翔，成群雛鳥則在下方奔跑，但最後，牠偵測到我，就馬上遠離雛鳥，轉而圍著我不斷繞圈，越來越近，直到四、五英尺以內，牠假裝翅膀或腳斷了，以吸引我的注意力，好讓牠的雛鳥脫身。而雛鳥早已開跑，牠們發出微弱的吱吱聲，按照母鳥的指示排成一列穿過沼澤了。有時候我看不到親鳥，只聽到雛鳥的吱吱聲。斑鳩也會待在那裡的泉水上方或是我頭上的白松，在柔軟的枝條間飛來飛去。另外，紅松鼠會沿著最靠近的枝條走下，一臉好奇，令人感覺非常親切。樹林中某些富有吸引力的地方，你只要靜靜不動，坐得夠久，森林中的所有居民都會輪番對你展現自己。

我還見證了不那麼和平的事件。有一天，我走去木柴堆，或說是我堆樹根的地方，看到了兩隻大螞蟻正在激烈互鬥，一隻紅色，另一隻黑色，體型大得多，幾乎有半英寸長。一旦抓住彼此，就死死不放，不斷搏鬥、摔角，在木頭碎片上翻滾。往遠一點看，我驚訝地發現，每片碎木上都是這樣的格鬥者，因此這並不是一場決鬥，而是一場戰爭，是一場兩個螞蟻品種的戰爭，紅蟻老是找黑蟻較量，而且經常是兩隻紅蟻對戰一隻黑蟻。這些邁密登[3]軍團遍布了我的木柴院子裡每一座山丘與山谷，地上四處散落著陣亡者與奄奄一息者，紅的與黑的都有。這是我唯一親眼目睹的戰役，也是當戰事仍打得如火如荼時，我唯一親臨的戰場。這是一場內戰，一方是紅色的共和軍，另一方是黑色的帝國主義者。兩方都在進行著一場殊死戰，只是我聽不到任何一點聲音，人

3 Myrmidons，邁密登，希臘神話的好戰民族，追隨阿基里斯去特洛伊作戰。

類戰士也從來沒有打得這樣堅決果斷。在這些木片中一個充滿陽光的小山谷裡，我看到兩隻螞蟻快速地鎖住對方胸膛，打算從現在的正午時分，一直打到太陽下山，或生命結束。個頭較小的紅軍像一把虎頭鉗，緊緊抱住對手的前額，即使在戰場上不斷翻滾，也始終不肯停止啃咬對方的一根觸鬚根部，而另一根觸鬚早已經被啃掉了。更強壯的黑軍則把對方用力撞來撞去，在我更靠近一看時，紅蟻身上的幾處肢體也已經被撞斷了。牠們打得比牛頭犬更頑強凶狠，沒有一方表現出撤退的意思。牠們的戰鬥口號顯然是「不戰勝，毋寧死」。就在這時，在這山谷的山腰上出現了一隻紅蟻，看起來非常激動，不是已經打敗了敵人，就是還沒參戰；也許是後者，因為牠的肢體還完整無缺。牠的母親可能告誡牠，要不是帶著盾牌凱旋而歸，要不就是躺在盾牌上被送回來[4]。或者，牠是像阿基里斯一樣的英雄，在一旁怒氣沖沖已經忍無可忍，現在要來復仇雪恥，或拯救牠的帕特羅克洛斯了。因為黑蟻的體型幾乎是紅蟻的兩倍，牠在遠處看到這場不對等的戰鬥，於是快速前往，直到站在打鬥者周圍半英寸以內，小心提防，準備伺機而動。然後，一看到機會，牠就彈跳到黑色戰士身上，開始猛烈攻擊牠的右前腿根部，完全不在意敵人如何攻擊自己的身體。所以，現在是三隻紅蟻團結起來為生命搏鬥了，一下子好像展開了某種新的引力，互相緊緊糾纏，讓所有的鎖頭與水泥都相形遜色了。若在這時發現牠們各自有軍樂隊安置在一旁木片上，並演奏國歌以激勵落後的戰士，或鼓舞垂死的戰士，我應該也不會驚訝。我自己光是觀戰就感到興奮莫名，好像牠們是人類一樣。你思考得越多，就會發現人與螞蟻的差異越小。不管是就參戰的人數，或在戰鬥中展現出來的愛國情操與英雄情懷，姑且不說美國的歷史，至少在康科德的歷史中，肯定找不到可以與此相提並論的戰役。從數量與死傷人數來看，這簡直就是一場奧斯特利茲或德勒斯頓戰役[5]。康科德之戰啊！愛國者的身邊陣亡了兩個人，路德·布朗夏負傷！為什麼這裡的每一隻螞蟻都是巴特里克？——「射擊！看在上帝的份上，射擊！」——於是成千上萬的人步上了與戴維斯與霍斯默相同的命運[6]。在這裡，沒有一個是雇傭兵，因此我毫不懷疑牠們是為了原則而戰，正如我們的祖先也不是為了免除三分錢的茶葉稅[7]而戰。而這一場戰役的結果對參戰者來說，至少也和邦克山（Bunker Hil）一樣重要，因此值得紀念。

我把這三隻纏鬥的難捨難分的螞蟻下方的木片拿起來，帶進我的屋子，放在窗台上，並拿一個玻璃杯罩著，以便看個結果。我拿了一個放大鏡注意看第一隻紅蟻，我看到，牠雖然緊緊咬住敵人的前腿，也咬斷了敵人剩下來的觸鬚，但是自己的胸膛也已經被扯掉了，牠的重要內臟暴露在這個黑色戰士的下顎前，任憑牠無情蹂躪，而黑色戰士的胸甲顯然太厚，牠根本無法刺破。這個身受重傷者的眼睛呈暗紅色，透出一股只有戰爭才能激發出來的凶狠眼神。牠們繼續在玻璃杯中激戰了半個小時，我再回去看時，黑色戰士已經把兩名敵兵的腦袋搬家，而那兩顆還活著的頭顱正掛在牠的兩側，就像馬鞍上的恐怖戰利品，而且顯然還緊緊纏在身上。牠現在正盡全力做微弱的掙扎，想擺脫身上的東西，因為牠已經沒有了觸鬚，也只剩下一條斷腿，我不知道牠身上還

4 斯巴達人勇於戰鬥，這是母親對出戰兒子的精神勉勵。

5 奧斯特利茲（Austerlitz）與德勒斯頓（Dresden）戰役都是由拿破崙打勝仗，但死傷慘重。

6 在美國獨立戰爭中，康科德之戰是有名的戰役，其中布朗夏（Blanchard）負傷、戴維斯（Davis）與霍斯默（Hosmer）被英軍射死、少校巴特里克（Buttrick）下令美軍砲兵還擊。

7 美國獨立戰爭前幾年，英國為了增加財源，決定殖民地的酒、玻璃、茶等都要課稅，但後來遭反對，只剩下茶葉稅。

有多少傷口。最後，半個多小時之後，牠終於做到了。我把玻璃杯拿起來，牠一跛一跛地走過窗台離開了。牠最後是否在這場戰役中存活下來，並在某個傷兵療養院度過餘生，我並不知道，但我猜想，從此之後牠的工作就沒有多少價值了。我從來沒有去了解到底是哪一方獲勝，以及戰爭的原因，但在那一天剩下來的時間，我總覺得，目睹了這一場在家門前發生的戰鬥，看到了其中的凶狠殘酷以及橫屍遍野之後，我的情緒非常激動，而且痛苦不已。

柯爾比與斯潘思告訴我們，螞蟻的戰爭長久以來就很有名，連日期也有記錄，只是他們說，胡伯[8]應是唯一親眼目擊過這種戰爭的現代作家。他們說：「安尼亞斯．西維烏斯[9]非常詳細地描述，在梨樹幹上一場大小螞蟻的激烈戰役之後，」接著說：「這場戰事發生在教皇尤金四世（Eugenius the Fourth）的任期內，目擊者包括傑出的律師尼可拉斯．比斯托瑞安西斯（Nicholas Pistoriensis），他對這場戰役的全部歷史有最忠實的描述。」奧勞斯．馬格納斯[10]也記錄了一場類似的大小螞蟻之戰，據說戰勝方是體型較小的螞蟻，而且還埋葬了己方士兵的屍體，並任由大塊頭的敵方成為鳥的獵物。這件事發生在暴君克利斯帝恩[11]被逐出瑞典之前。而我目擊的這場戰鬥則發生在波爾克[12]總統的任期內，韋伯斯特（Webster）支持的《逃亡奴隸法》通過前五年。

村裡的很多狗只適合追逐地窖中的泥龜，卻在主人不知道的情況下，自己溜到樹林中去運動牠沉重的四肢，可能在一隻老狐狸窩與土撥鼠洞聞了聞，卻一無所獲，也可能靠著某隻體型細長的野狗引路，這種狗能靈活地穿梭樹林，因此讓林中居民自然心生恐懼。但是現在，牠遠遠落在牠的嚮導後面，只能對著跑到樹上監視狀況的小松鼠，牛頭犬似的吠叫，接著又慢慢跑開。牠的體重把灌木叢壓彎，還以為自己正走在某隻鼠科家族迷失成員所走的路徑上。有一次，我很意外地看到一隻貓走在瓦爾登湖的石岸上，因為貓很少跑到離家這麼遠的地方漫遊。貓和我都很驚訝。但即使是最家居的貓，喜歡整天懶洋洋躺在地毯上，到了樹林裡卻似乎像回到家一樣自在，從牠那副狡猾而鬼頭鬼腦的行徑，已經證明牠本身比其他普通居民更像本地居民。有一次我在採漿果時，在樹林裡遇到了一隻帶著小貓仔的貓咪，這些貓野性十足，全都像牠母親一樣把背弓起來，對著我猛烈發出呼嚕呼嚕的怒吼。我住到樹林裡的幾年前，林肯鎮最靠近瓦爾登湖的一個農家，吉利安．貝克先生家，有一隻貓被暱稱為「長翅膀的貓」。一八四二年六月，我去看這隻貓時，她（我不知道是公是母，姑且就用常見的代名詞）已經像往常一樣到樹林裡打獵了。女主人告訴我，這隻貓是在一年多以前的四月來到這附近，最後被他們家收留。她的毛色是深褐灰，喉嚨位置有一個白點，腳是白色的，而且像狐狸一樣有著濃密的尾巴。冬天時，牠的毛長得又長又厚，而且沿著兩側平生出去，形成了十到十二英寸長，兩英寸半寬的帶狀毛髮，像個暖手筒一樣掛在下巴，上面鬆軟，下面像毛毯一樣糾纏著；但是到了春天，這些附生物就會自行脫落。他們給了我一對她的「翅膀」，我保留到現在。這對翅膀上沒有膜狀物。有人認為，牠有部分血統可能來自飛鼠或其他野生動物，這樣說不無可能，因為根據博物學家的說法，貂與家貓已經交配出很多混種動

8 François Huber，法蘭索瓦．胡伯（一七五〇—一八三一），瑞士昆蟲學家。
9 Aeneas Sylvius，安尼亞斯．西維烏斯，即教皇庇護二世。
10 Olaus Magnus，奧勞斯．馬格納斯（一四九〇—一五五七），瑞典大主教。
11 Christiern the Second，暴君克利斯帝恩（一四八一—一五五九），十六世紀丹麥與挪威的統治者。
12 James Knox Polk，詹姆斯．諾克斯．波爾克（一七九五—一八四九），美國第十一任總統，任期為一八四五到一八四九年。

物。如果我要養貓，這就是我適合養的，為什麼詩人的貓不能和他的馬一樣也長著翅膀呢？

秋天時，潛鳥（*Colymbus glacialis*）和往常一樣會飛到湖裡換羽和沐浴，在我起床之前，牠們狂野的笑聲就已經傳遍森林。只要一聽到潛鳥到來，所有磨坊水壩愛好打獵的人，幾乎全部處於警戒狀態，有的搭著輕便的雙輪馬車，有的步行，三三兩兩，攜著特許槍枝、圓錐子彈和望遠鏡。他們通過樹林時像秋天的落葉一樣沙沙作響，至少十個人對準一隻潛鳥。有些人站在湖的這一邊，有些人站在那一邊，因為這隻可憐的鳥並非無所不在，如果牠在這邊潛水，就一定要從那邊出來。但是現在，吹來了十月心地善良的風，樹葉沙沙作響，湖面水波盪漾，所以儘管獵人用望遠鏡掃視湖面，林中迴盪著槍聲，也完全聽不到、看不到一隻潛鳥的動靜。波浪洶湧，猛烈撞擊掩護了所有水禽，因此我們的獵人只好匆匆離開，回到鎮上與店鋪，繼續完成沒做完的工作。但他們成功的次數還是很多的。當我一大清早拿著桶子去取水時，我經常看到這種姿態莊嚴的鳥從小水灣游出來，距離我只有數桿之遙。如果我坐在小船上盡力趕上，看牠如何隨機應變，牠就會潛入水中，完全不見蹤影，讓我再也看不到，有時候，直到當天下午才再度出現。然而，在水面上，我就比牠強。牠通常在下雨天的時候離開。

十月，一個非常平靜的下午，我划著槳沿著北岸航行，在這樣特別的日子裡，牠們會像馬利筋草一樣停在湖面上，但是我望向湖面，一隻潛鳥也看不到。忽然之間，一隻潛鳥從湖岸游向湖心，就在我前面數桿，狂野的笑聲暴露了牠自己的位置。我划槳追上去，牠潛了下去，但是再浮起來時，卻離我更近了。牠再次潛進水裡，但是我對牠的方向估計錯誤，這次當牠浮出水面時，我們已經有五十桿的距離。由於是因為我的幫助而拉大了距離，牠再次笑了起來，笑聲又長又響，而且這一次比之前更有理由了。牠的應變能力非常靈活，讓我無法靠近牠到六桿以內。每一次當牠回到水面，就會把頭轉到這邊，然後那邊，冷靜地研究水域與陸地，然後明確選定路線，讓牠可以在最寬闊的水域、距離我的船最遠的地方浮出水面。令人驚訝的是，牠下定決心與付諸執行的速度有多麼快。牠立刻把我引到池中最寬闊的水域，在那裡，我就無法驅趕牠。當牠在牠的腦子裡想主意時，我就在我的腦袋裡盡力去推測牠的想法。這是一場有趣的遊戲，就在平靜的湖面上進行，是一個人對抗一隻潛鳥的遊戲。忽然間，你對手的一顆棋子消失在棋盤上，而你的問題是，要把你的棋子放在最靠近牠下次出來的地方。有時候，牠會出其不意地出現在我對面，顯然是直接從我的船下方潛行過去。牠的一口氣是如此的長，而且不知疲倦，當牠已經潛到最遠最遠的距離時，還可以立刻再下潛，而且沒有人有智慧能預測牠在平靜的湖面下、深深的湖水中的行蹤。牠可以像魚一樣快速行進，牠完全有那個時間與能力去到湖底最深的地方。據說，有人在紐約州的湖泊水深八十英尺處，用抓鱒魚的魚鉤抓到潛鳥過，但是瓦爾登湖的水更深。魚兒看到這個來自另一個領域、笨拙難看的訪客在牠們的學校高速前進，不知道有多麼驚訝！但是牠看起來對水面下的路線和水面上的路線一像熟悉，而且在水面下游得更快。有一兩次，我看到牠把頭探到湖面的漣漪上，牠伸出頭偵察一下環境，立刻又潛進水裡。我發現，我把槳放著休息等牠再次冒出水面，和絞盡腦汁計算牠會在哪裡浮出水面，情況沒有差多少，因為一次又一次，當我眼睛緊盯著湖面的一個方向時，我會忽然被牠在我背後的怪異笑聲嚇到。可是，為什麼在展示了這麼多狡黠行徑之後，牠總是要在浮出水面的時候用大笑來暴露自己？牠的白色胸膛還不足以暴露自己嗎？我覺得牠真的是一隻笨鳥。我通常可以聽到牠浮出水面時的水花聲，然後就可以發現牠。但是過了一個小時之後，牠似乎一樣有精神，依然高高興興地潛水，但是游得比一開始更遠。我看著牠浮出水面，十分安詳地游走，胸前羽毛沒有絲毫凌亂，只靠水面下的蹼打理所有的工作，真是令人驚嘆啊。牠最值得注意的地方是那邪裡邪氣的笑聲，雖然還是有點像水禽的聲音，但有時候當牠成功擺了我一道，在很遠的地方浮出水面時，會發出一種長長的神祕嚎叫，可能更像一匹狼，而不像任何鳥類，就像一頭野獸把口鼻貼近地面，故意嚎叫一樣。這就是潛鳥的叫聲，也許是我在這裡聽過最狂野的叫聲，在樹林裡響得又遠又廣。我得出的結論是，牠在取笑我的努力，並對自己的足智多謀得意洋洋。這時候，天空已經烏雲密布，水面卻非常平靜，因此我雖然沒有聽到牠，卻能看到牠劃破水面之處。牠那白色的胸膛、靜止的空氣以及光滑的水面都對牠不利。最後在五十桿遠的地方，牠發出一次這樣長長的嚎叫聲，好像在呼喚潛鳥之神來援助，這時立刻來了一陣東風，將湖面吹起陣陣漣漪，整個空氣也霧雨濛濛，彷彿這隻潛鳥的祈禱得到了回應，而牠的神正在對我發怒。我大受感動，因此就任由牠遠遠消失在動盪的水面上。

秋天，我會花好幾個小時觀看野鴨如何巧妙地游過來游過去，牠們始終待在湖心附近，以遠離獵人。在路易斯安那州的河口地區，牠們比較不需要練習這種技巧。當牠們迫不得已起飛時，有時會在水面上相當高的地方繞著圈子，像是空中的黑色微塵，在那裡，牠們可以輕易看到其他池塘和河流，然後當我以為牠們早已飛到那裡之後，牠們卻斜飛下來，落在四分之一英里外一個遠遠、不受打擾的地方。可是，除了安全之外，我不知道牠們待在瓦爾登湖的湖心還有什麼其他理由，除非牠們和我一樣，也喜愛這片湖水。

瓦爾登湖一景，由超驗主義作家安妮．羅素．瑪波（Annie Russell Marble）攝於1902年。

論探索自我與未知　之二

追隨內在天賦的指引，沒有人會走錯路。

No man ever followed his genius till it misled him.

(p.254)

去探索自己吧。在這裡，需要的是眼睛與膽識。只有失敗與放棄的人才會去參加戰爭，逃跑的懦夫才去從軍。

Explore thyself. Herein are demanded the eye and the nerve. Only the defeated and deserters go to the wars, cowards that run away and enlist.

(p.368)

我們可以用一千種簡單的測驗來試驗我們的生活。

We might try our lives by a thousand simple tests.

(p.30)

把自己當成哥倫布，去探索你內在的新大陸與新世界.

be a Columbus to whole new continents and worlds within you.

(p.367)

一個人如果滿懷自信地朝著夢想的方向前進，努力經營他嚮往的生活，他就能取得出乎意料的成功.

If one advances confidently in the direction of his dreams, and endeavors to live the life which he has imagined, he will meet with a success unexpected in common hours.

(p.370)

XIII. 屋內取暖

十月，我去河邊的草地摘葡萄，摘到了一串串的葡萄，其漂亮芬芳的外貌，更勝於當成食物的價值。我在那裡也好好欣賞了蔓越莓，但是並沒有摘下來。小小的莓果就像上了一層蠟的寶石，有如草地上的吊飾，紅紅的顏色還帶著珍珠光澤。農民卻用醜陋的耙子把果子撥下，把那片光滑的草地弄得亂七八糟，還輕率地用論斤論兩的方式來衡量莓果的價值，再把這些從草地上搜刮來的東西賣到波士頓和紐約。這些漿果一定是要拿去做成果醬，好滿足那裡喜好自然風味的人的口腹之欲。像屠夫一樣的農人也是這樣耙走草原上香子蘭草的嫩葉，對於被暴力撕裂而低垂的植物毫無憐惜之情。至於伏牛花鮮豔的果實，同樣只是讓我一飽眼福而已。但是，地主和路人沒注意到的野生蘋果，我倒是囤積了一點起來，可以煮熟來吃。當栗子成熟時，為了冬天存糧，我也囤積了半蒲式耳的分量。現在，栗樹已經長眠於鐵道之下了[1]，以往在那個季節，漫步在林肯鎮一望無際的栗樹林中總是令人雀躍不已。我會把袋子披在肩上，手持一根棍子來撥開刺果，因為我不一定會等到結霜時才去樹林。在這個季節走在林子裡，樹葉會沙沙作響，紅松鼠和樫鳥還會大聲責備我，因為我有時候會偷走牠們已經吃了一半的堅果，畢竟牠們挑的果實肯定品質優良。我偶爾也會爬到樹上搖晃這些樹。我房子後面也長了樹，其中有一棵大樹幾乎遮蔽了整間房子，花開時節，那棵樹就像是一束花，香氣傳遍整個鄰里，但是大部分果實都被松鼠和樫鳥給吃了；牠們最後一次成群結隊來的時候是一大清早，趁果子還未熟透落地時就把果子採走。我會把這些樹讓給牠們，自己走去較遠處一個全部都長栗子的樹林。栗子本身就是麵包很好的替代品，也許我還可以找到許多其他的替代品。有一天，我在挖蚯蚓做魚餌時，發現了一串塊莖豆（*Apios tuberosa*），這是原住民的馬鈴薯，是一種奇妙的果實，據說我小時候曾經挖過和吃過這種東西，但我懷疑此事是否屬實，而且我也沒有夢到過。它蜷曲有如紅天鵝絨般的花朵是靠著其他植物的莖支撐，我過去經常看到，卻不知道原來就是同一種。人類的耕種方式幾乎把它們根除了。它有一種甜味，很像受過霜害的馬鈴薯，而且我發現用煮的比用烤的好吃。這種塊莖植物似乎是大自然的微小承諾，在未來某個時期她會在這裡撫育自己的後代。如今，大家崇尚肥牛，喜歡隨風翻浪的麥田，這種卑微的塊莖植物雖然曾是印第安部落的**圖騰**，卻幾乎早就被人遺忘了，或者即使認識，也只是認識它開著花的藤蔓。讓狂野的大自然再度統治大地吧，那嬌弱尊貴的英國穀物可能會在無數敵人面前消失無蹤，而且，在沒有人為照料下，烏鴉可能會把最後一粒玉米種子帶回西南部印第安神的廣大玉米田裡——據說就是烏鴉把玉米帶到這裡的。而現在幾乎絕種的塊莖豆，儘管在霜凍的荒野中，也許會再次復甦，茂盛生長起來，以證明自己在這塊土地上土生土長的身分，並恢復它做為獵人部落古老飲食的重要地位和尊嚴。印第安的穀物女神或智慧女神一定

1 指被拿去做成鐵路枕木。

是它的創造者和賦予者，當這裡開始風行詩歌，它的葉子和成串的果實就可以在我們的藝術作品中展現出來。

到了九月一日，我看到湖對岸有兩三棵小楓樹已經轉紅，在那下面還有三棵白楊樹的白色枝幹，就在湖邊的一角相互交疊。啊，這些顏色傾訴著許多故事！慢慢地，一週又一週，每棵樹的特色都顯現出來了，並欣賞著自己在湖水的光滑鏡面上的倒影。彷彿每天早上都有一位畫廊經理在打點湖景，先是拿下牆上的舊畫，再換上色彩更鮮豔，抑或更和諧的作品。

十月，數千隻黃蜂來到我的小木屋，像是要過冬似的，在我屋內的窗戶邊和頭頂的天花板落腳，有時候這些黃蜂會讓訪客不敢進來。每天早上，當牠們被凍到麻痺，我會把其中幾隻掃出屋外，但我不會特別費事地去打發牠們，我甚至覺得，牠們把我的屋子視為理想的棲身之處是我的榮幸。儘管牠們和我湊合地睡在一起，以躲避嚴冬和難以形容的寒冷，但牠們從來沒有嚴重騷擾到我，後來牠們慢慢地不見了蹤影，可能是跑進我不知道的縫隙中。

在十一月最後要進入冬季之前，我跟黃蜂一樣，經常去瓦爾登湖的東北側，陽光從松樹林和石岸邊反射而來，成了湖邊的爐火。比起人造爐火，用陽光取暖讓人感到更舒適、更健康。夏天就像獵人離開時留下的營火堆一樣，我用仍在燃燒的餘燼取暖。

當我準備要蓋屋子的煙囪時，我研究了砌磚的技術。我用的是二手磚，需要用泥刀先修削整理，所以我對磚塊和泥刀的特性有了深入了解。磚塊上的灰泥已經有五十年之久，據說還會繼續硬化。有些事情無論真假，人們就是喜歡重複述說。隨著時間流傳，這些說法就越根深柢固，這種自以為是的舊觀念也需要用泥刀來修削整理，而且要更費勁。在美索不達米亞地區，許多村莊都是用巴比倫遺址中的上好二手磚建造而成，而且，它們上面的灰泥年代更久遠，也可能更堅硬。無論如何，我對這種鋼製泥刀的特殊硬度頗為驚訝，竟然可以承受多次的猛烈衝擊也不會磨損。我自己用的是以前煙囪上的二手磚塊，但我沒看到磚塊上有巴比倫君王尼布甲尼撒[2]的名字。為了節省工程和減少浪費，我盡量找出砌壁爐用的磚塊，然後用湖邊的石頭填補壁爐周圍磚塊間的空隙，並採用同一個地方的白沙當作灰泥。我把大部分時間花在建造壁爐，因為這是屋裡最重要的部分。事實上，我做得非常謹慎，從早上就從地面開始砌，到了晚上才弄出一排離地板幾英寸高的磚塊，還把它當成枕頭來睡。不過我記得，我並沒有因此睡到脖子僵硬，我的脖子僵硬已經是以前的事了。在那段時間，我帶了一位詩人來住了兩個星期，這讓我被迫要騰出空間。他帶了自己的刀，雖然我也有兩把刀。我們常常把刀插進土裡擦亮它們。他也分擔了我煮飯的家務。我很高興看到我的壁爐工程逐漸變得方正和堅固，這也反映了，如果工程進展緩慢，成果必定更加牢固。某方面來說，煙囪是一個獨立的構造，從地面穿過房子，矗立天際，即使在房子被燒掉之後，有時煙囪仍屹立不搖，所以它的重要性和獨立性是很明顯的。那時夏天才快要結束，而現在已經十一月了。

2 Nebuchadnezzar，尼布甲尼撒，曾征服耶路撒冷並毀掉那裡的神殿，在牆面留下痕跡。

北風已經開始讓湖水變涼了，但因為湖水非常深，需要好幾週才會完全冷卻。在把屋子抹上灰泥之前，每當晚上生火，由於木板之間還有許多縫隙，煙囪排煙的效果特別好。在那間涼爽通風的屋子裡，我度過了好幾個愉快的夜晚，周遭都是布滿木頭節疤的粗糙褐木板，頭上的屋頂則高掛著留有樹皮的椽梁。抹上灰泥後，房子看起來就不如以前那樣讓我滿意了，但我不得不承認，住起來的確更加舒適。人住的房子，屋頂不都應該要夠高，以便在頭上創造些許朦朧，夜晚時分讓影子在椽梁上閃動嗎？比起壁畫或其他最昂貴的家具，這些形影更能讓人展現天馬行空的想像力。可以這樣說，當我開始為了取暖與做為棲身之所而使用這間房子時，我才真正住在這房子裡。我找了一對老柴架來用，讓木柴可以和壁爐保持一點空間，這讓我看得到親手蓋的煙囪後方所形成的煤煙痕跡，我非常滿意，因此在撥動爐火時，我覺得自己更有權利，也更滿足了。我住的地方很小，難以引起回聲，但因為只有一個房間，距離鄰居又很遙遠，感覺似乎就大了一點。房子所有吸引人之處都集中在一個房間裡，這裡就是廚房、臥室、客廳和起居室，無論是父母、小孩、主人或僕人，住在屋子裡能享有的滿足，我全都享受到了。老加圖說，一家之主的鄉村別墅必須有「存放油和酒的地窖以及許多桶子，以便從容應付艱困時期；這會是他的優勢、美德和榮耀。」（*cellam oleariam, vinariam, dolia multa, uti lubeat caritatem expectare, et rei, et virtuti, et gloriae erit.*）我在地窖放了一小桶馬鈴薯，與兩夸脫左右、還住著蟲的豌豆，在架子上放了一點米、一罐糖蜜，還有黑麥和玉米粉各一配克[3]。

我有時候會夢想擁有一棟更大、人更多的房子，矗立在黃金時代，由堅固的材料建造而成，沒有無謂的薑餅裝飾[4]，仍舊只有一間寬敞、簡單、實用、原始的大廳，不需要天花板或抹灰泥，只有裸露的椽梁和椽木，頂著頭上那一層低低的天宇，這便足夠我遮雪避雨了。當你跨過門檻向古代的農神禮敬時，王柱與后柱就豎立著接受你的敬禮。在這棟寬廣幽深的屋子裡，你必須拿根長竿，在上頭綁上火炬，舉起竿子才能看到屋頂；在屋裡，有人可能在壁爐邊，有人可能在窗台邊，有人坐在高背靠椅上，有人在大廳的一頭，有人在另一頭，如果願意，也可以和蜘蛛一起住在椽梁上。在這裡，當你打開外面大門，就直接進入了屋子裡，什麼客套的禮節都免了；在這裡，疲憊的旅人可以梳洗、吃東西、聊天、睡覺，不用繼續奔波。在暴風雨之夜，你會很高興能抵達這樣的棲身之處，裡面的必需物品一應俱全，而且不必費心打點。你一眼看去，就可以看到屋裡所有的有用物品，都掛在木釘上。屋子裡的空間同時是廚房、食物儲藏室、客廳、臥室、雜物儲藏室和閣樓；你可以看到水桶或梯子這類有用的東西、櫥櫃這樣方便的東西；你還可以聽到水壺在燒水，也可以向為你燒飯的火爐和烤麵包的爐子致意。這裡最顯眼的裝飾品就是必備的家具和餐具。如果洗好的衣物沒有晾在外面，爐火沒有弄熄，女主人也不會生氣。也許，有時候要請你移動一下，別擋到地板上通往地窖的暗門，好讓廚師可以走下去。你不用蹬腳就可以知道，地板下面是實心或是另有空間。這個房子裡頭空蕩蕩的，像鳥巢一樣，你從前門進去，後門出來，一定會看到裡面住的一些人。來這裡作客可以自由走動，不會被有意禁止進入屋內其他八分之七的地方，或是被關在某間小房間裡，然後還對你說請把這兒當作自己家，隨意就好，但其實根本就

3 Peck，配克，英制容量單位，約九公升。

4 十九世紀流行的一種洛可可風、漩渦形裝飾。

是單獨監禁。現在的主人不會讓你到他的壁爐，但是會找來一個泥瓦匠，在走道上為你另建一個壁爐。所謂的熱情好客，就是和你保持最遠距離的藝術；煮個飯也是神祕兮兮，好像他企圖給你下毒似的。我曾經到過很多人的房產上，也可能被依法請出去過，但是我並不覺得自己已經去過很多人家裡了。住在我所描述的房子裡的人，有如過著簡樸生活的國王和王后，如果我要去他們家，也可能穿著舊衣便去拜訪；但如果我被抓進去的是一座現代宮殿，我唯一想學的就是如何從那裡告退。

我們在客廳使用的語言彷彿已經失去了所有的勇氣，徹底退化成一堆冗長的廢話，我們的生活也已經遠離了它的象徵符號[5]，因此所用的比喻和修辭也一定要拐彎抹角、牽強附會，就像得靠托盤上菜一樣。也就是說，廚房和工作間實在距離客廳太遠了。甚至晚餐也只是晚餐的一種比喻。好像只有野蠻人才足夠貼近自然和真理，可以從中借用修辭。住在西北領地或曼島[6]的學者，怎麼能判斷廚房裡的議會在說什麼話呢？

然而，在我的客人中，卻只有一、兩個人敢留下來和我一起吃玉米粥。但當他們看到真的要吃下肚的危機來臨，卻急急忙忙打退堂鼓，好像吃了玉米粥就會動搖這個房子的根基。儘管如此，煮過那麼多次玉米粥，我的房子依然屹立不搖。

直到寒冬來臨，我才開始替屋子塗上灰泥。我用船從湖對岸帶回了一些更白、更乾淨的沙子，如果有需要，這種交通方式能誘我到更遠的地方。在這段期間，我的房子四面從上到下釘滿了木條。在釘木條時，我很高興能敲一次榔頭就把釘子釘牢，我的目標是將灰泥從板子上整齊、快速地塗到牆上。我記得有個故事講到一個眼高手低的傢伙，穿得人模人樣，常常在村子閒晃，對工人的工作指指點點。有一天，他忽然心血來潮，要用行動代替吹噓，於是捲起袖子，拿起了水泥匠的木板，當他的泥刀刮滿灰泥，沒發生什麼意外後，就帶著得意的神情看著頭上的木板條，然後大手向上一揮要去抹灰泥，結果，全部灰泥直接掉到他摺了邊的胸口衣領上，狼狽不堪，糗態畢露。抹灰泥的經濟和便利實在讓我讚嘆不已，它可以有效阻隔寒風，讓工程有個好看的收尾，也讓我領悟到水泥匠會遭遇到的各式各樣意外狀況。我很驚訝地發現，在抹平灰泥之前，磚塊會非常快速地吸走水泥裡的水分。因此，要蓋一座新的壁爐，必須要用掉好多桶水。去年冬天，我用河裡學名為 *Unio fluviatilis* 的貝殼燒製成少量的石灰粉，這麼做是為了實驗，這樣我才知道可以去哪裡取得材料。如果我想做的話，可以在一、兩英里內找到很好的石灰岩，並且自己燒製成粉。

這種時候，湖水在最陰涼和最淺的小灣處已經結冰了，比整座湖水結冰還早了幾天，甚至早了幾個星期。最先結凍的冰特別有趣和完美，因為它堅硬、黝黑，卻是透明，提供了觀察淺水處湖底的最佳機會。你可以躺在厚度只有一英寸的冰上，就像水面上的水蜘蛛一樣，從容地端詳離地只有兩、三英寸深的湖底，彷彿在看玻璃後的一幅畫。而且，此時的湖水一定是平靜的。我看到沙子上有許多溝槽，留下生物已經走過、再走過的痕跡，至於上面的殘骸，則充斥著由白色石

5 指語言。

6 西北領地（North West Territory）實際上位於目前美國的中西部，但是在美國剛成立時，相對於原本的北美十三州而言，這塊領地的確位於西北邊。此地範圍包括了賓州以西以及俄亥俄河西北的土地，相當於現在的俄亥俄州、印第安那州、伊利諾州、密西根州與威斯康辛州的全境，加上明尼蘇達州的西北部。曼島（Isle of Man）又稱馬恩島，位於英國與愛爾蘭之間，是英國皇家屬地，但在法律上並非英國的一部分。

英微粒所構成的石蠶[7]殼。也許溝槽就是這麼形成的，因為在溝槽中發現了這些昆蟲的外殼，儘管其深度和寬度似乎比昆蟲更大。但是，最有趣的東西是冰本身，不過你只有在最一開始才有機會研究。如果在結冰後當天早晨仔細檢查冰，你會發現大部分的氣泡最初看起來是在冰層裡面，但其實是在冰層的下面，而且還有更多氣泡從底部不斷上升。雖然此時的冰層仍然相對較硬、顏色較深，但你可以透過冰層看到湖水。這些氣泡的直徑從八十分之一英寸到八分之一英寸，非常清澈美麗，還可以透過冰層看到你的臉倒映在這些氣泡上。在一平方英寸的空間中，可能有三十、四十個氣泡。冰層裡面也有細長橢圓的垂直氣泡，長約半英寸，還有朝上翹的尖錐狀氣泡；如果冰才剛剛結凍，常常還可以看到微小的球形氣泡，一個接一個相連，串珠似的。不過，在冰層當中的氣泡不如表層下的氣泡那樣多，也不那麼明顯。我有時會丟石頭到冰上測試冰層的硬度，如果把冰層打破，就會把空氣一起帶到冰層中，在結冰層下方形成了非常大而明顯的白色氣泡。有一天，我在四十八小時後又回到同一個地方，雖然冰層厚度又增加了一英寸，但從冰面的破裂處，我可以清楚看到那些大氣泡仍然十分飽滿。但是，由於過去兩天非常溫暖，像印第安的夏天[8]，導致冰層現在不夠透澈，只能呈現墨綠色的水，至於水底則呈現了渾濁的白或灰。雖然結冰厚度是之前的兩倍，卻一點也不如原本堅硬。因為在這種熱天下，氣泡大幅膨脹而且凝聚在一起，已失去了規律性，氣泡不再一個連著一個，而是像從袋子倒出來的銀幣，一個一個彼此重疊，或是變成了薄片，占據狹長的裂縫。到這時候，冰的美感就消失了，現在才要來研究湖底就為時已晚了。因為十分好奇我的大泡泡位在新的冰層何處，於是挖出一塊冰，裡面有一顆中型氣泡，接著我把冰塊倒過來看：氣泡周圍和下方結成新冰，也就是氣泡夾在兩層冰之間，整個氣泡位於下層的冰，但也靠近上層，呈扁平狀，或者說，有點像雙凸透鏡狀，圓邊，深四分之一英寸，直徑四英寸。我驚訝地發現，在氣泡正下方，冰非常規律地融成了一個倒蓋的茶碟，中間高度為八分之五英寸，在水和氣泡之間有一片薄冰，厚度幾乎不到八分之一英寸。在這層薄冰中，許多處都有小氣泡向下爆開，而且，在最大的氣泡下也許根本沒有冰，因為這些氣泡的直徑長達一英寸。我推斷，第一次見到冰面下的無數微小氣泡，現在也同樣被凍結至冰層中了，而且每一個小氣泡或多或少都像凸透鏡一樣，在冰面下融解冰塊。這些小氣泡就像是小氣槍，不斷發出噗噗聲，讓冰塊一個個破裂。

最後，正好在我把牆面塗好灰泥後，冬天正式來臨了，寒風開始在房子四周颳得颼颼叫，好像終於得以痛快呼嘯。一夜又一夜，雁群在黑暗中笨拙又緩慢地飛來，一路伴隨著沙啞的叫聲和振翅聲，就連地面都積滿了雪之後，仍有雁姍姍來遲。有些雁降落在瓦爾登湖上，還有一些則低空飛過費爾港的樹林，前往墨西哥。有好幾次，我在晚上十點、十一點從村裡回來的時候，聽到一群雁或鴨的踏步聲，牠們正成群結隊去覓食，踩過了我家後方池塘邊樹林的乾枯落葉；我還聽到牠們的領隊在匆匆離開時發出的微弱鳴叫和嘎嘎聲。一八四五年，瓦爾登湖在十二月二十二日晚上第一次完全凍結，弗林特湖和其他較淺的湖泊河流至少十天前就結冰了。一八四六年，十二

7 指某些生活在水中並形成圓筒形外殼的生物幼體。
8 指冬天來臨之前忽然回暖的天氣，類似秋老虎。

月十六日；一八四九年，是十二月二十七日；一八五二年，是一月五日；一八五三年，是十二月三十一日。從十一月二十五日以來，地面開始積雪，周遭突然變成了冬季景色。我躲進我的小屋，努力在屋裡和心中維持一團烈火。我現在在戶外的工作項目是收集森林中的枯木，我拿在手中或扛在肩上，有時候則是兩邊胳膊下各夾著一棵枯死的松樹，就這麼拖到我的屋子。一排已經老舊的籬笆對我來說就是極大的收穫。我拿來燒掉獻給伏爾干[9]，因為它們已經祭過護界神特米努斯（Terminus）了。用雪中撿來（或者說，偷來）的木頭煮晚飯，是一件多麼有趣的事啊！麵包和肉都可以煮得很香甜。大多數城鎮的森林都有足夠的柴薪和各種廢木料可供生火，但目前還沒有溫暖到任何人，因為有些人認為這會阻礙幼木的生長。另外，湖上還有漂流的浮木。夏天時，我發現一艘用油松做的木筏，樹皮還在上面，是愛爾蘭人在建鐵路時把它們釘起來的。我把木筏的一部分拖到岸邊，在水中浸泡了兩年，又在高地上晾了六個月後，儘管泡過水的部位還未全乾，但木頭十分完好。在一個冬日裡，我自得其樂，把木頭一根一根拖到湖岸，拖了快要半英里。木頭長十五英尺，一端靠在我的肩膀上，一端放在冰上，我在冰上拖著滑行。我還會用樺木枝條把幾根原木捆在一起，再用較長的樺木或赤楊，在末端裝上掛勾，把木頭拖到湖岸。雖然木頭完全泡了水，幾乎和鉛一樣重，但不只能燒很久，還可以燒得非常熱。而且，我認為木頭泡過水後更好燒，因為松脂被水封住，就像罩子罩住的油燈可以燒得更久一樣。

吉爾平[10]在描述英國森林邊境的居民時，是這麼說的：「闖入者的侵占，以及因此在森林邊界築起房屋和籬笆，」乃是「在舊《森林法》中，被視為嚴重的妨害行為，會以侵占公產的罪名受到嚴重懲罰。」這是因為，這些行為會驚嚇到野生動物，並且危害森林。然而，我比獵人或伐木工更關心野生動物和綠化保護，好像我曾是瓦爾登侯爵一樣。哪怕是我自己不小心造成這片森林的任何一處燒起來[11]，我也比森林土地的業主難過更久，更傷心欲絕。另外，業主砍樹時，我也很傷心。我希望我們的農民在砍伐森林時能像古羅馬人一樣——他們把一片神聖的樹林（*lucum conlucare*）修剪得稀疏一些，或是讓陽光能照進林子時，對樹林總是抱持著敬畏之心，因為他們相信，森林是上帝的聖地。羅馬人會在這時舉行贖罪祭，並如此祈禱：無論這片森林屬於哪個男神或女神，這片森林都是神聖的，願您賜福給我、我的家人和我的孩子等等。

值得注意的是，即使在這個時代，在這個新的國家，林木的價值仍然比黃金更持久，也更普遍。儘管我們已經有這麼多的發現和發明，大家還是需要木頭，因為木頭對我們來說，仍像我們的撒克遜祖先和諾曼祖先那年代一樣寶貴。如果他們用木頭做弓箭，我們便是用木頭做槍托。三十多年前的植物學家弗朗索瓦·安卓·米蕭（François André Michaux）說，紐約和費城的燃料木柴價格「幾乎等於——有時甚至超過——巴黎最好的木柴價格，儘管這個大城市每年需要消耗超過三十萬考得的龐大數量，而且周圍三百英里的土地都已經開發了。」在這個城鎮，木柴價格幾乎穩定上漲，唯一的問題是今年的價格會比去年高出多少。工匠和商人特地親自前往森林，一定是來

9 Vulcan，伏爾干，羅馬神話中的火神。

10 William Gilpin，威廉·吉爾平（一七二四—一八〇四），英國作家。

11 一八四四年四月，梭羅和友人無意間引起一場林火，燒毀多達三百英畝的森林，他為這件事情內疚和難過了許多年。

參加木柴拍賣會，甚至連伐木之後撿拾廢木的權利，也願意付出高價。很多年來，人們一直從森林取得燃料和藝術品的素材，無論是新英格蘭人和新荷蘭人，巴黎人和凱爾特人，農民和羅賓漢，姑蒂．布雷克和哈里．吉爾[12]，世界上的大多數地方，王子和農民，學者和野蠻人，大家同樣需要從森林取得木柴取暖、燒飯。我也一樣，沒有木柴就活不下去。

每個人看著自己的柴堆都會萌生一種情感。我喜歡把柴堆放在窗前，碎木片越多，越能讓我回想起滿意的工作。我有一把沒人要的舊斧頭，冬天的時候，我在屋子向陽的那一側，用這把斧頭砍掉豆田中必須砍斷的殘株。當初我在鋤地時，趕牲畜的人預言過，木柴會帶給我兩次溫暖，一次是我把它們劈開的時候，一次是把它們拿去燒的時候，所以，沒有其他燃料可以比它釋放出更多的熱氣。至於斧頭，別人建議我讓村裡的鐵匠焊接一下。但是我自己弄好了，我用樹林裡的胡桃木做斧柄，效果還能接受，雖然鈍了些，至少還堪用。

幾片樹脂含量高的松木就是一筆很大的財富。光是想到地球臟腑內還藏有多少這種生火的燃料，就讓我覺得有趣。過去幾年，我經常去一些光禿禿的山坡探勘，那裡曾經是一片松樹林，我也挖了些油脂含量高的樹根，它們的硬度幾乎堅不可摧。樹頭的殘餘部位至少有三、四十年了，雖然邊材已經完全腐爛成腐植質，心材依然堅固，厚厚的樹皮距離樹心四、五英寸，形成了一個與地面齊高的環。你用斧頭和鏟子就可以挖出這種礦，然後沿著那黃得像牛脂的蘊藏地區越挖越深，彷彿你已經挖到黃金礦脈。不過我通常用森林裡枯乾的樹葉點火，這是我在還沒下雪之前就先預留在小屋裡的。伐木工人在樹林裡紮營時，會很有技巧地把翠綠的山胡桃木劈開，做成引火的柴木，我有時候也會準備一些這種柴木。當村民在天邊點燃灶火時，我的煙囪也升起裊裊炊煙，讓瓦爾登湖的各種野生居民知道，我還是清醒的——

輕盈的煙霧，伊卡洛斯之鳥，
向上飛翔，翅膀就會融掉；
黎明的使者，你是無聲的雲雀，
盤旋在村莊上方，劃地做為你的巢穴；
或者，你是消逝的夢，
是午夜撩起衣裙的幽靈；
在夜裡，為星光蒙上面紗；
在白天，使光線黯淡，並遮住太陽；
去吧，我焚香的煙啊，
從這個壁爐升起，祈求神明寬恕這清明的火焰。

剛劈開的堅硬綠色木材，雖然我很少使用，卻比其他木料更適合生火。我在冬天下午外出散步時，有時會把火燒得很旺，等我三、四個小時回來後，火還沒滅，仍依稀閃爍著火光。雖然我

12 英國詩人華茲華斯（William Wordsworth）的詩歌中，貧窮老婦姑蒂・布雷克（Goody Blake）到哈里・吉爾（Harry Gill）家去偷柴火。

出門了，但是屋內並不會空盪，就好像我留下了一名開朗的管家。那裡就是我和火在住，事實證明我的管家通常值得信賴。然而有一天，我在劈柴時順便從窗外往屋裡看了一下，以確認屋子沒有著火，這是我記得特別焦慮的唯一一次。我看了一眼，驚訝地發現我的床鋪已經著了一小團火，我趕緊進去把火撲滅，但仍燒出了一塊和手掌一樣大的痕跡。不過整體來說，我的房子位於光線充足又避風的位置，屋頂很低，所以幾乎在任何冬日的中午，我都可以把火熄滅，也不覺得冷。

鼴鼠在我的地窖裡築巢，不只吃掉我三分之一的馬鈴薯，還用我抹灰泥剩下的氈毛和馬糞紙做成舒適的床。即便是最野生的動物，也和人一樣喜歡舒適和溫暖，牠們能夠熬過冬天，就是因為牠們足夠小心謹慎，確保自己得到舒適和溫暖。我有一些朋友把話說的好像我是故意到森林凍僵自己似的。動物只需要在有遮蔽的地方，做個可以用自己體溫取暖的床就好；但是人們因為發現了火，就在寬敞的房間裡緊閉門窗，讓空氣不外流，以加溫室內的空氣，而不是用磨蹭取暖的方式保暖。人們以這樣溫暖的室內做他的床，還能脫掉累贅的厚重衣服在室內走動，把寒冬的室溫維持得像夏天似的，又藉著窗戶讓光線照進來，藉著油燈延長白晝。因此，他超越本能走了一兩步，節省了一點時間來附庸風雅。不過，當我長時間暴露在寒風中，全身就會變得遲鈍；而當我回到溫暖的屋內時，很快就恢復了身體機能，並延長了我的生命。但是，最豪華的住所在這方面幾乎沒有什麼值得吹噓的事，而且我們也毋需費力猜測人類最終將如何滅亡。只要北風吹得稍微強烈一些，隨時都可以輕鬆讓人斷送生命。我們持續記載著「寒冷星期五」和「大雪天」[13]那兩次史上數一數二寒冷的日子，但只要再來個更冷的星期五，或一場更大的風雪，就會終結人類在地球上的生存。

由於我並不擁有森林，第二年冬天，我為了省錢，就用了一個小爐子，但是火力維持的效果沒有像以前的開放式火爐那樣好。大部分時候，煮飯不再具有詩意，只是一種化學過程。現在有了爐子後，我們很快就忘記自己以前也像印第安人那樣在灰燼上烤馬鈴薯。爐子不僅占用空間，把屋子熏得都是味道，還將火藏匿起來，讓我覺得好像失去了一個同伴。你總是能在火中看到人的神情，勞動者在晚上看著火，便能淨化他在白天積累的無意義感和世俗想法。但是現在，我不能再坐下來凝視著火了，這讓我再次想起一個詩人[14]貼切的話語，而且帶著一股全新的感受：

明亮的火焰，
你那珍貴、生動的形象和親切的同情心，
請永遠不要拒絕我。
為何只有我的希望揚升地如此明亮？
為何只有我的命運在夜裡如此沉淪？
你受所有人的歡迎和喜愛，
為什麼會從我們的壁爐和大廳消失？

13 寒冷星期五，指一八一〇年一月十九日，當天新英格蘭地區大降溫，甚至有人凍死。大雪天，指一七一七年二月十七日新英格蘭地區的大雪。

14 指的是美國詩人胡珀（Ellen Sturgis Hooper）。

是否你的存在太過於虛幻，
不能做為我們沉悶生活中常見的光？
你耀眼的光芒是不是在偷偷地
和我們投緣的靈魂議論著許多祕密？
太過大膽的祕密？

我們現在安全又強壯，
因為坐在壁爐旁，
沒有昏暗的陰影晃動，
沒有歡樂與悲傷，
只有一團火溫暖了手腳——其他別無所求；
身旁堆滿實用的柴堆，
現在可以坐下來安心就寢，
不必擔心從黯淡的過去遊蕩而來的幽靈，
因為陪我們一起對話的是火光閃閃的老木柴。

康科德草原一景，攝於 1860 至 1920 年間。

論清醒的心靈

我們一定要學著讓自己重新甦醒，並保持清醒，不是靠機械的幫助，而是靠著對黎明的無限期望。這股期望從不會棄我們而去，即使是在我們最安穩的睡眠中。

We must learn to reawaken and keep ourselves awake, not by mechanical aids, but by an infinite expectation of the dawn, which does not forsake us in our soundest sleep.

(p.111)

清醒，才是活著。我從來沒有遇過一個非常清醒的人。

To be awake is to be alive. I have never yet met a man who was quite awake.

(p.111)

為什麼我們總要把自己降到最駑鈍的覺知程度，還要稱讚這就是常識？

Why level downward to our dullest perception always, and praise that as common sense?

(p.371)

只有我們覺醒之際，天才會破曉。還有更多精神上的黎明
即將破曉。和那比起來，太陽不過是一顆晨星。

Only that day dawns to which we are awake. There is more day to dawn. The sun is but a morning star.

(p.379)

早晨是我清醒過來的時候，
黎明不在外面，而是在我的裡面。

Morning is when I am awake and there is a dawn in me.

(p.110)

XIV. 昔日居民和冬季訪客

我在這裡經歷了幾場痛快的暴風雪，也在我的爐邊度過幾個愉快的冬夜，即使外頭風雪肆虐，甚至蓋過了貓頭鷹「呼——呼——」的嚎叫。好幾個星期以來，除了幾個偶爾來砍柴、駕雪橇運回村裡的人之外，我散步時都沒遇見其他人。然而，大自然卻為我在樹林裡最深的積雪中闢出了一條小徑，當我走過時，風把橡樹葉吹進我的足跡，在下陷的腳印裡留下了樹葉，它們吸收陽光，融化了雪，不只為我的腳安排一條便道，到了夜晚還成了可以指引我的黑線。談起人類的社交活動，我不得不想起這些樹林的昔日居民。根據同鎮居民的回憶，我家附近的道路曾回響著居民的笑聲和交談，他們的小花園和房子點綴著道路兩旁的森林，不過那時候樹林較現在更隱密，大大遮蔽了居民的房屋。我也記得，有些地方的松樹會刮到馬車兩側，另外，不得已單獨走到林肯鎮的婦女和兒童，一路上總是擔心受怕，經常有好長一段距離是用跑的。雖然這條小路主要是通往鄰近村莊，或是讓伐木工人隊伍行經，但以前的景色變化萬千，曾經令過客著迷不已，久久不能忘懷。從村莊到森林之間那一大片結實的開闊田野，原先是一片有楓樹的沼澤區，當時的道路穿過這裡，地基用木頭鋪設，而那些殘留下來的木頭毫無疑問仍留在塵土飛揚的公路地下，一路從斯特拉頓農場——即如今的貧民救濟院——通往布里斯特山。

在我的豆田東邊，馬路對面，曾住著伽圖．英格漢。他是康科德仕紳鄧肯．英格漢的奴隸，英格漢替奴隸蓋了一間房子，並允許他住在瓦爾登森林裡。這個伽圖，可不是羅馬共和時代的學者加圖，而是康科德的伽圖。有些人說他是幾內亞的黑人，還有幾個人記得他種過一小塊胡桃林，準備靠這些樹來養老，但後來被一名投機的年輕白人買了下來。不過，他現在也住在一樣狹窄的房子了[1]。伽圖那半個已遭埋沒的洞穴還在，只是知道的人很少，路過的人也看不見，因為被幾棵松樹遮住了。那裡現在長滿了光滑的漆樹（*Rhus glabra*），和最原始的一種黃色紫菀（*Solidago stricta*），十分茂盛。

在我豆田更靠近小鎮的一角，黑人女子齊爾法有一棟小房子，她在那裡紡織亞麻布賣給鎮民，她的嗓音宏亮又突出，整個瓦爾登森林都回響著那尖銳的歌聲。一八一二年的戰爭中，她人不在家時，英軍戰俘放火燒了她的家，把她的貓、狗和母雞全部燒死了。她的生活很艱苦，已經到了有點不太人道的程度。有個以前常到這片森林的人還記得，某天中午經過她家時，聽到她在咯咯作響的罐子旁喃喃自語：「你只剩皮包骨，皮包骨了！」在那裡的橡樹林中，我還看過她房子的殘餘磚塊。

在布里斯特山，順著右邊的路上，曾住著布里斯特．弗里曼，他是個「手巧的黑人」，原本是大地主康明斯的奴隸。當年布里斯特種植和照料的蘋果樹如今仍在，已經是很大的老樹了，不

1 指墳墓。

過我覺得果實仍然自然，蘋果風味十足。不久以前，我在林肯鎮的舊墓地看到他的墓碑，碑有點歪斜，位置靠近康科德撤退陣亡的無名英國擲彈兵之墓。在墓碑上，他被稱為「西比奧．布里斯特──一個有色人種」，好像他的膚色曾經褪色過，但他其實應該有資格被稱為「非洲征服者西比奧」[2]。墓碑明確地告訴我他的死亡時間，但這只不過是間接地告訴我他曾經活過。與他長眠此地的是他熱情又好客的妻子芳達，她幫人算命，很討人喜歡。她的體型又大又圓、皮膚又黑，比任何黑夜之子更黑，如此黑嘟嘟、圓滾滾的身材，在康科德真是前所未見的一號人物。

沿著山再走下去，森林裡的老路左邊是斯特拉頓家族農莊的遺址，他們的果園曾經遍布整座布里斯特山的山坡，但是多年前已被松樹取代，除了幾個殘餘樹樁還在。這些老樹根又長出許多茂盛的野樹。

繼續朝著鎮上走，在路的右邊，森林的邊緣，就來到了布列德家。那裡因為有某個魔鬼作怪而出名，這個魔鬼雖然在古代神話裡沒有專屬的名字，卻在新英格蘭人的生活中扮演了駭人聽聞的角色，他應該像任何神話人物一樣，值得有朝一日某人為他寫下傳記。他總是先喬裝成朋友或雇工來到你家，然後把你家搶劫一空，並奪走所有人的生命，這個惡魔就是新英格蘭的蘭姆酒。但是，此地發生過的悲劇也不必說太多，或許該讓時間來沖淡悲劇色彩，給它們潤色一下。此地流傳過最含糊和最可疑的傳說就是，這裡曾經有一家酒館與一口水井，是給路人酒水和馬匹休息的地方。在這裡，人們互相致意，聽新聞，報消息，然後各自上路。

布列德的小屋十幾年前還在，只是好久沒有人住了，大小和我的小屋差不多。如果我沒有弄錯的話，是一群惡作劇的小孩在選舉之夜放火把它燒了。那時我住在村子的邊緣，正沉迷於英國詩人達夫南特（Davenant）的詩作《岡迪伯特》（*Gondibert*）。那年冬天，我深受嗜睡症困擾，順道一提，我從來不知道這是不是家族遺傳的問題，我有一個叔叔在刮鬍子時也能睡著，而為了保持清醒，他每個星期日都必須偷偷到地窖挖掉馬鈴薯上的芽，以遵守安息日不可工作的教規[3]。或者，我會嗜睡是因為我試著隻字不漏地拜讀查爾默（Patrick Chalmer）編撰的英國詩集，而我的納維族[4]卻完全被它打敗。就在我一邊看著書，一邊點頭打瞌睡時，火警的鐘聲響了起來，救火車趕緊往那裡開去，帶路的是一群散亂的男人和男孩。而我跳過了小溪，就跑到最前頭了。我們以為失火的地方是遠處森林的南端。我們這些人以前都救過火，有人經歷過穀倉、商店，或住宅著火，或者全都經歷過。有人大喊：「是貝克的穀倉。」另一個人很篤定地說：「是科德曼家啦。」然後又一陣火苗從森林裡竄出，好像屋頂燒塌了的樣子，我們大聲喊道：「康科德的人來救火了！」一載滿乘客的馬車急速駛過，其中說不定有保險公司代理人，不管火燒得離他有多遠，他都必須趕到現場。救火車的鈴聲在後面響起，距離越來越遠，速度雖慢，但顯得穩重；而跟在最後面的——大家後來竊竊私語地說——就是那一群先放了火的人，又跑來報火警。我們繼續像個真正的理想主義者，忽略了耳聞目睹的證據，直到在路上拐彎處聽到劈里啪啦的聲音，實際感受到了牆壁那頭傳來的熱氣才意識到：啊！我們到火場了。親臨火場反而冷卻了我們的熱情。起初

2 Publius Cornelius Scipio，西比奧，古羅馬執政官，出征非洲時打敗了迦太基的漢尼拔，史稱「非洲征服者西比奧」（Scipio Africanus）。
3 因為安息日不可工作，也不可終日睡覺。
4 Nervii，納維族，古羅馬時代被凱撒打倒的一個北歐部族。此處梭羅用 Nervii 來假代讀音相近的 nerve（神經）。

我們還想把整個池塘的水都潑上去滅火，但後來的結論是，就讓它燒吧，因為火勢已經失控，救火毫無意義。於是，我們站在救火車的周圍，彼此互相推擠，並透過傳聲筒來表達看法，或者低聲談論之前看過的大火災，包括巴斯康商店的那次火災。我們這群人私下想，如果能及時帶著我們的「澡盆」[5]到那裡，附近又有滿水的池塘，再怎麼蔓延的大火，我們也能把它化為一場洪水。我們最後沒搞什麼惡作劇就撤退了，我也回去繼續看《岡迪伯特》和睡覺了。不過，說到《岡迪伯特》，我並不認同前言的一句話，他說，機智就是靈魂的火藥，而「大多數的人都不具備機智，正如印第安人沒有火藥」。

第二天晚上，大約同一時間，我碰巧經過那片田地，聽到有人在低聲哽咽，我在黑暗中走向前去，發現了我所認識這個家族裡的唯一倖存者。他承襲了家族的優點和缺點，只有他真正在乎這場火災。他趴在地上，望著下面地窖牆壁仍在冒煙的餘燼，一如往常地自言自語。他整天都在河邊的草地工作，一有時間就會過來看看祖先和童年的故居。他交替從不同角度往地窖裡看，一直趴在地上，好像他記得石縫中藏了寶藏似的，但是那裡除了一堆磚頭和灰燼之外什麼也沒有。房子已經沒了，他看到的只剩下斷壁殘垣。我的出現意味著一絲同情，似乎讓他感到安慰。雖然天色已黑，他還是盡力帶我去看那口被蓋住的井。謝天謝地，井是燒不掉的。他沿著牆壁摸索了好久，終於找到他父親堆砌安裝的井。他摸著槓桿末端懸掛重物用的鐵鉤，這是他所剩下唯一可以抓緊的東西了。他試圖說服我，這可不是一般的「取水零件」。我感覺到了，而且現在每天散步時，幾乎都會多注意幾眼，因為它懸掛著一個家族的故事。

回到路的左邊，可以看到井和牆邊的丁香花叢。在現在開闊的田地裡，住著納丁和勒・格魯斯。不過，還是往回走到林肯鎮的方向吧。

更深入森林，到了這條路最接近湖的位置，便是陶匠懷曼住的地方，他替鎮上居民製作陶器，並讓子孫繼承他的手藝。他們在物質上並不富裕，他還在世的時候只能勉強保住那塊土地。治安官常常來向他們收稅，卻徒勞無功，只能「帶走一個小東西」，做個形式。我看過他的記事本，他真的沒有什麼東西可以拿了。在盛夏的某一天，當我在鋤草的時候，一名帶著大量陶器進入市集的男子把馬停在我的田邊，問我有關懷曼兒子的事。他很久以前向小懷曼買過製坯的轉輪，想知道他的近況如何。我曾在《聖經》讀到陶匠的泥坯和轉輪，但我從來沒有想到，我們使用的陶器並不是從古老時代就毫無破損地流傳到現代，或像葫蘆一樣長在樹上。聽到我住的地方有人從事這種陶土工藝，我覺得很高興。

在我之前，這片森林的最後一位居民是個愛爾蘭人，名叫修．考爾（如果我沒有把他的姓氏拼錯的話），他曾住在懷曼的屋子，大家叫他考爾上校，據說他參加過滑鐵盧戰役。如果他還活著，我一定要讓他再把那場仗打一次給我看。他在這裡的職業是挖溝。拿破崙在戰後去了聖赫勒拿島，考爾則來到瓦爾登森林。據我所知，他過得很悲慘。他是一個有禮貌的人，就像見過世面的人，說起話來客氣有禮，都是你沒聽過的用法。他在盛夏時穿著一件大衣，因為他患了震顫譫妄症[6]，臉頰紅得像塗了胭脂。我來到樹林不久後，他就死在布里斯特山腳下的路邊了，所以我沒

5 當時一種用手操作的救火車。

6 一種因慢性酒精中毒導致的精神病。

有想起還有他這位鄰居。在他的房子被拆掉之前，他的同夥把他家視為「不祥之地」，避之唯恐不及，但我去看過。墊高的木板床上，堆著他穿過、捲起來的舊衣服，就像他本人一樣。壁爐上擺了一根破掉的菸斗，泉水邊倒是沒有破掉的碗[7]。碗在泉水旁損壞永遠不會成為他死亡的象徵，因為他向我承認，雖然他聽說過布里斯特泉，但從來沒有親眼見過。另外，弄髒的方塊、黑桃和紅心K等紙牌散落滿地。還有一隻沒被行政官員捉走的黑雞，牠的羽毛如黑夜般漆黑，而且非常安靜，連一聲唧唧叫也沒有。牠依然住在隔壁房間，等待著狐狸雷納德[8]。屋後依稀有花園的模樣，應該是種過東西的，但因為他那可怕的癲癇會發作，所以即使到了收穫季，也從來沒有鋤過草。園子裡長滿了羅馬艾草和鬼針草，後者的倒刺還附著在我的衣服上。房子後面掛了一張不久前的土撥鼠皮，這是他最後一件滑鐵盧戰利品，不過，他再也不需要溫暖的帽子或手套了。

現在，只有地上的坑洞才能標明這些房屋舊址的位置，另外，還有埋在地裡的地窖石頭，以及長在向陽面草地上的草莓、覆盆子、樹梅、榛樹和漆樹。松樹和長滿瘤節的橡樹占據著原先煙囪的一角，或許當年門前石階就位於現在那棵芳香的黑樺木搖曳的地方。有時候，水井的凹洞依稀可見，那裡曾有泉水湧出，如今卻長滿了乾枯無淚的雜草。或許，當這個家族最後一個人離去時，用了石板蓋住井口，再鋪上厚厚的草皮，也許要很久以後才會被人發現。覆蓋泉井之時，也是開起淚井之時，多麼令人悲傷的舉動啊！以前人們曾在此生活，在喧囂與熱鬧的場合中，說不定曾以某種形式、方言或其他方式輪番討論過「宿命、自由意志、絕對預知」[9]的話題，如今卻只剩下這些老舊的地洞。這些地窖的坑洞就像被遺棄的狐狸穴，但是從他們的討論中，我只得到這個結論：「伽圖和布里斯特騙人。」這幾乎和著名的哲學學派歷史一樣具有啟發意義。

在門框、門楣、門檻都消失了一個世代之後，丁香花依然長得異常茂盛，並在每年的春天綻放出芳香的花朵，讓沉思的過路人自由摘取。由孩子在門前庭院親手種下的花，如今佇立在荒蕪庭院的牆腳，讓位給新生的樹林了。因此，那些丁香花是最後的遺孤，是這個家族唯一的倖存者。黑人小孩萬萬沒想到，他們在屋後陰暗處插下兩片嫩芽的細枝，只要天天澆水就能自行生根，不只活得比他們這些孩子久，還活得比在後頭給它遮蔭的屋子更久，比大人的花園和果園更久，並在孩子長大、去世後，又過去了半世紀，仍悄悄把他們的故事講給孤獨的流浪者聽。它們就像第一個春天那樣開花，開得好美，而且芬芳馥郁。丁香花那始終如一的嬌嫩、高雅、歡樂的色彩，深深烙印在我的腦海裡。

但是，這個小村莊也有更大的發展機會，為什麼康科德能夠存留下來，而它卻消失了呢？是因為沒有天然的優勢，沒有水資源，是嗎？唉，深邃的瓦爾登湖和清涼的布里斯特泉，本來可以讓人長期暢飲，而且有益健康，可惜人們沒有好好善用，只是拿來稀釋他們的杯中物，因為他們都是貪杯之徒。難道編籃子、打掃馬廄、織地毯、烤玉米、織麻布、製陶器等行業，沒在這裡蓬勃發展過，讓荒野像玫瑰一樣開花，讓許多後代可以繼承祖先的土地？貧瘠的土壤至少能防止低地的退化。唉！這些人類居民的記憶居然沒有替這片山水增添風采！也許，大自然會再次

7 出自《聖經》的典故，象徵人的死亡。
8 在文學上，雷納德（Reynard）即狐狸的代稱，出自法國阿爾薩斯—洛林地區的民間傳說。
9 出自米爾頓的詩作。

嘗試，讓我來當第一位拓荒者，而我去年建好的房子將成為這個小村落裡最古老的房屋。

在我占用的這塊土地上，我不知道以前有沒有人蓋過房屋。拜託不要讓我住在古老城市遺址[10]上所建設的城市，因為這裡的材料已是廢墟，這裡的花園也成了墓地。土壤不再肥沃，並遭到了詛咒，而在這種情況成為必然之前，地球本身可能已經毀滅了。帶著這樣的回憶，我把人煙再次帶進森林，也藉此讓自己慢慢進入夢鄉。

在這個季節，我很少有訪客。當積雪最到深的時候，一、兩個星期都不會有人走近我的屋子，但我就像田鼠，又像牛或家禽一樣舒舒服服地住著，據說牠們可以長時間埋在雪地裡，即使沒有東西吃也活得下來。或像本州薩頓鎮早期拓荒的那一家人，一七一七年那場大雪完全蓋住了他們的小屋，當時男主人剛好外出，幸好有個印第安人看到煙囪的熱氣在雪堆裡融出一個坑洞，才得以發現小屋，因此把那家人救了出來。不過，現在並沒有哪一個友善的印第安人來關心我，但也沒有必要，因為這個房子的主人就在家裡啊。大雪啊！聽起來多麼令人開心啊！此時農民無法駕著馬車到森林或沼澤，因此不得不砍倒自家門前提供遮蔽的樹，當積雪變得更硬時，就去砍沼澤地的樹，然後到了第二年春天就會發現，他們砍的地方離土地還有十英尺呢。

雪積最深時，從公路到我家那條半英里長的小徑，就變成了蜿蜒曲折的虛線，點與點之間相距很遠。在天氣平靜的日子裡，我可以整整一個星期來回都走相同的步數、相同大小的步伐。我故意像圓規一樣精準地把兩腳足跡深深印在小徑上——冬天就是會把我們限制在這樣的固定路線上，而腳印往往呈現出天空藍[11]。不過，沒有天氣會惡劣到阻礙我散步，或者阻礙我出門，因為我經常在最深的雪地上跋涉八到十英里，去拜訪櫸木、黃樺，或是松林裡的老友。當冰雪壓彎了松樹枝條，會讓樹冠顯得更尖，看起來變得有如冷杉。我也曾經在兩英尺深的積雪中艱難地爬到山頂，每走一步都會震動身旁的樹，引起頭上的一場小雪崩。就連獵人早已閉門不出的日子裡，我也只能手腳並用，在雪地匍匐前進。有天下午，我自得其樂地看著一隻橫斑林鴞（*Strix nebulosea*），牠棲息在一棵白皮松的低矮枯枝上，緊挨著樹幹，那時恰好是在大白天，我站的地方離牠還不到一桿遠。我走動時，牠能聽見我的腳踩在雪上的聲音，但顯然看不見我。當我發出最大的聲響，牠會伸出脖子，豎起頸部羽毛，睜大眼睛，但牠的眼瞼很快又閉上，再度打起盹來。這樣看著牠半小時後，我也萌生睡意了，牠就兩眼半睜半閉地坐著，像貓一樣，或說是像有翅膀的貓兄弟。牠的眼瞼中間只留一道窄縫，讓我維持在牠半圓的視線之中。牠就這樣用半睜半閉的雙眼從夢境中望出，努力想弄清楚我是某種模糊的物體還是塵埃，如此干擾牠的視線。最後，因為某個更大的聲響，或是我越走越近的關係，牠顯得不安，慢慢在樹枝上轉了個身，彷彿美夢被吵醒，很不耐煩似的。當牠飛離枝頭，飛過松林，翅膀伸展的寬度出人意料，我卻一點也聽不見牠振翅的聲音。因此，橫斑林鴞並不是靠視覺，而是靠著靈敏的翅膀對周圍環境的感應，在微光中找到新的棲身之所，也許在那裡，牠能夠靜靜等待曙光的到來。

當我走過貫穿草地的長長鐵路堤道時，一陣陣呼嘯而過的寒風襲來，因為只有在那裡，風才

10 在梭羅的時代，考古學界已經挖掘出地下的幾個重要古城。

11 由於腳印周邊的積雪吸收了陽光中的紅色和黃色，只有藍光能夠穿透雪層。

可以橫行無阻。當寒霜抽打我一邊的臉頰時，儘管我是異教徒，我還是把另一邊的臉頰轉過去讓它打[12]。從布里斯特山來的馬車道上，路也不好走。雖然空曠草原上的白雪已經在瓦爾登湖兩側像牆壁般堆積起來，不用半個小時就能把前一個路人的腳印覆蓋過去，但我就像友善的印第安人，仍然要到鎮上去。回程時，又要從新的雪堆中踉蹌舉步，忙碌的西北風不停將粉狀白雪斜斜堆積在路上的急轉彎處，連一隻兔子的蹤跡都看不到，更不用說草地裡田鼠的小腳印了。然而，即使在寒冬時期，我也看過溫暖、有如春天的沼澤地，生長著常綠的野草和臭菘，而一些耐寒的鳥兒偶爾會來這裡，等待大地回春。

有時候，儘管下著雪，在我晚上散步回來時，會看見伐木工人從我的門口走出來所留下的深深腳印，還會在壁爐邊發現他削的木屑，甚至房子裡還瀰漫著他的菸斗味道。或者，在一個星期天下午，如果我剛好在家裡，會聽到一個長臉[13]農夫走來的踏雪聲，他從遠處穿過樹林，到我家來串門子。他是少數「在農場上的人」[14]，身上穿的不是教授長袍，而是一套工作服，他可以隨時引用教會或政府的道德教誨，就像他從穀倉院子拉出一車肥料似的輕鬆。我們談到原始簡樸的時代，當時人們在寒冷日子裡會圍坐在大型篝火旁，而且個個腦袋清楚。聊到沒有點心可以吃時，我們就用牙齒去咬那些聰明的松鼠早就放棄的堅果——外殼最硬的堅果，裡面往往是空心的。

有個詩人曾經冒著最惡劣的天氣，踏過最深的積雪，從最遙遠的地方來到我的木屋。農夫、獵人、士兵、記者，甚至哲學家都可能不敢過來，但是沒有什麼能攔阻這個詩人，因為他是發自於純粹的愛而來的。他來去自如，誰能預測？即使連醫生都入睡不出診時，他的天職也隨時會召喚他出門。我們讓小屋裡的歡笑聲不絕於耳，而且回響著好多低沉但清醒的談話，足以彌補瓦爾登山谷長久以來的沉默。相比之下，百老匯可顯得冷清又荒涼了。我們可能十分淡定地提到剛剛才說過的笑話，或正要談到的笑話時，就忽然放聲大笑。我們一邊喝著稀粥，一邊創造出許多「全新」的人生哲理，這樣就把吃吃喝喝的優點和探討哲學所需的清醒頭腦結合在一起了。

我永遠不會忘記，在湖邊生活的最後一個冬天，還有另外一個我十分歡迎的訪客[15]，他曾經冒著雨和雪，在黑夜中從鎮上走來，直到他在樹叢裡看見我的油燈，並和我共度了幾個漫長的冬夜。他算是最後的幾位哲學家，康乃狄克州把他獻給了這個世界。他一開始是在兜售故鄉的商品，後來，正如他自己說的，開始兜售自己的思想，而且到現在還在兜售。他提示上帝的價值，指出世人的惡行劣跡，就像堅果的果仁，這是他大腦思考過所結出的果實。我認為在當今活著的人裡面，他肯定是信仰最堅定的。他的言語與態度總是暗示著一種比別人所知的更好的狀態，無論世道如何演變，他將會是最後一個感到失望的人。現在，他還沒做出什麼轟轟烈烈的大事。雖然相對不受人重視，但只要等他的時機到來，大多數人沒想過的法律將會生效，家長和統治者也將求助於他的建言。

12 引用《聖經》經文：「有人打你的右臉，連左臉也轉過來由他打。」

13 長臉（long-headed）也有聰明的意思。

14 愛默生曾把農場上工作的人分為「人」（man）與「農夫」（farmer）。

15 指愛莫斯．布朗森．奧爾柯特（Amos Bronson Alcott），少年時期在南方當過叫賣小販，梭羅是最早發現他不凡之處的人之一。他後來成為教師、哲學家和改革家，開創了與年輕學生的新互動方式，以談話取代傳統的懲罰。他也是《小婦人》作者露意莎．梅．奧爾柯特（Louisa May Alcott）的父親。

看不清的人，是多麼的盲目啊！[16]

他是人類真正的朋友，幾乎是人類進步唯一的朋友。他就是一個老朽[17]，或應該說是個不朽者。他不厭其煩，堅定信念，把刻在人身上的形象解釋清楚，人其實就是神，但只不過是一座座損毀與傾倒的紀念碑。他以熱情友善的智慧擁抱孩子、乞丐、瘋子和學者，接受所有人的想法，同時又讓想法變得更加豁達和高尚。我想他應該在世界大路上開設一間大旅館，留宿全世界的哲學家，招牌上應該寫道：「招待人，不招待他的畜生[18]。有閒情逸致與平靜心靈的人，真心尋找正道的人，歡迎入內。」在我碰巧認識的人當中，他也許是最理智、最不會反覆無常的人，昨天和今天始終如一。很久以前，我們曾經漫步談心，把俗世完全拋諸腦後。他不屬於任何的機構體制，是個天生自由自在的人。不論我們轉向哪一條路，似乎天和地都融為一體，因為他增添了這片山水的美麗；他是一個身穿藍色長袍的人，最適合的屋頂是天穹，因為那反映出他寧靜的心靈。我看不出他怎麼可能會有離世的一天，大自然應該也捨不得他。

我們每個人都有各自早已乾枯的思想木板，我們坐下來，拿起刀來削它，試一試刀子的利度，也欣賞著五葉松黃澄澄的清晰紋理。我們如此誠心誠意、輕手輕腳地在水中走著，或者一起流暢地把線拉起，因此我們的思想之魚並沒有在溪流中受到驚嚇，或懼怕岸邊的垂釣者，而是大大方方地游來游去，就像在西邊天空飄盪的雲彩，也像有時相聚有時分散的珍珠母群。我們在那裡工作，修訂神話，這裡或那裡改一點，以改善某個寓言，並築起沒有世俗基礎的空中樓閣。他真是偉大的觀察者！偉大的預見者！和他聊天的樂趣，簡直就是一則「新英格蘭夜譚」[19]啊！我們三個人——隱士、哲學家，和我前面提到的老拓荒者，話題不斷延伸擴大！大到把我的小屋擠出裂縫了。我不敢說方圓每一英寸的氣壓超過多少磅，但鐵定已經開了縫了，所以往後必須用許多愚蠢話題來填補後續的漏洞。好在，這樣的麻絮[20]我已經撿得夠多了。

還有一個人[21]，我曾經到過他村子裡的家，和他度過「充實的時光」，真是值得長久記下來。他也會不時來探望我，除此之外，我在那裡已經不再和別人來往了。

在那裡和在別的地方一樣，我有時候也期待著那位永遠不會到來的訪客。印度教經典《毗濕奴往世書》（*Vishnu Purana*）說：「主人應該於黃昏時刻，在庭院門口等待訪客來臨，等待的時間大約為擠一隻乳牛的時間，如果他願意，還可以等更久。」我經常盡到這種熱情好客的責任，等待的時間足夠擠一群乳牛的奶，但不曾看到有哪個人從鎮上過來。

---

16 引自斯托勒（Thomas Storer）的詩作。

17 Old Mortality，老朽，指史考特（Walter Scott）小說中的一個人物，一生都在為舊墓碑清除青苔，為傾斜的墓碑立新碑、刻新字。

18 當時的小旅店招牌通常寫「人畜均受招待」。在此也可能有雙關之意，指人性與獸性。

19 仿照「天方夜譚」（The Arabian Nights）的說法。

20 水手會在空閒時挑撿麻絮，用來填補船隻細縫。

21 指梭羅的好友愛默生。

論獨處與社會

我喜歡獨處。我從來沒有找到比孤獨更適合的同伴了。

I love to be alone. I never found the companion that was so companionable as solitude.

(p.162)

獨自旅行，今天就可以上路；結伴旅行，就得等另一個人準備好。

The man who goes alone can start today; but he who travels with another must wait till that other is ready.

(p.90)

上帝是孤獨的，但魔鬼總在拉幫結夥。

God is alone, but the devil, he is far from being alone.

(p.163)

我的鄰居視為好的許多事情，我的靈魂卻認為是壞的，
因此如果我要對什麼事懺悔的話，
很可能就是我的循規蹈矩.

The greater part of what my neighbors call good I believe in my soul to be bad, and if I repent of anything, it is very likely to be my good behavior.

(p.30)

無論兩條腿跑得多勤，也無法讓兩顆心靠得更近.

No exertion of the legs can bring two minds much nearer to one another.

(p.160)

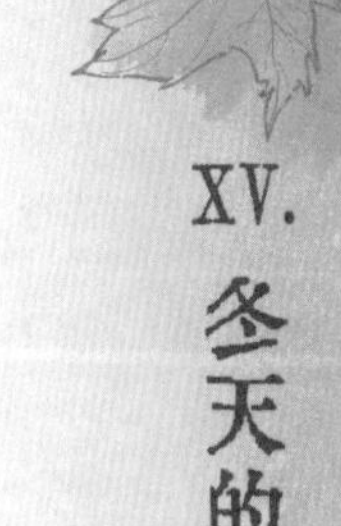

XV. 冬天的動物

當湖水凍結為堅硬的冰時，不僅提供了更快抵達許多地點的全新路徑；當你站在上面時，它也對周圍熟悉的景觀提供了全新的視野。我以前經常在弗林特湖上泛舟與溜冰，但是它被白雪覆蓋之後卻出乎意料的寬闊，而且非常特別，老是讓我想起巴芬灣[1]。在白雪覆蓋的平原盡頭，林肯鎮的山丘環繞著我巍然升起，我卻不記得以前去過那片平原。漁夫在不知道多遠的冰面上，與他們長得像狼的狗一起緩緩移動，讓人誤以為是海豹獵手，或是愛斯基摩人，或者在霧氣迷濛的天氣裡，看起來就像是傳說生物，但我不知道他們算是巨人還是侏儒。我傍晚去林肯鎮演講時就會走這條路，從我住的小屋，直到演講廳的路上，沒有既成的道路，也沒有任何房舍。我在路上經過雁池，這裡也住了一群麝鼠，牠們將小屋蓋在離冰面很高的地方，但是我走過時卻看不見牠們的身影。瓦爾登湖和其他湖泊一樣，通常不會積雪，頂多就是覆著一層很薄、不連貫的浮冰，當其他地方的積雪將近兩英尺深，村民只能在住家附近的街道上活動時，這片湖就成了我的庭院，我可以在上面自由行走。那裡遠離村莊的街道，雪橇鈴的叮叮聲也久久才聽到一次，我就像在踏平的麋鹿園裡輕輕滑行，園子邊緣的橡樹與莊嚴的松樹，有的被雪壓得彎下了頭，有的身上掛滿冰柱。

至於冬天的夜晚，以及經常在白天也能聽見的聲音，是貓頭鷹從遠處傳來的嗚叫，淒涼但又有其旋律，就像是用適當的撥片撥動時，冰封大地會發出的聲音，這也正是瓦爾登森林的本地語言，我後來對這個聲音非常熟悉，雖然我從來沒看過貓頭鷹發出這個聲音時的模樣。每次我在冬夜打開門，幾乎都會聽到這個聲音，「呼—呼—呼—呼爾—呼—」，非常響亮，前三個音節較強，有點像是「浩—得—杜—」[2]，有時也只是單純的呼呼聲。初冬的一天晚上，湖面還沒結冰，大約九點鐘，我被一隻野雁的叫聲嚇了一跳。我走向門口時，聽見了牠們低空飛過我的房子時雙翼鼓動的聲音，就像林中起了暴風雨。牠們掠過湖面飛往費爾港，看起來是被我房內的燈光驚擾，影響了行進。牠們的領頭雁在整個過程中都發著規律的節奏。突然間，從離我很近的地方傳來了無疑是貓頭鷹的叫聲，那是我聽過林中生物所發出最粗糙、最響亮的聲音，這聲音與野雁的聲音交替出現，彷彿決意藉由展現更大聲、音域更寬的土語，暴露並羞辱這些來自哈德遜灣[3]的入侵者，把牠們趕出康科德的地盤。你在這個屬於我的夜晚時刻，驚動了整個城堡[4]，是何用意？你以為我在這個時刻還在打瞌睡嗎？以為我的肺活量與嗓門沒有你大嗎？滾吧，滾吧，滾吧！這是我聽過最恐怖刺耳、最不和諧的聲音了。但是，如果你的耳朵擁有不錯的辨識力，你就能聽出，在

1 Baffin’s Bay，巴芬灣，位於格陵蘭與加拿大北極群島之間的北極海。
2 近似英文的「你好嗎」（how do you do）。
3 Hudson’s Bay，哈德遜灣，位於加拿大中北部。
4 此處典故出於西元前三九〇年，高盧人進攻羅馬時，大批雁群讓整座城受到驚動。

這其中有一種這片原野上從沒見過或聽過的和諧元素。

我還能聽見湖面上冰塊裂開、有如咳嗽的聲音，這片湖就像我在康科德的大床伴，這個床伴彷彿在床上不肯休息，愉悅地翻了個身，卻又為脹氣或惡夢所苦。我有時候會被地面上的寒霜的迸裂聲吵醒，那就像有人指揮整團人馬走過我的門口。接著我在早上就會發現，地面出現了一道長四分之一英里，寬三分之一英寸的裂縫。

有時候，在有月亮的晚上，我能聽見狐狸走過積雪，在四處尋找鷓鴣或其他獵物，牠像林中的野狗，刺耳又凶狠地叫著，似乎在焦慮地掙扎，又像是想表達些什麼，同時努力地找尋光亮，然後像狗一樣在街上自由奔跑。如果我們將漫長的歲月考慮進來，難道這些野獸不也和人類一樣，正在經歷文明的發展過程嗎？在我看來，牠們就像還沒發展完成的穴居人，仍然時時站立防禦，等待著變形。有時候會有一隻狐狸被我家的燈光吸引，靠過來接近我的窗台，對我吼一聲屬於狐狸的詭計多端的詛咒，接著撤退離去。

黎明時分，喚醒我的通常是紅松鼠（*Sciurus Hudsonius*），牠們在屋頂上徘徊走動，又沿著房子兩側跑上跑下，彷彿就是為了叫醒我而被派出森林。整個冬天，我在門口的雪堆上丟了半蒲式耳未熟的甜玉米穗，看到各種動物受引誘而來的姿勢，讓我覺得很有趣。在黃昏與夜裡，兔子固定會來這裡飽餐一頓。白天則是紅松鼠來來往往，靈活的姿態為我提供了大量娛樂。起初，有隻紅松鼠謹慎地穿過矮橡樹叢，在雪地跑跑停停，就像一片被風吹落的葉子，一下子朝這裡跑了幾步，速度與耗費的精力都很驚人；牠「跑步」的速度難以想像，彷彿跟誰打了賭似的，但一下子牠又朝那裡跑了幾步，只是每次都不超出半桿的距離。接著牠突然間停止不動，還做了一個滑稽的表情，並無緣無故翻了個觔斗，彷彿全宇宙的眼睛都在注視著牠。即使是在森林最深處的孤寂角落，一隻松鼠的每一個動作都彷彿是跳舞女郎在為觀眾進行隆重的表演。牠在行動間會不斷停止與兜圈子，而不是直接前行，我還真的從沒見過一隻松鼠安分走路過。接著在你還來不及開口報出傑克・羅賓森[5]的名字之前，牠就突然跳到新生的油松枝頂，上緊牠的發條[6]，對想像中的觀眾破口大罵，既像在獨白，又像在對整個宇宙說話。我實在猜不出來牠這麼做的原因，我想連牠自己都不清楚。最後牠會抵達玉米那裡，選定一棵玉米，繼續按照不規則的三角前進方式，爬到我窗前堆起木頭的頂端，面對面看著我，在那裡待上幾小時，偶爾給自己換一根新的玉米，就坐在那裡飽餐起來。一開始時是狼吞虎嚥，還會把咬了一半的玉米梗丟得到處都是，接著牠挑剔起來，反覆把玩食物，只吃玉米粒的芯。那玉米穗本來是用一隻爪平穩地按在一根木頭上，這時卻因沒抓牢而掉到地上，牠帶著不確定的滑稽表情看著玉米，好像在懷疑它是不是還活著，不確定自己應該去抓回來還是找根新的，又或是乾脆離開。牠這一刻專心想著玉米，下一刻又會聽著風聲。就這樣，這個無禮的小傢伙會在早上浪費許多根玉米，直到最後抓著又長又大、比牠自己還大得多的一根玉米，而且很有技巧地維持平衡，背著它往森林出發，就像老虎背著水牛一樣。牠仍然走著一樣的對角路徑，也照樣走走停停，但牠總是扶著那根玉米。這根玉米對牠而言彷彿太重，不堪負荷，也讓這根玉米處於垂直與水平之間的斜角狀態，但牠仍然決定無論如何都要完成任

5 據說羅賓森是個串門子速度很快的人，常常才通報他人來了，他就離開了。此處意指速度很快。

6 松鼠生氣時常發出吱吱聲，像掛鐘上發條的聲音。

務，真是個少見的無聊又古怪的傢伙。就這樣，牠最後還是把玉米弄到牠住的地方了，或許是四、五十桿外的某棵松樹上。我後來就在樹林裡的各個地方看見到處亂丟的玉米梗。

最後，樫鳥終於出現，而牠們不協調的叫聲老早就傳過來了。牠們從八分之一英里外，小心謹慎地飛過來，偷偷摸摸地在樹端上前進，越來越靠近，然後撿起松鼠掉下的玉米粒。接著，牠們坐在油松枝頭，想狼吞虎嚥這些玉米，但是牠們的喉嚨不夠大，玉米粒會嗆住牠們，費了一番工夫後才吐了出來，接著又花一小時不斷用嘴啄著，要將玉米粒敲碎。牠們就是一群小偷，我對牠們沒啥敬意；但那些松鼠，儘管剛開始還有點害羞，但後來也像這本來就是牠們的東西一樣，理直氣壯地動起手來了。

同時，還來了成群的山雀，牠們撿起松鼠留下的碎屑，飛到最近的樹枝上，將它們放在爪子下，用小嘴喙啄著，彷彿這些玉米是樹幹上的昆蟲，直到碎屑小到可以讓牠們的小喉嚨嚥下為止。一小群山雀每天都會來我的木堆，或者我門口的小玉米屑中飽餐一頓，牠們還會發出微弱但急促的咬舌聲，就像草地裡冰柱的聲音，要不就是發出很有生氣的「代─代─代」聲音，有時甚至很罕見地會在如春日般的日子裡，從木柴堆旁邊傳來琴弦般、屬於夏日的「非─比」聲。牠們後來和我變得很熟，有一隻山雀會停在我準備抱進屋裡的木頭上，毫不害怕地啄著上面的木枝。有一次我在園中鋤地，一隻麻雀在我肩頭停留了一陣子，我覺得這次的經驗比我配戴的任何肩章更讓我感到體面。松鼠後來也跟我熟了，偶爾想走捷徑時會直接從我的鞋上踩過。

當大地尚未被雪花全面覆蓋，以及當冬日將盡，朝南的山坡和我柴堆上的積雪開始融化的時候，鷓鴣早晚都會從林中飛來覓食。無論你在林中哪一個地方漫步，總會有鷓鴣忙著拍打翅膀趕緊飛走，並震落高處枯葉與樹枝上的雪花——雪花襯著陽光灑落，就像金屑似的。這種勇敢的鳥是不怕冬天的。牠們經常被積雪遮蔽，有個傳說提到：「有時候牠們會飛入柔軟的雪地，在裡頭躲藏一、兩天。」當牠們在日落時分飛出森林，到野蘋果樹上吃嫩芽時，我有時會在曠野中驚動了牠們。牠們每天晚上會飛回特定的樹上，而狡猾的獵人就在那兒等著，那時在森林後方遠處的果園裡就會有不小的騷動。但我還是很高興這些鷓鴣能找到食物。牠們是大自然自己養的鳥，就是靠著樹芽和水過活的啊。

在幽暗的冬日早晨，或時間短暫的冬季下午，我有時候會聽到一群獵狗，牠們無法克制追逐的本能，整個森林都是牠們的尖銳嚎叫，跟著傳來的還有間歇的狩獵號角，意味著後方還有指揮者。森林裡又響起了聲音，卻沒有見到狐狸衝往開闊的湖面，也沒有一群獵狗在追牠們的阿克特翁[7]。或許晚上我會看到獵人的雪橇後面懸著一根毛茸茸的狐狸尾巴戰利品，回來尋找旅館過夜吧。他們告訴我，如果狐狸躲在冰凍的地底就可以安然無恙，或者如果逃跑時走一直線，便沒有獵犬能追上牠。但是，當牠把追逐者拋在後面，就會停下來休息，並注意著動靜，直到牠們再次追上，當牠再次逃跑，就會繞著圈子回到老窩，而獵人已在那裡等著牠。但有時候，牠會沿著牆頂跑上好幾桿遠，接著遠遠跳到牆的另一端，似乎知道水不會留下牠的氣味。一名獵人曾經告訴我，有一回他看見一隻狐狸被獵犬追趕，逃到了瓦爾登湖，當時湖上還有許多淺淺的水窪，牠跑

7 Actaeon，阿克特翁，希臘神話中的獵人，因為不小心看到女神沐浴，被變為公鹿，最後被自己的獵犬吃掉。

到湖中央，又跑回原來的岸邊。不久後獵犬追了過來，但在這裡牠們就聞不到氣味了。有時，一群獵犬追獵時會經過我的屋前、越過門後、繞著屋子打轉，完全無視我地大聲嚎叫，好像得了什麼發狂的病症，沒有任何事物能阻止牠們完成這場追逐。於是牠們就這樣繞著屋子打轉，直到找到一個新的狐狸蹤跡。為了狐狸的蹤跡，聰明的獵犬可以放棄一切。有一天，有人從萊新頓來到我的木屋，打聽他的獵犬下落。他的獵犬留下了很長的追蹤痕跡，而且已經自行追獵一個星期了。但我擔心我說的話對他毫無幫助，因為每次我想回答他的問題時，他都會打斷我並且問：「你到底在這裡做什麼？」他丟了一隻狗，卻找到了一個人。

有一個說話索然無味的老獵人，每年總在湖水最溫暖的時節到瓦爾登湖來洗澡，每年也都會來探望我。他告訴我，多年前的某個下午，他背著一把槍去瓦爾登森林打獵，當他走在魏蘭路上，聽到獵犬追上來的叫聲，不久後一隻狐狸跳過牆，來到路上，又在轉念之間跳過了另一堵牆，再度離開路面。他急急忙忙射出的子彈根本沒有碰到牠。一段距離後，來了一條老獵犬媽媽和牠的三隻小獵犬，全速追趕著狐狸，又消失在森林裡。這天下午，他在瓦爾登南方密林中休息時，聽到獵犬的聲音從遠方朝著費爾港而來，牠們還在追逐狐狸，朝這裡來了，獵犬的吠叫聲在整個森林回響，越來越近，一下來自威爾草地[8]，一下來自貝克農場。他靜靜地站著，聆聽這段狩獵音樂良久，在獵人的耳中，這是甜蜜的樂音。突然間，狐狸出現了，踏著輕快的步伐穿過森林走道，牠的腳步聲被樹葉帶著同情的颯颯聲掩蓋，狐狸既迅速又安定，充分掌握著地勢，把追蹤者拋得老遠，接著，牠跳上林中的一塊石頭，筆直坐著聆聽。牠的背朝著獵人，有那麼一刻，獵人的手臂湧上了惻隱之情，但這個情景很快就過去，一念過後，他舉起武器瞄準，接著砰地一聲，狐狸從石頭上滾下，躺在地上變成了屍體。獵人還站在原地，聽著獵犬的嚎叫。牠們追過來了，現在森林附近所有的小徑上都是牠們惡魔般的叫聲。最後，老獵犬跳入視線，鼻子嗅著地，像著魔般吠叫震動著空氣，牠徑直朝著石頭跑去，當牠看到死去的狐狸，便突然停止嚎叫，彷彿被嚇傻了，牠沉默地繞著死狐狸打轉，小獵犬陸續到場，跟牠們的母親一樣，也受神祕氛圍震撼而默不出聲。接著獵人走到牠們中間，這場謎團終於解開。牠們安靜地等他剝下狐狸皮，然後跟著狐狸尾巴走了一段路，最後再度拐進森林。這天晚上，一名威斯頓的鄉紳找到這名康科德獵人的小屋，打探自己獵犬的下落，還告訴他，牠們如何自行從威斯頓的森林，追獵了一個星期。康科德的獵人將自己所知的事告訴他，還要將狐狸皮送給他，但對方沒有接受就離開了。這個晚上，他沒有找到他的獵犬，但他在次日發現，牠們已經過了河，在一個農家過夜，在那裡被人餵飽後，一大清早又離開了。

告訴我這件事的獵人還記得一個名叫山姆．納丁的人，他過去常在費爾港岩架區獵熊，然後拿著熊皮在康科德村裡換蘭姆酒喝，他告訴那個獵人，自己曾經看過一隻麋鹿。納丁有一隻有名的獵狐犬，名字叫做博爾戈因，但他總念作「布金」，告訴我這件事的人常向他借這隻狗。我在鎮裡一名老生意人的「帳簿」裡看到了後面這樣的紀錄，這名老生意人曾當過上尉、鎮上的書記以及代表，他的帳簿是這樣寫的：一七四二至三年，一月十八日，「約翰．梅爾文，用一張灰色

8 Well Meadow，威爾草地，在費爾港灣岸上，瓦爾登湖西邊一英里處。

狐狸皮，借了零磅二先令三便士」。現在這裡已經找不到灰狐狸了，在他一七四三年二月七日的總帳上，赫澤奇亞．史特拉登「用半張貓皮，借了零磅一先令四．五便士」。這當然是山貓皮，因為史特拉登在法國戰爭時擔任過中士，自然不會拿比山貓皮更糟的東西來預支款項。這裡也可以拿鹿皮預支款項，而且每天都有交易。有個人還留著這附近最近被殺死的鹿的鹿角，另一個人對我如數家珍地敘述他叔叔參加的狩獵活動細節。獵人從前在這裡是個人數眾多又相處愉快的團體。我還記得有個叫做寧路[9]的瘦子，如果我沒記錯的話，他隨手在路邊撿起一張葉子就能吹出一個旋律，而且比任何狩獵號角更狂野、更動聽。

在月亮當空的午夜，我有時候在回家的小路上會遇到獵犬，牠們在林中四處尋覓，彷彿有點害怕似的從我經過的路上躲開，並靜靜站在樹叢裡等著我走過。

松鼠和野鼠開始爭奪我儲藏的堅果。我的屋子四周有幾十棵油松，直徑從一英寸到四英寸，去年冬天才被老鼠啃過。去年是個挪威般的寒冬，雪下得多，積得也深，牠們只好在食物中加上大量的松樹枝。這些樹活了下來，雖然樹腰被咬了一圈，到了仲夏仍然長得茂盛，許多樹甚至還高了一英尺，但又過了一個冬天後，它們卻無一例外全都死了。一隻小老鼠居然可以用一頓晚餐就吃垮一棵樹，也是讓人嘖嘖稱奇。牠們是繞著一條圓吃，而不是上上下下跳著吃。不過，也許這是必要的安排，好讓林木稀疏一些，因為它們已經太濃密了。

野兔（*Lepus Americanus*）就和人更親近得多，有一隻整個冬天都藏在我的房子下面，與我只有一道地板之隔。每天早上，我起床而牠慌張離去時，牠的頭總會撞到我的木地板，發出砰、砰、砰的聲音，經常讓我嚇一跳。在黃昏時分，牠們會跑到門口吃我扔掉的馬鈴薯皮。牠們和泥土的顏色非常類似，所以在安靜不動時，你幾乎分辨不出來。有時在夜色裡，對著一隻安安靜靜坐在窗前的野兔，我有時可以辨識，有時又認不清楚。當我在夜間推開門，牠們會吱地一聲跳著跑走。當觸手可及時，牠們會激發我的憐惜之情。有一個晚上，一隻野兔就在我門口，離我只有兩步之遙，剛開始時牠怕得發抖，不敢移動，這可憐的小東西，骨瘦如柴，耳破鼻尖，尾巴無毛，腳爪細弱。看起來好像連大自然都容不下這個血液高貴的族群了，但牠還是獨自挺立著。牠的大眼看來年輕，卻不健康，幾乎有點水腫。我向前一步，牠彈力十足地躍起，彈過雪地，優雅地挺起身子，很快地在我與牠之間拉開了一個森林的距離，這就是狂放自由的野性，維護著牠的活力與大自然的尊嚴。牠保持這麼苗條纖細的體型，確實是有原因的。這就是牠的天性。（兔子的拉丁文*Lepus*，源自*levipes*，有人認為是腳步輕盈的意思。）

如果沒有兔子和鷓鴣，還算什麼鄉野？牠們是最單純、最土生土長的動物，是古人與現代人都非常熟悉的可敬族群。牠們與大自然相同色調、相同本質，與樹葉、土地和彼此都是最親近的聯盟，牠們可能是長著翅膀的飛禽，或是有腿的走獸。當你看見兔子和鷓鴣跑走，你不會覺得看見了野獸，而是像你在騷動樹葉時自然會出現的回應。兔子和鷓鴣一定會繼續存在，就像土壤中真正的原生物種，不論外界如何改變都一樣。如果森林被砍伐了，新芽與樹叢還會冒起，提供牠們藏匿之所，而且數量還會更多。不能讓兔子維持生計的鄉野，必然是貧瘠的。我們的森林充滿

9 Nimrod，寧路，聖經人物，是耶和華面前最有能力、最冷酷的獵人。

了兔子和鷓鴣，在牧童用細枝籬笆和馬鬃設置的陷阱周圍，在每一個沼澤附近，都可以看見兔子和鷓鴣穿梭。

瓦爾登湖冬日一景，攝於 1860 至 1920 年間。

論獨處與社會　之二

孤獨並不是用一個人與同伴之間的空間距離來衡量的。

Solitude is not measured by the miles of space that intervene between a man and his fellows.

(p.162)

如果一個人沒有跟上同伴的腳步，也許是因為他聽到了不一樣的鼓聲。

If a man does not keep pace with his companions, perhaps it is because he hears a different drummer.

(p.372)

最真實的事實，從來不是透過人與人的溝通而來。

The facts most astounding and most real are never communicated by man to man.

(p.254)

我們的社交活動通常太廉價低俗了。我們在短時間內頻繁見面，但根本沒有時間為彼此獲取任何新的價值。

Society is commonly too cheap. We meet at very short intervals, not having had time to acquire any new value for each other.

(p.163)

一個人如果有信念，他走到哪裡都可以與人合作；如果沒有信念，不管進入哪一個團體，都無法與人合作。

If a man has faith, he will co-operate with equal faith everywhere; if he has not faith, he will continue to live like the rest of the world, whatever company he is joined to.

(p.90)

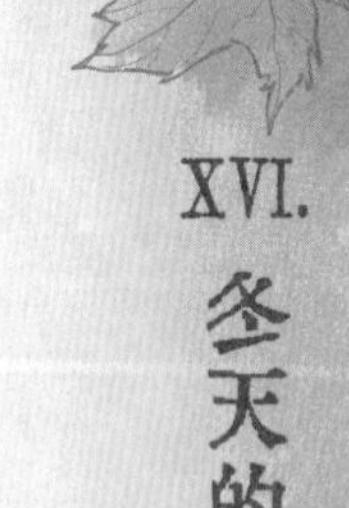

XVI. 冬天的湖

在一個寧靜的冬夜之後，我醒來時還留著一個印象，好像有人向我提出了某些問題，我在睡夢中努力回答，卻答不上來，包括什麼、如何、何時，以及何處？但是，窗外是黎明時分、生機盎然的大自然，她帶著安詳滿足的神情，看著我寬闊的窗戶，並沒有對我開口發問。我醒來時就看到一個已經有了答案的問題，也看到了大自然與白晝之光。大地還堆著深雪，年輕的松樹點綴其中，我的房子所坐落的那個斜坡似乎在說，前進吧！自然並不發問，對凡人的問題也不回答。她早已有了決定。「啊！王子，我們以讚嘆的目光凝視著，並將宇宙奇妙多變的雄偉景象傳送到我們的靈魂。夜幕無疑地把這個光榮的創造遮掩了一部分，但是白晝一來，就讓我們看見這個從大地延伸至蒼穹的偉大作品了。」[1]

接著我開始做晨間工作。首先，如果不是在作夢的話，我便帶著斧頭和桶子去找水。經過寒冷又飄雪的夜晚，找到水需要一根探水杖。每到冬季，原本對所有呼吸都非常敏感、能反射一切光影而微微顫顫的液態湖面，就凝結成厚一英尺或一英尺半的固態冰塊，連最笨重的聯馬車都可以從上面通過。更甚者，冰上也可能積上了同樣厚度的雪，讓你分不出湖水與平地的分界。它像周圍山裡的土撥鼠，閉上了眼簾，要沉寂三個多月。站在積滿厚雪的平原上，彷彿站在群山包圍的牧場中，我先鑿穿一英尺的雪，然後再鑿過一英尺厚的冰，在腳下鑿開了一扇窗，然後跪著喝水。我向下看著魚兒安靜的起居間，那裡瀰漫著一種柔和的光線，彷彿是透過毛玻璃照入的，明亮的細沙地板也和夏天一樣溫暖。就像在琥珀色的黃昏陽光下洋溢著平靜無波的安寧氣氛，與其中的居民冷靜平和的氣質互相呼應。天空在我們的腳下，一如在我們的頭上。

清晨，萬物因冰霜而顯得清新易碎，人們這時候帶著釣竿和簡單的午餐，在白雪覆蓋的地面撒下魚線，垂釣梭魚與鱸魚。這些野人，他們用直覺跟隨著其他生活方式，並信任其他權威人士，而不信任自己同個鎮上的人。他們就這樣來來去去，反而把各城市的不同之處縫合在一起，如果不是這樣，城市之間將仍是分裂的。他們穿著厚實的粗呢大衣，坐在乾燥如樹葉覆蓋的岸邊吃著午餐，他們對自然事物的理解，就像文明人對人為事物的了解。他們從不向書本請教問題，但他們所做的事比他們所知道、所能說出來的多更多。據說，一般人還不知道他們所做的事。有一個人竟然用大鱸魚做餌來釣梭魚，你看著他的桶子就像看著夏天的湖泊，令人大吃一驚，彷彿他把夏日鎖在家裡，或是知道它躲去了哪裡。請問，他究竟是如何在隆冬時節捕到這些魚的？喔，原來是因為土地結了冰，他便改從朽木中找蟲子，於是就讓他捕到了。他的生活比博物學家的研究更深入自然，他本身就應該是博物學家鑽研的對象。博物學家用刀子輕輕掀起苔蘚與樹皮尋找

1 出自印度梵文史詩經典《摩訶婆羅多》。

昆蟲，而他則舉起斧頭將木頭砍到中心，讓苔蘚與樹皮遍地紛飛。他就是靠剝樹皮維生的。這樣的人有釣魚的權利，我也樂於看見大自然在他身上的展現。鱸魚吞了昆蟲的幼蟲，梭魚吃了鱸魚，然後漁夫吃了梭魚，食物鏈中的每一道缺口就這樣補起來了。

我在有霧的日子繞著湖泊轉時，有時候會對粗枝大葉的漁民採取的原始捉魚方法感到很有意思。他可能會在冰上狹窄的小洞放著赤楊枝，這些小洞離岸邊都是等距，彼此隔了四、五桿遠，樹枝尾端會綁著繩子，避免被拉下去。他們將這條鬆鬆的線穿過赤楊樹的小樹枝，在冰上的一英尺處懸著，再綁上一片乾燥的橡樹葉，只要它被拉下去，就代表有魚上鉤了。你只要繞著湖走半圈，就能在霧氣迷濛中看見這些有自己規則的赤楊枝。

啊，瓦爾登的梭魚啊！當我看著牠們躺在冰上，或者當我看著牠們待在漁人在冰上挖出來、底部鑿了小洞讓水流入的小井裡游動時，總是為了牠們的罕見之美而驚嘆，彷彿牠們是神奇之魚，在街上很難看見，連森林裡也很難找到，就像在康科德很難看見阿拉伯的東西一樣。牠們有一種耀眼又超凡的美，街上被大吹大擂、顏色蒼白的鱈魚與黑線鱈，根本無法和牠們相提並論。牠們不像松樹這般碧綠，也不像石頭這般灰白，更不像天空那般蔚藍，但在我的眼中，牠們擁有更罕見的色彩，像花朵、像寶石，彷彿牠們就是珍珠，是瓦爾登湖水的結晶。牠們當然徹頭徹尾、自始至終是瓦爾登湖的生物，在動物界裡，牠們就是小瓦爾登家族，是瓦爾登族群。讓人訝異的是，在這又深又廣的泉水裡，遠離了瓦爾登路上經過的牛群、馬群、馬車與鈴聲響亮的雪橇車隊，這麼脫俗的黃金翠玉色魚兒，在這裡游來游去，竟然也在這裡被抓。我從沒在市場上看過這種魚，牠在那裡一定會受到眾人矚目。釣起牠們很容易，牠們只是迅速抽動幾下，就放棄了水中的靈魂，像一個凡夫俗子，時辰未到就化成一縷天上的輕煙了。

由於我渴望重新見到久不見天日的瓦爾登湖底，一八四六年初，我在湖冰開始融化之前，就仔細使用羅盤、鉸鏈和測深錘進行探測。關於這個湖的底部，或者說它的深不見底，已經有許多傳說——這些傳說當然是沒有根據的。有一件事倒是很有趣，人們寧願一直相信一座湖泊沒有底，而不願意花工夫去探查真相。我在附近散步時，已經看過兩個這種所謂的無底湖泊。許多人認為，瓦爾登湖能一直通到地球的另一邊。有些人在冰上趴了很久，透過那會令人產生錯覺的媒介往下看，也許雙眼也都是水氣，但因為擔心胸口受寒，於是迅速做出結論，說他們看到了許多大洞，「也許可以塞進一整車的乾草」（如果有誰想駕這輛車的話）。有人還說，那裡毫無疑問就是冥河的源頭，通往地獄的入口。還有人從村裡過來，帶著「五十六」磅重的錘和一車的測量繩，仍沒能測出湖底深度。因為當「五十六」還躺在路邊休息時，他們還想繼續放繩，探測自己吃驚的能力。這才是真正沒有底線的，結果當然是徒勞無功。但我可以向讀者保證，瓦爾登湖當然有一個堅固的湖底，儘管深度不太尋常，但並非不合理。我只用一條釣鱈魚的釣線以及一顆重約一磅半的石頭，便輕鬆完成了測量，而且我能準確判定石頭離湖底多遠——因為原本要很費力才拉得動石頭，但提起後下方有水的支撐，就不必那麼費勁了。湖水最深處是一〇二英尺，加上後來上漲的五英尺湖水，總共就是一〇七英尺。這麼小的面積，能有這樣的深度真的是很神奇。不管你有多大的想像力，都不會讓它少掉一英寸。要是所有的湖水都很淺，那又怎樣呢？難道它不是對人類心智做出了反應嗎？這座湖泊是如此深邃、如此純淨，它本身就是一個象徵，讓我滿懷感恩之情。只要人們相信無限的概念，有些湖泊就會被認為是無底湖了。

有個工廠老闆聽說了我推算的深度後，認為不可能是真的，因為根據他對堤防的了解，細沙不可能停留在如此陡峭的角度。但即使是最深的湖，和它的面積比起來，也沒有大多數人想像的那麼深，如果把湖水抽乾，也不會留下太陡峭的山谷。它們不會像群山之間的杯子形，這座湖的深度就面積來說雖然超乎尋常，但是從中心的縱切面來看，也不會比淺盤子更深。大部分的湖，把水抽乾後剩下的草地，也不會比我們常見的草地更低窪。描述風光總是絕妙又準確的威廉．吉爾平，站在蘇格蘭洛奇費恩灣（Loch Fyne）源頭時這樣描述：「一個鹽水海灣，水深六十到七十噚[2]，寬四英里。」其長約五十英里，高山環繞，他繼續觀察道：「如果我們能在沖積層爆裂或大自然偶發的大變故之後，在大水還沒湧入之前就馬上看到它，那必然是多麼可怕的一個深淵啊！」

山峰如此高聳，
窪地如此深陷，
河床又大、又深啊。[3]

可是，如果我們把洛奇費恩灣的最短直徑和其深度相比，並把這個比例和瓦爾登湖對照，我們就知道瓦爾登湖的縱切面不過是一個淺盤，而洛奇費恩灣的深度更只有瓦爾登湖的四分之一。前面說洛奇費恩灣的水如果抽光，缺口會有多可怕的說法，也不過如此而已。毫無疑問，許多現在種著玉米田、彷彿笑臉迎人的山谷，水退之後都和這個「可怕的深淵」一樣，只是需要有地質學家的洞察力與遠見，才能說服深信不疑的居民相信這個事實。只要一雙好奇的眼睛，就可以在低矮的山丘上探查到原始的湖岸，因此即便是後來升起的平原，也未必能隱藏它們的歷史。在公路上工作的人都知道，大雨過後形成的水窪，是找到空洞最好的方法。至於其體積，只要用上一點點想像力，就會估得比實際的自然狀況更深、更高。所以我們也許可以發現，海洋的深度與它的寬度相比，根本就微不足道了。

由於我是透過冰測量水深，所以我對湖底形狀的判斷比沒有結凍的港灣更準確，因此，我對湖底的整齊勻稱感到相當驚訝。在最深的部位，有數英畝的地竟然比在陽光下、在風裡，以及被耕作過的任何田地都更為平坦。我在冰上的一個點隨意挑了一根線，結果在測量的三十桿範圍內，高低相差不超過一英尺。一般來說，在靠近湖心的地方，我可以事先推算，無論朝任何方向移動一百英尺，湖底深度的上下差距都在三至四英寸之間。有些人習慣說，即使是像這樣平靜的沙質水域，底部也有很深且危險的洞，但是在這種情況下，水的作用也會把一切的不平之處填平。湖底的規律性以及它與湖岸和附近山丘的一致性是如此的完美，因此遠處的一個岬角可以從湖的對岸測量出來，而它的走向也可以從觀察對岸來判斷。岬角變成沙洲和淺灘，溪谷和山溝則變成深水和海峽。

2 Fathom，噚，水深單位，一噚約為一．八三公尺。

3 出自米爾頓的詩作。

當我以十桿比一英寸的比例尺繪製湖泊地圖，並在上面標出一百多處的深度時，我發現了一個驚人的巧合，我注意到顯示最深處的數字都落在地圖的中央。然後我拿一把尺放在地圖上，先畫南北向的線，再畫東西向的線，令我大感驚訝的是，雖然湖底幾乎是平坦的，湖的輪廓也不規則，線條長度也把小灣計算在內，但南北向與東西向各自最長直線的交會點，正好就是湖底最深的位置。我告訴自己，誰知道這是否暗示了海洋最深處的測量方法，也能套用在湖泊或水坑的測量方法呢？如果把山丘視為谷地的相反，是否也可以運用這個規則來測量山的高度呢？我們知道，一座山最窄的地方並不是它最高的地方。

五個小灣中的三個——或者說在我測量過的小灣中——入口處都有一片沙洲，裡面的水較深，因此，沙洲讓水域朝橫向與縱向擴張，形成了內灣與獨立湖，兩個岬角的方向便指示了沙洲的方向。在海岸上，每個港口的入口處都有沙洲。灣口的寬度如果比長度更大，那麼沙洲的水就會比內灣的水更深，而且比例相同。當你知道小灣的長度與寬度，以及周圍水岸的特性，你就幾乎掌握了足夠的元素，可以列出公式計算每一個實例了。

根據這個經驗，為了測試只透過觀察湖面的輪廓與湖岸的特性，能否準確推測出一座湖的最深位置，我畫了一張白湖的圖。這座湖占地約四十一英畝，也像瓦爾登湖一樣，湖中沒有島，也沒有可見的進水口與出水口，由於最長的橫線和最短的橫線位置十分接近，有兩個相對的岬角在那裡互相靠近，還有兩個相對的水灣向後延伸，於是我在最長線上，以及距離最短線不遠的位置標了一個點，並把這個點當成我預測的最深點。結果，最深處距離我標示的點不到一百英尺，比我估計的點更遠一點；而深度為六十英尺，只比我的預測深一英尺。當然，如果有溪流經過，或者湖上有島嶼，想要準確測量就會複雜得多。

如果我們知道所有的自然法則，那麼我們只需要一個事實，或者關於一種實際現象的描述，就可以推知那一點的所有特定結論。但我們現在只知道幾條法則，推論的結果也並非無懈可擊。當然，這並不是因為大自然的混亂和不規則，而是因為我們在計算時對必要元素的無知。我們對法則與和諧的看法，通常受限於我們已觀察的例子。但是，由大量看起來相互衝突、實際上卻遙相呼應的事物所構成的和諧與法則，雖然還沒被我們觀察到，但其實是更美好的。特定的法則就像我們身為旅人時的觀點，我們每走一步，山的輪廓就會改變，山有無數樣貌，但只有一個形狀。然而，即使我們把山劈開或鑿穿，也無法窺其全貌。

我對湖泊的觀察心得也可以套用在倫理上，那就是平均法則。兩條直線的法則，不僅引導我們找到太陽系中的太陽，以及人體中的心臟位置，還能根據一個人的特定日常行為與生活起伏的總和——包括他的港灣與入口處——畫出其長度與寬度，而這些線條的交會之處，就是此人性格最高或最深的點。也許我們只需要了解他的海岸線走向以及附近的地形環境，就能推斷他的深度和隱藏的底線。如果他的周圍群山環繞，像一個險峻的湖岸，山峰被遮蔽而看不到頂，並倒映在他的胸懷，這便顯示他有著相應的深度。如果湖岸低窪又平坦，則意味著他在那方面略顯膚淺。在我們的身體上，明顯突出的額頭表示思想的深度。在我們每一個小灣的入口處都有一塊沙洲，或者可說是我們個性上的特殊傾向，每一個都是我們某一時期的港灣，我們在那兒短暫逗留過，有一部分也在那裡扎根。這些傾向通常不是隨機的，它們的形狀、大小與發展方向，是由湖岸的岬角決定，那是過去土地隆起的軸心。當這個沙洲逐漸隨著暴風雨、潮汐或洋流增高，或因水位消退而升高，最後露出水面，一開始它只是代表岸邊的某個傾向，其中蘊含某種思想，最後則變成一個從海洋切割出來的獨立湖泊。當那個思想確立了自身的生存條件時，也許就從鹹水變成了淡水，或變成甜海、死海，或者沼澤。在每一個人誕生之時，難道我們不能說有個沙洲在某個地方浮出水面了嗎？的確，我們都是不太拿手的航海者，所以我們的思想大多數時間都在沒有港口的海岸上徘徊，只熟悉詩意的小港灣，或只能駛進公共港口，航進枯燥的科學碼頭，所有人只是為了適應世界而調整，也沒有自然的洋流讓他們保有自己的個性。

至於瓦爾登湖，除了雨、雪和自然蒸發，我沒有發現其他的進水與出水了，但說不定用溫度計與繩子就可以找到，因為水流入湖泊之處可能在夏天時最冷，在冬天時最溫暖。一八四六至一八四七年，有一天採冰工人在這裡幹活時，他們運到湖岸的冰塊被運冰業者拒收了，原因是冰塊厚度不夠，無法與其他冰塊並排存放。因此，採冰工人發現，有一小塊地方的冰比其他地方薄了二到三英寸，於是他們認為那裡有個進水口。他們也指給我看另一個地方，認為那裡是「過濾洞」，湖水透過這個洞從山底漏出，再流入附近的草地，他們還把我推過去看呢。那是個在水下十英尺深的小洞，但是我敢擔保，除非他們找到更大的漏洞，否則這座湖泊並不需要焊補。有人認為，既然找到了這麼一個「過濾洞」，要知道它是否確實和草地相連，那麼只要在洞口撒下有色的粉末或木屑，然後在草地的湧泉處擺一個過濾器，它就會在水流經過時攔下一些顆粒，這樣就可以證實了。

我在測量時發現，十六英寸厚的冰塊在微風中也會像水一樣波動。一般人都知道，在冰上無法使用水準儀。所以我的測量方法是在岸上架起一部水準儀，並在冰上放一根有刻度的竿子，然後在岸上觀察。儘管冰層似乎與湖岸緊緊相連，但在離岸一桿遠的冰層測量出的最大波動幅度卻有四分之三英寸。在湖中央的波動幅度可能更大。如果我們的儀器夠精密，或許還能測量出地殼的起伏？當我把水準儀的兩根支架放在岸上，第三根支架放在冰上，從這根支架上方看出去，我發現，冰層極微小的波動就足以在對岸的樹上造成幾英尺的高度差。當我為了測量而開始鑿冰時，冰上還有三、四英寸的水，是從厚厚的積雪滲下來的，一旦鑿開洞，水馬上就流入，並在深處水流中流了兩天，融化並帶走了各處的冰。即使這不是讓湖面的水變乾的主因，也是重要因素之一，因為水一流入，冰面就會上升而且浮起。這有點像是在船底打洞，讓水流出去。當這些洞口也凍結，之後再下一場雨的話，就會形成一層光滑的新冰，裡頭帶著一種美麗斑駁的黑色花樣，形狀有點像蜘蛛網，這是從四面八方流向中心的湖水沖出來的，或許可以稱之為冰玫瑰花飾。有時候，當冰上布滿淺水坑，我會看見自己有兩個影子，一個的腳站在另一個的頭上；一個在冰上，另一個在樹上或山坡上。

寒冷的一月，冰雪又硬又厚，精明的地主為了他們夏天的冷飲，便從村中跑來鑿冰——在穿戴著厚重大衣跟手套的一月天，很多東西都還沒準備好的時候，就能預見七月的酷熱與飢渴，真是聰明得讓人讚嘆，甚至有些可悲啊！也許他在世間累積的財物，沒有什麼可以為他冷卻明年夏天的飲料。他將固態的瓦爾登湖切了又鋸，把魚兒的屋頂掀開，將牠們賴以維生的元素與空氣裝上車，用鏈子和木樁像捆木頭一樣捆好，接著穿過宜人的冬日空氣，放進冰冷的地窖，在那裡等待夏天。當冰塊從街上經過，遠遠看著就像固態的藍天。這些鑿冰者是一群快樂的人，愛開玩笑，也愛胡鬧，每次我走過去，他們總會邀我站到下面，和他們一起拉鋸子切冰。

一八四六到一八四七年的冬天，有一天早晨，一百名帶著希伯波瑞恩[4]極地血統的人突然湧進我們這座湖。他們帶著許多車的笨重農具——雪橇、犁、單輪手推車、割草刀、鐵鍬、鋸子和耙子，每個人還背著一根長柄的兩股叉。這些農具在《新英格蘭農人》或《耕種者》這些雜誌上都沒見過。我不知道他們是要來播下冬麥，還是種植最近從冰島引進的其他作物。我看他們沒有帶糞肥，推斷他們是想來翻地，就像我一樣，可能以為泥土很深，而且休耕了很久。他們自稱受雇於某個鄉紳，他想讓自己的財富加倍。據我所知，這個人的財富已經有五十萬美元了，為了讓他的每一塊錢上再疊上一塊錢，於是就在這個嚴寒時節，差人脫下瓦爾登湖唯一的外衣，不，是剝了它的皮。這些人立即開工，翻、耙、滾、犁，井然有序，彷彿他們要把這裡建造成模範農場。但是當我仔細觀察，想看清楚他們在犁溝種下什麼種子時，我旁邊的這群人突然開始用一種奇怪的工具，鏟起這片處女地的泥土，直接深入沙地，或者該說是水——因為那是極富彈性的土壤——事實上，他們把那裡所有的硬土都挖出來，裝進雪橇拉走了，因此我覺得他們一定是在沼澤裡挖泥炭。他們就這樣每天伴隨火車頭發出的尖叫聲，往來於北極地區的某個地方。我看著他們，感覺像是一群極地的雪鳥。但有時候，瓦爾登這位印第安女子也會復仇的。有一個走在隊伍後面的雇工，一失足就滑入冰窟，直通塔爾塔羅斯[5]的裂縫。曾經如此勇敢的人，突然之間只剩下一口氣，他幾乎完全失溫，因此很高興能在我的屋裡避難，並承認爐子確實有其優點。有時候，冰封的土壤會夾斷犁的鋼叉，或者將犁陷入溝裡，必須鑿冰才取得出。

老實說吧，他們就是一百個愛爾蘭人，在北方佬的監督下，每天從劍橋跑來這裡挖冰。他們用大家都知道、毋須詳述的方法，把冰切成圓塊，用雪橇運到湖岸，再快速地拖到冰台上，接著用由馬匹拉的鐵鉤和滑輪把冰吊起來堆在一起，像一桶一桶的麵粉般，一塊塊、一排排整齊堆疊著，彷彿要建造高聳入雲的通天塔的堅實地基。他們告訴我，順利時一天可以挖到一千噸冰塊，大約是一英畝地的產量。由於雪橇頻繁往來於相同的車溝，因此在冰面和硬土上都留下了深深的車轍和「吊架洞」的痕跡。另外，由於馬匹一直在冰上吃燕麥，也在冰面留下了桶子狀的坑洞。他們在空地堆放冰塊，每一堆三十五英尺高，占地約六、七平方桿，然後將乾草鋪在外層，防止空氣進入。畢竟，如果風灌了進來——即便從沒那麼冷過——就會穿出大洞，徒留零散纖細的支架，最後冰堆也會倒塌。第一眼看上去時，它像一座巨大的藍色城堡或英靈殿，但是當他們開始在冰縫塞入粗糙的乾草，而乾草又被白霜和冰柱封起時，整座冰堆看起來就像是一座由藍色大理石建造而成，滿布苔蘚的古老廢墟，也像我們在曆書上見到的那名老人的冬居棚屋，彷彿他正準備和我們一起度過夏天一樣。根據他們的推測，這堆冰塊只有不到二十五％能運抵目的地，光是放在車上就會耗損二至三％。不過，讓這堆冰塊很大比例的最後命運和原來意圖不同的原因，也許是因為它們保存得不如預期，所含的空氣比一般冰塊更多，也或許還有其他什麼原因，總之，讓它們沒有被運到市場。這批在一八四六至一八四七年冬天堆起來、推算有一萬噸的冰塊，最後都覆上了乾草和木板，雖然在七月運走了一部分，但其餘還暴露在外，在那裡熬過了夏天和接下

4 Hyperborean，希伯波瑞恩，希臘神話中，住在北風之北、極北之地的一個民族。
5 Tartarus，塔爾塔羅斯，希臘神話中，地獄底下暗無天日的深淵，是關押惡人的監獄。

來的冬天，直到一八四八年九月還沒有完全融化。這麼一來，這些冰塊最後大多又回到了湖裡。

和湖水一樣，瓦爾登湖的冰近看帶著綠色，但隔著距離看時則是美麗的藍色。在四分之一英里外，就能輕易分辨它與河上白色的冰，以及湖裡少數綠色的冰。有時候，這樣的一塊冰會從鑿冰工人的雪橇滑出來，掉進村裡的街道，像一塊大翡翠似的擺上一整個星期，成為供人觀賞的景觀。我注意到，瓦爾登湖某一部分的水在液態時是綠色的，但在結冰以後，從同一個角度看上去，就變成藍色了。沿湖的窪地也是這樣，這些窪地滲滿了本地特有的綠色湖水，但隔天結凍後就變成藍色的冰。也許水與冰的藍色，是因為其中所含的光線和空氣不同吧，最透明的，就是最藍的。冰是一種讓人深思的好東西。他們告訴我，有些冰在費爾許湖[6]的冰屋裡放了五年，仍然完好如初。為什麼一桶水很快就會腐臭，但結冰後就能永遠保持甘美？有人說，這就是情感與理智之間的差異。

這十六天以來，我從窗戶看著一百個人像忙碌的農夫般勞動，他們帶著馬、拉著車，顯然還帶上了所有的農具——這畫面就是我們在曆書第一頁上看到的景象。每次往外看，我就會想到雲雀與收割者，或者播種者的寓言，或其他類似的故事。現在他們都離開了，也許再過三十天，我就能從同一扇窗看見純粹海綠色的瓦爾登湖水，倒映著雲和樹，孤獨地將水蒸氣送至空中，完全看不見曾有人站在那裡的痕跡。也許我會聽見一隻孤獨的潛鳥，在潛水和打理自己時一邊狂笑的聲音，或者看見一個寂寞的漁夫坐在他有如一片浮葉的小船裡，看著自己的湖中倒影，然而在不久之前，曾有一百個人在那裡妥妥當當地工作著呢。

如此看來，在查爾斯頓、紐奧良、馬德拉斯、孟買，乃至加爾各答那些熱到發昏的居民，都在喝我井裡的水。清晨，我讓心智沉浸在《薄伽梵歌》驚人的宏大哲思中。從這本經典完成以來已經過了許多年，與之相比，我們現今的世界與文學是如此微不足道。我懷疑，那種哲學是不是以前的某種生存狀態，因為它的莊嚴實在遠遠超出了我們理解的概念。我放下書，跑到井邊飲水。看呀，在那裡我遇見了婆羅門教的僕人，梵天、毗濕奴和因陀羅的僧侶，他仍坐在恆河邊自己的神殿裡讀著《吠陀經》，或帶著麵包屑和水壺坐在樹根下。我碰到他的僕人來為主人取水，我們的桶在同一口井內碰觸作響。純淨的瓦爾登湖水，和神聖的恆河水混在了一起。它乘著風，漂過傳說中的亞特蘭提斯與赫斯柏里底斯島[7]，跨越探險家漢諾在航海日誌裡描述的地區，漂過特爾納特島與蒂多雷島[8]，經過波斯灣的入口，與印度洋的熱帶風融合，在連亞歷山大大帝也只聽過名字的港口登陸。

6 Fresh Pond，費爾許湖，位於麻州的劍橋地區。
7 Atlantis，亞特蘭提斯，傳說中因地震而陷入海底的島嶼。Hesperides，赫斯柏里底斯，希臘羅馬神話中，生產金蘋果的島嶼。
8 Ternate and Tidore，特爾納特島與蒂多雷島，位於菲律賓南方的麻六甲海域。

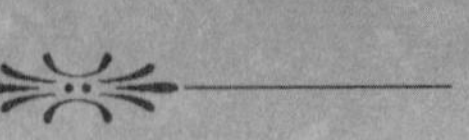

論自然與人生

每一個清晨都是一次愉悅的邀請，邀我的生活如大自然本身一樣簡單，但我可能會說一樣純潔。

Every morning was a cheerful invitation to make my life of equal simplicity, and I may say innocence, with Nature herself.

(p.109)

我的靈丹妙藥，並不是庸醫從冥河與死海舀出來混在瓶裡，用又長又淺、黑色帆船似的篷車載著到處兜售的東西，而是一桶未稀釋的清晨空氣！就是清晨的空氣啊！

For my panacea, instead of one of those quack vials of a mixture dipped from Acheron and the Dead Sea, which come out of those long shallow black-schooner looking wagons which we sometimes see made to carry bottles, let me have a draught of undiluted morning air. Morning air!

(p.165)

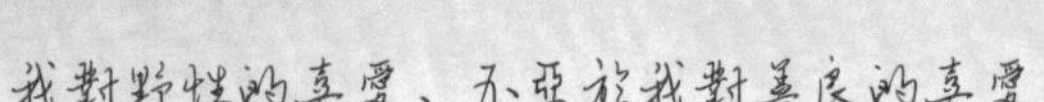
我對野性的喜愛，不亞於我對善良的喜愛.

I love the wild not less than the good.

(p.248)

如果人類開始贖回自己的自由，而讓地球上所有草地都回復到荒野狀態，我應該會非常欣慰.

I should be glad if all the meadows on the earth were left in a wild state, if that were the consequence of men's beginning to redeem themselves.

(p.241)

大自然與人生就像我們的制度，各式各樣都有. 誰能對另一個人的人生前景說三道四呢?

Nature and human life are as various as our several constitutions. Who shall say what prospect life offers to another?

(p.30)

XVII. 春天

鑿冰工人留下的大裂縫往往會讓湖面提早解凍，因為當湖水被風激起——就算在寒冷的日子——就會沖刷周圍的冰層。但那一年的瓦爾登湖卻不是如此，因為它很快就結了一層很厚的新冰，取代了原來的冰層。這座湖向來都比附近其他水域更晚融冰，因為它比較深，也因為沒有激流穿過將冰沖掉、融掉。在我的印象裡，瓦爾登湖從來沒有在冬天融化過，除了一八五二至一八五三年那個冬天，那一年，所有湖泊都經歷了嚴峻的考驗。它通常在四月一日左右融冰，比弗林特湖和費爾港遲一週到十天，它會從北側和較淺的地方開始融化，這裡也是最早結冰的地方。瓦爾登湖比這一帶的任何水域更可以顯示出季節變換，因為它最不受溫度變化影響。三月，只要連續幾天的酷寒，可能就會影響其他湖泊的解凍，但瓦爾登湖的水溫幾乎不受影響，仍可以持續上升。一八四七年三月六日，一根插入瓦爾登湖中央的溫度計測出的溫度是華氏三十二度（攝氏零度），也就是水結冰的溫度，接近岸邊則是華氏三十三度。同一天，弗林特湖中央的水溫是華氏三十二．五度，而離湖岸十二桿遠的淺水區在一英寸厚冰下測得的溫度是華氏三十六度（攝氏二度）。弗林特湖的深水與淺水區測得的溫差是華氏三．五度（約攝氏兩度），加上它大部分的地方都比瓦爾登湖更淺，這兩個因素說明了它為什麼會比瓦爾登湖提前這麼早解凍。在這個時節，最淺處的冰層會比湖中央薄上幾英寸；而隆冬季節，湖中央是最暖和的，冰層也最薄。同樣地，夏季在湖邊玩過水的人一定感覺得出來，靠近岸邊深僅三、四英寸的水，比離湖岸遠一點的水要暖和得多；而在深水區，湖面則是比湖底的水暖和。春陽不僅透過空氣和地表的加溫發揮影響力，它的熱量也能穿透一英尺或更厚的冰，並在淺水區的湖底反射而出，這樣既能提高水溫、融化底層的冰，又能直射表面冰層，使之變得不平均，讓冰裡的氣泡上下擴展，直到冰塊形成蜂窩狀，最後驟然消失於一場春雨。冰和樹木一樣有自己的紋理，當冰開始融化，漸漸化成蜂窩狀時，不管冰塊在哪個位置，蜂窩形的氣泡總是會和水面成直角。只要水面有岩石或浮木之處，上頭的浮冰就會薄上許多，也會因為承受這股反射熱力而融解。有人跟我說過一個在劍橋做的實驗，在一個木頭做的結冰淺池裡當中，儘管冷空氣也能在冰層下流動，使之上下都有冷空氣，可是從池底反射的日光熱度，仍然抵消了這兩道來自上與下的冷度。在寒冬時節下的一場溫暖細雨，就足以融化瓦爾登湖的冰雪，並在湖中留下一塊暗黑或透明的冰；這種時候，反射出來的熱會在湖岸產生一圈雖然較厚、但已開始融化的白色冰帶，寬達一桿多。還有，如同我先前說過的，冰塊裡的氣泡就像凸透鏡，會從下方讓冰融化。

一年四季的變化，每天都在湖上具體而微地發生。一般而言，每天早晨，淺水區較深水區更快變暖，儘管也說不上太溫暖；然後每天晚上也冷得更快，一直持續到次日早晨。這一天就是一整年的縮影。深夜就是冬天，早晨與初夜是春天和秋天，中午就是夏天。冰塊的隆隆迸裂聲顯示了氣溫的變化。一八五〇年二月二十四日，我去弗林特湖待了一天，寒夜過後那個讓人愉快的早晨裡，當我用斧頭往冰面上一敲，我驚訝地發現附近幾桿地都像鑼一樣發出回音，好像我敲打的是一張繃緊的鼓面。日出後約一小時，湖面感受到了太陽從山上斜照的日光，開始隨之變化，它像剛睡醒的人一樣伸懶腰、打哈欠，接著騷動起來，持續三、四個鐘頭。中午時，它休息片刻，然後又繼續活動直到夜晚──那時，太陽已經撤回它的影響力了。天氣適宜的日子裡，湖會在黃昏時規律地發射它的禮砲；但在正午時刻，由於湖面裂縫太多，空氣也比較缺乏彈性，整座湖於是無聲無息，就算在湖面上大敲一聲，也嚇不到魚兒和麝鼠。漁夫說，「湖上的雷鳴」會讓魚受到驚嚇而不吞餌。瓦爾登湖不會每晚打雷，我也無法確定什麼日子會打雷，雖然我察覺不出天氣的差異，這座湖卻可以。誰又想得到，這麼大、這麼冷，湖面又這麼厚實的龐然大物，居然會如此敏感？不過，它有自己何時該鳴雷的法則，正如幼芽會在春天萌發一樣。大地充滿生機，到處冒著新芽。就算是最大的湖泊，也和溫度計裡的水銀一樣，對天氣變化有著同樣的敏感。

吸引我住到森林裡的一個原因，就是能擁有這份閒暇和機會目睹春天的來臨。湖上的冰終於開始化為蜂窩狀，我在湖面行走時，可以把腳後跟卡在一個個蜂窩裡。霧氣、雨水，和逐漸暖和的太陽，開始慢慢融化積雪，白晝明顯變長，我知道，終於可以不必增添薪柴熬過冬天了，再也不需要生很大的火了。我留意觀察春天來臨的第一個信號，聽著剛飛來的小鳥發出啁啾聲，或者背上有條紋的松鼠傳來唧唧聲──牠儲存的糧食一定快吃完了──或者，看著土撥鼠從冬天的巢穴裡探出頭來。三月十三日，當我聽見青鳥、歌雀和紅翼鶇的鳴叫，湖上的冰還有將近一英尺厚。天氣已經回暖，冰卻還沒有被沖走，也不像河上浮冰受水流沖刷而流走。雖然岸邊的冰已經融化了半桿左右的幅度，但湖中央仍然呈蜂窩狀，裡面浸滿了水。因此，即便冰還有六英寸厚，你還是可以從湖上走過。然而，到了隔天晚上，如果下了一場溫暖的雨，再加上隨後的一陣霧，冰就會全數融化，隨著霧靄而謎一般地消散了。有一年，距離我走過湖中央才五天，湖中心的冰就全部消失了。瓦爾登湖在一八四五年全面解凍的日期是四月一日，一八四六年是三月二十五日，一八四七年則是四月八日，一八五一年是三月二十八日，一八五二年是四月十八日，一八五三年是三月二十三日，而一八五四年大約是四月七日。

對我們這種活在天氣冷熱有點極端的人來說，所有和河川、湖泊解凍，以及氣候變得穩定這類相關的事，都特別令人感興趣。當更暖和的日子來臨，住在河邊的人會在夜裡聽見火炮一樣驚人的冰塊迸裂聲，彷彿從一端到另一端徹底打開了封閉冰塊的枷鎖，幾天內就可以看著它迅速掙脫。鱷魚也隨著大地震動從泥潭裡爬出來。有一個老人對大自然有很仔細的觀察，似乎對自然的一切運作都知之甚詳，彷彿自幼就參與了大自然的建造，還幫忙組裝過大自然的結構。他已經完全成年了，而且就算他活到瑪土撒拉[1]的年紀，也不會知道更多大自然的知識了。他告訴我，他對大自然的運作仍然讚嘆不已，這讓我十分意外，因為我以為大自然已經沒辦法再為他帶來任何神祕感了。他對我說，在春季的某一天，他帶著槍，坐上船，想和鴨子來場比賽。那時，草地上還有結冰，但河裡已經沒有了。他從自己住的薩德伯里，一路暢行無阻到了費爾港，那裡的大部分湖區還覆蓋著冰塊，這完全出乎他的意料。那天，天氣暖和，他很驚訝居然會看見那麼大的一塊冰。他沒看見鴨子，於是將小船藏在北方，也就是湖中島嶼的背面，然後躲在南邊的灌木叢中

1 Methuselah，瑪土撒拉，《聖經》中的人物，據說活到九百六十五歲。

等候鴨子出現。離岸三、四桿遠的冰都已經融化，湖水溫暖、平靜，湖底泥濘，正符合鴨子的喜好，他認為鴨子應該很快就會三三兩兩出現。他在那裡躺了大約一個鐘頭，聽見一種低沉、似乎很遙遠的聲音，但又非常隆重盛大、氣勢十足，一點也不像以往聽過的任何聲音。接著那個聲音逐漸變大、飽滿，彷彿準備迎來一個響亮又震撼的結尾。那是一種沉悶的吼聲，他聽起來似乎是一大群飛鳥即將落下的聲音，於是他又匆忙又興奮地抓起槍，當下卻驚訝地發現，就在他躺著的這段期間，整塊冰已經開始朝湖岸移動，原來他聽到的是冰塊刮著湖岸所發出來的聲音——一開始時是溫和的噬咬與碎裂，最後，碎片沿著岸邊不斷堆積，堆得相當高了，才終於停下。

陽光終於直射下來，溫暖的風吹走了霧氣和雨水，融化了岸邊積雪，太陽也驅散了濃霧，帶著微笑，照著香煙裊繞、赤褐色與白色交錯的風景。因為地上還有積水，旅人挑著一小塊、一小塊的乾地前行，上千條潺潺流淌的小溪也在鼓勵著他們，這些小溪流著冬天的血液，現在也帶走了冬天。

我走去村子時會經過一條鐵路，而路上最大的樂趣，就是觀察鐵路兩側解凍的泥沙流進鐵路下方深坑所形成的各種圖案。雖然自發明鐵路以來，已經時常看得見這種路基材料暴露在外的情形，但如此大規模的景象依舊非常少見。這些材料是粗細程度不一的各種沙子，帶著五顏六色的豐富色彩，往往還摻著一些黏土。在春天融霜，甚至冬天解凍的日子，沙子就像岩漿一樣順坡流下，有時會衝出積雪，流到原本沒有沙子的地方。無數流沙相互交疊，成了一種混合物，一半遵從溪流的規則，一半遵從植物生長的規則。當它流動時，會形成多汁樹葉或藤蔓的形狀，堆疊成一波波深達一英尺多的泥狀浪花，當你俯瞰時，會覺得它們形似地衣的皺摺與鋸齒裂痕，或者會聯想到珊瑚、豹爪與鳥趾，想到人腦、肺、腸，甚至各種排泄物。真是一種奇形怪狀的植被，我們可以在青銅器上看見它們的形狀與色澤，而這也是某種建築風格上的葉形裝飾，比莨苕葉、菊苣葉、常春藤、葡萄藤或任何植物葉飾更典型，也更古老，也許注定會成為未來地質學家的一道謎題。整座坑給我的印象就是一個洞窟，而洞裡的鐘乳石就直接暴露在陽光下。沙子明暗不同的色澤，看起來特別豐富且賞心悅目，棕、灰、黃和紅等，包含了各種鐵的顏色。當這些流動的沙堆抵達了地基底下的水溝，就會平鋪成為淺灘，原本各自分離的細流則失去半圓錐狀的形體，變得越來越平坦而開闊了。若是更潮濕一些，它們就會混在一起，直到形成一個幾乎平坦的沙灘，色調仍然多變美麗，從中還可以看出原先的植物形態，最後流入水中成為沙岸，正如那些在河口形成的沙洲一樣，而那些植物形態，也隨之消失於河底的波紋中了。

整個鐵路地基的高度從二十至四十英尺不等，有時上面覆著這種葉狀圖飾，或者也可以稱為沙紋，在其中一側或兩側都有，長達四分之一英里——這便是春日的產物。這種葉狀圖飾之所以如此顯眼，正是因為它是突然出現的。由於太陽起初只照得到一邊，因此在地基那一邊看到的是毫無生機的景象，而另一邊卻在一小時的創造過程後，形成了如此富麗繽紛的圖飾，這讓我深受感動，感覺就像站在創造了世界與我的那位藝術家的畫室裡，而祂仍在創作，在這個地基上嬉戲著，以旺盛的精力到處揮灑新穎的圖案呢。我感覺離地球的核心更近了，因為這種流沙匯聚而成的葉狀圖案，正好與動物的主要器官相似。你在這片沙上，就能預見植物葉子的形態。難怪地球要以葉子當作它的外在表現形式，因為它的內在就是這麼運作的。原子已經掌握了這個法則，而且也是由這個法則孕育出來。高掛的葉子於此見到了自己的原形。無論是地球或動物身上，從內在來看，都是一種濕厚的「葉」（lobe），這個字特別適合表示肝、肺和脂肪葉（它的字源 *γείβω*、*labor*、*lapsus*，有漂流、向下流動，或逝去的意思；而 *λοβός*、*globus*，則是葉子〔lobe〕、地球〔globe〕的意思，還可以延伸出重疊〔lap〕、拍翅〔flap〕等許多單字）；至於**外在**，則是一片乾燥的薄葉（leaf），就連f和v的發音方式，都是壓平而乾燥的b。「葉」（lobe）的字根是lb，輕聲的b（這是指「單葉的」，用B則表示「雙葉的」），後面有個流音的l把它向前壓。在「地球」（globe）這個字的字根glb中，增加了g這個喉音，使它增加了喉部功能的意義。鳥類的羽毛和翅膀是更乾、更薄的葉子。這麼一來，你就可以從地上笨重的幼蟲，進化成空中展翼的蝴蝶。地球本身就在不斷的超越和轉化，在它的軌道上展翅飛翔。即使是冰，一開始也是精緻的水晶葉，就像流入了一個由水草葉片在水質鏡面上印出來的模子。整棵樹也不過就是一片葉子，而河流是更大片的葉子，這些葉片的葉質與大地交融，而城鎮就是葉脈上的蟲卵。

太陽下山時，泥沙便停止流動，但到了早上，流沙又開始活動了，而且會一條一條分出無數的支流。你或許可以從這裡觀察到血管的形成。如果仔細觀察就會看見，一開始，從解凍的沙團裡，一條有著水滴狀前端的柔軟細沙——像手指頭前端的圓球部位——隨著解凍沙團向前推進，緩慢、盲目地向下探索它的路，直到最後太陽升得更高，熱量與濕度都增加了，流動最順暢的支流仍然要遵循最緩慢的支流所遵循的法則，於是它與後者分開，自己形成了一條蜿蜒的水道，或稱之為動脈，在其中可以看見一條銀色的沙流如閃電般，從一段液質的葉子或樹枝流到另一段，不時被沙土吞噬。細沙流動得如此快速，同時又能將自己組織得如此完美，實在令人驚嘆。它們運用沙團所供應的最好材料來塑造水道，河流的源頭也是這樣形成的。水中的矽砂成分也許是骨骼系統，更精細的泥土和有機物質則是肌肉纖維和細胞組織。人不過也就是一團正在解凍的泥吧？人類手指頭的根部，不過就是凝結的水滴。手指和腳趾則是從身體這堆融化的物體向外流出所形成的器官。誰知道在更舒適溫暖的樂土裡，人體會如何擴張，奔流成什麼樣子？手掌不就是一片帶著葉和脈的棕櫚葉（palm）嗎？耳朵也可以想像成頭部兩側的地衣，上面同樣掛著樹葉和水滴。而嘴唇（labium），字源可能來自labor（？），也就是洞口兩邊能開合的部位。鼻子是水珠或鐘乳石的展現。下巴是更大的水珠，是臉部的匯流點。面頰是從眉毛到臉部峽谷的滑坡，被顴骨攔阻後擴散出去。植物葉子每一個圓潤的葉尖，就是一粒濃稠、滯留的水珠，或大或小而已。葉尖是葉的手指，有多少個葉尖，它就想往多少個方向流動，更多的熱量或其他助力，就會讓它流得更遠。

因此，這座斜坡似乎就說明了大自然的所有運作原則。地球的創造者也只是創造了葉子這一個原型。有哪一個商博良[2]能為我們解譯這種象形文字的意義，好讓我們翻開新的一頁呢？這個現象帶給我的欣喜，更甚於一座豐收多產的葡萄園。的確，它在性質上是有點汙穢，談起肝、肺和腸的排泄物，簡直沒有盡頭，似乎是把地球的肚子翻出來似的，但這至少表示大自然是有內臟的，更是人類的母親。這是從地上泛出來的霜，這就是春天。先有了它，然後才有了綠意盎然、百花盛開的春天，就像先有神話，之後才有合律的詩歌。就我所知，這是最能清除冬季霧靄和消

2 Jean-François Champollion，商博良（一七九〇－一八三二），法國埃及學家，率先解讀出羅塞塔石碑，從而解譯出古埃及象形文字。

化不良的東西。它也讓我相信，地球仍處在襁褓之中，並向四面八方伸出自己的小手不斷探索。從最光禿的額頭上冒出新的卷毛。沒有什麼東西是無機的。成堆的葉狀物沿著地基躺著，就像燒過的爐渣，顯示出大自然內部正在「強力燃燒」。地球不是過去歷史的片段，地層不像書頁一層疊著一層，以供地質學家和考古學家研究，而是像一棵樹的葉子，是一首活生生的詩歌，而且在花朵與果實出現之前就早已存在。這不是一個已經成為化石的地球，而是一個活的地球，和地球了不起的內在生命相比，所有動植物只是寄生在它身上的生命而已。它的劇烈震動會把我們的殘骸從墳墓中翻起。你可以熔化金屬，倒進最美麗的模具，但是它們絕對不會像地球形成的圖案讓我如此興奮。不僅是圖案，就連建立在它上面的制度，都像陶匠手裡的黏土一樣具有可塑性。

不久後，不只是從這些湖岸，在每一座小山、平原以及洞穴裡，都會有霜從地底冒出來，就像四足動物從冬眠醒來，在樂聲裡尋找海洋，或者遷移雲端。溫柔說服的融化，比索爾[3]的鐵錘更有力量。一個融解，另一個只是擊碎。

當一部分的地面已經沒有了積雪，連續幾日的暖天把地表曬得有些乾燥時，望著猶如新生兒的各種初生柔和景象，以及熬過冬季的乾枯植物所具有的莊嚴美感，是一件令人愉悅的事。長生草、黃菊、北美岩薔薇和其他優雅的野草，在此時比夏季更顯而易見，也更有趣，彷彿它們的美麗要到這時候才算真正成熟，甚至羊鬍子草、香蒲、馬蕊花、金絲桃、繡線菊、旋果蚊子草以及其他硬莖植物，都是春天第一批鳥類取之不盡的穀倉，再不也至少是體面的雜草，適合寡居的大自然穿戴。我特別受到羊毛草頂部的拱形外貌所吸引，它將夏日帶回我們對冬天的記憶中，這也是藝術喜於仿效的一種形態。在植物王國裡，這個圖案和人們心中認識的星象學形態有著相同的關係。這是一種古典風格，比希臘和埃及更古老。冬天常蘊含著無以言喻的溫柔，以及脆弱的精緻美感。我們慣於聽說冬天是個粗魯又狂躁的暴君，但其實它帶著戀人的溫柔，裝飾了夏日的髮梢。

隨著春天來臨，紅松鼠又來到我的屋子底下，每次來一對，當我坐著讀書或寫作時，牠們就在我的腳下發出最古怪的叫聲，持續不停，如果我跺腳，牠們只會叫得更響，彷彿這個瘋狂的惡作劇已然超越了一切的恐懼和敬畏，所以面對人類的嚇阻完全不看在眼裡。別鬧了，別這樣——紅松鼠——紅松鼠。牠們對我的抗議充耳不聞，或者完全體會不到這股抗議的力道，反而叫得更大聲，好像無法克制破口大罵似的。

春天的第一隻麻雀來了！這一年帶著更年輕的希望開始了！從部分還光禿禿的濕潤田野裡，聽見微弱但如銀鈴般的鳥叫聲，那是青鳥、雲雀和紅翅鸝在歌唱，彷彿是冬天最後的雪花飄落時，所發出的叮噹聲。在這時候，歷史、編年史、傳統語言，以及一切形諸文字的啟示，又算得了什麼？小溪唱起讚歌和歡樂頌詞迎接春天。沼地鷹低低飛過草地，已經在尋找最先醒來的脆弱生命。谷地裡到處都聽得見融雪落下的滴答聲，湖中的結冰快速融解。小草如春日野火般燃遍山坡，真的就像加圖說的：「春雨帶來了一片新綠！」（*et primitus oritur herba imbribus primoribus evocata*）彷彿大地由內部散發熱力，迎接太陽重回人間，而這股火焰不是黃色，卻是綠色的，是永恆青春的象徵，

3 Thor，索爾，北歐神話的戰神與雷神。

就像一條長長的綠絲帶，從草地流進夏天，雖然遭受過霜雪阻撓，但很快就再度前進，用新生的生命頂起去年的枯草。它像地底冒出的小溪一樣，不斷生長。它和小溪幾乎是一體的，在蓬勃的六月，當小溪乾涸的時候，草葉就是它們的水道，年復一年，牲口在這永不乾涸的溪流中飲水，割草的人也會及時收割供冬天使用。我們人類的生命也是一樣，除非根部死絕，否則就會長出綠葉，直至永恆。

瓦爾登湖正在迅速解凍。北邊和西邊出現了兩桿寬的水道，東邊的更寬。一大塊冰從湖體裂開。我聽見一隻雲雀在岸邊的灌木叢中唱著：「歐利、歐利、歐利——奇普、奇普、奇普、嘁，嚓，嘁、維斯、維斯、維斯。」牠也在幫忙破冰呢。冰塊邊緣那條大曲線真是壯觀啊，有點與湖岸的曲線相互輝映，只是更有規律！由於近期短暫的嚴寒，冰面異常堅硬，水紋與波紋有如宮殿的地板花樣。東風從不透明的冰面拂過，卻沒有造成任何影響，直到碰觸遠處鮮活的水面才有了漣漪。目睹緞帶似的水波在陽光下閃爍，讓人真心感到壯麗，清淨的湖面洋溢著歡愉和青春，彷彿訴說著水中魚兒的快樂，以及岸邊沙子的喜悅，這是雅羅魚鱗一樣的銀光，彷彿整座湖就是一條活魚。這就是冬與春的對比，瓦爾登湖曾經死氣沉沉，現在重獲生機。但就像我說過的，今年春天的破冰，顯得更從容沉著。

從暴風雪和冬天轉換到寧靜柔和的日子，從陰暗緩慢的時光轉換到明亮而富有彈性的時刻，這是萬物都在宣告的、令人難忘的重大轉變。最後，一切都非常突然，陽光突然灑滿我的小屋，雖然那時已經接近夜晚，空中仍然掛著冬天的雲，雨雪之後的水珠還從我的屋簷滴落。我從窗戶向外望，看哪，昨天還是灰暗的冰封之地，已經躺著一汪透明的湖水，像夏夜般平靜，充滿希望。

湖心反射出夏夜天空，儘管這不是我頭上的天空，而是它來自遠方天邊的訊息。我聽到知更鳥在遠處鳴叫，彷彿已經有幾千年不曾聽到牠的聲音了，我想，就算再過幾千年，我也不會忘記這樣甜美又有力量的聲音。啊，在新英格蘭一個夏日盡頭，傍晚時分的知更鳥！如果能找到牠棲息的樹枝就好了！我指的是它，是那根樹枝。至少這不是旅鶇（*Turdus migratorius*）。我屋子四周，在冬季委靡已久的油松和橡樹叢突然恢復了些許個性，看來更亮、更綠、更挺拔，也更有活力了，彷彿被雨清洗過後再度復甦了。我知道，已經不會再下雨了。你可以看看森林裡任何一截樹枝，啊，或者看看你家砍的柴堆，就能知道冬天究竟過去了沒。隨著天色漸暗，我被低飛過森林的一群野雁叫聲嚇了一跳，牠們像一群從南方湖泊飛來、遲到又疲憊的客人，最後忍不住開口抱怨與安慰彼此。站在門口，我能聽見牠們翅膀拍動的聲音，當牠們朝我屋子方向飛來時，突然察覺了我屋內的光，一下子聲音驟止，隨即掉頭降落湖上。於是我進了屋，掩上門，度過我在森林裡的第一個春天夜晚。

早上，我站在門口，透過迷迷濛濛的霧，看著野雁在五十桿外的湖心游水，聲勢浩大，喧鬧非凡，彷彿瓦爾登湖是供牠們娛樂的人工湖泊。然而，當我走到湖邊，牠們立刻在帶頭那隻的召喚下振翅而起，總共二十九隻野雁，列隊在我頭頂盤旋後，就朝著加拿大飛去了。帶頭的野雁定時發出叫聲，說服牠們在沿路的湖泊一定找得到食物。一群鴨子也受這群野雁驚擾，同時起身往北飛去。

整整一個星期，我聽見幾隻孤雁在起霧的清晨盤旋、摸索、啼叫，找尋著牠們的同伴，而森林裡則充滿了牠們無法捕捉的大型生物聲音。四月間，又有好幾群規模小一點的鴿子疾飛而來，之後不久，燕子也在我的林中空地上啁啾，然而這並不代表鎮裡有許多燕子經過，我猜想牠們是特別古老的族類，早在白人來到這裡之前就已經定居在樹洞了。幾乎在每一個氣候帶，烏龜和青蛙都是這個季節的先驅和信使；而鳥兒則閃耀著羽毛，飛翔歌唱；植物蓬勃生長，暖風吹拂，矯正兩極之間的輕微震盪，維持大自然的平衡。

四季輪替，對我們來說，每一個季節都是最好的季節，因此春天的降臨，就好像是宇宙從混沌中創造出來，也是黃金時代的實現。

東風退到奧羅拉的領地和納巴泰王國[4]，
退到波斯，在那裡，山嶺浸潤在晨霞之中。
……
人類誕生了，
究竟是萬物的創造者，為了創造一個更好的世界，
從自己神性的種子中創造了人類；
還是大地剛剛從蒼穹墜落，
還保留了一些與天堂同源的種子。[5]

只要一場溫柔的雨，就能讓草地更加青翠。同樣的道理，只要注入更好的思想，就能讓我們的前景更加明亮。如果能一直活在當下，好好利用每一件發生在我們身上的事，就像青草吸收落

在它身上的最小一滴露水；而不把時間花在彌補被我們忽視的機會——還把這稱為義務——那我們就是有福之人了。春天已經來了，但我們還在冬季逗留。在一個令人愉悅的春日早晨，所有人類的罪惡都被寬恕了。這樣的日子是用來終結罪惡的。只要這樣的太陽持續燃燒，哪怕是最壞的罪人也會洗心革面。由於我們恢復了純潔，就能看出鄰居的純潔。昨天你可能還把鄰居當作竊賊、醉鬼，或貪圖感官欲望享受的人，對他只有同情或看不起，更對世界感到絕望，但是當太陽照亮、溫暖了這個春天的第一個早晨，又重新創造了世界，你看到鄰居平靜地工作著，見到他疲憊而放蕩的血管裡仍流著歡樂以及對嶄新一天的祝福，帶著嬰兒般的無邪，感受著春天的作用，他的一切過錯就可以被原諒了。他的身邊不僅有善良的氛圍，甚至還有一股神聖的氣息，也許有點盲目——甚至沒有意義——地表現了出來，就像一種新生的本能，有那麼一刻，向陽的南坡也不再有粗俗的笑聲迴盪了。你看到他粗糙的皮膚上有一些純潔的嫩芽等著萌生，想嘗試這一年的新生活，就像幼苗一樣鮮嫩。他甚至已經感受到神的喜悅。為什麼獄卒不把牢門打開，為什麼法官不駁回案件，為什麼傳教士不解散信徒？這是因為他們不遵守上帝的喻示，也沒有接受上帝對所有人無條件的赦免。

「在清晨寧靜與仁慈的氣息中，每一天都會讓人回歸到善良狀態，因此在喜愛美德、厭惡罪惡這方面，更接近了人的原始本性一點，就像被砍掉的森林又發出新芽一樣。同樣的，人在一天

4 Nabathean kingdom，納巴泰王國，阿拉伯古王國，位於今天的以色列東邊。

5 引自古羅馬詩人奧維德（Ovid）的詩作。

裡所做的壞事，也會讓美德剛冒出來的新芽無法生長而毀了。當美德的新芽多次受到阻礙，夜間的仁慈氣息就不足以維持它們了。一旦夜間的氣息不再能保全它們，人的天性就和禽獸差不多了。別人看到這個人的天性就像禽獸，便以為他不曾擁有過內在的理性。難道這是人真實自然的情懷嗎？」[6]

黃金時代初創時，
沒有復仇者，
不靠法律也能自發地奉行忠誠和正直。
沒有刑罰，沒有恐懼；
沒有刻在黃銅牌匾上嚇人的禁令；
也沒有心懷恐懼、擔心判決的喊冤群眾：
一切都平安，世無復仇者。
高山上的松樹還沒有被砍下來，
作成船隻航到異鄉，
除了自己的鄉土，人們不知道還有什麼外邦。
⋯⋯
春光永不消逝，徐風溫馨吹拂，
撫育著毋須播種就自然生長的花朵。[7]

四月二十九日，我在九畝角橋（Nine-Acre-Corner bridge）附近的河邊釣魚，腳邊是顫動的草和柳樹根，那裡也是麝鼠的藏身之處。我聽到一個特別的聲音，有點像小孩子用手指敲木棍，我一抬頭，就看見一隻輕盈、優雅的老鷹，看似夜鷹，一會兒像漣漪一樣旋轉攀升，一會兒又翻轉落下一兩桿的高度，牠露出翅膀內側，在日光下像光滑的緞帶般閃閃發亮，又像貝殼的內部閃著珠光。這讓我想起了獵鷹，以及和這項運動相關的高貴和詩意。這種鳥似乎叫灰背隼，不過我並不在意牠的名字。這是我見過最靈動的飛翔。牠不是像蝴蝶那樣拍翅，也不像體積更大的鷹那樣攀高，而是帶著一種驕傲和自信在空中遊戲，並發出奇怪的聲音，並且越飛越高。牠重複著自由而完美的下墜，像風箏一樣不斷翻轉，然後又繼續高飛，好像雙腳從不曾落地。牠單獨在空中翱翔，看起來在宇宙中並沒有同伴，而除了清晨和空氣以外，牠好像也不需要任何同伴。牠並不孤單，卻讓牠雙翼下的大地顯得孤單。孵化牠的母親、牠的族類，和牠天上的父親在哪裡呢？牠是天空的居民，牠與大地唯一的關聯似乎只是某段時日在岩穴中孵化的蛋；或者，牠出生的巢就在雲端，以彩虹築邊、由日落的天空編織而成，還裊繞著仲夏時節從地面升起的柔和煙霧？而現在，牠的巢就是一片陡峭的雲。

6 出自《孟子．告子上》，原文：「其所以放其良心者，亦猶斧斤之於木也。旦旦而伐之，可為美乎？其日夜之所息，平旦之氣，其好惡與人相近也者幾希？則其旦晝之所為，有梏亡之矣。梏之反復，則其夜氣不足以存，夜氣不足以存，則其違禽獸不遠矣。人見其禽獸也，而以為未嘗有才焉者，是豈人之情也哉？」

7 引自古羅馬詩人奧維德（Ovid）的詩作《變形記》。

除此之外，我還釣到了一堆罕見的金色、銀色和亮銅色的魚，看起來像一串珍珠。是啊！我在許多初春的早晨深入草地，從一個小丘跳到另一個小丘，從一段柳樹根跳到另一段柳樹根，那時狂野的河谷和森林都沐浴在純淨明亮、彷彿可以喚醒亡魂的太陽光芒之中，也許真如某些人所說，死者只是在墳墓裡安睡。我們不需要更有力的證據來證明不朽。一切事物必然會活在這道光芒裡。啊，死亡，你的毒針在哪裡？啊，墳墓，你的勝利又在哪裡？

如果我們的村子四周沒有未經探索的森林和草地，鄉村生活將變得死氣沉沉。我們需要荒野的滋養，有時在麻鷺和秧雞潛伏的沼澤地裡跋涉，聽鷸的叫聲，聞著輕聲細語的莎草氣味，在那裡只有更狂野、更孤獨的野禽築巢，水貂用牠們的肚皮貼地爬行。我們一方面要熱忱地探索、學習所有事物，另一方面，也希望所有事物都能保持神祕、未經探索，希望陸地和海洋永遠保持狂野而未經探索、未經測量，因為它們以前都是無法測量的。大自然永遠不會讓我們厭倦。我們必須看見它的無窮精力，見識它的無限面貌，看到海岸上的破船碎片、看到同時長著活樹和朽木的原野、看到雷雲、看到連下三週造成澇災的雨，我們需要這些來提振精神。我們需要看見自己的界限被突破，看到某些生物在我們從未到過的地方自由吃草。當我們目睹禿鷹吃著讓我們作嘔不適的腐肉，並從牠的食物中獲得健康和活力時，我們也為牠感到高興。我小屋前面的那條路上，路邊坑裡有一匹死馬，我被迫繞道而行，尤其是夜晚空氣變得厚重時更是如此，但這更讓我確信，大自然有著強大的胃口和不可剝奪的健康，想到這，我的不舒服也就舒緩了。我喜歡大自然中充滿多樣的生命，因此承受得起萬物之間相互殘殺，以彼此為食。軟體動物可以像紙漿一樣平靜地被壓扁，鷺鷥可以一口吞下蝌蚪，烏龜和蟾蜍則在馬路上被碾過，有時血肉還會像雨一般落下！

既然意外這麼容易發生，我們如果看見了也不需要小題大作。在智者的眼中，這些景象說明了宇宙的無邪。毒藥不一定都有毒，傷口也未必都會致命。憐憫是一種非常站不住腳的立場，它一定是急迫的，它的訴求絕不能成為刻板。

五月初，在沿湖的松林裡，橡樹、山核桃樹、楓樹以及其他樹木，紛紛長出新枝嫩葉，像陽光一樣為風景增色不少，尤其在多雲的天氣裡，彷彿陽光穿透迷霧，在山坡四處隱隱閃爍。五月三日或四日，我在湖裡看見一隻水鳥，在這個月的頭一個星期中，我聽見夜鷹、褐嘲鶇、東部畫眉、綠霸鶲、北美紅眼鳥和其他鳥類的叫聲，很早以前我就聽過林鶇的叫聲。鳥兒再度來到我的門口和窗前觀察，檢視我的房子是否像個洞穴方便牠築巢。牠一邊觀望，一邊拍著翅膀、握緊雙爪，懸在空中好像被空氣托著一樣。油松的硫黃色花粉不久後便灑滿湖中、石子，和沿岸的朽木，你可以收集一整桶。這就是我們說的「硫黃雨」。就連迦梨陀娑的劇作《沙恭達羅》[8]裡，我們也能讀到：「蓮花的金粉把小溪都染黃了。」就這樣，隨著你漫步的草叢越長越高，季節也流轉進入了夏天。

就這樣，我在林中生活的第一年就此結束，第二年和第一年很類似。我最後在一八四七年九月六日離開了瓦爾登湖。

8 Calidas，迦梨陀娑，西元五世紀左右的印度詩人。《沙恭達羅》（Sacontala）是他寫下的七幕劇，描寫淨修女子沙恭達羅與國王的愛情故事。

論自然與人生　之二

我實在無法用言語形容大自然的純潔與仁慈，那太陽、風和雨，那夏天與冬天，是如此健康，如此歡樂，這是它永遠供應不斷的！

The indescribable innocence and beneficence of Nature -- of sun and wind and rain, of summer and winter -- such health, such cheer, they afford forever!

(p.164)

我的慈悲絕不只是對人的愛，我對人與動物沒有區別。

My sympathies do not always make the usual philanthropic distinctions.

(p.250)

當別人跑進車裡與棚裡，你就以雲為遮棚吧。

Take shelter under the cloud, while they flee to carts and sheds.

(p.243)

讓我們像大自然一樣，從容過好每一天，不要被落在軌道上的堅果殼與蚊子翅膀等雞毛蒜皮的事推離軌道。

Let us spend one day as deliberately as Nature, and not be thrown off the track by every nutshell and mosquito's wing that falls on the rails.

(p.118)

盡情享受大地，但不要擁有它。

Enjoy the land, but own it not.

(p.243)

結語

在治療病人時，醫生總是會明智地建議最好換個空氣，換個地方養病。謝天謝地，這裡並不是全世界。新英格蘭沒有七葉樹，也很少聽到反舌鳥的聲音。野雁比我更像世界公民，牠在加拿大吃早餐，在俄亥俄州吃午餐，然後又到南方的河口地梳理羽毛與過夜。即使是野牛，在某種程度上，也跟著季節的腳步生活，先是在科羅拉多州的牧場吃草，等到黃石河畔長出更青翠、更可口的草地，就轉移陣地。可是我們卻以為，如果我們把農場籬笆拆掉，換上堆砌起來的石牆，人生的邊界從此就固定了，我們的命運也就決定了。如果你被選為市政書記，真的，你今年夏天就不能去火地島了，但是你可以去有地獄之火的地方。宇宙比我們所看到的更遼闊無邊。

我們應該像好奇的旅客，經常從船尾欄杆向外眺望，不要讓這段旅程像愚蠢的水手一樣，閒來沒事只會撿麻絮。地球的另一邊只是和我們一樣的人的家。我們的航行只是在繞著大圈，而醫生給的處方也只治得了皮膚病。有人急著跑去南美洲追長頸鹿，但這肯定不是他要追逐的獵物。請問，如果一個人想獵長頸鹿，他可以獵多久呢？鷸和山鷸也可以提供罕見的休閒活動，然而我相信，找到一個人的自我，要高貴得許多。

把你的視線轉向內在，
你將發現，在你心中還有一千個地方沒有被發掘。
到這些地方旅行吧，
成為自我宇宙的專家。[1]

非洲代表什麼，西方又代表什麼？在地圖上，我們的內心不還是白色的嗎？然而，經過探索之後，也許會證明它是海岸一樣的黑色。我們要發現的是尼羅河、尼日河、密西西比河，或是這塊大陸西北航道的源頭嗎？這些是人類最關心的問題嗎？富蘭克林[2]是唯一一位走失，而太太會著急地四處尋找的人嗎？格林奈爾[3]先生知道他自己身在何處嗎？我寧願成為蒙哥・派克、路易士與克拉克，或是弗洛比雪[4]，去探索自己的溪流與海洋。必要的話，帶著大量醃肉來支持你的行動，並且把空罐堆得像天一樣高，當作信號[5]。罐頭肉的發明難道只是為了保存肉類？不，把自己當成哥倫布，去探索你內在的新大陸與新世界，並且打開新的通道吧，但不是貿易的通道，

1 出自威廉・哈賓頓（Willian Habington）的詩作。
2 John Franklin，約翰・富蘭克林（一七八六－一八四七），英國探險家，尋找西北航道途中失蹤。
3 Henry Grinnell，亨利・格林奈爾（一七九九－一八七四），曾為了尋找富蘭克林，組織搜救隊。
4 四人皆為探險家。蒙哥・派克（Mungo Park）曾在非洲大陸探險，路易士（Meriwether Lewis）與克拉克（William Clark）率隊考察美國西部，弗洛比雪（Martin Frobisher）三度到北冰洋找尋西北通道。
5 探險隊發現富蘭克林失蹤前留下了六百個肉罐頭。

而是思想的通道。每個人都是一方天地的領主，與之相比，沙皇在人間的國土只是一個蕞爾小國，只是融冰留下的小丘。可是，有些沒有自尊心的人卻成了愛國者，他們為了不重要的目標，犧牲了更重要的目的，因小失大，非常不值。他們熱愛築起他們墳墓的土壤，卻不支持讓他們的土地生氣勃勃的精神。愛國主義是他們腦袋裡的蛆。到南海探險[6]有什麼意義？那麼大的陣仗，那麼大的費用，只是間接承認了一個事實：在道德世界裡也有大陸與海洋，每一個人都是通往這些地方的地峽或通道，只是自己還未曾探索。然而，在政府的船隻上，有五百個男人與男孩當幫手，就算是航行數千里，歷經寒冷、暴風雨與食人族的威脅，也比獨自一人到私人的海洋探險——即個人的大西洋與太平洋——要容易多了。

讓他們去遊蕩，去仔細查看奇怪的澳大利亞人吧。
我對上帝有更多的發現，他們卻只發現了更多的路。[7]

繞地球一圈專程去數桑吉巴島的貓，是不值得的。但如果要做這件事，就去把它做到更好，因為你可能會發現一些「西姆斯的洞」[8]，最後從洞裡進入地球內部。英國、法國、西班牙與葡萄牙，黃金海岸與奴隸海岸，都是這片私人海洋的前線，但不曾有人從這些地方向外探險，直至看不見陸地之處，即使那就是直通印度的路線。如果你能學會所有的語言，適應所有國家的風俗民情，如果你能走得比所有旅人更遠，適應一切的氣候，還能讓斯芬克斯[9]撞上石頭而死，那麼，你就遵從老哲學家[10]的告誡，去探索自己吧。在這裡，需要的是眼睛與膽識。只有失敗與放棄的人才會去參加戰爭，逃跑的懦夫才去從軍。現在就開始向最遠的西方出發吧[11]，這條路不會在密西西比河或太平洋停留，也不會只走到古老破舊的中國或日本而已，地球的切線會直接為你引路，你要走過夏天與冬天，白天與夜晚，日落，月又落，最後走到連地球也隕落為止。

據說，米拉波[12]曾在公路上搶劫，目的是「想要確認，為了正式對抗最神聖的社會法律，需要多大的決心」。他宣稱，「在軍中打仗的士兵，需要的勇氣不到攔路賊的一半」，而且，「榮譽與宗教也攔阻不了經過深思熟慮與堅定的決心」。就世俗的觀點，這是很有男子氣概的事，但若非孤注一擲，也不過是無聊之舉。一個更清醒的人會發現，透過遵從更神聖的法律，自己已經在「正面對抗」被認為是「最神聖的社會法律」，因此根本不必特別做這些事來測試自己的決心。一個人不需要對社會採取這種態度，而是要透過遵守自己存在的法則，堅持他自己原來的態度，這樣的態度絕對不會與一個正義的政府對抗——如果他有機會遇到一個正義的政府的話。

我離開森林和我去森林都有充分的理由。也許對我來說，還有好幾種人生要過，因此無法再花更多時間在森林生活。人很容易不知不覺就走進一條特定的路線，然後就走出一條熟悉的軌

6 美國海軍曾資助威爾克斯（Charles Wilkes）率隊，到南太平洋與南極海探險。
7 改編自西元前四百年的克勞迪（Claudian）詩作，梭羅把伊比利亞人（Iberos）換成了澳大利亞人。
8 西姆斯（John Cleves Symmes Jr.）是一名退役軍官，他猜測地球是空心的，在兩極有入口通往內部。
9 Sphinx，斯芬克斯，希臘神話中有著女人面孔與獅子身體的怪物，不能解牠謎題的人就會被殺，後來伊底帕斯解了謎，牠就撞上石頭自殺而亡。
10 此處指蘇格拉底，他的名言就是要人認識自己。
11 梭羅寫本書時，是美國人向西部移民的高峰期。
12 Comte de Mirabeau，米拉波伯爵（一七四九－一七九一），法國革命家。

道，這真是一件令人驚訝的事。我到森林裡住不到一個星期，我的腳已經從門口踩出了一條到湖邊的小徑，而且，從我踩出這條路至今已經五、六年了，小徑仍然非常清晰。說真的，恐怕其他人早已深陷這條小徑的吸引力，因此才得以保存下來。土地的表面是柔軟的，因此人的雙腳可以留下腳印，心靈旅行的路徑也是一樣。那麼，我們就可以想像，這個世界的公路已經被多少人踩到破敗，布滿了塵埃，而傳統與從眾行為的常規又有多深！在航行途中，我不會想待在客艙，我寧可跑到桅杆前，站在世界的甲板上，因為在那裡最能看到群山中的月光。現在我不想往下走了。

從我的實驗中，我至少了解到，一個人如果滿懷自信地朝著夢想的方向前進，努力經營他嚮往的生活，他就能取得出乎意料的成功。他會把某些事物拋在腦後，並跨越一個無形的界限。在他的周圍與內在，將建立新的、普遍性的，而且更自由的法則；或者，舊的法則會被延伸擴大，在更自由的意義上做出對他有利的詮釋，因此他將會生活在更高的存在秩序中。他的生活越簡單，宇宙法則就越不複雜，然後，獨處將不再是獨處，貧窮也不再是貧窮，軟弱也不再是軟弱了。如果你已經在空中建造城堡，你的工作一定不會白費，因為那就是空中城堡應該在的地方。現在只要在城堡下面打地基就好了。

英國與美國提出了一個荒謬的要求，要你說他們聽得懂的話。人和傘菌都不是這樣生長的。彷彿這件事有多重要似的，好像如果沒有他們，就沒有夠多的人可以懂你。好像大自然只能扶持一種理解的指令，而沒有辦法滋養鳥類與四足動物、飛行動物與爬行動物，只有布萊特聽得懂的**噓**與**哇**才是最好的英語。好像只要保持愚蠢就是安全的。但我最擔心的是，我的表達方式還不夠

過分，超越我日常經驗的狹隘限制還不夠遠，因而無法符合我已經深信的真理。何謂**過分**！這取決於你的受限程度。遷移到另一個地方找尋新牧草的水牛不算過分，母牛在擠奶期間踢倒桶子、跳過牛棚圍欄，跑出去追小牛才叫過分。我渴望在一個**沒有**界限的地方說話；像是一個清醒的人對著其他清醒的人說話，因為我相信，要為一個真正的表達方式建立基礎，我還不夠過分呢。有誰聽過一段音樂之後，還會再擔心他的話說過了頭？考慮到未來或可能性，我們應該要過得非常放鬆，不要對眼前一切下定義，我們的輪廓要黯淡一點，模糊一點；就像我們面向太陽時，影子會出現一層迷迷濛濛的水氣一樣。真理多變而不穩定，往往讓剩下來的論述不足以表達原本的意思。他們的真理立刻被**翻譯**出來，但留下的只是文字的紀念碑。表達我們信念與虔敬的話語，是不確定的，但是對於更高境界的本質來說，它們是重要的，而且聞起來就像乳香一樣芬芳。

為什麼我們總要把自己降到最駑鈍的覺知程度，還要稱讚這就是常識？最普遍的覺知，就是睡著的人用打鼾來表達的覺知。有時候，我們很容易會把特別聰明的人和只有一半聰明的人歸在同一類，因為我們只能理解他們三分之一的智慧。有些人如果起得夠早，還會挑起朝霞的毛病。我曾聽說，「他們推測卡比爾[13]的經文有四層不同意義，包括幻覺、靈性、智性，以及《吠陀經》的一般教義。」但是在這裡，如果一個人的著作允許不只一種詮釋方式，就成了讓其他人不滿的理由。在英國努力治療馬鈴薯腐爛症的同時，難道沒有任何人努力治療流傳更廣、更致命的大腦

13 Kabir，卡比爾，十五世紀印度詩人，欲融合印度教與伊斯蘭教的神祕主義者。

腐爛症？

我並不是說我的著作隱晦難懂，但如果從我寫下的這些內容找到的致命缺點，沒有比瓦爾登湖的冰更多，我就該引以為傲了。南方來的客人不喜歡它的藍，這正是它純淨的證據，卻被以為是混濁的；他們更喜歡劍橋的冰，那顏色是白的，但是帶有草味。看來，人們喜愛的純潔是覆蓋大地的薄霧，而不是更高更遠的蔚藍天空。

有人在我們的耳邊叫囂，和古人甚或伊莉莎白時代的人比起來，我們美國人與一般的現代人，都是智力上的侏儒。但這樣說有什麼意義呢？一隻活著的狗總比一隻死掉的獅子強。一個人難道因為他身為侏儒，而且成不了最高大的侏儒，就應該去上吊自殺嗎？讓每一個人管好自己的事，努力成為他自己就好了。

我們為什麼要如此拚命急著成功，如此拚命積極進取？如果一個人沒有跟上同伴的腳步，也許是因為他聽到了不一樣的鼓聲。不管什麼節奏，也不管多麼遙遠，讓他的腳步跟隨他聽到的音樂吧。他能不能像蘋果樹或橡樹那麼快就成熟，並不重要。難道要把他的春天變成夏天嗎？如果我們生來要做的事情條件尚未成熟，我們可以接受什麼樣的現實？我們千萬不要擱淺在虛幻的現實中。難道我們要大費周章在我們的頭上豎起一片藍色的玻璃天空，等它完工之後，我們又一定會繼續凝望更上方、真正空靈精緻的天空，好像前一個天空並不存在一樣？

庫魯城有一個藝術家，他有追求完美的傾向。有一天，他想到要打造一根手杖。他考慮到，時間是造成作品不完美的一個因素，但是完美的作品是不能考慮時間因素的。因此他告訴自己，為了要讓這根手杖在各方面都很完美，即使他這輩子不做其他事，也不在乎了。他立刻前往森林尋找木材，並下定決心，這根手杖絕對不選用不適合的材料。當他找了一根又一根，並否決了一根又一根之後，他的朋友漸漸離開了他，因為他們工作到老，都過世了，可是他一點也沒有變老。他的一心一意，他的堅定決心，以及比別人更深刻的虔敬，在不知不覺中賦予了他永恆的青春。因為他對時間完全不妥協，時間只好為他讓路，只能在遠遠的地方嘆氣，因為拿他沒有辦法。在他找到一根各方面都適合的木頭之前，庫魯城已經成了一片古老的廢墟，於是他就坐在一個土堆上削木棍的皮。在他削出適當的形狀之前，坎達爾王朝就滅亡了，於是他就用棍子的尖端在沙子上寫下該族最後一個人的名字，然後又繼續工作。到了他把那根棍子削平、磨光之時，劫（Kalpa）已經不再是北極星了。在他套上金環，並在頂端裝飾寶石之前，梵天已經醒來又睡著很多次了。[14]但是我為什麼要一直提這些事呢？當這根手杖終於完成，在這個藝術家震驚不已的眼中，它忽然變成梵天所有創造物中最美的一件作品了。在製作一根手杖的過程中，他也創造了一個新的體系，一個充滿完善與完美比例的世界；在這個世界，雖然舊城池與王朝已經灰飛煙滅，更公正、更光榮的也已經取而代之。而現在，在他腳邊仍然新鮮的刨花堆旁，他知道，對他與他的作品來說，之前流逝的時間是一種幻覺，過去的時間不過是梵天腦中一個火花掉下來點燃一個凡人腦中火種所需要的時間。材料是純的，他的藝術是純的，結果怎麼可能不精采絕倫、令人讚嘆呢？

無論我們如何修飾事物的表面，都不如真實對我們有利。只有真實禁得起時間的考驗。因為

14　在印度經書《薄伽梵歌》中，庫魯（Kouroo）是一個民族；「劫」是創世與滅世之間的一段時間，約四十多億年；梵天是至高無上的神，祂的一晝夜等於一劫。

在大多數情況下，我們並不在我們所處的地方，而是位於一個虛幻的立場。由於我們本質上的無限性，我們假設了一個情況，讓自己置身其中，但從此之後就同時有了兩種情況，因此要從中脫身也是雙重的困難。清醒的時候，我們只關心事實，也就是真實的情況。說你必須說的話，而不是你應該說的話。任何真相都比假裝好。修補師傅湯姆．海德站在絞刑台前，別人問他有什麼遺言，他說：「告訴裁縫，在縫第一針以前，記得在線頭先打一個結。」沒有人記得他同伴的祈禱詞。

不管你的生活多麼卑微，都去面對它，活下去；不要逃避，也不要用難聽的話咒罵它。它不像你想像的那麼糟。一個人最富有的時候，也是活得最貧窮的時候。吹毛求疵的人，即使在天堂，也可以找到瑕疵。即使貧窮，也要熱愛你的生活。即使在貧民窟生活，你也可以找到愉悅、興奮、榮耀的時刻。從救濟院的窗戶反射出來的落日餘暉，和從有錢人家反射的一樣明亮；春天的時候，雪也是一樣在門前融化。心靈平靜的人，住在哪裡，哪裡就像宮殿，一樣心滿意足，一樣充滿快樂。在我看來，鎮上的窮人過的往往是最獨立的生活。也許他們正是了不起到足以毫無顧忌地接受給予。大多數的人認為自己過的生活比靠鎮民援助更高尚，但是通常來說，他們是藉由不誠實的手段來支持自己的生活，這種行為更不名譽，也並沒有更高尚。陶冶貧窮，像栽培花園裡的香草一樣，像聖人一樣。不管是新衣服還是新朋友，不必大費周章求新求變。回去找舊東西，把舊的翻新吧。萬事萬物沒有改變，而是我們的想法變了。賣掉你的衣服，但是保有你的思想。上帝會看見，你不需要社會。如果我終生像蜘蛛一樣，被迫局限在閣樓的一角生活，只要我還擁有我的思想，世界對我來說就是一樣那麼大。哲學家說：「即使擁有三軍部隊，將軍還是會被擄走，並造成群龍無首的混亂場面；但面對最卑微、最低俗的人，無人可以奪走他的思想。」[15]不要急著尋求發展，而讓自己受到各種影響的捉弄與擺布，這些全都是耗損。謙卑就像黑暗，反而可以襯托天上的光。貧窮與卑微的陰影環繞在我們身邊，「但是，看！創造力正在擴大我們的視野。」[16]記住，如果有人賜與我們克羅伊斯[17]的財富，我們的目標必須維持不變，手段基本上也維持不變。另外，如果你因貧窮而受到限制，例如無法買書、買報紙，你也是受限在最有意義、最重要的經驗上，這反而迫使你去處理那些生產最多醣、最多澱粉的物質。越刻骨銘心的生活，越有滋味。你不會成為吊兒郎當的輕薄之人。在更高層次上大器的人，也不會在更低層次上有所損失。多餘的財富只能買到多餘的東西。靈魂需要的東西，不必用錢買。

我住在一道鉛牆的角落，這道牆的成分含有少量的鑄鐘合金。在我中午休息時間，經常有一陣混亂的叮噹聲從外面傳進我的耳朵。那是和我同時代人們的噪音。我的鄰居告訴我，他們和知名紳士與淑女的奇遇，還在餐桌上遇到了哪些貴族，但我對這些事情不感興趣，就像我對《每日時報》的內容不感興趣一樣。他們的興趣與談話，主要是服裝和言行舉止的風度；但雁就是雁，穿什麼都一樣。他們告訴我加州與德州的事、英國與印度群島的事，或喬治亞州或麻薩諸塞州某某先生的事，全都是短暫、稍縱即逝的事。他們興致勃勃講個不停，我都準備好像個馬穆魯克的

15 出自《論語》，原文為：「三軍可奪帥也，匹夫不可奪志也。」
16 出自懷特（Joseph Blance White）的詩作。
17 Croesus，克羅伊斯，古代超級富豪。

閣下一樣，跳到他們的庭院連忙逃走[18]。我願我行我素，不張揚，不招搖，不跟在浩浩蕩蕩的長串隊伍裡，如果可以，我希望與宇宙的建造者一起同行；我願我不是活在這個焦躁不安、緊張兮兮、匆匆忙忙，只關心無關緊要之事的十九世紀，而是或站或坐地沉思著，任憑這個世紀流逝。他們在慶祝什麼呢？他們全都在某個籌備委員會，時時刻刻期待聆聽某個人的演講。上帝只是當天的主席，韋伯斯特[19]則是祂的演說家。我喜歡仔細考慮、沉澱、轉向最強烈且正當地吸引我的事物，而不是把它們掛在秤桿上，試圖讓重量秤得輕一點。不要去假設情況，而是接受真實情況；去走我唯一可以走的路，而且在這條路上，沒有任何力量可以阻攔我。在踩到堅硬的地基之前就去跳拱門，這種事不會讓我滿意。我們不要玩踩薄冰的冒險遊戲。到處都有堅實的地基。我們都讀過一個故事，有個旅人問男孩，在他面前的沼澤有沒有堅硬的基底。男孩回答有。但旅人的馬卻直接沉到肚帶那麼深了。他對那男孩說：「我以為你說這個沼澤的基底是硬的。」男孩回答：「是啊，但是你還沒沉到一半呢。」社會的泥沼與流沙也是如此，然而知道這一點的，一定是個老手了。只有在某種罕見的機遇中所思、所說、所為之事，才是好的。我可不想成為只知道愚蠢地把釘子釘進木板與灰泥的人，這種行為會讓我徹夜難眠。我會用一把錘子，慢慢憑感覺找出釘板條的位置。不能依賴灰泥。要把釘子釘對位置，實實在在把它釘牢，這樣，在夜裡醒來時，想到你的工作都會十分滿意。這樣的工作，你就算請繆斯女神來看，也不會覺得羞恥。這時，上帝會來助你一臂之力，也只有到了這時候，祂才會來幫助你。你釘的每一根釘子都應該像是宇宙機器中的另一根鉚釘一樣，繼續做下去吧。

與其給我愛，給我金錢，給我名聲，不如給我真理。當我坐在餐桌旁，滿桌子的佳餚與美酒，但談起話來只有阿諛逢迎，不見真誠與真理，我會馬上起身，餓著肚子離開這個令人待不下去的餐桌。這種待客的態度，像冰一樣寒冷。我覺得，根本用不著冰塊就可以把他們冷凍起來了。他們跟我講起了葡萄酒的年分、釀酒廠的名氣，但我想的是來自更榮耀的釀酒廠，一種更新、更純的酒，那是他們沒有，也買不到的。那氣派，那房子，那種場所與「娛樂」，對我來說，都與我無關。我去拜訪一個國王，他卻讓我在大廳等，像是沒有能力接待客人的人。我家附近有個住在樹洞裡的人，他的舉止真的有著王者風範，如果我去拜訪他，情況一定會更好。

我們要坐在門廊實踐那些與任何工作都不相干、顢頇而迂腐的美德多久？就像一個人必須以長時間的煎熬來開始每一天，必須雇用一個人去鋤他的馬鈴薯；然後到了下午，必須帶著事先考慮好的善意，出門實踐基督徒的溫和與慈善。請想想中國的驕傲與人類停滯不前的自滿。這一代人有一種慶幸自己是某個光榮世系最後一代的傾向；再看看波士頓、倫敦、巴黎與羅馬，想著自己的悠久傳承，沾沾自喜地說著自己在藝術、科學與文學方面的進步。我們有哲學協會的紀錄，也有對偉大人物的公開頌詞！這就是善良的亞當在思考自己的美德。「是的，我們做了很了不起的事，也唱了神聖的歌曲，這些都是永恆不朽的。」也就是說，只要我們能記得這些事，這些事就能不朽。但是，這些飽學之士的協會與亞述的偉人現在在哪裡？我們算什麼年輕的哲學家

18 Mameluke，馬穆魯克，中世紀伊斯蘭地區的奴隸兵，後來成為強大的軍事政治集團。一八一一年，土耳其戰勝埃及，下令對馬穆魯克行大屠殺，其中一人從城堡跳到馬上，成功逃脫。

19 Daniel Webster，丹尼爾・韋伯斯特（一七八二－一八五二），麻州參議員，是當時的知名演說家。

與實驗者！我的讀者中，還沒有一個人已經過了完整的人生。這些經驗也許只是整個人類生命當中的春季時節而已。在康科德，就算我們經歷過七年的疥癬，但我們還沒看過十七年蟬呢[20]。我們熟悉的只是我們居住的地球表皮。絕大多數人從沒鑽到地下六英尺深，也沒有跳到地面六英尺以上。我們根本不知道自己身在何處。另外，我們有將近一半時間都在酣睡，但我們還自我抬舉，說自己聰明，說自己已經在地球表面建立了一套秩序。真的，我們是深刻的思想家，是有遠大抱負的靈魂！當我俯視著森林裡爬行於松針當中的昆蟲，牠是這麼努力地隱藏自己不要被我看到，我問自己，牠為什麼抱著這麼謙卑的想法，要把頭藏起來避開我呢？我也許是牠的恩人，可以為牠的族類傳達某些令人振奮的消息呀。這讓我想到，更了不起的施恩者與智者也正在俯視我這個人類昆蟲。

新奇事物不斷湧入這個世界，但我們還在忍受不可思議的遲鈍與愚蠢。我只要提示，如今在最開明進步的國家還在聽什麼樣的講道內容就夠了。他們會提到喜悅與悲傷這樣的字眼，但都只是詩歌中用鼻音唱的重點，因為我們相信的是平庸與卑微。我們以為我們只能換換衣服。大家都說，大英帝國非常大，並且受人尊敬，而美國是第一等的強國；我們卻不相信，每個人背後都有一股起伏不定的浪潮，如果他心中有此念頭，這股浪潮便可以席捲大英帝國，讓它像木片一樣載浮載沉。誰知道下一次從地上爬出來的是什麼樣的十七年蟬？我所生活的那個世界的政府，並不是像英國政府那般在晚餐後觥籌交錯之間成立的。

我們內在的生命活力就像河水，可能在今年漲得比任何人所知的更高，還淹沒了乾枯的高地；今年也可能就是多事之秋，把所有的麝鼠都淹死了[21]。人類居住的地方不一定都是乾燥的土地。我看到遠在內陸的昔日河岸，在科學開始記錄其氾濫之前就有河流沖刷的痕跡。每個人都聽過這個在新英格蘭流傳好幾輪的故事：一隻強壯美麗的蟲子從一張蘋果樹木做的舊桌子中爬出來。這張桌子本來擺在一個農夫的廚房裡六十年了，一開始是在康乃狄克州，後來又到了麻薩諸塞州。原來是蟲卵在很多年前，蘋果樹還活著時，就生在了樹裡面——這可以從周遭的年輪算出來；聽說有好幾個星期都聽得到蟲在裡頭啃咬的聲音，最後或許是受桌上茶壺的熱而孵化了。聽了這個故事，誰不會對復活與不朽產生更強的信心？誰知道還有什麼漂亮、有翅膀的生命，牠的蟲卵長年埋在枯燥、死氣沉沉的社會生活中好幾層木頭底下，一開始是在生意盎然的樹木白木質上，接著這兒漸漸成了牠腐朽的墓穴。也許當人類家庭歡樂地圍桌而坐時，大吃一驚的家人已經聽了好幾年的啃咬聲。但到最後，牠會出人意料地從社會中最微不足道、隨手送人的家具中跑出來，終於得以享受完美的夏日生活！

我並不是說約翰或強納森[22]這種普通人會明白這一切道理。但是，這就是明日的特徵。只是等著時間過去，永遠不會迎來黎明。擾亂視線的光，對我們來說就是黑暗。只有我們覺醒之際，天才會破曉。還有更多精神上的黎明即將破曉。和那比起來，太陽不過是一顆晨星。

20 梭羅曾到過紐約史泰登島，認識了在土壤中棲息十七年的蟬，但康科德並沒有這種蟬。
21 麝鼠在水中架巢，平常住在水面以上，出入從水下，所以水位上漲有淹死的可能。
22 十九世紀時，約翰為英國人的通稱，強納森則是美國人的通稱。

【譯者短箋】痛並快樂著

抱著向梭羅致敬的心情，戒慎恐懼地完成譯作。這不是一本容易翻譯的書，難度超越了個人譯者生涯至今為止所有的翻譯經驗，包括大塊出版社跨自然與社會人文科學、難度極高的《規模的規律與祕密》[1]。我衷心希望九十天痛苦煎熬後所呈現的版本，已經大致排除或舒緩了作者與讀者之間的交流障礙。

本書最大的困難之處在於，經常有冗長、繁複、迂迴的句子。有人認為，這是梭羅的寫作特點，甚至有人批評這是梭羅故意堆砌文字。但梭羅在書中說，他希望喚醒同時代沉睡中的心靈，希望越多人理解他越好，因此我個人判斷，梭羅不會故意在文句上刁難讀者，而且就我翻譯的數十本書中，長句並不少見。比較正確的說法應該是，本書出版於一八五四年，當時使用的是十九世紀維多利亞時代的英文，風格大概就是這樣：句子比現代人習慣的更長，一句裡有很多逗點，句子的結構也不一樣。現代英文的句子結構習慣只談一個主題，但當時的句子會把不同的主題連在一起寫。即使今天以英語為母語，但不常閱讀英文「古文」的西方人士，也會覺得有很大的閱讀障礙。

不過，梭羅在結語坦承，本書有幾處晦澀難懂的地方，他也不期待一般人可以讀懂。我認為，這指的是當時西方人較陌生、較不易理解的超驗主義哲學，同時也是針對當時閱讀水準不高、喜歡輕鬆小品的大眾讀者所說的話。關於這一點，華人讀者反而不必擔心，對生長在儒道思想或印度靈性思想環境中的東方人而言，或是閱讀過新時代系列書籍的讀者來說，《湖濱散記》反而容易領略。梭羅在書中引用了儒家的四書：《論語》、《孟子》、《大學》、《中庸》，以及印度教的《吠陀經》與《薄伽梵歌》，因此國學大師林語堂等人都認為，梭羅是最接近儒道學家的美國作家。

如果說書中有任何有意為之的寫作特點——這倒是有一點——便是梭羅喜歡小小玩點文字遊戲，包括愛用比喻、拉丁文、雙關語，以及發音相同的字彙來轉借意義。針對這一點，如果略去不譯，雖然翻譯工作會大為輕鬆，個人卻覺得有點對不起梭羅的巧思，讀者也會少了一點貼近真實梭羅的感覺，因此盡量在顧及流暢度的考量下，以注釋來補充說明。

要特別說明的一點是，本譯本所根據的原文並沒有任何注釋，為了方便讀者閱讀，本書補充了很多注釋。在這些注釋中，有一部分是在網路上可以查到的資料典故，例如希臘羅馬神話故事，但另外更重要的一部分，是有關梭羅的時代背景、梭羅筆下暗指的人事物，這些並非網路上可以查考的資料，如果不提出說明，可能會造成讀者的困惑或不解，而形成閱讀與理解上的障礙。關於這一部分，我大大仰賴桂冠出版社於一九九三年出版的孟祥森先生譯本注釋，特別在此大大誌

1 編注：此書榮獲第十屆吳大猷科學普及著作獎譯作類金籤獎。

謝。根據孟祥森先生的說明，他引用的注釋，大部分來自遠東圖書公司的英文版譯注本，其次是 W. W. Norton & Company 一九六六年出版的評注版，少數是他自己個人的補充。在此一併致謝。

藉由網路資料與前輩譯注的輔助，我以龜步般的速度克服了字彙、典故、動植物名稱的障礙之後，梭羅有關生命真誠又透澈的思想就躍然眼前，我總是再三咀嚼，並受到極大感動，接近一種精神上的狂喜。令我驚訝的是，這本書我在二十多歲時早就讀過了，沒想到年近半百再讀一次，仍有這麼強的震撼力。難怪有人說，這本書可以從青年、中年，再讀到老年。讀著梭羅，總會讀出新意。

身為熱愛大自然、熱愛生命，嚮往萬物共榮共存理想國度的譯者，接到出版社邀約翻譯本書時，我激動興奮到尖叫起來，彷彿這幾年來的閱讀、走入荒野、廣泛閱讀自然生態與靈性書籍，就是為了翻譯本書，為了再次聆聽梭羅所做的準備。

在諸多繁體中文版本當中，譯者前輩各有優點，有人文字優美，有人言簡意賅，各有特色。由於有自知之明，我在翻譯時不求文字優美，但求正確達意；也不求高雅，但求清新流暢。我希望用一種平易近人的方式，讓讀者更容易理解梭羅的思想。但我也得老實說，截稿時間有限，我的企圖未必表示我已做到理想的水準，如有錯誤，歡迎指正。未臻圓滿之處，期待改版時再修訂。

最後，我忍不住要多嘴提醒一下，閱讀《湖濱散記》可能是一趟撼動心靈的旅程。它可能會鬆動你的某些既定模式，你將不會是原來的你了。

林麗雪（杪欏）

梭羅大事紀

一八一七　出生

七月十二日，大衛．亨利．梭羅出生於麻薩諸塞州康科德鎮外祖母家的農場。他的祖先有蘇格蘭、法國、英格蘭的血統，祖父在美國獨立戰爭之前移居美國，曾是波士頓商場中活躍的商人，但父親約翰．梭羅（John Thoreau）不善經商。外公頓巴（Asa Dunbar）是哈佛高材生，一七六六年曾經發起美國第一次學運，抗議校方提供臭酸奶油，迫使校方改善奶油品質。母親辛西亞．頓巴．梭羅（Cynthia Dunbar Thoreau）身材高大，開朗健談，喜歡帶孩子接觸大自然。梭羅終生熱愛大自然，嚴厲批判不義，都有很深的家庭淵源。家有兄弟姊妹四人，梭羅排行第三，上有大姊海倫、哥哥約翰，下有妹妹蘇菲亞。此時梭羅的父親以務農為業，並在康科德鎮上經營雜貨店勉強維生。

一八一八（1歲）　搬家

由於營生不易，舉家遷往康科德鎮北邊十英里處的小村契姆斯福德（Chelmsford），父親在此經營雜貨店。

一八二一（4歲）　二度搬家

父親因雜貨店經營不善而結束營業，再度搬家到波士頓。父親在學校教書，梭羅入學。

一八二二（5歲） 和瓦爾登湖第一次相遇

隨家人從波士頓到康科德鎮探望外祖母，梭羅第一次遊覽了瓦爾登湖。

一八二三～二七（6～10歲） 搬回康科德鎮，開始探索大自然

全家搬回康科德鎮，父親接管妻弟創立的鉛筆製造生意，收入開始穩定。

梭羅進入公立康科德中央學校（Concord Center School）。由於外表嚴肅，同學戲稱他「法官」。

當時的康科德是一片綿延不斷的大草原，山丘、樹林、河流、沼澤交織其中，梭羅深受自然景觀吸引，對動植物產生濃厚的興趣。十歲時在學校作業寫了第一篇知名的散文〈四季〉，文中顯露了他對自然萬物的敏銳觀察與細膩感受。

一八二八～三三（11～16歲） 中學

梭羅和哥哥約翰進入私立康科德學院（Concord Academy）念書，開始學習法語、拉丁語、希臘語、地理、歷史和理科科目。

一八三三～三七（16～20歲） 大學

由於家中財力只能供給一個兒子上學，梭羅取代哥哥約翰進入劍橋大學（今天的哈佛大學）就讀，主修希臘、拉丁古典文學，他熱愛閱讀英詩，並接觸印度經典、孔孟著作，對東方思想產生濃厚的興趣。

經常利用假日打工賺錢，偶爾接受姊姊、姑母的資助，以維持生計。

期間兩次離開學校，一次是十八歲，冬季學期請假，在麻州坎頓教書賺錢。另一次是十九歲，因病短期離開哈佛，可能是早期的肺結核。

一八三七（20歲） 加入超驗主義俱樂部、開始寫日記

八月大學畢業，在班上將近五十人中排名第十九位。

愛默生（Ralph Waldo Emerson）到哈佛舉行畢業生演講，梭羅對他印象深刻，主動上前自我介紹，兩人從此成為朋友。

回到只有一間課堂的公立康科德中央中學母校教書，但兩週內就因校方要求而違心體罰六名學生，因此憤而辭去教職。

之後，協助父親的鉛筆製造生意，著手改進鉛筆筆芯品質。梭羅用巴伐利亞黏土混合石墨，研製磨粉機，成功生產出更精細的石墨粉。

加入新英格蘭地區非正式的超驗主義俱樂部（Transcendental Club），不定期在愛默生的書房聚會。

很可能是在愛默生的鼓勵下，於十月二十二日開始寫日記，最後寫成兩百萬多字，這是日後演講與著作的重要資料來源。

把原名大衛．亨利改為亨利．大衛。

時代背景——美國發明電報機，人類通訊進入新的里程

一八三八～四一（21～24歲） 在家開設私立學校、接管康科德學院

一八三八年，前往緬因州求取教職未果，之後和哥哥約翰於自宅開設學校，採新式教學法，於戶外教學並教授與現實生活相關的知識，頗受稱頌。

秋天，被選為康科德中學的祕書與圖書館館長，九月開始接管康科德學院。

在康科德公共講座中，第一次發表演說。

一八三九年，由於招生人數增加，兄長約翰得以進入康科德學院任教，負責「英語各科」，梭羅教拉

丁語、希臘語、法語和自然科學。知名學生有《小婦人》（*Little Women*）作者露意莎・梅・奧爾柯特（Louisa May Alcott）。

一八三九（22歲）　求婚被拒，兄弟同行出遊

與哥哥同時愛上了學生的姊姊西沃爾（Ellen Sewall），女方父親因宗教考量拒絕了兩兄弟先後的求婚。

此後，梭羅終身未娶，但兄弟情誼不變。

八月底，兄弟兩人搭上自己造的船，在康科德河與梅里馬克河上旅行。

時代背景——考古學家發現馬雅文明遺址。

一八四〇（23歲）

超驗主義刊物《日晷》（*The Dial*）季刊創刊，梭羅開始在此刊發表詩作與文章。

時代背景——英國發行世上第一張郵票

一八四一～四三（24～26歲）　寄住愛默生家兩年

一八四一年四月，約翰病倒，梭羅關閉學校。為了謀生，他從事各種臨時散工，包括造船、種樹、製造鉛筆、測量土地、採越橘、割乾草、演講。

婉拒加入超驗主義者自組的公社布魯克農場（Brook Farm）。

接受愛默生的邀請，寄住他家兩年，幫忙做些零碎雜活、照料花園。

協助愛默生主編《日晷》，並結識當時文壇重要人物。

梭羅仍想求得謀生之道，差點買下破落的農場，夢想著住到弗林特湖畔生活。

一八四二（25歲）　哥哥過世

一月，哥哥約翰因破傷風病逝，一連數月心情抑鬱。

七月，為《日晷》寫了〈麻薩諸塞州的自然史〉（*Natural History of Massachusetts*）與九首詩作。

一八四三（26歲）　代編《日晷》、擔任家庭教師

二月，代替愛默生主編四月號的《日晷》季刊。

發表〈沃楚西特漫步〉（*A Walk to Wachusett*）、〈冬日漫步〉（*A Winter Walk*）。

到紐約史泰登島（Staten Island），擔任愛默生兄弟威廉子女的家庭教師數月。

時代背景——法國製造史上第一批商業銷售的香菸

一八四四（27歲）　改進鉛筆製造技術、召集廢奴集會

與家人同住，改進父親的鉛筆製造技術，得到優級評等；設計了鑽機，讓筆芯可以直接插入鉛筆，不需切開木條；制訂了鉛筆硬度的等級。

四月，與友人出遊釣魚，不慎燒毀三百多畝林地，因友人之父為當地有力人士，未被起訴。

八月一日，召集鎮民到康科德婦女廢奴協會的年度集會（梭羅的母親是該協會的籌辦人之一），在會上，愛默生發表「解放印第安人」的演講；在梭羅的安排下，演講稿印成小冊子出版。

秋季，與家人合建房子，學到建築經驗。

一八四五～四七（28～30歲） 遷居瓦爾登湖畔

三月下旬，在愛默生於瓦爾登湖畔的土地上蓋木屋，於七月四日美國獨立紀念日，搬入尚未完工的小屋。

為了紀念亡兄，起草第一本書《康科德河與梅里馬克河一週遊記》（*A Week on the Concord and Merrimack Rivers*）（下稱《一週遊記》）。

開始在日記廣泛記載林中生活的點滴，成為日後《湖濱散記》的素材。

在木屋居住二十六個月期間，和家人與朋友仍保持密切聯繫。

一八四六（29歲） 抗稅入獄一晚

警方要他支付積欠六年的人頭稅，與他認識多年的警員願意先行代付，但被梭羅拒絕，於是在七月下旬遭捕入獄。梭羅說，他不願意向一個對內允許奴隸制度、對外發動戰爭（墨西哥）的政府繳稅，而且他想在出庭時趁機宣揚理念，但當晚就有人代付稅金（推測可能是姑母，而且往後每年她都事先代付）。隔日清晨，梭羅拒絕出獄，仍被強行趕出。這次入監的經驗讓他有機會徹底思考個人與政府的關係，並寫成知名演講文〈公民不服從〉（*Civil Disobedience*）。

數次前往緬因州的森林遊歷，登上卡登山（Mount Kaatdn）。

時代背景——美墨戰爭爆發

一八四七～四八（30～31歲） 二度住進愛默生家

一八四七年九月六日，完成《一週遊記》書稿與《湖濱散記》初稿的大部分內容後，結束在森林獨居的生活實驗。

應愛默生之邀再度住進他家，在愛默生訪問英國期間代為照顧家人。

一八四八（31**歲**） **開始以演講為主要工作**

年初發表兩場演講，內容為瓦爾登湖畔的夏季生活經驗與卡登山之旅，以及被捕的牢獄之災。第一場演講內容經增訂後連載於紐約《聯合雜誌》，成為身後出版的《緬因森林》（The Maine Woods）之第一部。

第二場演講成為他最著名的單篇文章，於一八四九年單獨出版成書《對公民政府的抵抗》（*Resistance to Civil Government*）（即《公民不服從》初版書名）。

開始在新英格蘭地區巡迴演講。

拜訪印第安人佩諾布斯科特族（Penobscot）家鄉印第安島，大量閱讀自然史與美洲印第安人的相關書籍；在一八四八到一八六一年之間，從這些書籍中記下了將近一千頁的筆記與語錄。

時代背景——法國二月革命爆發；拿破崙當選法蘭西第二共和的首任總統

一八四九（32**歲**） **出版《一週遊記》、《對公民政府的抵抗》**

在康科德過著平靜的寫作生活。

六月，姊姊海倫死於肺結核。家中鉛筆經營轉型，主要為電鑄版提供鉛粉，生意日見好轉。秋天，在康科德鎮中心附近購置一間大房；另外，梭羅發現勘測工作是一項可行的謀生之道，並以測量的精確度樹立起個人風評。

和愛默生友情轉淡，世人評價他不過是愛默生的影子與追隨者，梭羅為此苦惱。

十月，和詩人好友強尼（Elley Channing）首次前往鱈魚角（Cape Cod）遊覽。

十月二十八日，為紀念亡兄，梭羅同意以版稅支付出版費用，出版了第一本書《一週遊記》，印行一千本，四年間售出兩百一十九本，送出七十五本。其後持續修訂該書內容。

由於第一本書銷售不佳，梭羅開始大幅修訂《湖濱散記》初稿，不輕易出版。

出版《對公民政府的抵抗》。

時代背景——丹麥成為君主立憲國；法國攻占羅馬，羅馬共和國投降

一八五〇（33歲）　擔任土地測量員

將日記手稿擴充為獨立文學作品。

擔任康科德的土地測量員，一可增加收入，二可遍遊該地。

六月，一人重遊鱈魚角。

七月，受愛默生囑託，前往紐約火島，尋找遇難的《日晷》主編富勒（Sarah Margaret Fuller）屍體與手稿，但無所獲。

九月，前往加拿大旅行一週。

一八五一（34歲）　協助逃亡奴隸

經常赴外地演講，題目多為鱈魚角、瓦爾登湖，和荒野。

與廢奴組織合作，擔任黑奴逃亡路線的地下鐵路站長之一，在家中收容一名逃亡奴隸威廉斯（Henry Williams）。梭羅出錢出力，掩護他躲過搜查，把他平安送上夜班火車，協助逃往加拿大。

一八五二（35歲） 發表《湖濱散記》摘錄

經常返回瓦爾登湖，為《湖濱散記》的寫作蒐集資料。

《湖濱散記》第四版的部分摘錄發表於《聯合雜誌》，幾乎未引起任何注意。

時代背景——拿破崙三世稱帝，法蘭西第二帝國建立；日本明治天皇誕生

一八五三（36歲）〈美國佬在加拿大〉連載中斷

一到三月，原先預計分成五篇發表的〈美國佬在加拿大〉（*A Yankee in Canada*），前三篇在《普特南月刊》（*Putnam's Monthly Magazine*）連載。因為主編（也是梭羅老友）柯帝思（George William Curtis）以「異端」為由，要求刪除部分章節，梭羅拒絕，遂停止連載。

九月，第二度到緬因州遊覽。

《一週遊記》的出版商以沒有庫存空間為由，將剩下的七〇六本書交還梭羅。

一八五四（37歲）《湖濱散記》正式出版

逃亡奴隸伯恩斯（Anthony Burns）在波士頓被捕，梭羅在七月四日以〈麻薩諸塞州的奴隸制度〉為題發表演說，全文先後刊登於《解放者》（*Liberator*）與全國發行量最大的報紙《紐約論壇報》（*New York Tribune*），是其有生之年，讀者最多的一篇文章。

八月九日，波士頓蒂克納與菲爾茲（Tickner & Fields Boston）公司出版《湖濱散記》二千冊，此版內容是經過九年筆耕不輟、八次重大修改的成果。銷售反應熱烈，一部分還銷至英國。此書的成功為梭羅帶來充裕的金錢與名氣，讓他終於不必從事勞動工作。

梭羅因為《湖濱散記》的成功，力勸蒂克納與菲爾茲公司再版《一週遊記》，但遭拒。

梭羅在美國東北地區演講，名聲越來越響亮。身邊開始吸引一群崇拜者，包括作家、廢奴主義者、教育家。

一八五六（39歲）　拜訪詩人惠特曼

十一月，與《小婦人》作者之父愛莫斯．布朗森．奧爾柯特（Amos Bronson Alcott）一同前往布魯克林，拜會詩人華特．惠特曼（Walt Whitman）。惠特曼致贈親筆簽名的《草葉集》（*Leaves of Grass*），梭羅雖然對內容的肉欲描寫感到驚愕，仍然視惠特曼為一位偉大的民主主義者。

愛默生曾指出，在梭羅的一生中，讓梭羅最受感動的有三個人：廢奴主義者布朗（John Brown）、緬因州旅行時的印第安嚮導喬．波利斯（Joe Polis），以及惠特曼。

一八五七（40歲）　結識廢奴主義者布朗

初次會見白人廢奴主義者布朗，梭羅深表敬佩，寫到：「布朗在國家有錯誤時，有勇氣正面面對。」

六月，獨自前往最後一次（四度）的鱈魚角之旅。

七到八月，緬因森林之旅，與印第安嚮導波利斯乘獨木舟旅行。

一八五八（41歲）　與文評家羅威爾交惡

關於緬因州森林的文章發表於《大西洋月刊》（*Atlantic Monthly*），負責邀稿的主編羅威爾（James Russel Lowell）是當時知名的文學評論家，他認為文中關於一棵樹升上天堂的文句褻瀆了上帝，並擅自刪除。梭羅寫信抗議無果，兩人從此交惡。羅威爾後來對梭羅的著作給出惡評，是造成梭羅聲名受貶長達數十年的主因之一。

一八五九（42**歲**）　**父親過世、為布朗為文發聲**

二月三日，父親過世，梭羅擔起照顧母親與妹妹的責任。

十月十六日，布朗率眾突襲維吉尼亞州哈潑斯渡口（Harpers Ferry）的聯邦政府軍火庫，企圖劫取武器以解放並武裝當地黑奴，結果被判絞刑。梭羅於十月三十日為此事發表〈為約翰·布朗上尉請命〉（*A Plea for Capt. John Brown*）演講，隔年以文字發表。文中為布朗辯護，認為他遭判絞刑猶如基督被釘在十字架上的犧牲。

十二月二日，布朗處決日，梭羅親自敲響會堂大鐘，召集市民為他舉行追悼會，並在會中宣讀悼文〈悼念布朗〉（*After the Death of John Brown*），隨後助布朗的手下逃往加拿大。

一八六〇（43**歲**）　**發表〈論樹木之年輪〉**

七月四日，布朗在紐約下葬，梭羅因病無法前往，但寫了〈布朗的最後時日〉（*The Last Days of John Brown*）一文，於七月二十七日刊登在《解放者》。

九月，發表論文〈論樹木之年輪〉（*The Succession of Forest Trees*），闡述樹木生長的原則，次月刊於紐約《一週論壇報》（*Weekly Tribune*），是他在自然史方面最重要的文章，也是博物學的一大貢獻。

十二月，在雪地中專心研究樹木年輪而受寒，後來轉為重度肺炎。

一八六一（44**歲**）　**久病未癒、發表〈沒有原則的人生〉**

四月，南北戰爭爆發，但梭羅病情未見好轉，他曾說：「我為了國家，心也生病了，只要戰爭持續下去，我的病大概也無法痊癒。」

五到七月，聽從醫生建議，前往明尼蘇達州養病。

七月，回到康科德鎮，自知復原無望，為《大西洋月刊》整理最後一批文稿。其中最重要的一篇是〈沒有原則的人生〉（*Life without the principle*），乃自一八五一到一八五五年的日記彙整，曾於多處以演講發表。文中表達自己的人生觀，認為人應該自信自立，不為名利權勢所惑，堪稱梭羅畢生思想結晶。

《一週遊記》最後修訂；與妹妹一同安排死後出版《緬因森林》、《鱈魚角》和其他著作事宜。

十一月三日，最後一次寫下遊覽瓦爾登湖的日記。

時代背景——美國南北戰爭爆發

一八六二（45歲）　病逝

因肺結核宿疾臥病不起，並拒絕使用麻醉劑，不斷接見來訪人士。

四月十二日，與《大西洋月刊》新任主編菲爾茲（James Fields）商量發表四篇演講文，並請他接管手邊剩餘的《一週遊記》藏書，菲爾茲兩個月後換上新扉頁重新發行。

《湖濱散記》再版，並刪去副標題「林中的生活」（Life in the Woods），以免讀者誤解此書「只是」記載林中生活。

五月六日，安然去世。五月九日，舉行葬禮，愛默生發表致詞：「美國還不知道（或許知道一點點），她失去了一個多麼偉大的兒子。」

時代背景——美國總統林肯簽署《禁止蓄奴法》

一八六三～六五　身後著作陸續出版

一八六三年《旅遊》（*Excursions*）出版、一八六四年《緬因森林》出版、一八六五年《鱈魚角》和《梭羅書簡集》（*Letters to Various Persons*）出版。

一八八一　妹妹過世

妹妹蘇菲亞過世，由布雷克（H.G.O. Blake）負責處理梭羅文稿，首度從日記整理出版《麻薩諸塞州的早春》（*Early Spring in Massachusetts*）、後來陸續出版《夏》（*Summer*）（一八八四）、《冬》（*Winter*）（一八八七）、《秋》（*Autumn*）（一八九二）。

一八八六　影響英國勞工運動

英國作家史考特（Sir Walder Scott）大力推崇梭羅作品；社會主義人士布拉契佛（Robert Blatchford）在工黨早期刊物中，鼓勵支持群眾閱讀《湖濱散記》，政黨人士還發行了便宜的平裝版本。

一八九〇　受烏托邦社會主義者推崇

烏托邦社會主義者索特（Henry Salt）在一系列文章與頗具影響力的自傳中推薦《湖濱散記》與《公民不服從》。他首度指出《湖濱散記》有一種無所不在的幽默感，英國評論界也首度認可了本書的複雜性、激進性與文學性。索特後來也把這本書介紹給甘地。

一八九三　梭羅全集第一次出版

霍頓米夫林（Houghton Mifflin）出版社出版十冊的河畔版（Riverside Edition）梭羅著作全集。

一九〇六　梭羅全集第二次出版；啟發印度甘地非暴力抗爭

霍頓米夫林出版社出版二十冊的瓦爾登版（Walden Edition）梭羅著作全集，其中後十四冊是《日記》（*Jounal*），其餘內容收錄遊記、隨筆、論文集、詩集等，是目前流傳最廣的範本。

印度國父甘地（Mohandas Gandhi）第一次讀到梭羅的《湖濱散記》，並在獄中首度讀到《公民不服從》。

甘地認為梭羅是「美國最偉大的賢者」。他的非暴力抗爭運動深受梭羅啟發，並大力推薦追求印度獨立的人閱讀梭羅著作。

甘地的非暴力公民不服從理念，影響了全世界的公民文化，也為人民和平反抗政府的行動賦與正當性，一九五〇年以來，以非暴力抗爭手段贏得社會政治改革的行動，比暴力行動多了三倍。

一九一〇　《湖濱散記》成為公版書籍，俄國文豪托爾斯泰深受吸引

霍頓米夫林出版社擁有的版權到期，《湖濱散記》成為公共版權，光是這一年，美國就出版了八種新版本，高中課程也開始教授本書。

俄文版《湖濱散記》出版，一生富裕奢華的大文豪托爾斯泰（Lev Tolstoy）隨身攜帶，並在晚年轉而崇尚簡樸的道德生活。由於托爾斯泰的盛名，本書在歐洲大陸廣為流傳。

一九一六

梭羅被評選為九位最重要的美國散文作家。

啟發無政府主義者高曼（Emma Goldman）鼓勵失業者應採取行動，不要依賴政府救濟。

一九三〇年代

梭羅開始被美國學術界廣泛接受，《湖濱散記》被譽為美國文學最偉大的傑作。

一九四〇年代

二次世界大戰期間，許多反納粹人士，特別是丹麥人，奉《公民不服從》為教戰手冊。

一九六〇年代　啟發民權運動家馬丁路德金恩

美國民權運動家、諾貝爾和平獎得主馬丁．路德．金恩（Martin Luther King Jr.）在自傳指出，他第一次讀到非暴力抵抗的想法，就是來自《公民不服從》，並且反覆閱讀。他以非暴力和平抵抗的精神，策畫午餐櫃台靜坐、自由騎行密西西比、公車抵制等群眾運動。

一九六八～一九七〇　啟發反戰示威潮

梭羅的公民不服從思想，啟發美國青年學子風起雲湧的反戰示威活動。

一九七〇　梭羅全集三度出版

普林斯頓大學出版新版全集，共二十五本。

一九七〇年代　環境保護意識興起，梭羅被譽為「環境聖人」

《寂靜的春天》（*Silent Spring*）等環保意識與倡議書籍大量出版，梭羅被譽為「環境聖人」。瓦爾登湖也成為環保運動的文化聖地。

一九八五

《美國遺產》（*American Heritage*）評選《湖濱散記》為「十大形塑美國人性格的書」之首選。評論界認為，梭羅率先啟蒙了美國人感知大地的思想，進而成為美國文化的重要標竿人物。

一九八八

啟發台灣自然觀察作家劉克襄，開始翻閱中外古籍，整理早期台灣自然誌史料。劉克襄在擔任《自立早報》副刊主編時，出版了《探險家在台灣》，內容整理歐美與日本人在台灣的探險過程與發現的史料。另外個人完成《橫越福爾摩沙》、《後山探險》、《深入陌生地》等書。

一九九一

民進黨前主席林義雄出版《心的錘鍊：淺談非武力抗爭》，封底就是作者站在梭羅故居的瓦爾登湖畔的照片。

生態作家陳玉峰發表〈生態不服從主義〉一文，結合了梭羅對自然生態的熱愛與消極反抗的精神。

一九九五

荒野保護協會成立，前理事長李偉文在各地分會的牆上，貼上梭羅的這段話：「我到森林裡去，是因為我希望去過有意識的生活，只去面對生活中必要的部分，看我是否能夠學會它要教給我的事，而不要在我臨死的時候，才發現自己並沒有真正活過！」

二〇〇四

耶魯大學出版社出版一百五十週年珍藏紀念版權威注疏本。

注疏者為美國梭羅研究所所長克萊默（Jeffrey S. Cramer），他說自己「在梭羅的思想中生活與呼吸」。

二〇一八　台灣出現第一個「公民不服從」判例

台灣高等法院以「公民不服從」原則，針對二〇一四年太陽花學生運動占領並癱瘓立法院二十三天、參與抗爭人士林飛帆等二十二人遭起訴一案，做出無罪判決。然，針對同年「三二三攻占行政院案」，台北地方法院於二〇二〇年四月二審改判魏揚等七人有罪。

二〇一九　香港「反送中」大規模群眾和平示威

香港政府推行《逃犯條例》（又稱「送中條例」），提出香港政府可以不經香港立法會，只需香港特首及法庭同意，就能移交香港罪犯至中國。香港民眾視之為不義惡法，多次上街頭抗議，單次最多示威人數超過二百萬，是中國六四運動後規模最大的民眾示威活動。

Golden Age 42

湖濱散記

【獨家收錄梭羅手繪地圖·無刪節全譯本】
復刻 1854 年初版書封，譯者 1 萬字專文導讀、精選中英對照絕美語錄

作　者　亨利·梭羅（Henry D. Thoreau）
譯　者　林麗雪

野人文化股份有限公司
社　長　張瑩瑩
總編輯　蔡麗真
編　輯　王智群
行銷企劃　林麗紅
封面設計　周家瑤
內頁排版　洪素貞
校　對　魏秋綢

出　版　野人文化股份有限公司
發　行　遠足文化事業股份有限公司 (讀書共和國出版集團)
地址：231新北市新店區民權路108-2號9樓
電話：（02）2218-1417　傳真：（02）8667-1065
電子信箱：service@bookrep.com.tw
網址：www.bookrep.com.tw
郵撥帳號：19504465遠足文化事業股份有限公司
客服專線：0800-221-029
法律顧問　華洋法律事務所　蘇文生律師
印　製　凱林彩印股份有限公司
初　版　2020年12月
初版8刷　2023年10月

國家圖書館出版品預行編目資料

湖濱散記【獨家收錄梭羅手繪地圖·無刪節全譯本】：復刻 1854 年初版書封，譯者 1 萬字專文導讀、精選中英對照絕美語錄 / 亨利·梭羅 (Henry D. Thoreau) 著；林麗雪譯．-- 初版．-- 新北市：野人文化股份有限公司出版；遠足文化事業股份有限公司發行，2020.12
面；　公分．-- (Golden Age；42)

譯自：Walden,or life in the woods.
ISBN 978-986-384-462-4(平裝)

874.6　　109017047

野人文化
官方網頁

野人文化
讀者回函

湖濱散記

線上讀者回函專用QR CODE，你的寶貴意見，將是我們進步的最大動力。